In diesem Jahr geistern draußen auf dem Lande Ungeheuer. Ein Schafhirt, ein Bauer und eine Frau haben gesehen, wie sich ihnen so etwas wie ein struppiger, nachtschwarzer, riesiger Schimpanse näherte und dann Reißaus nahm. Viele Bauern haben die *biddina* gesehen, eine Wasserschlange, die sich aber auch auf sonnenverbrannter Erde sehr wohl fühlt, armdick, über zwei Meter lang mit einem stachligen Kamm auf dem Kopf. In meiner Kindheit erzählte man sich Geschichten über sie, doch damals behauptete niemand, sie gesehen zu haben. Heute dagegen wird sie von vielen gesehen. Dann gibt es noch die *guizzine*, die durch diabolische Verwandlung im Wasser aus Pferdehaar entstehen: aus dem Schweif und der Mähne. Es sind pfeilschnelle hochgiftige Wasservipern.

Ein paar Kilometer von hier, in den Tempeln von Agrigent, gibt es auch ein Gespenst. Es haust offenbar im Demetertempel. Abends kommt es flackernd hervor. Es hat sich als Petrone vorgestellt, aber vielleicht hat man es nicht richtig verstanden, wahrscheinlich handelt es sich um den durch immerhin zwei Filmfassungen des ›Satyricon‹ mit Nachdruck in die Oberwelt zurückgerufenen Petronius.

Ein Zeitalter der Ungeheuer und Gespenster scheint anzubrechen. Das »traurige Übernatürliche« Chestertons ist im Begriff, die Welt zu bevölkern, sie zu überschwemmen. Vom *pagus* wird es in die großen Städte vordringen. Unaufhaltsam. ›El sueno de la razón produce monstruos‹.*

Es ist heutzutage schwierig, einem Kretin zu begegnen, der nicht intelligent ist, und einem intelligenten Menschen, der kein Kretin ist. Aber an intelligenten Menschen war stets Mangel; und daher überkommt uns jedesmal, wenn wir auf verfälschte, überzüchtete Kretins stoßen, eine gewisse Melancholie, ein gewisses Bedauern. Ach, diese herrlichen Idioten von ehedem! So echt, so naturrein. Wie selbstgebackenes Brot. Wie das Öl und der Wein der Bauern.

* Der Traum der Vernunft gebiert Ungeheuer.

Vielleicht zu Unrecht, gewiß respektloserweise muß ich immer, wenn ich Teilhard de Chardin lese oder auch nur zitieren höre, an den Mann aus meinem Dorf denken, der seinen Esel erbarmungslos zu prügeln pflegte und auf alle Vorwürfe stets erwiderte: »Warum ist er denn auch ein Esel geworden?«

Eine Tageszeitung berichtet über einen Literaturpreis und die in die Endauswahl gelangten Bücher, aus denen die Jury den Preisträger bestimmen wird. Und etwas weiter lese ich: ›Sieben Null Null reformatorisch‹ von Franco Venturi, Verlag Einaudi. Ein Augenblick der Leere, der Verwirrung, bevor in meinem Kopf das »Sieben Null Null« zu »700« und dann zu »Settecento« wird. Und das ist, in umgekehrter Weise, genau der kurze Vorgang, der den Fehler hervorgerufen hat. Dieser Fehler ist nämlich nur dadurch entstanden, daß die Zahl, die für das Wort steht, sich im Gehirn eines Stenotypisten am Fernschreiber oder eines Setzers verhakte, der nicht die geringste Ahnung von einem Settecento hatte, einem 18. Jahrhundert der Reformen, sondern der in dieser Ziffer einen Kollegen oder Rivalen von »007« zu erkennen glaubte, der sich mit wer weiß welch geheimen und abenteuerlichen Reformen beschäftigt. Der Mann beschloß also, die Ziffern auszuschreiben, damit niemand »Settecento« läse, wo es doch eindeutig »Sieben Null Null« heißen sollte.

So einfach es ist, die Entstehung des Fehlers nachzuvollziehen, so schwer fällt es einem, darüber zu lachen. Vielleicht übertreibe ich, aber für mich ist es einer der erschreckendsten Druckfehler, auf die ich jemals gestoßen bin. Daß in einer Zeitungsüberschrift die »barricate di sassi« (Barrikaden aus Steinen) in Prag zu »barricata di sessi« (Barrikaden aus Geschlechtsteilen) geworden sind, könnte ja auch einer jener Fehler sein, die Savinio dem Unbewußten oder der geheimen Intelligenz der Maschine zuschrieb und nicht der Zerstreutheit des Setzers; aber »das reformatorische 18. Jahrhundert«, das zum »Sieben Null Null reformatorisch« wird, ist ein ganz anderes Phänomen: über einer *tabula rasa* taucht es als Symbol einer Gewalt auf, die jede Spur von Kultur hinwegfegen wird.

In der Halle eines Hotels, wo eine Tagung über die Lage auf Sizilien stattfindet, erzählt mir der kommunistische Abge-

Das Buch

›Schwarz auf schwarz‹ heißt das Gedanken-Tage-Buch des »konservativen Anarchisten« Sciascia aus den Jahren 1969 bis 1979. In diesen »dunklen« Betrachtungen zu manch »dunklem« Gegenstande wird viel Erhellendes gesagt. Der aphoristisch pointierende Kulturkritiker, an den großen Autoren der Aufklärung orientiert, stellt immer von neuem fest, daß politisches und wirtschaftliches Denken und Handeln kaum fortschreiten, und in Sizilien schon gar nicht. Neben Notizen zu Wirtschaft und Mafia, Kultur und Kirche finden sich kleine philosophische Betrachtungen und kurze Essays von großer sprachlicher Dichte. Sciascias Gedanken zur Literatur dagegen sind weniger pessimistisch. Sie zeigen, daß er seine Klassiker kannte und sich ein Leben lang mit Diderot und Voltaire, Stendhal und Pirandello sowie mit D'Annunzio und Cervantes auseinandergesetzt hat. Zur Abwechslung und geistigen Erfrischung bietet er allerdings auch weniger Schwergewichtiges an: über den Papst, über das Böse, über die von den Männern erfundene Schamhaftigkeit der Frau und anderes mehr. Zehn Jahre Disput, Anekdoten, Satiren, Dialoge mit Schriftstellern von einst und heute sowie tragische und komische Vorfälle: »Das Denken und Schreiben Leonardo Sciascias ist komplex und faszinierend. Der Schärfe des Gedankens gibt die Sprache bei jederart Thema den Rang ästhetischer Meisterschaft.« (Rudolf Krämer-Badoni in der ›Welt‹)

Der Autor

Leonardo Sciascia wurde am 8. Januar 1921 in Racalmuto auf Sizilien geboren und starb am 20. November 1989 in Palermo. Bis 1957 Volksschullehrer in seiner Geburtsstadt. Seither freier Schriftsteller und zeitweiliger Parlamentsabgeordneter. Wichtige Werke: ›Der Tag der Eule‹ (1961; dt. 1964), ›Der Abbé als Fälscher‹ (1963; dt. 1967), ›Tote auf Bestellung‹ (1966; dt. 1968), ›Tote Richter reden nicht‹ (1971; dt. 1974), ›Todo modo oder das Spiel um die Macht‹ (1974; dt. 1977), ›Aufzug der Erinnerung‹ (1981; dt. 1984), ›Das Hexengericht‹ (1986; dt. 1986), ›Man schläft bei offenen Türen‹ (1987; dt. 1989).

Leonardo Sciascia:
Schwarz auf schwarz

Deutsch von Carola Diering

Deutscher
Taschenbuch
Verlag

Von Leonardo Sciascia
sind im Deutschen Taschenbuch Verlag erschienen:
Der Tag der Eule (10731)
Tote auf Bestellung (10800)
Tote Richter reden nicht (10892)
Sizilianische Verwandtschaft (11082)
Todo modo oder das Spiel um die Macht (11168)
Candido oder ein Traum in Sizilien (11231)

Ungekürzte Ausgabe
Januar 1991
Deutscher Taschenbuch Verlag GmbH & Co. KG,
München

Titel der italienischen Originalausgabe:
›Nero su nero‹

ISBN 3-552-04011-0
Umschlaggestaltung: Celestino Piatti
Gesamtherstellung: C. H. Beck'sche Buchdruckerei,
Nördlingen
Printed in Germany · ISBN 3-423-11328-6

ordnete C. von einer Wahlveranstaltung, die B., ein Mann der Regierung, in einem nahegelegenen Ort abgehalten hat. »Die Auswanderer«, so habe B. gesagt, »sind ruheloses Volk auf der Suche nach dem Abenteuer...« – »Fünftausend Menschen sind aus dem Ort ausgewandert«, kommentiert C. bitter, »alle aus Abenteuerlust.« Ein Herr, der im Vorbeigehen stehengeblieben ist, um zuzuhören, mischt sich jetzt ein. »Ich kann B. nicht riechen (d. h. er ist mir unsympathisch, ich verabscheue ihn), aber in dem Punkt hat er recht«, sagt er und geht weiter zum Tagungsraum. Ich frage C., wer dieser Herr ist. Mit einem Verzweiflungsseufzer antwortet er, es sei ein Kollege, der als Unabhängiger auf die Liste seiner Partei gesetzt worden ist.

Dank jenen, die die Mode diktieren, ist der Eros nichts als ein Gewirr von Krampfadern.

Da die Dinge nun einmal so liegen, wie sie liegen oder wie sie sich überstürzen, sollte das Thomas-Evangelium eigentlich ebenso weitverbreitet und vielzitiert sein wie die rote Mao-Bibel. Man müßte es zu einer grünen Bibel machen, die selbstverständlich beim Wort zu nehmen ist, unabhängig von ihrer hermetischen Fülle, ihrer Vielschichtigkeit und ihren Feinheiten. »Und wenn ihr aus Mann und Weib ein Einziges macht, damit der Mann nicht mehr Mann und die Frau nicht mehr Frau sei...« – »Wenn ihr euch entkleiden werdet, ohne Scham zu empfinden, wenn ihr eure Gewänder abstreift und sie vor euch niederlegt, wie es die Kinder tun, wenn ihr mit den Füßen darauf tretet! Dann werdet ihr Kinder des Lebendigen werden und keine Furcht mehr haben...« In diesem Evangelium, wie auch in dem, das Clemens von Alexandria das Ägyptcrevangelium nennt, steckt ebensoviel Frauenfeindlichkeit wie in der ›Geschichte der O‹ (Clemens von Alexandria selbst allerdings polemisiert gegen so viel Frauenfeindlichkeit und gegen die Verdammung der Ehe; und man kann sagen, daß die schöne Theologin aus Genf sich in seinem Namen Casanova hingibt).

F. erzählt mir: »Ein paar Tage nach dem Erdbeben hatten die Leute in Montevago und Santa Ninfa die Schrecken jener Nacht schon fast vergessen und beklagten sich nur noch über die Desorganisation, die Borniertheit und Lahmheit der Bürokratie sowie über die schamlose Spekulation, die schon wieder losging. Man erzählte sich einzelne Fälle, nannte Namen. Bei jedem Namen eines unfähigen Bürokraten oder eines korrupten Politikers wandte sich ein dunkel gekleideter, magerer Typ mit norditalienischem Akzent an diejenigen, die ihm nach Kleidung und Aussehen keine Einheimischen zu sein schienen, und fragte: ›Aber warum lynchen sie ihn denn nicht?‹, wobei seine Stimme tiefes Erstaunen darüber ausdrückte, daß etwas in der Lombardei oder der Toskana Selbstverständliches auf Sizilien nicht praktiziert wird. Mir ging er etwas auf die Nerven. Ich fragte, wer das denn sei. Ein Priester war es!«

Die Herrschaft der Römer hat im sizilianischen Dialekt, zumindest in dem der inneren, abgelegeneren Gebiete der Insel, Spuren hinterlassen, die zu Begriffen, zu Urteilen geworden sind (zu Worten, die im Aussterben begriffen sind; deshalb möchte ich sie nicht vergessen, nachdem ich sie diesen Sommer von einem alten Bauern wieder gehört habe). Als *latino* bezeichnet man einen großen, kerzengeraden Menschen; und *andar latino* bedeutet: geradewegs, schnurstracks und ohne Zögern gehen. *Latino latino* schließlich heißt auf ein Ziel zuschießen wie auf eine Zielscheibe. Ein anderes Wort, das der gleichen Vorstellung entspricht, ist *il romano,* das Gewicht, das, auf dem Anzeiger der Schnellwaage hin- und herbewegt, diesen bei exakter Messung in einen rechten Winkel zum Gewogenen bringt. Noch mehr beeindruckt das Verb *catuniari,* predigen wie der sittenstrenge Cato. Das Verb gehört zum häuslichen, familiären Bereich und wird nie für öffentliche Angelegenheit gebraucht. Catosche Moralpredigten hält der Ehemann, der seine Frau mit Eifersucht, Geiz und Abneigung gegen ihre Verwandten quält; der Vater, der die modische Kleidung seiner Töchter verurteilt; der Sohn, der etwas tun möchte, was ihm seine Eltern nicht erlauben können oder wollen; und heute »catonisieren« vor allem die Alten, die die zunehmende Verschwendungssucht unserer Zeit nicht mehr begreifen und sich unaufhörlich darüber beklagen und den baldigen Untergang prophezeien. Im Gegensatz zu den beiden ersten, die man kaum noch hört, ist das letztgenannte Wort höchst lebendig und in ständigem Gebrauch. Es gibt niemanden, der sich nicht für ein Opfer der Moralpredigten eines oder aller anderen Mitglieder seiner Familie hält. Die Familie ist heutzutage ein einziges unerfreuliches Babel von Moralpredigten. Niemand geht *latino*, das Wiegen ist zum Betrügen geworden; doch jeder hält jedem mit Feuereifer Moralpredigten. Und auch ich tue es, wie ich bemerke.

»Es tut mir nicht weh, daß gestohlen wird, sondern daß ich nicht mit von der Partie bin.« Diesen Satz, den ich vor Jahren in scherzhaftem Ton hörte, der seine tiefe Wahrheit verbergen sollte, haben heute viele auf ihre geheimen Fahnen geschrieben.

A., ein vielbeschäftigter Architekt in der Provinz, der häufig mit öffentlichen Stellen zu tun hat, erzählte mir von der Begegnung mit einem Schulkameraden, den er viele Jahre nicht gesehen hatte und der ein hohes Tier geworden war. Nach einer Viertelstunde wechselseitigen Berichtens und Fragens, »das in der Luft hing«, wie Belli sagen würde, wurde der Ton wieder burschikos wie einst in der Schulzeit. Auf ein Gerücht anspielend, das tatsächlich umging, sagte der Architekt: »Man sagt, daß du ein Dieb geworden bist.« Ohne mit der Wimper zu zucken, fragte der andere: »Und du?« – »Ich nicht, sagt man«, antwortete der Architekt. »Dann bist also *du* der wahre Dieb: du bestiehlst deine Kinder«, gab das hohe Tier zurück. »Was soll das heißen?« – »Meine Kinder besitzen ein paar Millionen, und zwar Schweizer Franken, auf einem Schweizer Konto. Und deine?«

So weit versteigt sich die zur Religion erhobene Familie (die Familie, die heute ein einziges Catonisieren ist).

Im Herbst 1897 notierte D'Annunzio in Venedig in seinem Tagebuch: »Eine Frau – eine Dame aus Sizilien, *Donna Franca* – geht unter den Prokurazien vorüber, groß, schlank, biegsam, mit jenem geschmeidigen Schritt, den die Venezianer den *Windhündinnengang* nannten. Und sofort erscheint vor meinem inneren Auge eine Kurtisane ruhmreicher Zeiten: Veronica *Franca*. Sie ist brünett, goldgetönt, hakennasig und träge. Ein wollüstiger, flüchtiger und penetranter Hauch geht von ihrem königlichen Körper aus. Sie ist lustlos und glühend, ihr Blick verheißungsvoll und enttäuschend. Nicht der Wille, sondern die Natur hat sie zur Herrscherin bestimmt. Sie hat ›das Gute und das Böse ganz‹ in ihren goldenen Händen. Ich denke an Euch, o unerreichbare Gorgo, ›Euch, die ich so geliebt hätte‹.« Gorgo, so nannte er die »edle Frau«, die er im Sommer 1885 flüchtig kennengelernt und der er vier Gedichte der ›Chimäre‹ gewidmet hatte: »großäugig«, »zur Trägheit neigend«, eine Gestalt »von hohem Wuchs mit geschmeidigem Gang«. Die Dame aus Sizilien, die ihn zwölf Jahre später an sie erinnerte, war die seit einigen Monaten mit dem Reeder Ignazio Florio verheiratete Franca Jacona di San Giuliano. Und wahrscheinlich verschmolz die Erinnerung an diese beiden Damen weitere zwanzig Jahre später mit dem Bild des Stummfilmstars Elena Sangro, die, wenn uns das Gedächtnis nicht trügt, mit dem Dichter auf vertrautem Fuß stand. Wir wissen nicht, wieweit die Sangro der unerreichbaren Gorgo glich, aber Donna Franca sah sie außerordentlich ähnlich.

Adlig geboren, bürgerlich verheiratet, trat Franca Florio in jenem Jahr als *first lady* der Aristokratie und der Bourgeoisie Italiens in Erscheinung. Sie gehörte zu den ersten Damen jener internationalen Gesellschaft, die halt- und gedankenlos von den großen Hotels zu den europäischen Fürstenhöfen zogen, von den Spielsälen zu den Ateliers von Boldini und Helleu, von den Pferderennbahnen zu Theaterpremieren und Gerichtsverhandlungen; befangen im Taumel des »Süßen Lebens«, das vor großen Umwälzungen eben jene Schicht genießt, die später von ihnen überrollt wird. Es ist dieselbe Gesellschaft, die sich heute recht glanzlos auf den einzigen noch disponiblen Fürstenhof, den von Monaco, reduziert, wo Onassis die Stelle von Ignazio Florio einnimmt, und Elsa Maxwell die von D'Annunzio.

Vier Jahre später (vier Kinder später) ließ sich Donna Franca von Boldini porträtieren. Der Maler wurde nach Palermo gerufen und von der Familie Florio fürstlich aufgenommen. Palermo war damals eine kleine Hauptstadt des Jugendstils; noch bevor sich diese neue Richtung in Europa durchsetzte, hatten palermitanische Architekten und Handwerker sie vorausgeahnt und ließen aus den vorherrschenden klassizistischen Linien einige spielerisch heraussprießen; zu Ende des Jahrhunderts standen die Formen des *art nouveau* im wahrsten Sinn des Wortes »in voller Blüte«. Der Architekt Ernesto Basile baute die Villen der Familie Florio und entwarf die Möbel für Ducrot. Er hatte Schüler und Rivalen, hatte seine Dekorateure und seine Kunstschmiede. Es gab einen so hervorragenden Zeichner wie Aleardo Terzi (zudem ein guter Maler), der auf dem Gebiet der Werbung und der Verlagsgraphik ungeheuer produktiv war; damals gab es in Palermo nämlich Dinge, für die man (wie das damals hieß) Reklame machen mußte. Es gab ein Verlagswesen, an dessen Spitze Sandron stand, der unvergessene Verleger der ›Sammlung des 18. Jahrhunderts‹, die von Di Giacomo herausgegeben und später von Mondadori übernommen wurde.

Boldini fand in Palermo eine Atmosphäre vor, die ihm völlig entsprach. Mit Ausnahme der Stunden – viele werden es nicht gewesen sein –, in denen Donna Franca ihm Modell saß und er malte, war das Leben ein einziger Rausch von Empfängen, Spielen, Ausflügen, schönen Frauen und schönen Dingen. Kutschfahrten über die Straße, die nach der Freiheit benannt worden war und wirklich ein bißchen an Paris erinnerte; herrliche Morgenstunden in den Orangenhainen oder am Meer von Arenella; Abende in den Adelspalästen aus dem 18. Jahrhundert, deren Zauber unversehrt geblieben war. Und es war ein strahlend schöner Frühling.

Donna Franca saß dem Maler Modell in einem schwarzen Samtgewand »mit großgemusterter Lochstickerei und Posamenten an Rock und Ärmeln«. Ihre Haltung war vielleicht etwas zu majestätisch, weil der auftraggebende Gatte sie so zu sehen wünschte; doch im Gegensatz zu D'Annunzio war Boldini nicht fähig, durch Majestät Wollust auszudrücken. Für Boldini konnte die Wollust nicht auf einem Thron sitzen: sie mußte ins Parkett hinabsteigen und sich im leichten und unmittelbaren Takt der Caféhaus-Musik wiegen, anstatt im feierlichen Rhythmus der Prokurazien, ja, sie mußte fast die aufreizende »Bewegung« andeuten, die südländisches Publikum in Raserei versetzt: »Der ganze Körper, der sinnlich auf die rechte Hüfte gestützt war, hatte etwas besonders Wollüstiges.« Dario Cecchi berichtet in seiner Boldini-Biographie, daß Ignazio Florio außer sich geriet: »... er habe nicht im mindesten den Wunsch gehabt, seine Gattin in Schlangenpose gemalt zu sehen«, er habe das Porträt der *Königin von Palermo* bestellt und nicht das einer hüftenschwingenden Schönheit. Boldini versprach dem Ehemann, das Porträt wunschgemäß zu korrigieren; er ließ es sich auch tatsächlich nach Paris schicken, übermalte, verschleierte und veränderte es gemäß den Beanstandungen seines Auftraggebers, doch wie es scheint, ohne rechtes Interesse.

Dreißig Jahre später hing das Bild in der Kollektion des

Barons Maurice de Rothschild, wo es von den Deutschen entdeckt und geraubt wurde. Nach Kriegsende kehrte es in die Sammlung Rothschild zurück, allerdings halbiert. Der untere Teil war abgeschnitten. So hatte sich eine magische Verwandlung vollzogen: Durch die Hand der deutschen Kunstdiebe hatte Ignazio Florio endgültig die Schlangenpose eliminieren lassen, diesen Hüftenschwung, diese aufreizende »Bewegung«, die trotz Schleiern und Übermalungen immer wieder zutage kommen konnte. Eine Radikallösung. Vielleicht hätte er sich sogar selbst dazu hinreißen lassen, als er das Bild zum erstenmal erblickte, hätte seine Hochachtung für den berühmten Pariser Maler ihn nicht davon abgehalten.

Im Hause der Erben von Ignazio Florios Bruder Vincenzo hängt ein altes Photo des Gemäldes von Boldini. Sogar inmitten der Dinge ihres Schwagers, der sie vielleicht gar nicht mochte, nimmt Donna Franca eine beherrschende Stellung ein. »Nicht der Wille, sondern die Natur hat sie zur Herrscherin bestimmt.« Doch Vincenzo Florio, ein gelassener, geistreicher Mann, dem die Wechselfälle des Schicksals gleichgültig waren, erwartete die Herrscherin an der Schwelle des Alters. Er war ein guter Zeichner und zeichnete alles, worauf sein Auge fiel. Und so hielt er eines Tages auf einem Stück Papier, kaum größer als eine Visitenkarte, das Gesicht einer Greisin fest. Die Linien laufen gleichsam in einem unsichtbaren Punkt zusammen, der ganz unten, schon außerhalb des Blattes liegt; sie stürzen geradezu hinab, und die gebieterischen Züge, die einstige Majestät dieses Gesichts fallen zur Karikatur in sich zusammen. »Franca, wie sie sich gestern abend zurückzog.« Eine zerstörte Maske, die sich unter den Crème- und Puderschichten auflöst. Nach einem mondänen Abend in Paris, Rom oder Venedig, vielleicht auch nach einer Premiere im Teatro Massimo von Palermo. Man kann sich das Entsetzen dieser Frau vorstellen, als sie während eines Abends in Gesellschaft plötzlich bemerkt, daß ihr geduldig und raffiniert restauriertes Gesicht sich langsam auflöst und in sich zusammenfällt. Sie flieht nach Hause. Und der Schwager wartet nur darauf, sie in einem Augenblick der Beschämung, der Niederlage, des Endes zu überraschen, und hält auf einem Blättchen Papier den Augenblick fest: »Franca, wie sie sich gestern abend zurückzog.« Und fünfzig Jahre zuvor hatte Gabriele D'Annunzio ...

Man kann sich des Eindrucks nicht erwehren, daß die Schule jetzt tatsächlich Klassencharakter hat, nachdem sie alle früheren Unterschiede zwischen denen, die zu ihr Zugang hatten, und denen, die ausgeschlossen blieben, in sich vereint hat, auch wenn sie diese Unterschiede nicht aufgelöst, sondern eher noch verschärft hat. Ebenso hat man beim Lesen von Chroniken und Annalen aus den sogenannten schweren und finstren Zeiten den Eindruck, daß auch die Justiz offenen Klassencharakter angenommen hat, nachdem die Gleichheit aller Bürger vor dem Gesetz mit lautem Beifall begrüßt worden ist. Man kann hinzufügen (und dies ist etwas mehr als ein bloßer Eindruck), daß zum Klassencharakter der Justiz in besonderem Maße die gewachsene und nunmehr beinahe absolute Autorität der Medizin beigetragen hat, der die Justiz oft die letzte Entscheidung über Strafbarkeit oder Nichtstrafbarkeit der Schuldigen, über Beibehaltung oder Reduzierung der verhängten Strafen sowie über die den Gefangenen zugestandenen Erleichterungen überläßt.

Nehmen wir nur einen Fall von vielen, der sich im August 1613 in Palermo ereignete. In der Favara wurde in einer trockenen Zisterne der Leichnam eines jungen Neapolitaners namens Battista entdeckt, der Page im Hause der Desiata Rojas gewesen war; er konnte identifiziert werden, obwohl er enthauptet worden war. Frau Desiata Rojas hatte zwei Töchter, Petra und Giacoma: Die eine war die Geliebte eines gewissen Inestasi, die andere die Freundin von Don Alonso Giron a Paceco, einem Verwandten des amtierenden Vizekönigs Don Piero Giron, Herzog von Ossuna, und des drei Jahre zuvor noch amtierenden Vizekönigs Don Giovanni Fernandez Paceco, Marquis von Villena. Die Untersuchungen begannen im Hause Rojas, und dort kamen sie auch zum Abschluß; denn die drei Frauen gestanden unter dem Druck der Indizien, daß das Verbrechen von Inestasi und Giron begangen worden sei, »im Einverständnis mit Giacoma, der Freundin jenes Giron, sowie mit Desiata und Petra«, wie der Chronist schreibt. Als die drei Frauen ihr Geständnis ablegten, befand sich der junge Alonso Giron gerade auf einer See-Expedition gegen die Berber. Der Vizekönig »sandte daher an seinen Vertrauten in Trapani einen Brief und befahl ihm, bei der Rückkehr der Schiffe ein Boot auszusenden und dem Deckoffizier besagten Brief auszuhändigen, der die Anordnung enthielt, Don Alonso sicher nach Palermo zu schaffen.« Dies geschah; Alonso Giron wurde nach Palermo gebracht und dort zusammen mit seinen Komplizen zum Tod verurteilt. Der einzige Klassenunterschied, der ihm zugebilligt wurde (und im übrigen auch zustand), war die Enthauptung anstelle des Erhängens. Kaum aber war das Urteil vollstreckt – und nun erst, bei den Begräbnisfeierlichkeiten –, wurde Don Alonso Giron wieder der, der er gewesen war: der Neffe zweier Vizekönige, ein spanischer Adliger, ein Offizier der Armada.

Übertragen wir den Fall einmal in unsere Zeit (aber um Gottes willen nicht in unser Land). Schon die polizeilichen Untersuchungen würden hinausgezögert, wenn nicht sogar abgebrochen, sobald der Name Don Alonso Giron fiele. Und ließe sich dieses Hindernis durch einen Untersuchungsrichter überwinden, der, wie es so schön heißt, seine Karriere aufs Spiel zu setzen bereit ist, würde die Tatsache, daß der junge Mann abwesend ist und sich auf einem Schiff der Armada befindet, seine mächtigen Verwandten veranlassen, alles zu unternehmen, um ihn der Festnahme zu entziehen. Sollte das mißglücken, würden sie bei seiner Ankunft in Palermo eine oder mehrere Leuchten der Medizin herbeizitieren und den jungen Mann für krank erklären lassen. Zunächst würde man ihn in die Krankenabteilung des Gefängnisses, dann in eine luxuriöse Privatklinik einweisen. Damit stünde man nun vor der Alternative einer problemlosen Flucht oder eines nicht weniger problemlosen Prozesses. Da man sich unbesorgt für den Prozeß entscheiden kann, würde Don Alonso in einem unwiderlegbaren Gutachten, das konservative und fortschrittliche Psychiater getrennt oder gemeinsam, unter Hinzuziehung eines Psychoanalytikers erstellt haben, für geisteskrank erklärt. Und nach einem erholsamen Aufenthalt in einer psychiatrischen Klinik würde er geheilt nach Hause entlassen werden.

Doch so etwas, wir wiederholen es ausdrücklich, könnte in unserem Lande natürlich niemals passieren.

»Die Lage in jenem Land war äußerst ernst: Jeden Augenblick konnte eine Revolution ausbrechen, die die Revolutionäre nicht wollten, oder eine Konterrevolution, mit der die Konterrevolutionäre nicht rechneten.« So beginnt der Roman, den Z. *(quelque part en Europe)* gerade schreibt.

Wir sind gleichaltrig, wir kennen einander nun schon recht gut – siezen wir uns doch!

Mag sein, daß ich ein Moralist bin – und folglich ein »Unpolitischer«; doch mir scheint, daß die besonderen Übel in unserem Land allesamt einer hier tief verwurzelten Doppelbödigkeit entspringen, einem weitverbreiteten und unerschöpflichen Spiel mit der doppelten Wahrheit, das von oben beginnt und erst dort haltmacht, wo die Wahrheit sich den Luxus zweifacher Existenz nicht leisten kann – und unwiderruflich eine einzige ist: die der Armut, des Leidens. Und dieses Spiel läßt sich über Jahre und Jahrzehnte fortsetzen, dank der Tatsache, daß die Abfälle und Schadstoffe nach unten fallen und dem Elend weiteres Elend, dem Leid weiteres Leid hinzufügen. Abgesehen von dieser Wahrheit, die dort unten zu erdulden und zu ersticken ist, gibt es in unserem Lande nichts, das nicht von Doppelbödigkeit angekränkelt wäre. Sie hat tatsächlich »konstitutionellen« Charakter, denn von der Macht ausgehend verzweigt und vervielfältigt sie sich, um in einem perfekt funktionierenden Kreislauf als neuer Lebenssaft zur Macht zurückzukehren, von allen Abfällen und Schadstoffen gereinigt, die sich, wie gesagt, ganz unten ablagern.

Es gibt dafür ganz kleine, alltägliche Beispiele. Der Kritiker, der über ein Buch, ein Bild, einen Autor zwei verschiedene, säuberlich getrennte Urteile bereithält: ein öffentliches und ein privates. (Als ich Cecchi das letzte Mal traf, war er über einen Kritiker, einen Universitätsprofessor, äußerst empört, der im Gespräch mit ihm den soeben erschienenen, mit einem Preis ausgezeichneten Roman eines unserer Schriftsteller »widerlich« genannt hatte, während er dasselbe Buch vom Katheder herab mit überschwenglichen Lobesworten pries, die in einem abgewandelten Ausspruch von De Sanctis über Ariost gipfelten: »Seht, welch ein Herz hat X. Y.!«) Der Politiker, der im privaten Kreis eine Person oder eine Tat als infam bezeichnet und sie im Parlament eine Stunde später edel nennt. Der Bürger, der ein bürgerliches Leben führt und sich in Haßtiraden gegen das Bürgertum ergeht. Der Professor, der das Bild des berittenen Karabiniere im Herzen trägt und öffentlich seine Liebe zu den Roten Garden erklärt. Die Rechte, die weiß (und akzeptiert), was die Linke tut. Die Linke, die weiß (und akzeptiert), was die

Rechte tut. Der Ochse, der den Esel einen Gehörnten schimpft. Der Esel, der dem Ochsen vorwirft, wie ein Esel zu schreien. Und so könnte man beliebig fortfahren, den Sprichwortschatz der ganzen Welt auf den Kopf zu stellen, ein Spiel, das alle Seiten akzeptieren und respektieren, das zur Regel, zum Normalfall geworden ist.

Noch nie, so scheint mir, hat es eine Zeit gegeben, in der das Reden so viel wichtiger war als das Tun. Es genügt heute, daß einer aus der Nachhut sich lautstark zur Avantgarde bekennt, und schon ist er ein Avantgardist; daß jeder Reaktionär, der sich zur Revolution bekennt, zum Revolutionär wird und jeder Schurke, der der Ehrlichkeit das Wort redet, zum Ehrenmann. Wenn man nicht wieder dahin kommt, von den Menschen Rechenschaft über ihre Person, ihr Tun und ihre Lebensweise zu verlangen, wenn man nicht wieder dahin kommt, eine Handlung als solche zu beurteilen, ohne danach zu fragen, ob sie mit der linken Hand (die weiß, was die rechte tut) oder mit der rechten Hand (die weiß, was die linke tut) ausgeführt wurde, dann, fürchte ich, wird keine Reform oder Umwälzung auch nur das geringste ausrichten.

»Die Metaphysik steht vor den Toren.«

»Herzlichen Glückwunsch.«

»Wem?«

»Denen, die demnächst aus dem hölzernen Pferd kriechen werden, um sie ihr zu öffnen.«

»Der Präfekt, der erst seit wenigen Jahren in Palermo ist«, so heißt es in der Zeitung, »war niemals darüber informiert worden, daß in unserer Stadt ein Gemälde von Caravaggio aufbewahrt (also nicht geschützt) wird.« Er entnahm diese Information einem Polizeibericht, nachdem das Bild aus dem Oratorium der Bruderschaft des heiligen Franziskus, bekannt (also unbekannt) unter dem Namen Oratorium des heiligen Laurentius, spurlos verschwunden, nämlich gestohlen war, was die beiden Frauen, die angestellt waren, es (nicht) zu hüten, erst Stunden oder Tage später bemerkten.

Diese Erklärung des Präfekten zum Diebstahl von Caravaggios ›Geburt Christi‹, der ohne Schwierigkeiten, ohne besondere Schläue oder besondere Vorkehrungen begangen werden konnte, versetzt mich, ich muß gestehen, in Erregung. Betrachten wir die Dinge einmal genauer. Wer hätte den Präfekten über die Existenz dieses Bildes informieren können oder müssen? Im Dienststellenplan des Polizeipräsidiums ist niemand dafür vorgesehen, neuen Präfekten Informationen dieser Art zu erteilen. Gehört es also zu den Obliegenheiten des Direktors der Museen? Auch nicht. Des Bürgermeisters? Des Schulrats? Des Präsidenten der Provinz? Auf keinen Fall. (Übrigens hat der Präsident der Provinz seinerseits erklärt: »Ich bin ein großer Verehrer Caravaggios, aber daß sich die ›Geburt Christi‹ in Palermo befindet, war mir völlig unbekannt.«) Wie also hätte der Präfekt von der Existenz des Bildes erfahren können? Gewiß, es gibt Stadtführer. Zum Beispiel den des Cavaliere Don Gaspare Palermo, erschienen 1816, überarbeitet von Di Marzo-Ferro im Jahre 1859, in dem zu lesen ist, daß sich im Oratorium ein Bild »von der Geburt Christi mit den Heiligen Laurentius und Franziskus befindet, ein herrliches Werk von der Hand des berühmten Malers Michelangelo da Caravaggio«. Oder den immer wieder neu aufgelegten und überarbeiteten Stadtführer des Touring Club Italiano; oder aber den Führer von Bellafiore, ein ausgezeichnetes, handliches Werk. Außerdem gibt es auch Bücher über Caravaggio: von Longhi, von Berenson (es wäre doch seltsam, wenn der Präsident der Provinz als begeisterter Caravaggioverehrer sie übersehen haben sollte). Doch Hand aufs Herz: Hat ein Präfekt, wenn er in eine Hauptstadt wie Palermo kommt, wo ihm der Müll bis an die Knie und die Mafia bis zum Halse steht (ganz zu schweigen von jener Mafia, mit der sich die »Antimafia« beschäftigt), eine Stadt, wo das Wasser nicht bis zu den Wasserhähnen gelangt und wo die öffentlichen Ämter von Mißständen, Schulden und Cliquenwirtschaft beherrscht werden – hat er dort wirklich die Zeit, einen ganz simplen Stadtführer zu lesen?

Da er also weder auf dem Amtsweg noch durch Lektüre etwas über die Bau- und Kunstdenkmäler der Stadt erfahren kann, bleibt dem Präfekten eigentlich nur noch die Möglichkeit zufälliger Information. Und da stellt sich die beunruhigende Frage: Hat der Präfekt in den fünf Jahren, die er nun immerhin schon in Palermo ist, denn keinen einzigen Menschen getroffen, der ihm von dem Gemälde Caravaggios oder zumindest von den Oratorien des Serpotta erzählt hat? Denn das ist der springende Punkt: Das Gemälde von Caravaggio hing in einem der drei herrlichen Oratorien mit den

Stuckarbeiten Serpottas. Um zu wissen, wer Caravaggio ist, genügte es, die in Rom hängenden Gemälde gesehen zu haben; Serpotta jedoch kann man nur hier in Palermo kennenlernen, am besten in den drei Oratorien. Und in fünf Jahren hat niemand dem Präfekten dieses Geheimnis verraten, nicht einmal am Tag der Republik, wenn (wie es heißt) die Säle des Polizeipräsidiums auch den Intellektuellen offenstehen...

Wunderschöne Rosen im Haus des Polizeipräsidenten von C., vom Rechtsanwalt F. der Dame des Hauses geschickt. Wir unterhalten uns über den Anwalt F., der dem Polizeipräsidenten als Rosenzüchter bekannt ist, während die ganze Provinz ihn als Mafioso kennt. Letzteres hat der Polizeipräsident nicht gewußt. Er ist ein anständiger Mann und darüber peinlich überrascht.

Ich frage den Senator C.: »Montanelli hat einmal in einer Art Silbenrätsel eine deutliche Anspielung auf den Mann gemacht, der sich hinter dem Schild Genco Russos verbirgt und das eigentliche Oberhaupt der sizilianischen Mafia sein soll. Wieso hat die Anti-Mafia-Kommission dieses Rätsel nicht gelöst oder aber Montanelli aufgefordert, es zu lösen?« Etwas verlegen antwortet er mir: »So weit sind wir noch nicht.« Und wechselt das Thema.

G. A., der vor kurzem das Priestergewand abgelegt hat (aber keineswegs, wie meine Tante behauptet, aufgrund meiner bösen, teuflischen Einflüsterungen), besucht mich am Vorabend seiner Hochzeit. Ich erzähle ihm, daß mir nach seinem Weggang aus Palermo im vergangenen Jahr zwei oder drei Frauen geschrieben und sich nach seiner Adresse erkundigt haben, eine von ihnen mit besonderem Nachdruck. An ihren Namen kann ich mich nicht mehr erinnern. Er zählt fünf oder sechs Namen auf. Ich bin platt. Treuherzig sagt er mir: »Was willst du, das gehört zu meiner priesterlichen Vergangenheit.«

Apropos Priester und Frauen: A. C., ein anderer Priester, mit dem ich befreundet war, machte mir auf einer Fahrt von San Remo nach Nizza – vielleicht von der Freiheit des nahen oder schon vollzogenen Grenzübertritts beschwingt – plötzlich ein Geständnis, aber voll Freude und Genugtuung: »Auf wie viele Frauen dieses Gewand anziehend wirkt« – und er ergriff es mit Daumen und Zeigefinger, als wollte er es sich vom Leib reißen und mir unter die Nase halten –, »das kannst du dir gar nicht vorstellen!«

»Genialität«, sagt man, und es stimmt auch, »besteht zu drei Vierteln aus Gedächtnis.« Wenn aber das Gedächtnis, ähnlich wie das Auge, weitsichtig wird, wenn es sich den fernen Dingen zuwendet und die nahen Dinge verschwimmen, dann findet ein Klärungsprozeß statt wie beim Wein: Das Genie erreicht sozusagen den Zustand der Reinheit, es wird stärker und klarer.

Im Gespräch fällt der Name eines Mannes, der in dem Ruf steht, den bösen Blick zu haben. G., der am Fenster sitzt, tastet mit der Linken hastig nach dem Fenstergriff und umklammert ihn. Das Eisen kann, so glaubt er, die Zauberkraft dieses Namens neutralisieren. Vielleicht weil er meine Verwunderung bemerkt hat, vielleicht auch, weil ich es ihm nicht gleichgetan habe, präsentiert er mir, etwas verlegen, die Rechtfertigung: »Auch Togliatti glaubte daran.«

Die Piazza del Gran Cancelliere in Palermo liegt in unmittelbarer Nähe der Kathedrale, der Quattro Canti und der Piazza Bologni. Sie ist nach dem Großkanzler des normannischen Königreiches Matteo d'Ajello benannt, der hier die Kirche und das Kloster Santa Maria Latina bauen ließ. Heute stehen rund um den Platz nur noch die Bombenruinen aus dem Jahre 1943, und an einem Ende ragt wie eine Kulisse die nackte Fassade der Kirche San Paolino degli Ortolani hervor. Der Müll und der Abfall auf dem Platz übersteigen jegliche Vorstellungskraft, in seiner Mitte aber stehen die zwei Pavillons einer nagelneuen Grundschule, die den Namen der Dichterin Giuseppina Turrisi Colonna trägt. Diese Schule zwischen Trümmern und Abfallhaufen ist zweifellos ein beschämender Widerspruch, doch bedenkt man, daß die Menschen dieses Stadtviertels mitten im Müll leben müssen, so ist sie immerhin hilfreich, eine Erleichterung. Überall in der Welt würde man gegen den Müll protestieren oder (hilf dir selbst, dann hilft dir die Stadt) selbst Hand anlegen und ihn wegräumen, ihn vielleicht auf die Kreuzung Quattro Canti kippen, von wo ihn vermutlich nach einem zwei- bis dreitägigen Verkehrschaos die eifrige Stadtreinigung fortschaffen würde. Hier hingegen ist man seitens einer unbekannten Truppe gehässiger Aktivisten der Meinung, daß nicht der Müll zu verschwinden habe, sondern die Schule. Und diese Ansicht wird mit einem solchen Einsatz und einer solchen Beständigkeit zum Ausdruck gebracht, daß sie eigentlich von einer Ideologie gestützt werden müßte. Mit den Fenstern fing es an. Auch tagsüber, während des Unterrichts, waren die großen Fenster der Klassenzimmer Ziel mehr oder weniger heftiger Steinwürfe. Natürlich war die Stadtverwaltung nicht so dumm, neue Fenster einsetzen zu lassen, die eine Stunde später auch nur wieder zu Bruch gegangen wären; für die Sicherheit der Kinder wäre es sogar am sinnvollsten gewesen, gleich alle Scheiben zu entfernen. Doch da das wegen der Kälte unmöglich war, behalfen sich die Lehrer, indem sie die Fenster mit Pappkarton verklebten und nur ein paar Öffnungen für Licht (und kalte Luft) freiließen. Nach der Zertrümmerung der Fenster war es ein leichtes, in das Gebäude einzudringen, und im Laufe von zwei Jahren fanden nicht weniger als zwanzig Einbrüche in zerstörerischer Absicht und mit ebensolchen Auswirkungen statt sowie unzählige andere, die sozusagen physiologischer und vorwiegend erotischer Natur waren. Bei einem der rowdyhaften Überfälle hinterließ der Mob auf einer Wandtafel die Erklärung: »Wir wollen hier keine Schule.«

Es sind Idealisten: nur in den seltensten Fällen lassen sie etwas mitgehen; bei dem letzten Überfall, dem schlimmsten und möglicherweise letzten, haben sie lediglich alles kurz und klein geschlagen. Ihr Zerstörungswerk haben sie schließlich damit besiegelt, daß sie an den sichtbarsten Stellen ihre Bedürfnisse erledigten und auf einem Schrank einen Nachttopf hinterließen. Deutlicher konnten sie ihre Verachtung für die Schule nicht zum Ausdruck bringen. Sie wollen sie nicht, und damit basta. Vielleicht sind sie Vorläufer. Wie sagte doch Goethe bei Valmy: »Von hier und heute geht eine neue Epoche der Weltgeschichte aus.« Von Palermo, Piazza del Gran Cancelliere.

Ein Jesuit, bekannt unter anderem durch seine Kolumne »Gespräche« in einer Frauenzeitschrift, gab ein Interview über die heutigen Probleme der Kirche. Auf die Frage, ob all die Konfusion, die er festgestellt und aufgezeigt habe, nicht zu einer Auflösung der Kirche führen könnte, antwortete er mit einem Glaubensbekenntnis und einem Beispiel. »Wenn die Kirche eine rein menschliche Institution wäre, wie z. B. Italien, Frankreich oder England«, sagte er, »dann müßte ich befürchten, daß die jetzigen Umtriebe zur Katastrophe, in den Abgrund führen könnten … Aber die Kirche ist keine rein menschliche Institution. Daran glaube ich fest. Deshalb bin ich überzeugt, daß nach all dem Staub, der wie schon so oft aufgewirbelt wurde, die Kirche ihren ewigen Weg fortsetzen wird.« So weit ist nichts einzuwenden. Ein Priester, der diesen Namen verdient, muß an die Kirche als göttliche Institution glauben und hat außerdem seine *inneren* Gründe und Beweise für diesen Glauben – wie der Mann, der einst nach Rom zog, weil er an der Göttlichkeit der Kirche zweifelte, und der, nachdem er das Leben am päpstlichen Hof mit eigenen Augen gesehen hatte, zu der Gewißheit gelangte, diese Institution könne nur dank der Kraft Gottes noch am Leben sein. Doch um seinen Glauben an die Göttlichkeit der Kirche zu untermauern, führt der Jesuitenpater nun ein Beispiel an, das an die Zeiten der Fastenpredigten mit ihrem Aberglauben und ihren Verdammungen erinnert: »Mir kommt in den Sinn, daß Voltaire am 30. Mai 1758 sagte: ›In zwanzig Jahren wird der Galiläer ausgespielt haben.‹ Und was geschah? Am 20. Mai 1778 starb Voltaire, hatte *er* ausgespielt.«

Das Übliche. Vorsicht, Lebensgefahr. Gott rächt sich, nicht nur unvorhersehbar jeden Tag, sondern auch binnen vorhergesehener und festgesetzter Fristen. Mit seiner Herausforderung im Jahr 1758 unterschrieb Voltaire einen Wechsel, den er pünktlich zwanzig Jahre später mit dem Leben bezahlen mußte. Nun war Voltaire im Jahr 1758 aber schon vierundsechzig Jahre alt. Er schloß also eher eine Versicherung über weitere zwanzig Lebensjahre ab und kam so auf vierundachtzig, was selbst heute, im Zeitalter der Segnungen und Fortschritte der Medizin, ein schönes Alter ist. Die Frist wurde allerdings um zehn Tage verkürzt, was auf eine gewisse Ungeduld oder aber auf einen Irrtum Gottes schließen läßt. Weder im einen noch im anderen Fall haben wir einen Grund, im Namen von Herrn de Voltaire Berufung einzulegen. Es sei denn, diese Differenz von zehn Tagen bewiese das Gegenteil dessen, was der Jesuitenpater unterstellen will: daß nämlich Voltaire sich zwar in die Angelegenheiten Gottes gemischt hat, Gott jedoch sich vor Einmischung in die Angelegenheiten Voltaires hütete.

Aber diese Überlegung beweist nicht nur, daß man, um die Göttlichkeit der Kirche zu demonstrieren, nach wie vor auf den alten Aberglauben und drohende Ermahnungen zurückgreift, sondern sie zeigt auch, daß Voltaire noch immer der Feind ist und bleibt. Wie kommt es, daß nach so vielen Jahren und angesichts so vieler Feinde nicht endlich einmal ein beispielhaftes Sünden- und Strafregister zu Lasten eines anderen angelegt wurde? Wieso sind die Priester, die nicht nur wie aus der Pistole geschossen Voltaires Geburts- und Todesdatum auf das Jahr, den Monat und den Tag genau herbeten können, sondern auch wissen, wann er ein bestimmtes Buch veröffentlicht oder einen bestimmten Satz gesagt hat, wieso sind diese Priester nicht ebenso gut über die Biographien von Marx oder Bakunin unterrichtet? Aus Faulheit, antworten die »Überwinder« Voltaires. Aber seine »Überwinder« sind noch viel dümmer als die, die ihn verdammen.

Ich komme in den Heimatort meines Freundes B., dessen Bücher für mich zu den schönsten gehören, die unsere Generation hervorgebracht hat. Ich spreche mit den Honoratioren des Ortes über ihn und äußere den Wunsch, sein Wohnhaus sowie einige Plätze in der Stadt und deren Umgebung zu sehen, von denen in seinen Büchern die Rede ist. Mißtrauen und Feindseligkeit legen sich über die Gesichter der Honoratioren wie zugeklappte Visiere, so als käme meine Freundschaft mit B. und meine Liebe zu seinen Büchern einer schweren Beleidigung für sie gleich. Ich fühle mich wie ein Fremder, der nichtsahnend in eine Verschwörerrunde geraten ist und nun erkennt, daß er den Raum nicht lebend verlassen wird. Mit didaktischer Verachtung fragt mich der einflußreichste von ihnen: »Ein Schriftsteller soll er sein?« – »Kennen Sie denn seine Bücher nicht?« Mit einem mitleidigen Grinsen, das B. und mir gilt, antwortet der Mann: »Wir kennen sie. Wir kennen sie sogar sehr gut. Und eben deshalb frage ich Sie ja: Das soll ein Schriftsteller sein?« Ich gebe zurück: »Ihrer Meinung nach ist er also keiner?« – »Wir alle sind Schriftsteller. Ich schreibe einen Brief, und schon bin ich ein Schriftsteller.« – »B. schreibt Bücher«, sage ich. Mit einem Blick, der bei den anderen Herren Einverständnis für sein Mitleid mit mir heischt, sagt der einflußreiche Mann: »Bücher? Das nennen Sie Bücher?«, und er hält mir Daumen und Zeigefinger, die sich fast berühren, unter die Nase, um anzudeuten, wie dünn die Bücher dieses Mitbürgers sind. »Sie meinen, er schreibt keine dicken, schweren Bücher? Meine sind auch so dünn, ich habe noch nie ein dickes Buch geschrieben.« Er kann mir nicht sagen, daß auch ich kein Schriftsteller bin, denn als solchen haben sie mich ja hierher eingeladen. Er macht eine unwirsche Handbewegung, als wolle er damit sagen, daß die Umstände und seine gute Kinderstube ihm verbieten weiterzusprechen, und daß ich die Spielregeln verletzt habe. Mit heldenhafter Anstrengung überwindet er sich dazu, höflich zu sein: »Der Wert eines Buches hängt von dem ab, was drinsteht, ich weiß. Aber was enthalten denn B.s Bücher?« – »Diese Gegend«, antworte ich, »die Menschen dieser Gegend.« – »Um Gottes willen!« ruft der einflußreiche Mann aus. Er ist enttäuscht, wütend, verärgert. Und als wäre ich ein Bittsteller, den der Pförtner unbedachterweise in sein Büro hat vordringen lassen, greift er nach einem auf dem Tisch liegenden Blatt Papier und tut so, als läse er. Das Gespräch ist beendet.

Als ich später in Begleitung eines jungen Mannes zum Haus von B. gehe, sehe ich auf dem Marktplatz das Denkmal eines Schriftstellers, der vor hundertfünfzig Jahren hier das Licht der Welt erblickt hat. Wird man meinem Freund in fünfzig Jahren auch ein Denkmal errichten, sein Haus, seine Bücher, die Erinnerung an ihn bewahren und hochhalten? Mir kommen die Verse eines Gedichts in den Sinn, das Luis Cernuda in einer ganz ähnlichen Situation geschrieben hat: »Sein Leben kann ihm verziehen werden, denn er ist mausetot; sein Werk, ihrer Welt untertan gemacht, ist nur noch ein vergängliches Ding, ein nutzloses Ornament... Besser die Vernichtung, das Feuer.« Spanien, Sizilien. Gracián nannte den Neid *malignidad hispanica.* Ein spanisches Übel. Ein sizilianisches Übel. Aber ist es wirklich nur Neid, dieses Gefühl, das dem Schriftsteller, dem Künstler hier zu Lebzeiten entgegengebracht wird? Liegt tief darunter nicht auch die Abneigung gegen den, der es wagt, das Schweigen zu brechen?

Es gibt Regime, deren Schmeicheleien und Gunstbezeigungen kluge und ehrenhafte Leute (oder besser: kluge, ehrenhafte Leute) härter treffen müssen als Drohungen und Verfolgungen. Der sizilianische Historiker Isodoro La Lumia reagierte auf das Angebot des Bourbonenregimes, ihm ein recht einträgliches und angesehenes Amt zu verleihen, indem er entgegnete, sie sollten endlich aufhören, ihm um den Bart zu streichen, sonst sehe er sich gezwungen, ins Exil zu gehen. Diese Episode wirkt heute beinahe komisch, und das liegt paradoxerweise an den vielen Verfolgungen und Säuberungen, die in so vielen Ländern der Welt gegenwärtig stattfinden. Es gab eine Zeit, in der ein Intellektueller noch sagen konnte: »Wenn ihr mich hätschelt, gehe ich; wenn ihr mich schlecht behandelt, bleibe ich.« Und diese schlechte Behandlung beschränkte sich damals auf das Verbot, in Palermo Bücher zu publizieren, die man ohne üble Folgen in Florenz oder Turin herausbringen konnte. Eine schwere Einschränkung, ja sicher, aber wir haben inzwischen ganz andere kennengelernt, in Italien und anderswo.

Ein Geschäftsmann vertraut mir an: »Wenn Sie zwei gut gekleidete Herren sehen, die einander mit Händedruck begrüßen, und dann einen den anderen fragen hören, ob es ihm gelungen sei, das Dach fertigzustellen – dann sind das zwei Politiker der gleichen oder zwei verschiedener Parteien, und das Dach ist ein Milliardending.« Bis zu solchen Feinheiten versteigt sich die Abneigung gegen die Politik und den Parlamentarismus. Ich werde aufpassen, vielleicht höre ich einmal, daß einer mit dem Dach fertig ist. Hören ist eines; was man aber weiß oder vermutet ...

Seltsam, in einer Zeit, wo die Familienbande sich lockern und ein Seitensprung oder eine außereheliche Beziehung als Lappalie gelten, wo Ehepaare einfach auseinandergehen oder sich auf ganz unglaubliche Kompromisse einigen, gibt es keinen tragischen oder verdächtigen Todesfall, bei dem der Ehepartner nicht sofort in Verdacht gerät, der Mörder oder der heimliche Auftraggeber zu sein. Ja, nicht nur in Verdacht gerät: Oft kommt es durch geduldiges Verflechten der widersprüchlichen Indizien, die sich ebensogut als Unschuldsbeweise auslegen ließen, vom Verdacht zur Anklage, dann zum Untersuchungsverfahren und schließlich zum Prozeß. Ein Rechtsweg, der, wenn er mit Freispruch endet, einen zerstörten Menschen in die Gesellschaft zurückentläßt, und wenn er mit Schuldspruch endet, möglicherweise einen Unschuldigen hinter Gitter bringt.

Die Kriminalromane und Filme über dieses Thema haben zweifellos zur Verbreitung dieses Vorurteils beigetragen. Fast möchte man meinen, einem aus der Literatur in den Bereich der Institutionen übertragenen Versuch beizuwohnen, durch das Verbrechen die Ehe zu erotisieren.

Ein alter Rechtsanwalt sagt: »Früher waren in hundert von meinen Fällen achtundneunzig schuldig und zwei unschuldig. Heute ist es umgekehrt: auf achtundneunzig Unschuldige kommen zwei Schuldige.« Ich hoffe, daß seine Erfahrung die Ausnahme ist, doch oft kommt mir der Verdacht, daß sich das Räderwerk der Justiz im Leerlauf dreht oder, schlimmer noch, daß es denjenigen zermalmt, der aus Unachtsamkeit oder durch den Stoß eines anderen mit ihm in Berührung gekommen ist.

Ein alter Bekannter von mir, ein ehrenhafter, einfacher Mensch, saß einmal ein paar Wochen schuldlos im Gefängnis, solange man eben braucht, um Schuld oder Unschuld eines Bürgers festzustellen. Da er von der Gewißheit seiner eigenen Schuldlosigkeit ausging, verbrachte er diese drei oder vier Wochen in dem Glauben, daß auch alle anderen Insassen des Gefängnisses schuldlos seien und es für die wirklich Schuldigen ein anderes Gefängnis gebe. In seiner Naivität zweifelte er keinen Augenblick daran, daß die »Hüter der Gerechtigkeit« fähig seien, einen Schuldigen von einem Unschuldigen zu unterscheiden, auch wenn durch unglückselige und unvorhersehbare Zufälle manchmal ein Unschuldiger sozusagen probehalber eingesperrt wird, wie für eine Impfung oder eine Quarantäne.

Aus diesem Grund fiel er bei einem seiner täglichen Spaziergänge im Gefängnishof einem Mißverständnis zum Opfer, über das er sich sehr grämte und das er sich, wenn er davon erzählt, immer wieder vorwirft, ja, in dem er sogar die mögliche Ursache seines Gefängnisaufenthaltes sieht. »Ein Neuer war angekommen. Ich blieb stehen, um mit ihm zu reden. Er fragte mich, wessen ich beschuldigt wurde. Ich sagte es ihm und stellte ihm die gleiche Frage. Er antwortete mir, daß man ihn des aufsehenerregenden Mordes beschuldige, der drei Monate vorher in G. verübt worden war. Nun hatte ich alle Zeitungsberichte über diesen besonders grausamen Mord verfolgt, die Nachforschungen, die Verhaftung des Schuldigen und sein Geständnis. Ich sagte: ›Aber der Mörder ist doch bekannt!‹ Der Mann verfärbte sich und fragte mit eisigem Mißtrauen: ›Wer ist es denn?‹ Ich antwortete: ›An den Namen erinnere ich mich nicht, aber er ist ein Bruder des Friedhofswächters.‹ Sein Gesicht wurde noch finsterer, und nach einem langen, bedrohlichen Schweigen sagte er: ›Was glaubst du, vielleicht, wir sind hier im Klub? Der Bruder vom Friedhofswächter bin ich.‹«

Als einer unserer Schriftsteller eines Abends in einem römischen Salon heftig angegriffen wurde, schleuderte er seinem erbittertsten Widersacher plötzlich die Frage entgegen: »Warum trägst du eigentlich einen Bart?« Diese unerwartete, erboste Frage erwies sich als äußerst wirkungsvoll: Der angriffslustige junge Mann suchte verzweifelt nach einer triftigen Erklärung für seinen und anderer Leute Bart; dann fing er sich wieder und sagte, daß es doch gar nicht um seinen Bart, sondern um etwas ganz anderes ginge. Doch die Angriffe gegen den Schriftsteller waren für diesen Abend vorbei.

In dieser konkreten Situation hatte die Frage wahrscheinlich wirklich nur den Zweck, vom Thema abzulenken; aber sie drückte doch zugleich die Besorgnis und das Unbehagen der regelmäßigen Rasierer aus, die sich von einer wachsenden Zahl von Bärten umgeben sehen. Bärten aller Formen und Größen, kurze und wallende, gepflegte und struppige, Franziskaner-, Musketier-, Lenin-, D'Annunzio- und Balbobärte.

Ja, warum trägt man eigentlich einen Bart? Um sich von anderen zu unterscheiden oder um ihnen zu gleichen? Um aufzufallen oder um sich zu verbergen?

Neulich traf ich kurz hintereinander zwei Personen, die sich nicht leiden können. Beide trugen Bärte, beinahe hätte ich sie nicht erkannt. Dem ersten gestand ich meine Verwunderung, denn ich hätte nicht erwartet, daß er sich in seinem Alter einen Bart wachsen ließe. Beim zweiten war ich ein bißchen boshafter. Ich erzählte ihm von der Begegnung mit seinem Freund Z. (Geringschätzung schließt ja Freundschaft nicht aus), der nun auch einen schönen Bart trage. Ich glaube, er ist unverzüglich zum Friseur gerannt, denn als ich ihm am nächsten Tag wieder begegnete, war er glattrasiert und antwortete auf meine Frage nach dem verschwundenen Bart, er habe ihn nicht aus modischen Gründen wachsen lassen, sondern nur, weil er in letzter Zeit so viel zu tun gehabt hätte, daß er nicht zum Rasieren gekommen sei; nun sei die Arbeit beendet und der Bart wieder ab. Er hatte ganz offenkundig aussehen wollen wie Marx oder Franz Joseph oder Pater Pio (ich kenne seine Weltanschauung nicht, falls er eine hat), aber die Aussicht, am Ende seinem Freund Z. ähnlich zu sehen, hatte ihn aus der Fassung gebracht.

Was auch immer die bewußten oder unbewußten Gründe jedes einzelnen Bartträgers sein mögen, fest steht – abgesehen von einer gewissen Gruppe reaktionärer Bärte –, daß der Bart als kollektives Phänomen ein Zeichen des Protestes sein soll. Wie immer, übrigens. Eine Revolution kann man auch ohne Bart machen, und, wie die Französische Revolution nahelegt, mit gar nicht so schlechten Ergebnissen; Protestbewegungen hingegen finden mit Bart statt. Man denke nur an die große Protestbewegung des Christentums: traditionsgemäß mit Bart. Dazu gibt es eine erzählenswerte Volkslegende, die im vorigen Jahrhundert von Serafino Amabile Guastella in Modica aufgezeichnet wurde und der zu entnehmen ist, welche bedeutende Rolle der Bart in der Praxis der Protestbewegung spielt. Der Held dieser Legende ist der heilige Paulus: In Rom hatte die Christenverfolgung ihren Höhepunkt erreicht; allerdings war es schwierig, die Christen zu identifizieren, und die Häscher wußten nicht, wie sie ihrer habhaft werden sollten. Schließlich wurde ihnen hinterbracht, die Christen trügen ganz bestimmte Bärte. Und damit begannen die Razzien.

Zwei Christen, die erfuhren, daß die Häscher im Bild waren, liefen sogleich zum heiligen Paulus, um ihn zu warnen und ihn zu bitten, ihnen schleunigst den Bart abzunehmen, da sie verfolgt würden. Paulus holte das Rasiermesser, seifte sich ein und begann sich zu rasieren. Die beiden Flüchtlinge schrien auf: »Allmächtiger Gott! Dich selbst rasierst du? *Wir* werden doch verfolgt! Vielleicht hat man uns in dein Haus treten sehen. Du bist ein Freund des Königs und hast nichts zu befürchten, uns aber wird man vierteilen. Kennst du denn kein Erbarmen?« Gelassen entgegnete der heilige Paulus: »Das wahre Erbarmen beginnt bei uns selbst. Wahrhaftig, ich bin ein Freund des Königs, doch wer weiß? Ich bringe mich lieber in Sicherheit. Wenn dann noch Zeit bleibt und ihr nicht zerfleischt worden seid, werde ich auch euch rasieren.«

Piazza di Spagna, Trinità dei Monti. Die jungen Leute, die sich an diesem strahlenden Morgen auf diesem herrlichen Platz rings um das »Boot« und auf den Treppenstufen versammelt haben, scheinen in eine unerklärliche Traurigkeit versunken, in eine langsame, träge Meditation, die keinen Gedanken und kein Phantasiebild aus der Tiefe zu holen vermag. Es ist nicht das Rauschgift, wie viele der Vorübergehenden behaupten. Es ist etwas viel Schlimmeres, schlimmer auch für uns. In ihrer malerischen Kostümierung, die an die verwahrloste und heruntergekommene Soldateska auf den Drucken von Callot und Villamena erinnert, sehen diese jungen Männer und Frauen – die ja auch eine Art Soldateska des Friedens sein wollen und uns eine freie und glückliche Promiskuität, Unabhängigkeit von irdischen Gütern und eine Kultur der Muße vorspielen – so drein, als wären sie in die Hölle verbannt worden. Vor einigen Jahren bot sich mir in einer Oase bei Tripolis ein völlig anderes Bild der Freiheit: Junge und alte Männer lagen im kurzen Schatten der Mittagssonne ausgestreckt, genossen, ohne sich vom Fleck zu rühren, die ungestörte Ruhe, und aus ihren wachen, aufmerksamen, neugierigen Augen blitzte eine ironische Intelligenz. Der Mensch ist wahrhaftig das Maß aller Dinge, dachte ich, der existenten und der nicht-existenten Dinge: aber nur dann, wenn er so unter Palmen ausgestreckt liegt, mit wachem Geist und aufnahmebereiten Sinnen.

Diese Jugendlichen auf der Piazza di Spagna hingegen, die von naturnaher Lebensweise schwärmen und dabei inmitten des Großstadtverkehrs im Schatten berühmter Monumente herumlungern, bieten kein Bild der Freiheit oder der Revolution. Eher rufen sie in mir Bilder und Gefühle der Sühne wach. Und plötzlich fällt mir eine vor fünfundzwanzig Jahren, kurz nach Kriegsende, veröffentlichte Erzählung von Brancati ein. Eine Erzählung, die eher ein schmerzliches, warnendes Gleichnis ist. Sie trägt den Titel ›Die Dusche‹ und erzählt von einem Giuseppe Gandolfo, der sich vor dem Krieg täglich, manchmal sogar zweimal duschte und als einer der reinlichsten Bürger von Catania gelten durfte. Als er aber Ende 1943 aus der Toskana zurückkehrt, will er sich nicht mehr waschen. Er verkriecht sich im Bett und beschließt, zur Kasteiung Schmutz und Wanzen auf sich zu nehmen. Seinem Onkel, der ihn mit Fragen und Vorwürfen überhäuft, schreit er eines Tages schließlich entgegen, daß er durch Bewegungslosigkeit und Schmutz seine Verbrechen sühnen wolle. »Ich habe ein kleines Mädchen getötet! Ich habe zwei Frauen und ein anderes Kind erschlagen! Mit dem Beil!« – »Das ist nicht wahr!« entgegnet der Onkel. Es ist wirklich nicht wahr. Giuseppe hat niemanden getötet, aber er hat gesehen, wie ein paar Schritte von ihm entfernt drei fremde Soldaten, kräftige, wohlgenährte Männer, zwei Frauen und zwei Kinder mit Beilhieben ermordeten.

Ähnlich sieht es vielleicht in diesen jungen Leuten aus. Sie haben gesehen, wie gemordet wurde, sie sehen es täglich. Und sie nehmen die Buße, die Sühne auf sich, damit neben dem Verbrechen auch Buße und Sühne weiterexistieren.

– 's ist nichts so fein gesponnen, kommt doch ans Licht der Sonnen.

– Ja, wenn die Sonne scheint.

Ich denke an die Ereignisse in Reggio Calabria. »Eure Eminenz mögen mir gestatten, daß ich Sie frei heraus um eine Erklärung für Ihr Verhalten nach den jüngsten, höchst bedauerlichen und für Palermo und Umgebung so betrüblichen Vorfällen bitte. Ich muß annehmen, daß Sie sich Ihrer Pflichten voll und ganz bewußt sind, so daß jeder Verdacht ausgeschlossen ist, Sie könnten aus Unsicherheit über die von Ihnen einzunehmende Haltung gehandelt haben ... Im Namen der mir übertragenen Amtsgewalt fordere ich Eure Eminenz auf, mir über Ihr Vorgehen klar und deutlich Rechenschaft abzulegen, damit die Regierung und das Land beurteilen können, ob und in welchem Ausmaß Sie für das Blutvergießen unter den Einwohnern verantwortlich sind. Ich erwarte Ihre ausführliche Stellungnahme und mache Sie ausdrücklich darauf aufmerksam, daß ich Ihr Schweigen als eindeutiges Schuldbekenntnis auslegen würde.«

So schrieb am 28. September 1866 General Raffaele Cadorna an den Kardinalerzbischof von Palermo.

Nach solchen Zeiten kann man sich nur zurücksehnen, heute, ein Jahrhundert nach der Bresche bei der Porta Pia!

»So ist das Leben!«

»Wir wissen, daß wir heute morgen aufgewacht sind, aber was uns bis zum Abend noch zustoßen wird, das wissen wir nicht« (im Dialekt klingt der Satz kürzer und prägnanter).

»Wir leben jetzt. Und das heißt, von einem Augenblick zum anderen kann alles vorbei sein.«

Dieser Tage hört man in Palermo auf der Straße, im Autobus, beim Friseur immer wieder solche Ausrufe und Sentenzen. Aber der Leser täuscht sich, wenn er meint, sie wären Ausdruck der Trauer um einen Menschen, der einem Infarkt erlegen oder von einem Auto überfahren worden ist. Es ist die typische Klage des Sizilianers, die nicht dem Toten gilt, sondern der eigenen ungewissen Existenz. Diesmal geht es um einen aufsehenerregenden Fall: Ein Journalist ist entführt worden, direkt vor seinem Haus, mitten im Zentrum, um neun Uhr abends.

Einer ist mutig genug, der Sache auf den Grund zu gehen: »Er war ein Idiot!«

Ein noch Mutigerer fragt seinen Nachbarn im Bus: »Meinen Sie, er ist noch am Leben?«

»Noch am Leben? Sie machen wohl Witze!«

Genau diese Antwort hat der Fragesteller erwartet.

Faustregel für die, die in die Geheimnisse Siziliens einzudringen versuchen: Sobald ihr etwas herausfindet, verbreitet es so schnell wie möglich; das ist der einzige Weg, euch zu schützen. Auch wenn es sich um ein Geheimnis zwischen euch und demjenigen handelt, der es euch anvertraut hat, behaltet es nicht länger als eine Stunde für euch. Innerhalb einer einzigen Stunde kann dieser Mensch plötzlich von Reue und Gewissensbissen befallen werden; er kann, wenn er beichtet, in den Schoß seiner Kirche zurückkehren, allerdings nicht ohne Buße zu tun.

Commendatore G., ein trotz dieses Titels geistvoller Mann, pflegt das Erzählen seiner Mißgeschicke mit zwei Witzen zu illustrieren, die er mit unwiderstehlicher Mimik garniert. Der erste: »Wenn der liebe Gott jemanden reinlegen will...« – dazu mimt er den lieben Gott, der vom Himmel herabäugt, um den dafür passendsten Ort ausfindig zu machen –, »... dann läßt er ihn, bumms, in Sizilien zur Welt kommen.« (Die Hand deutet an, wie etwas fallengelassen wird, der Blick folgt befriedigt dem fallenden Objekt und explodiert schließlich wie ein Feuerwerk, wie ein Freudenfeuer.) Der zweite: »Gibt es ein Mittel, um die Probleme Siziliens zu lösen?« Pause. Die Zuhörer werden in erwartungsvolle Stimmung versetzt. »Es gibt eines.« Wieder eine, diesmal noch längere Pause. »Das Flugzeug.«

Ich besteige kein Flugzeug. Aber ich muß gestehen, daß ich in diesen Tagen das Gefühl habe, schrecklich und unwiderruflich hereingelegt worden zu sein.

»Diese *Beati Paoli*, die nicht Heilige, sondern ruchlose Gesellen waren, sind, soweit ich als Knabe vom Hörensagen erfuhr, gar nicht so alten Datums; am häufigsten machten sie sich in der Stadt Palermo bemerkbar, weil sich dort die mächtigen Herren und unsere Barone ihre *Schergen* und *Tapferen* hielten. Die Leute aus den mittleren und niederen Schichten, die es sich nicht leisten konnten, Berufsmörder zu dingen, kamen dadurch zu Ruhm, daß sie die Freveltaten mit eigenen Händen vollbrachten. Und das alles war die Folge der allen bekannten Schwächen des Armes der Gerechtigkeit.« So schrieb der Marchese di Villabianca in einem bis heute unveröffentlichten Manuskript aus der zweiten Hälfte des 18. Jahrhunderts, das in der Stadtbibliothek von Palermo liegt (Signatur Qq E 90). Anscheinend meint er dieselben »Ruchlosen«, die ein Jahrhundert später durch die Komödie von Rizzotto und Mosca unter dem Rang *mafiosi* berühmt werden sollten. Der schon zu Zeiten des Marchese legendäre Geheimbund der Beati Paoli, dessen Existenz von allen Historikern angezweifelt wird, da kein einziges Dokument ihn erwähnt, war in der Tat nichts anderes als eine Form der Mafia: jener Mafia, über die noch heute in bestimmten Volksschichten das Ammenmärchen kursiert, sie sei eine Vereinigung zur Verteidigung der Armen, zur Rächung der Unterdrückten und zur Bestrafung jener, die durch eine ungerechte Immunität geschützt sind.

Dem Marchese zufolge war der Geheimbund der Beati Paoli nicht alt, doch knüpfte er an einen anderen an, der unter dem Namen *die Rächer* schon im Jahre 1185 in Palermo gegründet wurde, also genau in dem Jahr, als die Normannenprinzessin Konstanze dem Staufer Heinrich vermählt wurde. Dieses Gründungsdatum, das dem Marchese aus der Feder floß, und die im gleichen Jahr stattgefundene

Vermählung könnten Sinn und Zweck dieses Geheimbundes erklären: Die bodenständige Normannendynastie starb aus, und durch die Heirat mit der sizilianischen Thronerbin Konstanze übernahm ein ausländischer Herrscher, nämlich Heinrich IV., der Sohn Barbarossas, die Regentschaft. Mit der Gründung eines Geheimbundes, der die Rechtssprechung im verborgenen aufrechterhalten und jeden Willkürakt rächen sollte, trafen die Sizilianer ihre vorbeugenden Maßnahmen gegen die Fremdherrschaft und schufen sich eine Verteidigungsmöglichkeit. Diese These über den Ursprung der Mafia ist häufig vorgebracht worden und erfreut sich größter Beliebtheit. Noch heute wird sie von den ausgewanderten Sizilianern vehement vertreten.

Ein Amerikaner sizilianischer Herkunft berichtete mir, es gebe in den Vereinigten Staaten keinen Sizilianer, der nicht fest davon überzeugt sei, daß die Mafia aus jener Verschwörung hervorgegangen wäre, die schließlich zur Sizilianischen Vesper führte, und der Name Mafia gehe auf ein Losungswort der Verschwörer zurück, nämlich auf die Anfangsbuchstaben des Satzes »Morte ai Francesi Italia Anela« (Italien wünscht den Franzosen den Tod). Dies ist eine entwaffnende Erfindung, geradezu rührend, wenn man bedenkt, wie viele ehrliche und anständige Italiener im Ausland sich das Wort Mafia als Pauschalurteil über ihr ganzes Volk gefallen lassen müssen.

Der Marchese di Villabianca hatte bei seinen Nachforschungen über die Herkunft der Beati Paoli jedoch nicht diese Sorgen. Er suchte keine historischen Rechtfertigungen für einen Geheimbund, der, wie immer er sich nannte und wann immer er auch tätig war, die grundsätzlich legitime Macht des Staates ausschalten wollte. Oder ersetzen, oder unterminieren. Doch man beachte, daß für den Marchese der Staat nichts anderes ist als die eigene Klasse, die Privilegien und die Immunität der Aristokratie; alles, was diese Klasse sich durch Hartnäckigkeit, aber auch durch offene Auflehnung unter allen bisherigen Herrscherdynastien erstritten hatte; unter den Aragonesen, den Katalanen, den Savoyern, den Österreichern, den Bourbonen.

Ein Geheimbund wie die Beati Paoli ist also in seinen Augen natürlich ein Klassenphänomen: Leute aus den mittleren und niederen Schichten schließen sich zusammen, um es den Mächtigen und Feudalen gleichzutun. Deshalb gelangt Villabianca bei seiner Analyse einer Legende zu ganz ähnlichen Schlußfolgerungen wie zweihundert Jahre später der Engländer Hobsbawm bei seinen Untersuchungen über die Mafia: Er sieht dieses Phänomen als Aufstiegsversuch einer Klasse, der in Sizilien im Verlauf der Geschichte selbst der schwächste Widerschein der Revolution versagt geblieben ist, nämlich der Klasse des Bürgertums. Hellsichtig merkt der Marchese an, die Beati Paoli seiner Zeit seien wohl »die nicht wenigen Ungläubigen, die, vollgestopft mit häretischen Maximen, welche ihnen französische Bücher (hier folgt ein unleserliches Wort, vielleicht:) ›eingeflößt‹ haben«, heimlich die herrschende Ordnung untergraben.

Diese kleine Handschrift von Villabianca lieferte Luigi Natoli zweifellos nicht nur die Idee, sondern sozusagen auch den ideologischen Kurs für seinen Fortsetzungsroman, der ja auch den Titel ›I Beati Paoli‹ trägt und zusammen mit zwei weiteren Werken, ›Coriolano della Floresta‹ und ›Calvello, der Bastard‹, ein Jahrhundert sizilianischer Geschichte vom Ende des 17. bis zum Ende des 18. Jahrhunderts umspannt. Der Romanzyklus endet damit, daß die Beati Paoli Freimaurer und Jakobiner geworden sind, angeführt von Francesco Paolo de Blasi, der im Jahre 1795 geköpft wird. Doch die Aversion des Marchese gegen aufrührerische Bünde, seien es nun die Beati Paoli oder die Freimaurer, verwandelt sich bei Natoli in offene, völlige Billigung: Daher die unerschöpfliche Popularität seiner Romane.

Zerschlissen wie Regimentsfahnen gehen alte Ausgaben der ›Beati Paoli‹ und anderer Werke von ihm noch heute von Hand zu Hand. Der »bürgerliche«, des Lesens kundige Bauer, der Friseur, der Gemeindediener, der Hausmeister – kurz alle, denen ihr Beruf längere Ruhepausen gönnt – sind begeisterte, ja fanatische Leser dieser Romanhefte. Seit dem ersten Erscheinen der ›Beati Paoli‹ im Jahr 1909 in der Beilage zum ›Giornale di Sicilia‹ war diesem sowie den anderen Romanen von Natoli (der unter dem Pseudonym William Galt schrieb) ein Ruhm und ein Erfolg ohnegleichen beschieden. Die anderen Romane wurden ebenfalls als Fortsetzungsromane, auch in den Vereinigten Staaten, mehrfach veröffentlicht, und das ist verständlich. Die Vorstellung, das sizilianische Volk habe dank einer ununterbrochenen Folge von Mafia-Organisationen als heimlicher Rächer und Wiederhersteller der Gerechtigkeit Geschichte gemacht, schmeichelt und behagt auch denen, die mit der Mafia von heute und von gestern sehr konkrete und schmerzliche Erfahrungen gemacht haben. So wie Michele Amari sagte, er sei, ausgehend vom Studium der Verfassung aus dem Jahre 1812, zur Sizilianischen Vesper als der wahren Verfassung Siziliens gelangt, so kann man von den Romanen Natolis sagen, daß wir durch sie die Mafia als die wahre und unveränderte Verfassung dieses Landes entdecken. »Eine Existenzform«, würde Americo Castro sagen; und die Wogen der Geschichte gehen darüber hinweg wie über die Binsen in dem Sprichwort: »Biege dich, Binse, das Hochwasser geht vorüber.« Das könnte, im Hinblick auf die Anti-Mafia-Untersuchungen, auch heute noch das Motto der Mafia sein.

Um aber nochmals auf die Beziehung zwischen der Schrift des Marchese di Villabianca und dem Roman von Natoli zurückzukommen: Da gibt es eine Gestalt, die der Romancier vom Marchese übernommen hat, und sie ist historisch belegt durch das Register der Compagnia dei Bianchi (einer Bruderschaft, die es sich zur Aufgabe gemacht hatte, den zum Tode Verurteilten Beistand zu leisten): Don Girolamo l'Ammirata da Palermo, verurteilt zum Tod am Galgen, weil er nachts zwischen der Piazza Ballarò und dem Kloster Del Carmine jemanden erschossen hatte. Wer der Ermordete war, ist weder im Register noch in den zeitgenössischen Chroniken erwähnt. Bei Villabianca heißt es: »Der Verwalter Girolamo l'Ammirata gehörte auch dieser Schule an und büßte dafür mit dem Tod am Galgen am Piano Del Carmine am 27. April 1723.« Der Schule der Beati Paoli. Er war ein »Verwalter«, heute würden wir sagen »Buchhalter«, und er war ein »Don« (aber nicht adlig, sonst hätte man ihn enthauptet und nicht erhängt). Natoli, der sich die Vereinigung der Beati Paoli wie eine Mafia-Organisation strukturiert vorstellte, läßt ihn als »Verwalter« des Großen Hospitals der Stadt auftreten (in einer Schlüsselstellung also) und räumt ihm innerhalb des Bundes die Rolle des zweiten Mannes ein, also des einzigen, der den Ersten, den Capo, kennt.

Vielleicht hat es die Vereinigung der Beati Paoli nie gegeben. Ohne Zweifel aber gibt es eine Organisation namens Mafia, mit ihren »Verwaltern«, ihren »Dons« und ihren unsichtbaren Capos. Es ist interessant, daß im Jahr 1724 der, wie Villabianca sagt, »schwache Arm der Justiz« auf der

Ebene der Verwalter zuzuschlagen vermochte, denn damals gab es ja noch sehr wenige »Verwalter«. Heute dagegen, wo es so viele gibt, faßt sie nicht einen einzigen.

Ich habe den Ingenieur kennengelernt, der den Wiederaufbau der bei dem Erdbeben vor drei Jahren zerstörten sizilianischen Ortschaften leitet. Gleich nach unserer Begrüßung sagt er in großzügig-vorwurfsvollem Tonfall: »Sie rufen nach dem Herzog von Camastra.« Er bezieht sich dabei auf einige meiner Artikel in einer sizilianischen Tageszeitung und einer Mailänder Illustrierten, in denen ich erwähnt hatte, daß unmittelbar nach dem Erdbeben des Jahres 1693 der Herzog von Camastra, als bevollmächtigter Vertreter des Vizekönigs und assistiert von einem Kanonikus – der sich, wie man heute sagen würde, im Städtebau auskannte –, den Wiederaufbau von nicht weniger als dreiundzwanzig total zerstörten Ortschaften (darunter Catania, Noto, Lentini, Avola), weiteren neunzehn schwer beschädigten und unzähligen etwas weniger schwer betroffenen Orten in die Wege leitete.

»Wissen Sie eigentlich, daß es vierzig Jahre gedauert hat, um diese Städte vollständig wieder aufzubauen?« fährt der Ingenieur fort. Ich weiß es. Aber wenn der Herzog »all die Teufelsmaschinen gehabt hätte, die es heutzutage gibt«, wie Pascarella im Hinblick auf Kolumbus sagt, dann hätte er für den Wiederaufbau, wenn nicht vierzig Tage, so doch nur vierzig Monate gebraucht; und vierzig Monate sind nun schon verstrichen, ohne daß im Belice-Tal auch nur eine einzige Mauer hochgezogen wurde. »Aber ich bin«, sagt der Ingenieur, »ein Demokrat und ein Sozialist.« Ja, das muß ich zugeben: Der Herzog von Camastra war das nicht.

Er war ein Mann, dessen charakterliche Härte und strenge Pflichtauffassung durch Frömmigkeit und Schönheitssinn gemildert wurde. Er war einfach ein Christ, wenn auch kein vollkommener. Und er hatte, ohne Architektur studiert zu haben, einfach eine Idealvorstellung von einer Stadt mit geraden Straßen und harmonischen Plätzen. Er ritt durch die Trümmer und gab an, wo die Straßen und Plätze entstehen sollten – als Laie, und mehr noch: mit allen Vollmachten ausgestattet. Hätte man ihm erklärt, was Demokratie, Sozialismus oder eine Hochschule für Architektur ist, hätte er sich gebogen vor Lachen – oder vor Zorn. Darf man in einer

Zeit wie der heutigen, da wir uns der Wohltaten der Demokratie, des Sozialismus und der Architektur erfreuen, an einen solchen Mann erinnern? Und daran, daß alle Macht in der Hand eines einzelnen lag, da wir doch wissen, daß die Macht geteilt und verteilt, in Partikel zerpflückt und an alle und jeden vergeben werden muß! Auf daß die Erdbebengeschädigten, ganz demokratisch, weiterhin in Baracken wohnen bleiben, und der Staat, ganz demokratisch, sein Versteckspiel mit den Aufwieglern von Reggio di Calabria weiterspiele.

In Roccapalumba steigt ein Bauer in den Zug nach Agrigent und fragt drei verschiedene Leute hintereinander, ob dieser Zug nach Agrigent fährt. Jedesmal bekommt er dieselbe Antwort: »Schon möglich...« Beim drittenmal erhält er diese Antwort sogar aus dem Mund eines Eisenbahners, und daraufhin findet er sich mit der Ungewißheit ab. Niemand ist sicher, ob der Zug nach Agrigent fährt; es scheint so; es steht so geschrieben; die Reisenden und das Zugpersonal nehmen es an; er kann aber auch in Trapani enden, in Messina, oder in der Hölle.

Kaum hat er den Sicherheitsgurt angelegt, nimmt der Abgeordnete ein dickes Bündel Zeitungen zur Hand und zieht mit sichtlicher Vorliebe ›Le Monde‹ heraus; rasch blättert er die Zeitung durch, faltet sie wieder zusammen und fängt dann auf der ersten Seite zu lesen an. Das Flugzeug befindet sich noch auf der Startbahn, da wird der Abgeordnete schon unruhig; er hebt den Blick und schaut erst nach links, dann nach rechts. Was in seinem Auge vorgeht, erinnert mich an einen Satz von Carrieri: »Das Auge nimmt auf, was XY schreibt, und dann muß man zum Augenarzt gehen.« Eine halbe Spalte von ›Le Monde‹ hat des Abgeordneten Auge aufgenommen, mehr nicht; dort liegt sie, bleiern, hart, mit französischen Akzenten gespickt. Ein Augenblick der Verzweiflung, der Panik. Dann wühlt der Abgeordnete in den Zeitungen, die auf seinem Schoß liegen, sucht sein Parteiblatt heraus und versinkt in dem Leitartikel wie in einem breiten Liebesbett. Seine Augen sehe ich nun nicht mehr, aber ich kann mir leicht vorstellen, wie in der mütterlichen, sicheren und dauerhaften Wärme des von einem anderen Abgeordneten verfaßten Leitartikels die halbe Spalte aus ›Le Monde‹ allmählich dahinschmilzt.

»Dubček war ein Faschist«, sagt ein sehr revolutionäres Mädchen, das einen sehr reichen Mann geheiratet hat und jetzt Assistentin eines sehr faschistischen Professors geworden ist.

Vor einigen Monaten sagte ich bei einer Diskussion dem Abgeordneten Cattanei, Präsident der Anti-Mafia-Kommission, die Mafia leiste sich nun schon den Luxus der Antimafia. Die Bemerkung wurde von den meisten, vielleicht auch von Cattanei selbst, als ein Paradoxon, als ein Scherz aufgefaßt. Doch der Fall des Chefarztes am Städtischen Krankenhaus von Mazzarino – den man beschuldigte, mit der Mafia unter einer Decke zu stecken, einen Monat inhaftierte, zur Verbannung verurteilte und im Berufungsverfahren schließlich freisprach – genügt hoffentlich, um meiner Bemerkung jeden paradoxen oder scherzhaften Anstrich zu nehmen. Als ich Professor Frisina kennenlernte, war ich überzeugt, daß er nichts mit der Mafia zu tun hatte, abgesehen von Bekanntschaften, die in Sizilien jeder unverhofft machen kann, »da die Kette der Freundschaften stets lang ist und man oft überhaupt nicht weiß, welche ihrer Glieder der Mafia angehören«. Das Urteil des Appellationsgerichts deckt sich also mit meiner Überzeugung. Und zur Bestätigung meiner Überzeugung wie des Urteilsspruchs erhält Frisina einen anonymen Anruf: er solle sich hüten, nach Sizilien zurückzukehren.

Auf der Basis der besonderen Verfügungen gegen die Mafia wurde ein Mann ungestraft verleumdet, inhaftiert und zu einem Zwangsaufenthalt verurteilt. Ungestraft. Und das im Vaterland des Rechts, wie manche es noch immer nennen.

Steri ist gleichbedeutend mit *hôtel, Palais, Palast, Rathaus. Osteri* heißt in alten Dokumenten ein solches Bauwerk in Palermo, vielleicht das älteste, interessanteste und schönste *hôtel* Europas. »Einen Steinwurf von der Kirche Santa Maria della Catena entfernt, auf dem flachen Grund am Meer, ließ im Jahre des Heils 1320 Manfredi Chiaromonte, damals Graf von Modica, einen großen, herrlichen Palast errichten, welcher heute *Osteri* geheißen wird. Als sich Andrea, der Sohn des verschiedenen Manfredi, gegen König Martino von Sizilien erhob und enthauptet wurde, wählte der König diesen Palast zu seinem Sitz und hielt dort Hof; dort versammelten sich die Richter, um über die Fälle zu entscheiden, die zu

Zeiten Friedrichs II. im Schloß am Meer entschieden wurden. Später wurde der Palast die Residenz der Vizekönige.« So heißt es bei Fazello in ›De rebus siculis‹, 1558. Wir können hinzufügen, daß der Palast von 1605 bis 1782 Sitz der Inquisition war. (An den Wänden der als Gefängnis benutzten Räume sind noch hochinteressante Sgraffiti und Zeichnungen zu sehen, Zeugnisse der Frömmigkeit und der Angst, die in jedem Kulturland wenigstens durch Glasscheiben geschützt und entsprechend beleuchtet würden, so wie es etwa in einigen jugoslawischen Gefängnissen mit den Inschriften der Partisanen geschehen ist.) Bis vor wenigen Jahren diente er dann als Justizpalast. Nach der Übersiedlung in den scheußlichen neuen Justizpalast hatten Staat und Denkmalamt plötzlich das leere, übel zugerichtete Gebäude am Hals, das nicht nur wiederhergestellt, sondern neu Verwendung finden mußte. Da es allenthalben hieß, der *Steri* sei ein unvergleichliches Denkmal der Kultur einer Epoche und Zeugnis von Jahrhunderten städtischer und sizilianischer Geschichte, beschloß man, die Büros des Rektorats der Universität dort unterzubringen; denn Kultur verträgt sich mit Kultur, und eine Krähe hackt der anderen kein Auge aus.

Eine schlechtere Lösung hätte man gar nicht finden können, denn dadurch wurde das Bauwerk erneut zu der Unsichtbarkeit verurteilt, für die drei Jahrhunderte lang die Tribunale der Inquisition und des italienischen Staates gesorgt hatten. (Es ist unbegreiflich, warum in solchen Bauwerken gerade die Bürokratie untergebracht werden muß, auch wenn es eine »Kulturbürokratie« ist; in solchen Entscheidungen treffen sich Geiz und Verachtung.) Zu lösen blieb noch das Problem der Restaurierung; einstweilen stand *Steri* jahrelang als Ruine da (wahrscheinlich hoffte man, er werde endgültig verfallen): die Fenster hatten keine Läden, im großen Saal mit der bemalten Decke flatterten Tauben umher, und alles war voll Staub und Dreck. Endlich übernahm die Stadtverwaltung die schwierige Aufgabe der Restaurierung und arbeitete ein Projekt aus, das die Zustimmung der obersten Denkmalschutzbehörde und des Rektorats der Universität fand.

Was von diesen Restaurierungsarbeiten heute von draußen zu sehen ist (Unbefugten ist ein Betreten des Gebäudes strengstens untersagt, mit der Begründung, der Aufenthalt sei gefährlich, ganz als handelte es sich da um eine Schwefelmine, deren Besichtigung übrigens gestattet war), ist folgendes: ein maschinell bearbeiteter, butterfarbener Stein stopft die Löcher in den Fassaden aus dunklem, warmem Sandstein; sogar an der Fassade ziehen sich Zementadern durch die Fugen der alten Steinmauern; eine wunderschöne Treppe aus dem 16. Jahrhundert wird anscheinend abgerissen; Säulchen und Kapitelle aus demselben butterfarbenen Stein springen abscheulich aus den doppelbogigen Fensternischen hervor; der Lavastein, mit dem die Bögen geschmückt waren, scheint bei der Restaurierung durch eine Dekoration aus schwarzer Lackfarbe ersetzt worden zu sein... Und was geschieht im Inneren, was wird dort geschehen? *No me digáis que la vea:* Sagt mir nicht, ich dürfe es erst dann sehen, wenn der Tod bereits eingetreten, das Urteil vollstreckt ist.

Ein Buch über die Mafia, das ich nicht kannte und das vermutlich auch allen anderen, die sich mit diesem Phänomen beschäftigen, entgangen ist: ›Mafia‹, von G. B. Avellone und Salvatore Morasca, 1911 bei Voghera in Rom gedruckt. Das Exemplar, auf das ich gestoßen bin, trägt eine handschriftliche Widmung von Avellone: »Seiner Exzellenz, dem Advokaten Camillo Finocchiaro-Aprile und seinem inniggeliebten Sohn, dem Advokaten Andrea.« Aus den vielen autobiographischen Einschüben der Autoren geht hervor, daß beide Sizilianer sind – Avellone aus Palermo, Morasca aus der Provinz Messina –, und daß der erste zunächst Anwalt, dann Richter war, während der zweite als sein treuer Schüler Untersuchungen über die Soziologie des Verbrechens anstellte, darunter eine angekündigte über die Camorra, sowie Studien über die Soziologie des Rittertums, wie die vorliegende über die Mafia. Denn eigentlich ist er der Autor des Buches, während Avellone nur eine dreißigseitige Einleitung beisteuert, einen langen Brief an seinen in den Rang eines »teuersten Freundes« erhobenen Schüler. Das Buch enthält die Konterfeis der beiden Autoren: Morasca, ein Mann zwischen dreißig und vierzig, mit einem Schnurrbart im Stil der Belle Epoque und einer Fliege, lächelt; Avellone, ein Sechzigjähriger mit Franz-Joseph-Bart, trägt eine Toga und streckt hinter der Bank des Staatsanwalts die eine Hand mit anklagendem Zeigefinger von sich.

Drei oder vier Seiten lang erzählt Avellone seinem Schüler lauter Dinge, die diesem wohlbekannt sind: »Wie Sie wissen, teuerster Freund ...;« wir aber wissen es nicht und erfahren es mit einer gewissen Bestürzung. »Wie Sie wissen, teuerster Freund, wurde im Jahre 1875 ein großer, schlau eingefädelter Raubüberfall auf den Monte di Pietà in Palermo verübt, bei dem Wertgegenstände im Wert von beinahe drei Millionen entwendet wurden; die Anführer der vielköpfigen Bande waren ein gewisser Marino und die Brüder Perez. Ich verließ Palermo und eilte zur Verteidigung der berühmten Millionendiebe nach Mailand ... Und dort erlebte ich, daß gebildete Publizisten, hervorragende Richter und berühmte Anwälte die Angeklagten *mafiusi* und das freche Pack der Gemeinverbrecher die ›Mafia von Palermo‹ nannten, was mich schmerzte, beleidigte und kränkte. Als aus Sizilien gebürtiger Italiener erkannte ich damals die unbedingte Notwendigkeit, diesen ungeheuren und ehrenrührigen Irrtum zu bekämpfen und unsere Brüder im Norden über diese abscheuliche Verwechslung aufzuklären.« Nach Abschluß des Prozesses bleibt Avellone in Mailand und bemüht sich, in Vorträgen, öffentlichen Diskussionen und persönlichen Gesprächen darzulegen, »daß die sizilianische Mafia niemals eine Verbrecherbande war, noch eine solche ist«. Und nun eröffnet er Morasca, daß er in der »geistigen Hauptstadt Italiens« zwei Verbündete in dieser Sache gefunden hat, »zwei Größen der Literatur und Kunst, zwei Mitbürger, die Italien Ehre machen: Giovanni Verga und Luigi Capuana«. Diese Eröffnung erstaunt uns nicht, denn beide Autoren kamen aus einem Teil Siziliens, wo es keine Mafia gab; konfrontiert mit Beschuldigungen, die aus Unkenntnis gegen ganz Sizilien erhoben wurden, verteidigten die beiden Schriftsteller nicht nur den östlichen, sondern auch den westlichen Teil Siziliens. Auf das Ehrenwort Avellones schworen sie hoch und heilig, die Mafia – der Name wie auch die Sache selbst – sei eine bloße Erfindung dieses Rizzotto, der den unseligen Einfall gehabt hatte, eine Komödie über die *mafiosi* der Vicaria von Palermo zu schreiben; wenn es aber jemals eine Mafia gegeben habe, dann sei sie aus »einem Gefühl der Notwendigkeit entstanden, einen Geheimbund der Ehrenhaften und Mutigen gegen die dreiste Willkür der Tyrannei zu gründen«.

Von Mailand geht Avellone, der Richter geworden ist, an den Gerichtshof von Cagliari und von dort an den Schwurgerichtshof von Sassari. Auch in Sardinien stößt er auf die

»dumme Meinung«, Mafia und Verbrechen seien ein und dasselbe, und kämpft dagegen an. Es fällt ihm leicht, dort teuerste Freunde und berühmte Richter über diesen schweren Irrtum aufzuklären. Gewiß leichter als in Mailand oder in Turin, wohin er danach versetzt wird. In Turin hat er mit einer »typisch piemontesischen Form des Verbrechertums« zu tun: der *Barabbaria.* Später, in Rom, stößt er auf eine weitere typisch regionale Form der Kriminalität, die *Teppa.* Unnötig zu sagen, wie unbarmherzig der sizilianische Richter beide bekämpft hat. Dies war wirklich Mafia, das, was man im Norden Mafia nannte. Schlußfolgerung: Ein für Sizilien typisches Verbrechertum gibt es nicht und hat es nie gegeben. Wenn daher »Sie, mein lieber Morasca, mich in Ihrem Buch als bestes Beispiel für einen echten *mafiusu* bezeichnet haben, so fühle ich mich dadurch keineswegs beleidigt, sondern danke Ihnen dafür, war ich doch schon in meiner frühesten Jugend ein *mafiusu* und bin es als alter Mann noch heute...« Wie auch der Rechtsanwalt Achille Basile, der Polizeipräsident von Palermo war und als Präfekt von Mailand starb und der lieber zur Tat als zur Anzeige schritt; wie Carmelo Agnetta, der sich als Polizeipräsident »ein Meer von Beschwerden wegen Amtsmißbrauch und Gewalt gegen Personen« einhandelte. Leute, die es verstanden, den *Mißbrauch der Freiheit* zu korrigieren, ohne das Gesetz zu inkommodieren. Genau wie seit jeher die Mafia.

Ich sage das nicht, um witzig zu erscheinen, aber was aus Freuds Aufsatz ›Der Witz und seine Beziehung zum Unbewußten‹ am klarsten hervorgeht, ist, daß Freud kein witziger Mensch war. Die Schlußfolgerung, zu der er nach einer ziemlich ermüdenden Analyse gelangt, war uns aus dem französischen Sprichwort *diseur de bons mots, mauvais caractère* längst vertraut – auch wenn dieses Sprichwort sich auf den Salonplauderer bezieht, der ein sozusagen berufsmäßiger Erfinder und Erzähler von Bonmots ist und vom Typus her demjenigen gleicht, der den Frauen anderer Männer die Hand küßt und die eigene Frau prügelt und den ein sizilianisches Sprichwort definiert als »Spaßmacher auf der Straße, Kummermacher zu Hause«. Natürlich zählen Leute wie der Herzog von Saint-Simon, Voltaire, Diderot, Flaubert, die Brüder Goncourt und Renard nicht zu diesen *diseurs de bons mots* – von ihnen ist in Freuds Werk auch nicht oder kaum die Rede. Bezeichnenderweise wird darin als quantitativ produktivster Autor von Witzen vielmehr Georg Christoph Lichtenberg genannt, der von sich selbst sagte: »Ich betrachte die ganze Welt als eine Maschine, die nur den einen Zweck hat, mich meinen Schmerz und meine Krankheit auf jede nur mögliche Weise fühlen zu lassen. Ein pathologischer Egoist! Welch ein trauriger Zustand!«

Apropos Witze: In der klar und konzis geschriebenen Arbeit von Eric J. Hobsbawm über das soziale Banditentum in der modernen Zeit, die jetzt von Einaudi veröffentlicht wurde, fehlt zur Vervollständigung des Bildes vom Sozialbanditen, der aus der bäuerlichen Gesellschaft kommt und von dieser zur Legende und zum Mythos erhoben wird, die Facette des Witzes, der Ironie: Eben darin zeigt sich nämlich am besten die Bedeutung des Banditentums, das soziale Bewußtsein des Banditen und das der Gesellschaft, aus der er stammt, die ihn zu Lebzeiten beschützt und nach seinem Tod zum Vorbild erhebt. In der Geschichte des italienischen Banditentums, von Ghino di Tacco bis zu Salvatore Giuliano, gibt es viele mehr oder weniger authentische Episoden, in denen sich die Banditen gegenüber ihren Opfern – Baronen, Großgrundbesitzern, Regierungsbeamten – so verhalten, als wäre ungeachtet der veränderten, ja konträren Situation, ihre Beziehung zueinander völlig gleichgeblieben: Das heißt, die Ergebenheit, der Respekt und der Gehorsam, die sie den Mächtigen zollen mußten, als Gesetz und Not sie dazu zwangen, werden bis zum Extrem getrieben. Dadurch aber, daß der mächtige Mann nun in ihren Händen ist und die Machtverhältnisse sich umgekehrt haben, ist diese ganze Situation gleichsam eine ironische Vergeltung.

Der Bandit Leone zum Beispiel (der um 1874 im Inneren Siziliens aktiv war) verhielt sich folgendermaßen, als er den Baron Sgadari gefangennahm: »Der arme Sgadari empfahl sich dem Banditen Leone auf das wärmste und flehte ihn an, seiner armen Mutter das Leid einer Erpressung zu ersparen, das ihr den Tod geben würde. Und wie immer ließ sich der Gauner erweichen und versprach es ihm. Dann ging er zu seinen Kumpanen, so als wollte er um Gnade für den Entführten bitten; doch als er zu Sgadari zurückkam, sagte er: ›Ich bedaure, Herr Baron, aber meine Gefährten wollen nicht nachgeben, und ich muß auf sie hören. Wir sind hier sehr viele, und die meisten müssen weiterziehen, weil sie andere Aufgaben zu erfüllen haben, aber ich gestatte Ihnen, daß Sie sich unter denen, die bleiben, den Mann auswählen, der Ihnen das größte Vertrauen einflößt; ihm werde ich die Verantwortung für Ihre Betreuung und Ihre Unversehrtheit übertragen.‹

Der Baron Sgadari musterte also die Männer, und sein Blick blieb an dem Räuber Barberini hängen, der in seiner schönsten Räuberkluft damals der hübscheste Bursche der ganzen Bande war... Diesem Barberini und weiteren fünf unter sein Kommando gestellten Banditen übergab der Anführer Leone den entführten Sgadari, während sich der übrige Haufen zum Aufbruch bereitmachte. Da aber wandte sich Leone an seine Leute und befahl, sie sollten nicht wie ungeschliffene Bauerntölpel abrücken, sondern sich einer nach dem anderen mit einem ehrerbietigen Handkuß von dem Herrn Baron verabschieden.« Sie ließen es auch weiterhin nicht an Respekt fehlen, taten alles, damit der Herr Baron sich wie im Hotel fühlte, bedienten ihn eifrigst und erfüllten ihm jeden Wunsch außer dem, fortgehen zu dürfen. So hielten sie ihn acht Tage in einer Höhle gefangen. All diese Aufmerksamkeiten und Bequemlichkeiten hatten freilich einen recht hohen Preis: 15875 Lire pro Tag. Insgesamt 127000 Lire, die Leone in Gold ausgezahlt haben wollte. Nach heutigem Kurs wäre das ungefähr eine Milliarde Lire. Napoleon III. und die englische Königin, so pflegte der Baron später zu sagen, hätten für einen sehr viel längeren Aufenthalt im besten Hotel der Welt sehr viel weniger bezahlt.

»Die Frauen haben keine Schenkel mehr«, sagt der römische Taxifahrer melancholisch. Wir halten vor einer Ampel; es ist die Tageszeit von Schul- und Bürobeginn, und eine ganze Parade von Frauen in Shorts und Miniröcken defiliert an uns vorüber. Ich bin so überrascht wie Max Beerbohm, als er den Schwergewichtsmeister Tunney mit verhaltener Stimme über das Silbergrün auf den Bildern von Whistler sprechen hörte. In der Brust des Taxifahrers schlägt ein katholisches und selbstverständlich ein römisches Herz, ein hochsensibles. Er dreht sich zu mir um und wiederholt: »Sie haben wirklich keine mehr... sehen Sie das nicht?« Die Tatsache, daß er sie sehen kann, macht – welch raffiniertes Paradox – die Schenkel für ihn unsichtbar. Daß er sie sieht, statt sie zu erahnen, zu erraten, zu erträumen, registriert seine erotische Phantasie als Verlust, als Verstümmelung. Jeder Teil des weiblichen Körpers, den die Mode entblößt, ist deshalb für ihn verloren. Wenn die Frauen nackt herumliefen, würde er nur noch Köpfe rollen sehen, wie von der Guillotine in den Korb. Das ist sehr katholisch. Aber ist es nicht ebenfalls sehr katholisch, ein anderes Zeichen des Katholizismus, daß die Frauen, bewußt oder unbewußt, beschlossen haben, als Körper zu verschwinden, indem sie sich entblößen.

Der Normanne Wilhelm II. sah im Traum die Heilige Jungfrau, die ihm das kleine Modell einer Kirche zeigte und ihm gute Ratschläge gab, wie er das zu ihrer Errichtung nötige Geld beschaffen könnte. Genau ein Jahrtausend ist seither vergangen. Und zu Ehren dieses Jubiläums hat Monsignore Mingo, der Bischof von Monreale, vielleicht auch einen Traum gehabt: von der Heiligen Jungfrau und nunmehrigen Schutzherrin des von Wilhelm errichteten Doms, die ihm das in ein Filmstudio verwandelte Gotteshaus präsentiert und es auch nicht versäumt, ihm ein paar finanzielle Ratschläge zu erteilen. Denn nur eine himmlische Intervention konnte unserer Meinung nach den Bischof dazu veranlassen, ein Baudenkmal wie den Dom von Monreale einer Filmtruppe zur Verfügung zu stellen. Sollte er also den Befehl dazu im wahrsten Sinn des Wortes »von oben« erhalten haben, würde Monsignore gut daran tun, dies kundzugeben, damit sich die Gläubigen in Geduld fassen und die Ungläubigen ihn entschuldigen. Sollte er einen solchen Befehl jedoch nicht erhalten haben ... Sollte er ihn jedoch nicht erhalten haben, so wäre das eine schwerwiegende Angelegenheit. Man kann nicht zulassen, daß ein so berühmtes, ehrwürdiges Denkmal einer Kultur, einer Weltanschauung, eines Glaubens wie ein Privateigentum vermietet wird, und sei es auch zu dem heiligen Zweck, daß der Regisseur Franco Zeffirelli einen Film über Franz von Assisi mit Alec Guiness in der Hauptrolle dreht. Wir zweifeln keineswegs daran, daß Zeffirelli, soweit seine Arbeit es zuläßt, diesem Heiligtum jene Achtung entgegenbringen wird, die seine Vermieter ganz eindeutig vermissen lassen; wie aber kann man im voraus sicher sein, daß eine so große Filmtruppe, die mit einer solchen Menge von Gerüsten, Geländern, Drähten und Vorhängen arbeitet, diesem alten, trotz seiner scheinbaren Solidität so delikaten Bauwerk keinen Schaden zufügen wird? Die Wahrheit ist, daß in Italien diejenigen, die, wie es so schön heißt, dafür *zuständig* sind, sich darüber gar keine Gedanken machen; ihre Sorgen gehen höchstens in die entgegengesetzte Richtung: Daß all das, was konserviert und geschützt werden muß, dem Verfall so hartnäckigen Widerstand leistet, daß es einfach nicht umzubringen ist.

Das Wort *Pagghiaru* (im Gebiet von Palermo) oder *pagliaru* (in den Provinzen Agrigent und Caltanisetta) bedeutet »eine Unterkunft aus Stroh und Reisig auf den Feldern, wo die Bauern die Nacht verbringen können. Hütte.« So heißt es im sizilianischen Wörterbuch von Mortillaro; und so habe ich sie in Erinnerung, die *pagliara* (Plural auf -a), die im Sommer die Landschaft belebten und zur Bewachung des geschnittenen Getreides und der Gärten dienten. In einem *pagliaru* fanden ganze Familien Zuflucht vor der Hitze des Tages und der Kälte der Nacht. Obwohl nicht mehr als vier Quadratmeter groß, drängte sich darin eine unglaubliche Menge von Menschen. Während der ersten Regenfälle begannen die Hütten zu verfaulen, und nach der letzten Tomatenernte wurden sie schließlich abgerissen. Die Familie kehrte zurück ins Dorf, der traurige Herbst trieb sie wieder in ihre Häuser.

In einem *pagliaru* gab es nur sehr wenige Dinge: zwei Tontöpfe, einen für die Minestra (fast immer gab es Minestra, und wer abends an einem *pagliaru* vorbeikam, dem schlug der Geruch der Zwiebeln entgegen, die zusammen mit Kürbis, Tomaten und Knoblauch gekocht wurden) und einen für den Tomatenextrakt; dann für jeden einen Teller und ein Zinnbesteck, das eigentlich aus Hartzinn war und über viele Generationen weitervererbt wurde; ganz wenig Wäsche und manchmal ein oder zwei alte Baumwolldecken. In einen *pagliaru* einzubrechen war in den wenigen Augenblicken, in denen er unbewacht war, ebenso leicht wie infam; darum wurden die armen kleinen Diebe, die den armen Leuten ihre armselige Habe stahlen, *scassapagliara,* Hütteneinbrecher, genannt. Der Name drückt Ironie und Verachtung aus, denn die Strohhütten waren ja stets offen – was gehörte schon dazu, dort einzudringen und zu stehlen? Und woraus bestand die Beute: aus ein paar Tellern, einem Topf, einem Bündel Zinnbesteck, ein paar Lumpen.

Der *scassapagliara* ist also ein armer Dieb. Er ist gefühllos und ohne Diebeswürde. Diese Würde scheint ja, abgesehen vom Umfang der Beute, auch in der Fähigkeit zu bestehen, sich dieser unter schwierigen Bedingungen, also durch Einbruch oder Raubüberfall, zu bemächtigen. Keine Schwierigkeiten und keine Beute, das ist für einen Dieb das Letzte. Darum verachtet ihn der große Dieb, der sein Metier, seine Regeln und Gefühl hat. Der Mafioso *Scassapagliara.* Heute erfährt dieser Begriff eine gewisse Aufwertung: im Journalismus, im italienischen Wortschatz. Deshalb liegt mir daran, seine ursprüngliche Bedeutung festzuhalten, denn ich fürchte, es könnte mit diesem Wort dasselbe passieren wie mit *lupara,* einem Wort, das man heute allgemein für die Bezeichnung einer Waffe, d. h. eines Gewehrs mit abgesägtem Lauf, hält, während es in Wahrheit das Blei bezeichnet, das zur Jagd auf Wölfe und größeres Wild benutzt wurde: die Bleikugeln, die im Synonymwörterbuch von Tommaso »die großen Tropfen« heißen.

Heute versteht man unter den Taten eines *scassapagliara* alle Delikte, die in einem Einflußgebiet der Mafia, doch ohne deren Mitwirkung, begangen werden. Größere oder kleinere Vergehen, mehr oder weniger grausame Verbrechen, die aber dilettantisch sind, nicht im fruchtbaren und schützenden Humus der Umwelt wurzelnd, darum distanziert sich die Umwelt auch sofort von ihnen, was der Polizei die Rekonstruktion des Verbrechens und die Identifizierung der Schuldigen erleichtert.

Nun aber ein konkretes Beispiel zur Verdeutlichung des Unterschieds zwischen denen, die auf dem Gebiet des Verbrechens sicher und seriös arbeiten, und denen, die mit der Improvisation und Mystifizierung eines *scassapagliara* zu Werke gehen: Da habe ich zwei interessante Dokumente, zwei Briefe, die ein Bekannter von mir zwischen alten Familienpapieren gefunden hat. (Es ist erstaunlich, daß sie aufbewahrt wurden, wenn man bedenkt, daß sie für Moris Polizei ausgereicht hätten, den Empfänger der Komplizenschaft und der Hehlerei zu beschuldigen.) Der erste Brief datiert vom 14. Juli 1919: »Hochgeehrter Herr, hiermit danken wir Ihnen für die 200 Lire, obwohl dies nicht die Summe war, die wir haben wollten. Mit tiefem Bedauern vermelden wir, daß wir Ihnen bezüglich der Ihnen gestohlenen Stute nicht dienlich sein können, denn sie ist tot aufgefunden worden. Bisher haben wir uns, dem Willen der Freunde entsprechend, mit 200 Lire begnügt, von heute an bitten wir Sie als Ihre wahrhaft ergebenen Freunde, doch zur Kenntnis zu nehmen, daß die Abgabe sich auf nicht mehr und nicht weniger als 600 Lire beläuft, zumindest wenn Sie auf unsere Freundschaft Wert legen und in Ruhe und Frieden weiterleben wollen; deshalb erwarten wir Ihre baldige Antwort. Seien Sie mit vollkommener Hochachtung gegrüßt von Ihrem tief ergebenen Ferrarelli Gaetano und Gefährten Andaloro und Ferrarelli Salvatore.«

Der zweite Brief ist von anderer Hand und datiert vom 21. Oktober desselben Jahres: »Lieber... Wir die Banditen aus Gangi benachrichtigen Sie daß von Ihnen die Summe von 6000 Lire gefordert wird weil wir in Schwierigkeiten sind und wer uns nicht im Guten zufriedenstellen will dem müssen wir zeigen wozu wir fähig sind und wenn binnen 8 Tagen die 6000 Lire nicht da sind geben wir unser Wort daß es Sie mindestens 100 Tausend und das Leben kosten wird überlegen Sie sich's also bevor wir kommen und es zu spät ist. Wenn Ihnen also Ihr Leben lieb ist und Sie keinen Schaden an Ihrem Eigentum erleiden wollen dann stellen Sie uns zufrieden weil dies die letzte Warnung ist die Sie von uns kriegen. Bitte sein wir doch Freunde wie anfangs als ich weniger verlangte. Dann haben Sie unsere Freundschaft kaputtgemacht weil Sie den Mut hatten mir 25 Lire zu schikken. Aber 25 Lire wollte ich nicht *(Sie dachten wohl ich bin ein Hungerleider?)* Wenn Sie also unsere Freundschaft erneuern wollen übergeben Sie uns binnen 8 Tagen 6000 Lire aber nach Ablauf dieser Frist lassen Sie sich nicht blicken und seien Sie auf der Hut denn wir verfolgen Sie. Das ist die letzte Warnung und die Unannehmlichkeiten die Sie haben werden schreiben Sie niemand anders zu als uns Ferrarelli Gaetano, Andaloro Nicolò, Ferrarelli Salvatore.«

Dieser zweite Brief ist sehr *unkorrekt*, nicht nur der Form, sondern auch seinem Inhalt nach. Es ist zwar möglich, daß die Bande ihren Schreiber gewechselt hat, aber nicht nur Handschrift, Orthographie und Grammatik deuten auf eine Fälschung hin. Im ersten Brief ist alles verschleiert und förmlich formuliert: die Tötung der Stute, die als Warnung dienen soll, wird als natürlicher Tod dargestellt (die Banditen vermelden diese Nachricht »mit tiefem Bedauern«); die 200 Lire werden dankend angenommen, denn dies ist die von den Freunden, das heißt den Mafiosi, festgesetzte Summe, die nunmehr erhöht wurde; der Erpreßte wird gebeten, den neuen Tarif »zur Kenntnis zu nehmen« (die Erhöhung entspricht den gestiegenen Lebenskosten, die im ersten Nachkriegsjahr sehr hoch waren); und die Unterwürfigkeit der Bitte schließt auch das Bedauern ein, bei eventueller Weigerung zu den üblichen Repressalien greifen zu müssen. Der Schluß ist unvergleichlich: »mit vollkommener Hochachtung«. So ist der ganze Brief geschrieben: mit vollkommener Banditen- und Mafiahochachtung. Nicht so der zweite: offen, direkt, ohne Hintergedanken, weinerlich und gleichzeitig drohend und brutal.

Der erste Brief wurde mit Gewißheit von Gaetano Ferrarelli diktiert; der zweite ist von einem *scassapagliara* geschrieben, der im Schatten der Bande, welcher bequemerweise alle in der Gegend begangenen Verbrechen in die Schuhe geschoben wurden, eine einmalige Erpressung versucht. Seine Unsicherheit springt ins Auge: Er verlangt nicht eine bescheidene, regelmäßige Abgabe, sondern will sofort eine große Summe. Seine Reaktion auf die beleidigenden 25 Lire besteht in wilden Drohungen, während Ferrarelli unverzüglich mit einer handfesten Warnung reagiert hätte. Außerdem zeigt sich von der ersten Zeile an seine Besorgnis, daß die Herkunft des Briefes nicht eindeutig sein könnte: Wir, die Banditen aus Gangi ... schreiben Sie niemand anders als uns die Unannehmlichkeiten zu, die Sie haben werden. Aber ein Stück weiter verrät er sich, aus dem »wir« wird »ich«, der einsame und ungeschickte *scassapagliara*, der mit Sicherheit den Zorn des schrecklichen Ferrarelli auf sich gezogen hätte. Dieser war tatsächlich schrecklich, auch vom Aussehen her, wie das Porträt in Cesare Moris Buch ›Auf Kriegsfuß mit der Mafia‹ zeigt: Er sieht aus wie eine Art großer Lombarde aus einem Roman von Elio Vittorini mit Denkergesicht und mächtigen Pranken. Er erhängte sich im Gefängnis, aus Scham darüber, so heißt es bei Mori, daß er sich »im Augenblick der Panik wie alle anderen« der Polizei ergab. Polizei und Karabinieri hatten Gangi beinahe Haus für Haus besetzt, und die Banditen, die dort den Winter bei ihren Familien verbringen wollten, flüchteten bei ihrem Auftauchen in die schon vorbereiteten Verstecke, aus denen sie nach ein paar Tagen halb verhungert und halb erstickt hervorkommen mußten. Denn Mori hatte sie fassen wollen, ohne einen einzigen Schuß abzugeben: Die Löwen der Madonie sollten sich ihm ergeben wie Lämmer.

Stia in der Provinz Arezzo. Mir fällt ein, was Tomasi di Lampedusa über diesen Ort sagte, in dem Padre Pirrone geboren wurde: »Es war einer der Satelliten-Geflügelkörbe von Palermo«, das heißt eines der Dörfer, die die Stadt mit Geflügel belieferten.*

Das Städtchen Stia, Hauptort und Marktflecken in der Grafschaft Guidi, hat vielleicht daher seinen Namen. Aber während ich auf dem sonnenheißen Platz stehe und meine müde Phantasie die Bogengänge mit flatternden Hühnern bevölkert, deren Füße dunkel und erdig sind, weil sie eben noch auf dem Hühnerhof scharrten, sehe ich auf der Fassade eines kleinen Palazzo plötzlich einen Gedenkstein aufblitzen. Ich trete ein Stück zurück, um in den Schatten zu kommen (und die richtige Entfernung für meine zunehmende Weitsichtigkeit zu finden), und lese nicht ohne Rührung: »Geburtsstätte und Wohnhaus von Bernardo Tanucci, Minister und Vertrauter von Karl III. und Ferdinand IV. von Bourbon im Königreich Neapel und Sizilien, der als erfahrener Politiker seiner Zeit XLIII Jahre die Staatsgeschäfte lenkte und in den Angelegenheiten Italiens und Spaniens eine bedeutende Rolle spielte. Als er starb, ließ er seine Familie beinahe verarmt zurück, die Geschichte jedoch hat er um einen großen Namen bereichert.« Der Gedenkstein wurde im Jahr 1877 angebracht, als es für einen Politiker und Staatsmann noch keine Schande bedeutete, seine Familie beinahe verarmt zurückzulassen.

In seinem Buch ›Italien im 18. Jahrhundert‹ berichtet Montanelli, wie groß die Überraschung war, als man bei Tanuccis Tod erfuhr, daß er seinen Erben fast nichts hinterlassen hatte: »Auch damals machte Ehrenhaftigkeit in Italien einen großen Eindruck.« Freilich einen anderen Eindruck als heutzutage. Wenn die Minister X und Y (dem Leser steht das gesamte Alphabet zur Verfügung) bei ihrem Tod nicht nur der Geschichte keinen großen Namen hinterließen, sondern zudem ihre Familien beinahe verarmt zurückließen, dann wären die Meinungen im Hinblick auf das historische

* Unübersetzbares Wortspiel: stia bedeutet wörtlich Hühnerkäfig, Geflügelkorb.

Vermächtnis einhellig, im Hinblick auf die Verarmung dagegen geteilt: Die meisten würden es nicht glauben, die übrigen würden sagen: »Was für ein Trottel.« (Ich will kein Pessimist sein, darum nehme ich an, daß die Mehrheit mit Ungläubigkeit und die Minderheit mit Beschimpfungen reagieren würde.) Ehrlicherweise muß man jedoch zugeben, daß den Ministern X und Y die Alternative, die sich Tanucci bot, gar nicht offensteht. Im Unterschied zu ihnen *konnte* Tanucci entweder seiner Familie ein großes Vermögen oder der Geschichte einen großen Namen hinterlassen. Für sie gibt es nur das Vermögen. (In seiner Erzählung läßt Stendhal Karl III. sagen, der den Rücktritt Tanuccis fürchtet: »Wo fände ich einen zweiten so ehrenhaften und tüchtigen Minister, der mehrere Millionen der Römischen Kurie zurückgewiesen hat?« Doch Ferdinand IV., der weniger intelligent war als sein Vater und ganz unter dem Pantoffel seiner Frau stand, hatte Tanucci gegenüber ein zwiespältiges Gefühl der Abhängigkeit und Unduldsamkeit. Casanova berichtet von einem Brief des jungen Königs, in dem dieser an seinen Vater schreibt, zu den für ihn unverständlichen und verwunderlichen Dingen gehöre auch, »daß alle am Ende ihrer Laufbahn sterben, außer Tanucci, der, glaube ich, bis ans Ende aller Zeiten leben wird«. Er entließ ihn schließlich, kurz bevor der Fünfundachtzigjährige, der das Königreich mit klarem Verstand und fester Hand dreiundvierzig Jahre lang gelenkt hatte, auf seinem Landsitz starb. Doch vielleicht hatte Ferdinand recht: vielleicht wäre er nie gestorben, wenn er im Amt geblieben wäre.)

Natürlich, meine Begeisterung für den letzten Satz auf dem Gedenkstein für Tanucci – »als er starb, ließ er seine Familie beinahe verarmt zurück, die Geschichte jedoch hat er um einen großen Namen bereichert« – reiht mich in den Kreis der Moralisten ein, diese auf wenige Exemplare reduzierte Spezies Überlebender, die glücklicherweise jetzt endgültig ausstirbt. »Das ist Moralismus«, hielt mir ein junger Mann entgegen, dem zu sagen ich mich erkühnt hatte, daß in wirren Zeiten jeder einzelne wenigstens versuchen müsse, seine Arbeiten gut zu tun. Schlecht muß man sie tun. Oder noch besser: gar nicht.

Auf einer Reise durch die Toskana kommt mir in der Ebene von Camaldino unversehens der beunruhigende Gedanke, daß Ereignisse, Orte, Dinge, kurzum die Wirklichkeit, niemals genügen, um die Poesie hervorzubringen, ihr also gleichsam niemals *adäquat* sind. Und indem ich diesen Gedanken weiterspinne, wächst in mir der Verdacht, daß von der ›Göttlichen Komödie‹ zuerst die Reime entstanden sind, daß Dante also zuerst die Reime geschmiedet hat, um dann darüber seine Dichtung zu weben.

Vor dem Castello Poppi tröstet mich später in der großen Schwüle der Anblick eines müde dahintaumelnden Schmetterlings und die Erinnerung an den Vers von Burchiello: »schweißbedeckt kommt ein Schmetterling geflogen«. Ein verrückter, surrealer Vers – doch einmal kommt der Augenblick, in dem die Wirklichkeit sich ihm anpaßt.

So ist es. Man muß nur warten können, bis die Gleichung zwischen Wirklichkeit und Poesie aufgeht.

Um noch einmal auf die Moral des Satzes zurückzukommen, daß jeder einzelne seine Arbeit gut machen müsse: In der Stadtbibliothek von Erice liegen zahlreiche Mappen mit Manuskripten über die Geschichte der Stadt, die sorgfältig und klar beschriftet und nach Stichworten wie Wirtschaft, Sitten und Gebräuche, Rechtsprechung, öffentliche Ereignisse, Verbrechen usw. geordnet sind. ›Das Heilige Uffizium der Inquisition, Chronik der Verbrechen in Erice, Delikte des Klerus‹ und so weiter. Angelegt hat sie der vor einigen Jahren hochbetagt gestorbene Bibliothekar Antonio Amico. Er war Priester und Kanonikus und soll ein äußerst intelligenter, liberaler, urteilsscharfer, lebhafter und unvoreingenommener Mann gewesen sein. Carlo Levi lernte ihn 1955 kennen und beschrieb ihn in seinem Buch ›Die Worte sind Steine‹: »Er ist achtzig Jahre alt, fast blind und setzt sein Lebenswerk fort, Nachforschungen, Archivarbeit, Kollationierung alter Vorlagen und die Transkription von Dokumenten, um der Nachwelt wertvolles Material über die Geschichte Siziliens zu hinterlassen. Sein Äußeres spiegelt seine Tätigkeit wider, der Körper ist ausgemergelt und gebeugt, die Augen leuchten aus einem faltigen Gesicht hervor, und wie die Stadt Erice hebt er sich von seiner Umgebung als etwas Verehrungswürdiges und Einzigartiges ab, so als wäre er ein Zeitgenosse der nebelhaften Gestalten Saturns, der Zyklopen, des Butes und der Venus von Erice.« Wer weiß, was der Kanonikus dazu gesagt hätte, daß Levi in ihm auch einen Zeitgenossen der Venus von Erice sah. Vielleicht hätte er sich sehr alt und zugleich sehr jung gefühlt. Jedenfalls war er nicht der Mann, der sich darüber geärgert hätte, wie man an der Ungezwungenheit und dem Witz erkennen kann, mit denen er von den sogenannten »venerischen Vergehen«, heimlichen Liebschaften und Ehebrüchen spricht. Ohne Genugtuung, wohl aber mit unleugbarem Vergnügen. Der Kult der Venus von Erice, scheint der Kanonikus sagen zu wollen, wurde an diesem Ort auch in Zeiten finsterster Sexualfeindlichkeit fortgesetzt, und zwar gerade von denen, die als leuchtendes Beispiel hätten vorangehen sollen.

Das war also ein Mensch, der seine Arbeit gut gemacht hat: all diese Faszikel, die vielleicht niemals veröffentlicht, die nur ganz wenige Menschen lesen werden. Aber sie sind vorhanden, und sie geben ein eindringliches Bild vom Leben eines sizilianischen Ortes im sechzehnten und siebzehnten Jahrhundert, eines Ortes, der, wie Levi zu Recht sagt, *anders* ist.

Im Sommer war ich einmal in einem Hotel im Gebirge, wo sich jedes Jahr die ehemaligen Zöglinge eines konfessionellen Internats zu geistigen Exerzitien treffen. Das Internat gehört zu den »Elite«-Anstalten, und darum drängen auch Leute dorthin, die sich Schulgebühren kaum leisten können. (Das heißt, die Väter drängen ihre Söhne dorthin, die eine schäbige, aber unbewachte »Privatunterkunft« sicher vorziehen würden, schließlich aber doch eine gewisse Anhänglichkeit an die Schule entwickeln und sich nach ihrem Abgang bewußt werden, daß die engen Verbindungen zu Lehrern und Mitschülern, die in diesen Jahren der Klausur entstanden sind, für sie einen Vorteil bedeuten.)

Die ehemaligen Schüler trafen einer nach dem anderen ein. Auf dem Parkplatz vor dem Hotel stiegen sie aus ihren großen Autos, gingen mit freudig überraschter Miene aufeinander zu, bedachten einander mit scherzhaften Schimpfworten, umarmten sich, schüttelten einander die Hände. Dabei hatten sie sich vielleicht erst am Abend zuvor unten in der Stadt getrennt, doch dieses jährliche Treffen, bei dem sie alle zusammenkamen, versetzte sie in eine Stimmung rüpelhafter, ausgelassener Kumpanei: Genau genommen war das die einzige Entschädigung für die stundenlangen Messen, Predigten und Gebete, die ihnen bevorstanden. Einige kamen in Begleitung ihrer Frauen, allerdings nur bis zur Schwelle dieser Stätte der Einkehr. Dort wurde der Ehemann samt Koffer abgesetzt und mit zwei schwesterlichen Küssen auf die Wange und ein paar guten Ratschlägen bezüglich warmer Pullover an kühlen Abenden oder vor den Mahlzeiten einzunehmender Medikamente verabschiedet. Und rasch fuhren sie wieder davon: Das freudige Aufheulen des Motors beim Wenden und der Schwung, mit dem sie aus dem Tor hinausfuhren, vermittelten den Eindruck, als würden sie nach Ablieferung des Gatten an einem dem Geist geweihten Ort nun heiter, leicht und frei einem der Materie gewidmeten Ort zueilen. Solche Situationen rufen Vorstellungen wach, die man mit Boccaccio in Verbindung zu bringen pflegt, die aber in diesem Falle eher an Maupassant erinnern: Die Ehefrau, die zum heimlichen Liebeslager eilt und in der leidenschaftlichen Umarmung, während der Partner, wie Mario Cavadossi, ihren Schleier lüftet, zwischen zwei Küssen hervorstößt: »Ich habe dieses Schwein gerade zu seinen geistigen Exerzitien gebracht.« Dieses Schwein! Einige der Besucher auf diesem Berg des Geistes waren tatsächlich Schweine, möglicherweise auch in ihrem Eheleben, ganz gewiß aber im öffentlichen Leben. Veruntreuung, Unterschlagung öffentlicher Gelder, Amtsmißbrauch zur persönlichen Bereicherung: So stand es schwarz auf weiß in den Gerichtsakten. Es waren aber auch viele darunter, die nicht oder noch nicht registriert waren, deren Vermögen jedoch als unrechtmäßig erworben und deren unglaublich rascher Aufstieg als sehr verdächtig galten. Kurz, ich hatte also nicht wenige Vertreter der herrschenden Klasse vor mir, die sich im Zeichen des Geistes und mit offenkundigem Vergnügen zur Meditation und zum Gebet zusammengefunden hatten.

Meditation und Gebet: Nach jeder Predigt mußten sie sich zur Meditation in ihre Zimmer zurückziehen. Ein Teilnehmer, der nach der Predigt noch in der Hotelhalle herumstand, wurde von einem Priester streng zurechtgewiesen: »Herr Rechtsanwalt! Ich muß mich über Sie doch sehr wundern. Gehen Sie zum Meditieren auf Ihr Zimmer!« Tief beschämt eilte der Anwalt auf sein Zimmer. Am Abend beteten sie alle gemeinsam den Rosenkranz: Auf dem kärglich erhellten Vorplatz gingen sie raschen Schrittes auf und ab, stießen bei den abrupten Kehrtwendungen aneinander, ballten sich zu konfusen Knäueln zusammen; und je öfter sie zusammenstießen, desto lauter erhoben sie beim *Pater noster*, beim *Ave* und beim *Gloria* die Stimmen. Mit einem Unterton von Angst und Hysterie. Und selbst wer sie (wie ich) bei dieser grotesken und heuchlerischen Szene beobachtete, entdeckte in diesem Augenblick, daß etwas Wahres darin lag, etwas, das wirklich mit dem Exerzitium des Geistes zu tun hatte, wie sie da so im Dunkeln hin und her liefen, ihre Gebete murmelten und gegeneinanderstießen: dieser angstvolle, hysterische Unterton; so als fühlten sie sich einen verzweifelten Augenblick lang in einen Höllengraben versetzt, unmittelbar vor der Verwandlung. Genau wie bei Dante die Räuber und Diebe. Und als könnte dieser Augenblick Ewigkeit werden.

Ich muß es gestehen: Diese kleine, kurzfristige Vergeltung, die sich da, wie mir schien, durch sie, in ihnen vollzog, befriedigte und tröstete mich. Daß sie also doch an die Hölle glaubten, und daß sie davor Angst hatten. »Wenn du daran glaubst, gibt es sie; wenn es sie gibt, kommst du hinein.« Und ich verstehe jetzt, warum ein Freund von mir, der nicht daran glaubt und nicht hineinkommen wird, jedesmal, wenn er einen Priester trifft, fragt: »Gibt es sie noch, die Hölle?« Doch es sieht so aus, als bekäme er in letzter Zeit keine befriedigenden, das heißt positiven Antworten mehr auf die Frage.

Auch ich habe diese Frage gestellt, als ich kürzlich an einer Tagung teilnahm, auf der Katholiken und Nichtkatholiken über das Thema Hoffnung diskutierten.

Die Tagung fand in einer Hochburg des Katholizismus statt. Äußerungen, die noch vor fünfzehn Jahren jeden guten italienischen Katholiken veranlaßt hätten, sich wie vor dem Leibhaftigen zu bekreuzigen, und wahrscheinlich auf schärfsten Widerspruch gestoßen wären, wurden ohne mit der Wimper zu zucken hingenommen, manchmal sogar mit offener Zustimmung. Ich glaubte zu träumen. Doch nach und nach wich mein Erstaunen dem Zweifel: Erlebte ich hier die Verwirklichung der Toleranz oder den Anbruch der Verwirrung? War dieser Saal voller Priester, Professoren, Lehrer und Studenten aus verschiedensten katholischen Institutionen endlich zu der humanen und laizistischen Wahrheit gelangt, die Montaigne in dem herrlichen Satz ausdrückt: »Es heißt der eigenen Meinung doch sehr großes Gewicht beimessen, wenn ein Mensch sich für sie bei lebendigem Leibe braten läßt?« Oder hatten sie einfach überhaupt keine Meinung mehr?

Daß die katholische Welt, die auf der Tagung ziemlich repräsentativ vertreten war, darauf verzichtet hat – um Gide an Claudel zu zitieren, aus dem Briefwechsel, der Gide weitaus christlicher zeigt als Claudel –, »das Kruzifix als Schlagwaffe« zu verwenden, das fand und finde ich positiv und erfreulich; allerdings unter der Bedingung, daß das als Waffe ausgediente Kruzifix lebendige und beunruhigende Gegenwart wird, Passion und »Agonie«. Die Agonie Pascals: »Bis ans Ende der Welt wird die Agonie Jesu währen. Und bis dahin wird man nicht mehr schlafen.« Die Agonie Unamunos. Das also: das Ende der Welt. Doch darüber wurde nicht gesprochen. Der Tod also. Doch dieses Wort ist im Verlauf der zweitägigen Veranstaltung kein einziges Mal gefallen, nicht mal zufällig. Dabei bewegten sich die Vorträge vornehmlich auf der Ebene der Theologie, der Lehrmeinung und der Exegese. Aber vielleicht gerade deshalb. Möglicherweise ist meine von außen gestellte Frage *reaktionär* (allmählich ist ja fast jede Frage reaktionär): Was bleibt denn vom Christentum übrig ohne den Gedanken an den Tod, an das Ende der Welt? Nur eine ziemlich wirre, ziemlich widersprüchliche Ideologie der Armut. So wirr und so widersprüchlich, daß ihre Verkünder, Tod und Weltende vergessend, einzig und allein danach trachten, sie in eine andere, präzisere, konsequentere, »wissenschaftlichere« Ideologie umzumodeln.

Daß die Katholiken sich vom Gedanken an den Tod und das Weltende abwenden, daß sie Verbote abschaffen und Zwänge beseitigen, ist mir natürlich ziemlich gleichgültig. Doch gewisse Folgen, die sich daraus ergeben, beunruhigen und beschäftigen mich. Zum Beispiel der Ansturm auf die soziologischen »Wissenschaften«. Mit neuer Besorgnis und stärkeren Zweifeln hat mich auch die Tatsache erfüllt, daß eine Versammlung von Katholiken überhaupt nicht auf die Feststellung reagierte: »Die Kirche ist gegen die Hoffnung, sie war immer gegen die Hoffnung«; in Bewegung geriet sie dagegen, als ein Wortwechsel zwischen einem katholischen und einem konfessionslosen Abgeordneten zitiert wurde, den Anatole France in seiner bei uns kaum bekannten Schrift ›L'eglise et la republique‹ festgehalten hat: »Geben Sie zu, daß die Religion eine Privatangelegenheit, eine individuelle Gewissensfrage ist, und wir werden uns über alles übrige rasch verständigen«, sagt der Konfessionslose. »Niemals! Hören Sie? Niemals! Die katholische Religion eine Privatangelegenheit? Eine Angelegenheit von gesellschaftlicher Bedeutung ist sie, mein Herr, und eine Frage der Macht«, antwortet der Katholik.

Derjenige, der diese Sätze von Anatole France zitierte, hatte erwartet, daß der erste Abgeordnete heutzutage keine Empörung mehr auslösen würde. Zwar rief er nicht gerade Empörung hervor, doch immer noch eine gewisse Erregung.

Letzte Anmerkung. Ein Katholik aus der Brianza erklärt in einer Tagungspause mit Emphase: »Ich bin ein Christdemokrat, ich war der Meinung, ein Katholik könne und solle der Democrazia Cristiana beitreten. Aber hier komme ich mir vor wie ein Außenseiter. Hier sieht es ja so aus, als dürfte ein guter Katholik kein Christdemokrat sein.«

Vittorio Bodini, Übersetzer der vor vierzehn Jahren bei Einaudi erschienenen neuen italienischen Fassung des ›Don Quijote‹, hat sich gewünscht, man möge dieses Buch »aus der Sicht der Helden und ihres Autors lesen und nicht als abstrakte Darstellung, die sie zu dürren Helden eines universalen Dramas macht und ihnen jene so eindringliche Authentizität nimmt, die sie von Abenteuer zu Abenteuer, von Gedanke zu Gedanke gewinnen«, kurz, man möge Don Quijote und Sancho Pansa gegen die Donquijoterie verteidigen, sie also vor den Interpretationen der Romantik und Unamunos retten. Ein schwieriges und nahezu unmögliches Unterfangen, das man ebenfalls als Donquijoterie bezeichnen könnte; so als hätte sich im Verlauf der »verlangsamten Zwiesprache mit dem Text« diese Geisteshaltung auch auf den Übersetzer übertragen – einen passionierten, unvergleichlichen Übersetzer und Hispanisten, der Spanien im Blut hat – und manifestiere sich nun in einem Manzonischen Krieg gegen die Zeit – gegen die Zeit, die das Buch von Cervantes mit einer ständig wachsenden Schicht von Interpretationen überzogen hat. Die dichteste und unangreifbarste dieser Interpretationsschichten ist zweifellos die ›Vida de Don Quijote y Sancho‹ von Miguel de Unamuno (1905), von der sich Jorge Luis Borges höchstwahrscheinlich zu seiner Fabel über den absoluten Historismus, ›Pierre Menard, Autor des Quijote‹ inspirieren ließ: Es ist die Geschichte eines eher mittelmäßigen Schriftstellers, der den ›Don Quijote‹ neu bearbeiten, neu schreiben will. Zuerst glaubt er, ihn so wiederherstellen zu müssen und zu können, *wie er war,* doch dann sieht er ein, daß er ihn nur so schreiben kann, *wie er ist:* Wort für Wort dem Text von Cervantes völlig gleich – und doch völlig anders. Genau das hat im Grunde auch Unamuno getan: Deshalb glauben wir, wenn wir das von Cervantes geschriebene Buch lesen, das in Spanien zwischen 1605 und 1615 publizierte Buch zu lesen. Aber in Wirklichkeit lesen wir das Buch, das Unamuno durch seine Interpretation gewissermaßen neu geschrieben hat. Das gilt auch für jene, die Unamunos Kommentar nie gelesen haben und gar nicht wissen, daß es einmal eine Zeit gab, in der der ›Don Quijote‹ ohne »Donquijoterie« gelesen wurde.

Wenn Bodini sich also wünscht, man möge das Buch »aus der Sicht der Helden ihres Autors« lesen – das heißt, ohne die den Leser beeinflussenden Interpretationen, sozusagen aus größerer Nähe zur schöpferischen Quelle –, dann versucht er, wie auch Pierre Menard in seiner ursprünglichen Absicht, zu Cervantes' Buch zurückzukehren, *so wie es war.* Doch Bodini wußte nur zu gut, daß dieses schon für ihn, den Übersetzer und Philologen, nahezu unmögliche Unterfangen für den normalen Leser erst recht unmöglich war. Darum legte er größeren Wert auf die Rettung Sanchos und seiner »heiteren Menschlichkeit« als auf die Don Quijotes, der, wie er zugab, durch die »Donquijoterie-Interpretation« weniger zu verlieren hatte. Aber man kann noch weiter gehen (und das ist der Kern dieser Anmerkung): Selbst wenn es uns gelänge, die Interpretationsschichten Unamunos und der Romantik wegzusprengen, bliebe der freigelegte Don Quijote dennoch eine »abstrakte Figuration«, die überdies noch von einer Kruste weiterer Interpretationen, Unsicherheiten und Mehrdeutigkeiten überdeckt wäre.

Da gibt es zum Beispiel ein Buch, das Mitte des 18. Jahrhunderts erschien: ›Geschichte der närrischen Einbildungen des Herrn Oufle‹. Es wurde nach dem Vorbild des ›Don Quijote‹ geschrieben. So wie der Don Quijote einen Menschen darstellte, dessen Geist durch die Lektüre von Ritterromanen verdorben wurde, sagt der anonyme Autor, so wolle er einen Mann darstellen, der einen großen Teil seines Lebens damit verbringt, »unzählige Bücher über Magie,

Zauberei, Gespenster, Geister, Werwölfe, Kobolde, Feen, Wilde, Astrologie, Weissagungen, Visionen und Verhexungen« zu lesen und der letztlich »felsenfest an all das glaubt, was den anderen Menschen besonders unglaubwürdig erscheint«. Dieser Beschreibung zufolge müßte Herr Oufle eine ungemein komische und lächerliche Figur sein; doch in dem Buch nimmt er selbst gar nicht, sondern nur seine Bibliothek Gestalt an.

Soweit man überhaupt eine Figur ausmachen kann, ist es die des Autors der Geschichte, der ebenso blind wie der (nur namentlich erwähnte) Herr Oufle an die Welt der Dämonen, Besessenen, Hexenmeister, Werwölfe, Incubi und Succubi, an Hexenreigen, Geister und »andere derartige Gespenster«, an Träume, den Stein der Weisen, Horoskope, Talismane und Zauberei glaubt. »Die Erfahrung lehrt uns«, schreibt er in der Einleitung, »daß die meisten Leute, die sich dem Studium von Visionen hingeben, selbst nicht zu echten Visionären werden.« Er spricht von Don Quijote, doch vielleicht auch von sich selbst und seinen Lesern. Zur Entschlüsselung des Buches ist es wichtig, die Gestalt Don Quijotes mit der Erfahrung zu verbinden und daraus einfach das Sinnbild der eigenen wie der Mehrdeutigkeit des Buches zu machen. Don Quijote hat zur Ritterwelt, zur Vision und zum Traum von dieser Welt dasselbe Verhältnis wie Herr Oufle (der im Grund kein anderer ist als der anonyme Autor der Geschichte) zur Welt des Magischen, Diabolischen, Apokalyptischen.

Man fragt sich, was für ein Buch das hätte werden können, wenn es ein Autor mit der ausufernden Phantasie eines Cervantes geschrieben hätte. Dann würde es wohl heute genauso gelesen, wie Unamuno 1905 den ›Don Quijote‹ las, nämlich als abstrakte Figuration eines universellen Dramas. Dieser Gedanke kommt mir, weil ich unter den Büchern des Herrn Oufle auch die ›Histoire des Diables de Loudun‹ erwähnt fand. Jede Zeit hat den Don Quijote, den sie verdient: Der Don Quijote unserer Zeit könnte der Herr Oufle sein.

Was übrigens ›Die Teufel von Loudun‹ betrifft, den nach seiner Erstaufführung in Venedig beschlagnahmten und dann wieder freigegebenen Film, so muß ich sagen, daß zwar seine Beschlagnahme durchaus gesetzeskonform erschien, mich aber die Begründung für seine Wiederfreigabe einigermaßen überrascht hat. Ich habe nämlich den Eindruck, als wäre die Freigabe mit größerer Autorität verfügt worden als die Beschlagnahme. (Daß wir uns recht verstehen: Wie ich vor Jahren schon auf die Umfrage einer Filmzeitschrift über die Zensur geantwortet habe, bin ich – und das nicht erst seit heute – der Meinung, daß eine Gesellschaft, die diesen Namen verdient, auf eine geregelte Anwendung der Zensur nicht verzichten kann und soll; doch wie die Dinge heute liegen, bin ich für ihre totale Abschaffung: damit wir den Tiefpunkt der Pornographie und des Sadismus wenigstens so rasch wie möglich erreichen.)

Der Richter, der den beschlagnahmten Film wegen seiner historischen und seiner künstlerischen Wahrheit wieder freigibt, scheint mir, kurz gesagt, autoritärer zu handeln als der, der in möglicherweise enger Auslegung des Gesetzes die Beschlagnahme angeordnet hat. Der eine hält sich, mehr oder weniger streng, an das Gesetz; der andere jedoch beruft sich auf Kunst und Geschichte mit einem Gespür und einem Urteilsvermögen, die ihm in einem Salon oder bei einer kulturellen Diskussion alle Ehre machen würden, die aber überhaupt nichts in einem Gerichtssaal wert sind (wo ein Junge, der ein paar Apfelsinen gestohlen hat, drei oder vier Jahre Gefängnis bekommen kann). Es ist eben nicht dasselbe, ob man sagt: Ich gebe das Werk frei, weil die Zensurbestimmungen de facto überholt und unanwendbar geworden sind – jeder soll ungehindert sagen oder zeigen können, was er glaubt und was er will; oder ob man sagt: Ich gebe das Werk frei, weil die darin dargestellten Ereignisse tatsächlich stattgefunden haben, und weil diese Bilder, mögen sie für sich genommen auch noch so wirr, obsessiv und brutal sein, durch die Kunst auf eine höhere Bedeutungsebene gehoben, durch sie geläutert werden. (Nebenbei bemerkt wird durch die Kunst überhaupt nichts geläutert.)

Man könnte meinen, es handle sich um den Tagesablauf einer schönen Frau. Oder um Churchills Aufenthalt in Syrakus, wo er nach seinem Sieg im Krieg und seiner Niederlage bei den Wahlen im Hotel »Politi« Ferien machte.

In dem kürzlich modernisierten und mit einer neuen Heizungsanlage ausgestatteten Gefängnis von Mistretta hat »das Scheusal« in der Nacht vom 13. zum 14. ruhig geschlafen. Hin und wieder wachte er auf, schlief jedoch sofort wieder ein. Am Vormittag wurde er, nachdem ihn ein Wächter sorgfältig rasiert hatte, vom Staatsanwalt besucht (nicht von dem mit der Untersuchung betrauten, sondern sozusagen vom Gastgeber), dann vom Arzt und vom Kaplan. Seine Mahlzeiten hat er regelmäßig eingenommen. In einem engen Hof ist er morgens zwei Stunden und nachmittags eine Stunde lang spazierengegangen. Mit einigem Interesse hat er mehrere Kapitel aus ›Krieg und Frieden‹ gelesen. Mit größerem Interesse hat er sich nach »Canzonissima« und »Alles oder Nichts« erkundigt. Der Kaplan soll zu ihm gesagt haben: »Ich komme, um deiner gepeinigten Seele Frieden zu bringen.« Wir entnehmen der Chronik jedoch, daß den Gefangenen (in seiner mit Gummi ausgekleideten Zelle – die an Proust denken läßt) lediglich die Ergebnisse von »Canzonissima« und »Alles oder Nichts« quälten.

Auch die Nacht vom 14. zum 15. verläuft ruhig. »Friedlich wie ein Engel« – so überschreibt eine Zeitung ihren Bericht von diesem Tag. Der übliche Besuch des Staatsanwalts, dann des Arztes, der ihn bei bester Gesundheit findet. Warum auch nicht? Er schläft gut, ißt mit Appetit. Ein einziger dunkler Punkt an diesem Tag: ›Krieg und Frieden‹ interessiert ihn nicht mehr. Dem Kaplan hat er erklärt: »Ich bin Katholik und bin jeden Sonntag zur Messe gegangen, ich habe auch regelmäßig die Zeitschrift ›Famiglia Cristiana‹ gekauft.« Doch die ›Famiglia Cristiana‹ bekommt er nicht, weil ein Angeklagter in Untersuchungshaft keine Zeitungen und Zeitschriften lesen darf; statt dessen hat man ihm die ›Ewigen Maximen‹ des heiligen Alfonso Maria de' Liguori gegeben. Ob sie ihn interessieren? Wir wollen es hoffen. Jedenfalls wäre es besser gewesen, wenn man ihm das ebenfalls vom heiligen Alfonso verfaßte Handbuch der Kasuistik für Beichtiger gebracht hätte; denn gestanden hat er noch nicht, wenngleich man hofft, daß er es tun wird.

Ruhige Nacht vom 15. zum 16. Rasur (wir erfahren den Namen des Barbiers, es ist der Gefreite Vito Piraino), Besuch, ›Ewige Maximen‹, Spaziergänge. Der Nachmittagsspaziergang wird durch die Ankunft des Staatsanwalts Terranova unterbrochen, der die Untersuchung leitet. Ein fünfstündiges Verhör, man »quetscht ihn aus«. Das wirkt etwas unpassend, undelikat: Es zerstört eine Atmosphäre, die zwischen Mitleid und Idylle schwankt. Doch am Abend geht der Staatsanwalt fort. Er will anscheinend wiederkommen. Wir sind beunruhigt: Wird der Gefangene so tief schlafen wie in den vorangegangenen Nächten? Morgen werden wir es erfahren.

Alles in allem brauchen wir uns keine Sorgen zu machen: Der Gefangene schläft, ißt, geht spazieren, liest, wechselt ein paar Worte mit den Aufsehern, erkundigt sich nach dem Fernsehprogramm, unternimmt keinen Selbstmordversuch (und im übrigen sind Wände und Fußboden seiner Zelle ja weich tapeziert), Leib und Seele werden umsorgt, er wird rasiert; und niemand (außer Dr. Terranova) wagt, ihn an die drei kleinen Mädchen zu erinnern.

»Pater, was empfinden Sie für diesen Menschen?« hat ein Journalist den Kaplan gefragt. Der Kaplan (der für seine Verdienste um die Resozialisierung von Kriminellen bereits ausgezeichnet wurde) hat ihm geantwortet: »Tiefes Mitleid, dasselbe Mitleid, das ich beim Tod der kleinen Mädchen empfunden habe.« Ein Seufzer der Erleichterung; wir wissen, »das Scheusal« ist in guten Händen. Selbst die, die in den Tagen vor seiner Verhaftung nach der Todesstrafe, nach Lynchjustiz und raffiniert grausamer Folterung des Delinquenten lechzten, entspannen sich nun wieder und lassen sich von den sanften Lüften der Zivilisation und des Christentums umfächeln. Mein Gott, schließlich sind wir zivilisierte Menschen und Christen! Oder: vom Kannibalismus zur Homöopathie.

Zu jenen Dingen, die Monsignore della Casa »eindeutig« ablehnt, zählt die Angewohnheit, anderen im Gespräch von seinen Träumen zu erzählen. »Man langweilt seinen Nächsten also nicht mit so niedrigen Dingen wie den Träumen, zumal den dummen, wie sie der Mensch gewöhnlich träumt.« Kurz zuvor hatte er bemerkt, daß Menschen, die ihre Träume zu erzählen pflegen, uns beim Erzählen von den Dingen, die sie in wachem Zustand tun, genauso langweilen. Das ist eine höchst scharfsinnige Beobachtung, die sich nicht nur auf gesellschaftlicher Ebene, also im Gespräch, verifizieren läßt, sondern auch auf literarischer Ebene, in den Büchern. Auf sie bezieht sich Lorenzo Magalotti, wenn er an Quirini schreibt: »Bei Monsignore della Casa heißt es, wenn ich mich recht erinnere, daß das Erzählen von Träumen eine Unart sei. Ich mache einen Unterschied: Für jene, die man im Schlaf träumt, mag das gelten, für Wachträume gilt es nicht.« Demgemäß können wir behaupten, daß ein Buch nicht »unartig« ist, wenn es Wachträume erzählt, daß es jedoch absolut »ungezogen«, dumm und langweilig ist, wenn es im Schlaf geträumte Träume wiedergibt.

Doch leider werden heutzutage in den Büchern nichts als im Schlaf geträumte Träume erzählt; noch dazu von Leuten, denen zuzuhören, wie della Casa so richtig erkannte, »selbst dann verlorene Liebesmüh wäre, wenn sie von ihren im Wachen vollbrachten Großtaten erzählten«.

Ein Rezensent schreibt: »Sciascias untätiger Skeptizismus...« Es ist derselbe Kritiker, der mich vor fünfzehn Jahren, als ich die Erzählung ›Stalins Tod‹ veröffentlichte, ermahnte: »Mit gewissen Dingen treibt man keinen Spaß.« Als Mahnung mochte das in einer gewissen Weise noch hingehen; als kritisches Urteil war es etwas dürftig. Doch sehen wir einmal, was er mir diesmal sagen will.

»Untätiger Skeptizismus« also. Der Skeptizismus ist »jene philosophische Haltung, die sämtliche Inhalte der menschlichen Erkenntnis systematisch in Zweifel zieht«. Untätigkeit ist »der Zustand dessen, der nichts tut«. Dem Wörterbuch zufolge bin ich also jemand, der nichts tut und dabei sämtliche Inhalte der menschlichen Erkenntnis systematisch in Zweifel zieht. Was nicht möglich ist. In Zweifel ziehen ist bereits eine Tätigkeit; ganz abgesehen davon, daß der Rezensent dem, was ich tue, entnommen hat, daß ich ein Skeptiker bin. Was also die Untätigkeit anbelangt, werden wir auf die Definition des Wörterbuchs verzichten müssen. Könnte es vielleicht sein, daß das Adjektiv »untätig« gewissermaßen pleonastisch verwendet worden ist, um zu unterstreichen, daß der Skeptizismus, wie der Rezensent ihn sieht, etwas Negatives ist? Aber führen wir den Satz einmal ad absurdum: »Der untätige Skeptizismus von Montaigne.« Das ist mehr als absurd, es ist idiotisch.

Versuchen wir es mit einer anderen Hypothese. Die Bezeichnung »untätig« ist auf *meinen* Skeptizismus gemünzt, und nicht auf den Skeptizismus im allgemeinen. Vielleicht unterscheidet unser Rezensent zwischen einem tätigen und einem untätigen Skeptizismus. An diesem Punkt müßten wir allerdings auch hinsichtlich des Begriffs Skeptizismus auf das Wörterbuch verzichten, denn damit fällt ja auch die Definition des Skeptizismus als jener philosophischen Haltung flach, die systematisch alle Dinge in Zweifel zieht. Also gäbe es den einen und den anderen Skeptizismus. Wie aber soll man sie voneinander unterscheiden? Dabei war es mir bisher doch sehr angenehm, als Skeptiker definiert zu werden; nun aber bin ich in ein schweres Dilemma geraten. Es sei denn ... Ja, das ist es: Es sei denn, der Rezensent unterteilt die *Dinge* in zwei Bereiche; einen Bereich A, in dem alles ungestraft in Zweifel gezogen werden darf, und einen Bereich B, wo man sich automatisch der Untätigkeit schuldig macht, sobald man etwas in Zweifel zieht. In diesem Fall allerdings sind wir wieder bei der alten Mahnung angelangt: »Mit gewissen Dingen treibt man keinen Spaß.« Und ernst darf man sie auch nicht nehmen; das wäre noch viel schlimmer.

Zu der Zeit, als sich der Faschismus auszubreiten begann, gründete in Canicatti, einem größeren Ort in der Provinz Agrigent, ein geistvoller Mann eine literarische Akademie ganz eigener Art: die nach dem Beschluß ihrer Mitglieder weltlich orientierte »Akademie Parnaß«, welche einen Hund im Wappen führte, der über dem (natürlich lateinischen) Spruch »Dieser Hund ist ein Löwe« ruhte. Emblem und Motto sind angeblich auf den Umstand zurückzuführen, daß die örtliche Druckerei nur ein Hundebild anzubieten hatte.

Als Sitz dieser Akademie wählte man eine Garage für Leichenwagen. Die Mitglieder wurden in zwei Klassen unterteilt: in die höheren Arkadier und die niederen Arkadier. Zu den niederen Arkadiern gehörten Pirandello und Marinetti; die Klasse der höheren Arkadier bestand aus den zahlreichen einheimischen Poeten, die reihum gebührend gefeiert und gekrönt wurden. Um jedoch in den Kreis der Dichter, das heißt der höheren Arkadier, aufgenommen zu werden, mußte man bestimmte Bedingungen erfüllen, die in einer Liste von zehn Punkten aufgeführt waren: »Poet ist, wer ...«, Artikel eins bis zehn. Der Schlußartikel besagte, ein Dichter sei, wer das Unmögliche möglich machen wolle. Und dieser Artikel gab den faschistischen Behörden Gelegenheit, sich mit der Akademie zu befassen. Denn Agrigent hatte einen neuen Polizeipräfekten bekommen, einen ehemaligen General (es war in den Jahren 1926/27), einen strammen Erzfaschisten, der in einer Rede versprach, er werde das Unmögliche möglich machen. Die Akademie verlor keine Zeit, ernannte ihn zum Mitglied und schickte ihm seine Ernennungsurkunde zum höheren Arkadier. Zuerst fühlte sich der

Präfekt geschmeichelt; als ihm aber hinterbracht wurde, daß die höheren Arkadier allesamt Trottel seien, strafte er die Akademie mit einer polizeilichen Verwarnung, die mit der Drohung schloß, es seien nun andere Zeiten angebrochen und »mit gewissen Dingen dürfe kein Spaß getrieben werden«. Worauf die Akademie einen offiziellen, mit Stempelmarken versehenen Antrag an den Polizeipräfekten richtete, in dem sie ergebenst, aber dringlich ersuchte, zur Änderung ihrer Statuten und zur Vermeidung weiterer Irrtümer darüber aufgeklärt zu werden, mit welchen Dingen noch Spaß getrieben werden dürfe: Der Herr Polizeipräsident möge so freundlich sein, eine möglichst detaillierte Aufstellung darüber zu geben.

Ein Arbeiter aus Apulien (er ist Dreher bei Pignone Sud in Bari) schickt mir ein Büchlein mit seinen Gedichten. Er heißt Tommaso Di Ciaula, und sein Familienname erinnert mich unweigerlich an Pirandellos Novelle ›Ciaula entdeckt den Mond‹. (Ein Wissenschaftler und großer Literaturliebhaber, mit dem ich befreundet bin, erzählte in Houston einem vom Mond zurückgekehrten Astronauten von dieser Novelle: der Astronaut bekundete lebhaftes Interesse und sagte, er würde sie gern lesen. Also übersetzte mein Freund sie ins Englische und schickte sie ihm. Ich finde es wunderschön und tröstlich, daß jemand, der seinen Fuß auf den Mond gesetzt hat, das Staunen und die Ergriffenheit des armen sizilianischen *carusu* nachempfunden hat, der den fernen Mond entdeckt.) Auch Di Ciaula, der den Werkhallen von Pignone entstiegen ist wie Ciaula den finsteren Schwefelminen, entdeckt seinen Mond: einen erhellenden Sinn in den Dingen, den Erinnerungen, dem Leiden; die Einsamkeit, die sich beim Einswerden mit den Dingen eröffnet; die Dinge, die sich durch Symbole erschließen. Es ist eine Lyrik, die im Bäuerlichen verwurzelt ist und die Welt noch durch dessen Gefühle, Begriffe und Bilder hindurch sieht und deutet; eine Dichtung, die zur Welt noch eine magische Beziehung herstellt. Mir kommt der Essay eines spanischen Gelehrten in den Sinn, den ich vor Jahren in der von Ortega herausgegebenen Zeitschrift las. Darin hieß es, wenn ich mich recht erinnere, daß wir von einer Industriekultur genauso reden wie von der vierten Dimension, wie von etwas nicht Beweisbarem also. Die alte bäuerliche Kultur, sie war hart und »unmöglich«. Aber die Industriekultur, was ist das?

Ich lese wieder einmal Brancatis ›Römisches Tagebuch‹.

Ich habe diesen Schriftsteller immer geschätzt und verdanke ihm viel. Manches, was er beschreibt, habe ich geradezu selbst miterlebt: seine Briefe an den Direktor, die in Longanesis ›Omnibus‹ erschienen; die Erzählung ›Die Langeweile im Jahre 1937‹, in der so viele Beobachtungen paradox erscheinen, die in Wahrheit aber haarscharf das Leben in Caltanissetta um 1937 treffen, die Jahre des »Impero« und des Spanischen Bürgerkriegs. Die Schule, an der Brancati unterrichtete und die ich besuchte, war in einem alten Kloster, und obwohl sie nach dem Gründungstag des Impero »Lehranstalt IX. Mai« hieß, nannten sie alle weiterhin »die Abtei«. Sie lag an einem kleinen Platz unterhalb der Straße neben einer kleinen Kirche. Die Stufen der Doppeltreppe, die von der Straße zu dem Platz hinabführte, wimmelten jeden Morgen von ärmlich gekleideten, verfrorenen Kindern, die gierig in ihre mit Ölkuchen oder Mortadella belegten Pausenbrote bissen, bis die Schulglocke läutete. Während die Mädchen sofort hineingingen, betraten die Jungen das Gebäude erst beim Klingelzeichen, um punkt acht Uhr dreißig. Der Direktor erschien fast immer in dem Augenblick auf dem obersten Treppenabsatz, wenn unsere kreischende Horde gerade hinaufstürmen wollte: Sein Auftreten genügte, um dem Schreien und Drängeln Einhalt zu gebieten. Er hieß Luigi Monaco. Ich habe ihn in so lebhafter und tiefer Erinnerung, daß ich jeden strengen und ausgeglichenen, wirklich gebildeten, wirklich gerechten, wirklich vernünftigen Menschen, dem ich (selten) begegne, mit ihm vergleiche. Er kannte jeden einzelnen von uns, und sein Urteil war unbestechlich, aber zugleich nachsichtig. Seine Vorhaltungen und Zornesausbrüche riefen in uns Zerknirschung und Gewissensbisse hervor. Nach einem Tadel von ihm brachten wir es nicht einmal mehr fertig, uns gegenseitig noch Übermut vorzuspielen. (Als ich nach der Schulzeit zu schreiben und dann zu veröffentlichen begann, ist er mir ein Freund geworden, auch wenn er für mich stets »der Herr Direktor« blieb; und erst nach seinem Tode wurde mir bewußt, daß unsere allabendlichen Treffen in einem Winkel einer Buchhandlung der Grund meines Bleibens in Caltanissetta gewesen war.)

Zurück zu Brancati. Er traf jeden Morgen kurz vor dem Läuten ein und stieg, leicht hinkend, die Treppe hinab. (Merkwürdig, diese Einzelheit wird in den Erinnerungen anderer nie erwähnt, obwohl ich seinen rechten Fuß, langsam und unsicher, auf den Stufen förmlich »sehe«. Düstere Miene, gelangweilt, verschlossen; man hat den Eindruck, daß er seine tatsächliche Langeweile und seinen tatsächlichen Mißmut willentlich ins Abweisende steigerte, um sich so vor jeder Vertraulichkeit der Kollegen zu schützen, denen er nun gleich begegnen würde. Er verkehrte tatsächlich nur mit dem Direktor und außerhalb der Schule mit Pompeo Colajanni und wenigen anderen; ein durchaus erwähnenswerter Punkt ist auch, glaube ich, daß der Parteisekretär, dessen schwarzer Umhang durch die Erzählung ›Die Langeweile im Jahre 1937‹ weht, ein Verwandter von ihm aus Pachino war.) Nur drei oder vier von uns Schülern wußten, daß er Schriftsteller war, und nur ich kaufte mir jede Woche, unter Verzicht auf einen Kinoabend, die Zeitschrift ›Omnibus‹ von Longanesi. Sie kostete eine Lira, aber es lohnte sich: Barilli und Savinio, Vittorinis Artikel über amerikanische Schriftsteller, Erzählungen von Caldwell, Saroyan und von einem gewissen Giovanni Drogo, hinter dem ich Dino Buzzati vermutete, einzelne Artikel über Amerika von Moravia und De Chirico; und welch ein Genuß waren die Briefe Brancatis an den Direktor! »Lieber Herr Direktor!« – und schon schien ein Stück dieses Gewebes aus Langeweile, das unser Alltagsleben war, im Brennpunkt einer Linse aufzuleuchten, die es vergrößerte und verformte und einzelne Knoten oder Fäden hervorhob. So muß man schreiben, dachte ich, so möchte ich schreiben. Und jeden Morgen betrachtete ich diesen bitterironischen, finsteren, mürrischen Mann, als hüte er dieses Geheimnis, dieses Mysterium.

Eine tote Idee bringt mehr Fanatismus hervor als eine lebendige; ja, eigentlich erzeugt ihn nur die tote. Denn wie die Raben sind die Dummköpfe nur für das Tote empfänglich. Und sie sind so zahlreich und umschwirren die toten Dinge so sehr, daß manchmal der Eindruck von Leben entsteht. (Auf diesen Gedanken bringe ich die vielen Überlegungen Brancatis über die Dummheit und die Dummen, auf die ich in seinem ›Tagebuch‹ wieder stoße.)

»Mit Politik beschäftige ich mich so wenig wie möglich. Während der Diktatur habe ich mich damit befaßt, doch das war nicht Politik, sondern Ethik. In der letzten Zeit habe ich mich mit Politik beschäftigt. Zum Beispiel bin ich der Konservativen Partei beigetreten. Aber kaum hatte ich mich den Konservativen angeschlossen, habe ich mich über den Sieg der Radikalen gefreut.« Der zweite Teil dieser Erklärung von Jorge Luis Borges ist dort »unmöglich«, wo es Parteien gibt, die das System und seine Spielregeln nur mit dem (eingestandenen oder uneingestandenen) Vorbehalt akzeptieren, daß sofort nach ihrem Wahlsieg System und Spielregeln verändert oder ganz abgeschafft werden. Der Argentinier Borges hat sein geistiges Vaterland in England: »Ich denke an Waterloo stets wie an einen Sieg.« (Eine Erklärung, von der man diesen kleinen Teil ableiten könnte: »Ist Waterloo für Sie ein Sieg oder eine Niederlage?« Nur sehr wenige würden antworten, daß es ein Sieg sei, selbst wenn sie aus Ländern kommen, die bei Waterloo siegten. Die Mythen sind stärker als die Vernunft – oder war Napoleon bei Waterloo noch ein Mythos, in dem sich die Vernunft verkörperte?) Aber auch in England wird es in der Politik über kurz oder lang jemanden geben, der die Pistole unter dem Tisch hervorzieht. Absolut zustimmen kann man nur dem ersten Teil: Ein Schriftsteller sollte immer sagen können, daß die Politik, mit der er sich beschäftigt, Ethik ist. Schön wäre es, wenn das alle sagen könnten. Aber wenn es doch wenigstens die Schriftsteller sagten.

Die Überzeugungen der Italiener sind äußerst fragil. Oder etwa nicht nur die der Italiener, heutzutage? – Wir sind ein Dutzend Leute: Alle sind wir für Freiheit und Gerechtigkeit, gegen Menschenopfer, Todesstrafe und Folter. Unweigerlich kommen wir auf den Mord an den drei kleinen Mädchen aus Marsala zu sprechen. Und nur zwei von uns vertreten beharrlich die Meinung, daß die »Bestie« weder dem Volk ausgeliefert noch, wie man früher sagte, »um ein öffentliches Exempel zu statuieren«, erschossen werden soll.

Die Todesstrafe. Derzeit schreien viele nach ihr. Aber glaubt wirklich jemand, daß die Grausamkeit der Strafe abschreckend wirkt? Oder ist es nicht vielmehr so (und seit Freud ziemlich klar), daß ein Teil der Gesellschaft mit Hilfe des Gesetzes ungestraft und bis zum Extrem selbst Verbrecher spielen will? Daß die Todesstrafe ein so »extremes« Verbrechen ist, wie es ein einzelner niemals begehen könnte, sagt uns besser als Beccaria Dostojewski in ›Der Idiot‹: »Der

Verurteilte war ein kluger, mutiger, starker Mann reifen Alters... Und doch sage ich euch, ob ihr es mir nun glaubt oder nicht, er ging weinend zur Richtstatt, weiß wie Papier. Wie ist das nur möglich? Ist das nicht schrecklich? Wer weint denn eigentlich vor Angst? Ich habe nicht geglaubt, daß einer, der kein Kind mehr ist, ein Mann, der niemals zuvor geweint hat, ein Mann von fünfundvierzig Jahren, zu weinen anfangen könnte. Was geht in einem solchen Augenblick in der Seele vor, in welche Krämpfe versetzt man sie? Es ist eine Beleidigung der Seele, das ist es!... Jemanden töten, der getötet hat, ist eine unvergleichlich größere Strafe als das Verbrechen selbst. Der legale Mord ist unvergleichlich abscheulicher als der Raubmord. Wer von Räubern überfallen, wer nachts im Wald oder anderswo niedergestochen wird, der hofft zweifellos noch bis zum letzten Augenblick, sich retten zu können... Hier dagegen nehmen sie einem mit aller Gewißheit auch diese letzte Hoffnung, mit der es zehnmal leichter ist zu sterben; hier gibt es ein Urteil und die Gewißheit, ihm nicht entrinnen zu können; darin liegt das Entsetzliche dieser Qual, und auf der Welt gibt es keine schlimmere Qual als diese. Führt einen Soldaten mitten in der Schlacht genau vor eine Kanone, stellt ihn dahin und zielt auf ihn – er wird weiter hoffen; liest man ihm aber einen Urteilsspruch vor, der ihn zum *sicheren* Tod verurteilt, so wird er entweder wahnsinnig werden oder zu weinen beginnen. Wer hat gesagt, daß die menschliche Natur fähig ist, so etwas zu ertragen, ohne wahnsinnig zu werden? Warum eine so ungeheuerliche, unnötige, sinnlose Beleidigung?... Von dieser Qual und von diesem Grauen hat auch Christus gesprochen. Nein, es ist nicht zulässig, so mit einem Menschen umzugehen.«

Vor mir liegt eine Fotokopie der Akten eines Untersuchungsprozesses aus dem Archiv von Simancas. Angeklagt war einer aus Mazara del Vallo, Sohn eines gewalttätigen und habgierigen Bürgers, der sich unter dem Schutz der Inquisition die Zeit damit vertrieb, die jungen Mädchen Bescheidenheit zu lehren und einigen Ehemännern oder Vätern den Rücken zu streicheln, wie Manzoni sagen würde. Der Prozeß fand 1556 statt, und gewiß war es für den Untersuchungsrichter sehr schwierig, die »unbedarften kleinen Leute« zu Zeugenaussagen gegen einen gewalttätigen Mann und seine ebenso gewalttätige Familie zu bewegen, denen einerseits die Angst und andererseits die heilige Inquisition de facto und de iure fast vollständige Immunität sicherten. Doch abgesehen von den Fakten, die zu berichten zu lange dauern würde, fallen bei den Zeugenaussagen über die nächtlichen Heldentaten dieses schäbigen und vielleicht manischen Dorf-Don Giovanni die Namen der Frauen auf und beschäftigen die Phantasie: Violante, Xuri (Blume), Fiorella, Contissa, Gratiosa, Margarita (was noch nicht wie heute die fade Blume meinte, sondern Perle bedeutete). Ich bekomme Lust, auch in anderen Schriften aus diesen und noch früheren Zeiten nach weiteren Namen zu suchen, und ich finde: Allegranza, Cara, Diamantes, Granata, Letitia, Luna, Millefiori, Palma, Perla (nochmals Perle), Ricca, Fiorina, Fiordivilla, Filigrana ... Nur zweimal Maria, dafür Hunderte von heiteren, phantasievollen, glückbringenden Namen, die die Farben des Frühlings, den Glanz der Sterne und Edelsteine, Schmuck und Juwelen aufschimmern lassen. Nur ein »schwerer« Name ist darunter: Pacienzia, die Geduld; schwer zu tragen, aber noch erträglich. Nicht unerträglich wie die Helligkeit, der Schmerz, das Kreuz oder die Kreuzigung, die den Frauen im darauffolgenden Jahrhundert durch ihre Namen (und vielleicht nicht nur durch die Namen) auferlegt wurden. Wie kommt es, daß Perla, Filigrana, Luna, Palma, Letitia so schmerzlichen und traurigen Namen wie Santa, Addolorata, Croce, Crocefissa gewichen sind?

Vielleicht läßt sich in anderen Regionen Italiens dasselbe Phänomen beobachten, aber in Sizilien ist der Übergang von den Freudennamen zu den Schmerzensnamen besonders kraß und auffällig. Ja, es *ist* die Hispanisierung des Lebens. Und die aus Spanien importierte Gegenreformation. Auch der verstärkte Heiligenkult als Reaktion auf die immer häufigeren Hungersnöte und Epidemien. Dennoch liegt in diesem Wandel der Vornamen von einem Jahrhundert zum anderen, vom 16. zum 17. Jahrhundert, etwas Paradoxes, das Beachtung verdient: Im Unterschied zu den phantasievollen, leuchtenden Namen der Frauen hatten nämlich die Männer im 16. und 17. Jahrhundert dieselben Vornamen, die sie heute noch haben: die Namen von Heiligen nämlich, wobei der Name des Schutzpatrons im jeweiligen Ort besonders häufig ist. Warum aber erhielten die Männer die Namen von Heiligen und die Frauen »profane« Namen, Namen aus einer

Welt der reinen Natur, der Schönheit und Grazie? Die Antwort liegt ziemlich klar auf der Hand: weil die Frau ja als Teil der Natur gesehen wurde, als schönes, graziöses Geschöpf, dem Heiligkeit und mystische Leidenschaft überhaupt nicht zugänglich waren. (Vermutlich war auch der Kult der weiblichen Heiligen im Vergleich zu dem der männlichen Heiligen damals sehr gering.) Mit der Benennung der Frauen nach weiblichen Heiligen oder nach dem Opfertod Christi stehen wir tatsächlich vor einem Emanzipationsprozeß, vor einer Errungenschaft. Und darin liegt nun das Paradoxe (es könnte auch ein Gleichnis sein): die Frau, die sich den Zugang zur Heiligkeit und zur Teilhabe am Opfer Christi erobert, die Frau, die bis dahin am Rande des Gartens Eden stand, weil man ihr das Wissen um Schmerz und Tod absprach, wird nun zur Erkenntnis von Schmerz und Tod zugelassen.

Mindestens einmal im Jahr besuche ich die Villa Palagonia in Bagheria, diese Villa aus dem 18. Jahrhundert, wo, wie Giovanni Meli sagt, die Kunst die Ausgeburten einer bizarren Phantasie in Stein verewigt und verdichtet hat. (In den folgenden Versen der Oktave Melis gesteht Jupiter sein »Ungenügen« ein: »Ungeheuer erdacht ich nach Vermögen, doch wo meine Schöpferkraft versiegte, da genau begann Palagonia« – das heißt, der Fürst Ferdinando Gravina von Palagonia. Es ist ein schöner Einfall, der von Borges stammen könnte, daß ein Gott die weitere Zeugung von Ungeheuern der menschlichen Phantasie überläßt.) Bei jedem Besuch erscheint mir die Villa noch heruntergekommener, noch baufälliger inmitten des immer enger werdenden Gürtels aus Beton und Neubauten, der sie zu ersticken droht. Goethe, der so abfällig über sie schrieb, wäre vielleicht froh über diese Nemesis: eine Monstrosität verschlingt die andere. Wir aber sind es nicht, denn wir haben noch ganz andere Dinge erlebt, wir haben den Schlaf der Vernunft noch ganz andere Ungeheuer hervorbringen sehen. Die der Villa Palagonia hatten wir uns gezähmt: kleine Monster, zum Ausführen an der Leine, eine ländliche Sonntagsmarotte. Und während sie zerfallen und dahinschwinden, bleibt in der Villa nur noch ein einziger beunruhigender Gegenstand übrig, nämlich das Porträt dessen, der sie gebaut hat: ein hagerer, ja spindeldürrer, aufgeputzter und gepuderter Herr im Festgewand; einer, der es liebte, seine Verrücktheiten selbst zu bezahlen und für seine Tugenden andere zahlen zu lassen. So sah ihn Goethe, das wußte er von ihm. So sehen auch wir ihn.

Mir scheint, daß ein völlig »neuartiges« Verbrechen aufgekommen ist: Ein Vater oder eine Mutter erkennt, daß er oder sie – aufgrund einer Neurose, eines Unglücksfalls, einer enttäuschten Leidenschaft oder einer unverwindbaren Beleidigung – nicht weiterleben will oder kann, und wählt den Tod – jedoch nicht allein für sich selbst, sondern auch für die Kinder. Der Beweggrund für ein derartiges Verbrechen ist nicht Rache – die der Mutter am Vater wie bei Medea, oder die des Vaters an der Mutter; auch nicht die Vorstellung oder Überlegung, welches Leid die überlebenden Kinder erwartet. Es steckt vielmehr etwas Unspezifischeres, viel Vageres dahinter, das eher aus der Außenwelt kommt als aus der persönlichen Erfahrung von Enttäuschungen, Mißgeschicken, Ängsten oder Erschütterungen. Das heißt, es ist eine Art von Verbrechen, das nicht von der Unsicherheit dessen, der es begeht, ausgelöst wird, sondern von der Unsicherheit der Welt. Und diese Unsicherheit ist unleugbar ein Geschenk der Naturwissenschaften.

Das schönste Exemplar von einem Faschisten, auf das man heutzutage stoßen kann (und wir empfehlen den Experten die sorgfältigste Beschreibung und Katalogisierung), ist das des vorgeblichen Antifaschisten, der ausschließlich damit beschäftigt ist, die als Faschisten zu bezeichnen, die keine sind.

Wir haben einen Neologismus: Die Kretinisierung. Erst das Phänomen, dann das Wort, das es bezeichnet. Mit großer Verspätung.

Der Mord an Sallustro hat mich an zwei einander ergänzende Episoden erinnert, die aber sozusagen unter entgegengesetzten Vorzeichen stehen, Episoden aus dem außergewöhnlichen Buch ›Adler und Schlange‹ von Martin Luis Guzman, einem der Bücher, aus denen man (wie Hemingway, glaube ich, gesagt hat) das Schreiben lernen kann, vor allem, wie man grausame Szenen beschreibt, ohne sich selbst die Maske der Grausamkeit aufzusetzen. Vor genau dreißig Jahren bei

Rizzoli in der ausgezeichneten Übersetzung von Mario Socrate erschienen, ist es seither seltsamerweise in keiner der vielen preiswerten Taschenbuchreihen dieses oder eines anderen Verlags wiederaufgelegt worden.

Wie schon der Titel andeutet, handelt das Buch von Mexiko, und zwar von der Mexikanischen Revolution und ihren Protagonisten: Villa, Zapata, Obregon, Gutierrez, Carranza. Es erweckt diese Gestalten, vor allem Villa, in wenn auch marginalen, so doch immer bezeichnenden Episoden wieder zum Leben. Guzman erzählt von Dingen, die er selbst gesehen hat, denn er war unmittelbar an den Ereignissen beteiligt und ist sogar Minister in den rasch aufeinander folgenden Revolutionsregierungen gewesen. Was er als Politiker wert war, weiß ich nicht, aber er ist ein großer Schriftsteller. Beim Wiederlesen nach dreißig Jahren, in denen mir so vieles andere untergekommen ist, wird mir die Großartigkeit dieses Buches von neuem bewußt. Aber kommen wir auf die zwei Episoden zurück, die ich in Erinnerung behalten und nun wiedergefunden habe.

Ein General der Revolutionsarmee, der soeben ein Dorf erobert hat, steht vor dem Problem, seiner Truppe den Sold auszahlen zu müssen. Und er findet dafür auch gleich eine Lösung: Er befiehlt seinem Adjutanten, die fünf reichsten Männer des Dorfes herbeizuschaffen und nennt ihm ihre Namen. Der Adjutant macht sie ohne Schwierigkeiten ausfindig und bringt sie vor den General. Der läßt den ersten, Carlo Valdés, vortreten und sagt: »Señor Valdés, kraft meines Amtes gebe ich Ihnen zwölf Stunden Zeit, um fünftausend Pesos in die Brigadekasse einzuzahlen.« Dem zweiten gesteht er fünfzehn Stunden zu, um sechstausend Pesos zu zahlen, dem dritten achtzehn für siebentausend, dem vierten einundzwanzig für achttausend, dem fünften vierundzwanzig Stunden für neuntausend Pesos. Vier stehen da wie vom Blitz getroffen, aber einer, der erste, begehrt auf: »Zwölf Stunden, um fünftausend Pesos aufzutreiben! Ich glaube, ich träume! Dafür würde ein ganzes Jahr nicht reichen, kann ich Ihnen versichern, genausowenig wie zwölf Stunden. In meinem Fall hat es also gar keinen Sinn, den Henker warten zu lassen, schleppt mich gleich zum Galgen...« Verärgert und feierlich entgegnet der General: »Die Revolution, Señor Carlo Valdés, hat keinen Henker, und sie braucht auch keinen.«

Die Henkerrolle übernahm ein Soldat, und am nächsten Morgen um sieben Uhr siebenundvierzig wurde Carlo Valdés gehenkt. Die übrigen vier zahlten, nachdem sie der Hinrichtung beigewohnt hatten. Später, beim Zahlen der Pesos, sagte der General zu seinem Adjutanten: »Sie haben alle gezahlt.« – »Alle bis auf Valdés«, warf der Adjutant ein. Und der General erwiderte: »Aber ich wußte doch, daß der nicht zahlen würde. Der hatte nicht einmal Geld genug für sein eigenes Begräbnis... Aber indem ich ihn hängen ließ, konnte ich sicher sein, daß alle anderen zahlen würden.«

Zweite Episode. Guzman kommt zu Villa, der sich zornig und besorgt über den Telegrafen beugt und auf Nachrichten über die Kämpfe wartet, in die seine Männer verwickelt sind. Der Telegraf beginnt zu ticken: die Schlacht ist gewonnen, es gibt so viele Tote, so viele Verwundete und so viele Gefangene. »Was soll ich mit den Gefangenen machen?« fragt der Kommandant der Einheit. Die Frage ärgert Villa. »Was soll das heißen? Was Sie mit ihnen machen sollen? Erschießen natürlich!« Und er wendet sich an Guzman und einen gewissen Llorente, der Guzman begleitete: »Was meinen Sie dazu, meine Herren Doktoren? Er fragt mich, was er mit den Gefangenen machen soll!« Nachdem er den Erschießungsbefehl hat durchgeben lassen, fragt er noch einmal: »Was meinen Sie dazu?« Totenbleich, aber bestimmt antwortet Llorente: »Wenn ich ehrlich sein soll, Herr General, ich finde diesen Befehl nicht richtig.«

Guzman schloß die Augen, denn er erwartete, daß Villa die Pistole ziehen und diesen Affront bestrafen würde. Doch nach einigen Augenblicken des Schweigens fragte Villa ganz ruhig: »Warum?« Darauf erklärte ihm Guzman: »Wer sich ergibt, Herr General, schont dadurch das Leben eines oder mehrerer anderer, denn er verzichtet darauf, tötend zu sterben. Deshalb darf derjenige, der diese Kapitulation annimmt, kein Todesurteil fällen.« Villa starrte ihn an, dann sprang er auf, diktierte dem Telegrafisten beinahe schreiend den Gegenbefehl und verlangte vom Empfänger eine unverzügliche Antwort. Sie traf zwanzig Minuten später ein, zwanzig Minuten, die Villa in gespanntester Erwartung verbrachte. Als er erfuhr, die Gefangenen seien gerettet, »griff er nach seinem Taschentuch und wischte sich den Schweiß von der Stirn«. Später beim Abendessen sagte er zu Guzman und Llorente: »Und vielen Dank, Freunde, vielen Dank für heute morgen, für diese Sache mit den Gefangenen...«

Der Unterschied zwischen dem General, der den armen Carlo Valdés hängen läßt, und Villa, der es zuerst »natürlich« findet, Gefangene zu erschießen, dann aber entdeckt, daß es vielmehr »natürlich« ist, sie nicht zu erschießen und sie rettet, ist zunächst der Unterschied zwischen Menschen und Unmenschen, zwischen »Menschen und Nicht-Menschen«. Ein weiterer Unterschied, der sich aus dem ersten ergibt, besteht darin, daß Villa ein Revolutionär war und der General ein Henker. Während dieser behauptet: »Die Revolution hat keinen Henker, und sie braucht auch keinen«, benimmt er sich selbst wie ein Henker und nicht wie ein Revolutionär. Villa dagegen, der nicht weiß, ob die Revolution einen Henker haben darf oder nicht, gerät in dem Augenblick, als er erfährt, daß sie keinen haben darf, in »Kreuzesqual«, wie Guzman sagt: Seine grausame Sicherheit verwandelt sich in Angst und Bangen, und später dankt er mit jener Scham und Bescheidenheit, die ein Zeichen von Stärke ist – den beiden Männern, die ihm ein Gesetz entdeckt haben, das er nicht kannte, das aber in der Tiefe seines Wesens als Mensch und Revolutionär verankert war.

Es ist unmöglich zu sagen, was man in einer Revolution muß und was nicht, was man darf und was nicht. Sehr wohl aber läßt sich sagen, was ein Revolutionär weder tun soll, noch tun darf: Er soll und darf nicht den Henker spielen. Das gilt umso mehr, wenn es gar keine Revolution gibt, sondern nur Revolutionäre. Im Gegensatz zur Behauptung des Henker-Generals (und man muß bei Guzman nachlesen, mit welch fachkundiger Sorgfalt er eigenhändig den Strang für Valdés vorbereitet) könnte die Revolution vielleicht auch eines Henkers bedürfen; fest steht jedoch, daß kein Revolutionär das Amt des Henkers übernehmen kann, ohne sich dadurch selbst zu negieren, als Mensch und als Revolutionär.

»Man kann einen Krieg wie diesen nicht unter Berücksichtigung der moralischen Prinzipien führen, man kann ihn aber auch nicht führen, ohne sie zu berücksichtigen«, sagt eine Figur in Malraux' Roman ›L'espoir‹. Er spricht vom Spanischen Bürgerkrieg, der ein Krieg zwischen Staaten, ein Bürgerkrieg und eine Revolution zugleich war. Noch unverzichtbarer ist die Berücksichtigung dieser moralischen Prinzipien jedoch für die kleinen Gruppierungen, die sich dazu berufen fühlen, die Revolution im Namen der Massen zu führen, die dazu selbst noch nicht, oder nicht mehr, in der Lage sind.

In einem Antiquitätenladen entdecke ich ein Porträt von Maria Sophia, der letzten Königin beider Sizilien. Es ist ein offizielles Porträt, das vielleicht der Statthalter oder ein anderer hoher Vertreter des Königreichs auf Sizilien als Geschenk aus Neapel erhalten hatte; irgendein treuer Anhänger aus den niederen Rängen wird es wahrscheinlich gestohlen (und aufbewahrt und weitergegeben) haben, als beim Einzug Garibaldis in Palermo alle Würdenträger ihre Ämter und Residenzen fluchtartig verließen und alle Spuren ihrer Ergebenheit und ihres Diensteifers für die Bourbonendynastie zu verwischen suchten. (So wie wir 1943 miterleben konnten, wie fanatische Parteibonzen und regimetreue Funktionäre ihre Uniformen, Abzeichen, Verdienstsurkunden, kompromittierende Fotos und Propagan daschriften vernichteten.)

Das Porträt ist gut gemalt, liebevoll würde ich sagen, und die Darstellung der Stoffe, Bänder, Spitzen, Federn und Schmuckstücke zeugt von beachtlicher Kunstfertigkeit. Maria Sophia sieht darauf aus wie ein aus dem Pensionat entlassenes junges Mädchen, das man als Braut und Königin herausgeputzt hat; sie hat nichts vom »jungen bayrischen Adler« Carduccis, nichts von D'Annunzios »leidenschaftlicher Gefährtin, deren Raubkatzennüstern wie in einem heroischen Traum zu atmen schienen, als bebten sie vor Wollust im Vorgefühl der elektrischen Entladung der Orkane«; nur die zusammengepreßten Lippen und der feste Blick verraten eine gewisse Unruhe; das gibt ihr etwas Unsicheres und zugleich Entschlossenes, Starrköpfiges: wie ein kleines Mädchen, das sich fürchtet und sich unerschrocken zeigen möchte.

Sie ist nicht schön, aber ohne Zweifel reizvoll, frisch, blühend; der Oberkörper wächst aus einer schmalen Taille, die nackten Arme sind zart und rundlich, die kleinen, aber festen Hände stecken im fast unsichtbaren Netz der Filethandschuhe. Auf dem kastanienbraunen, in der Mitte gescheitelten und an den Schläfen leicht gebauschten Haar trägt sie das

Diadem, das Alphonse Daudet – der aus ihr eine Königin aus Illyrien macht in seinem Roman ›Die Könige im Exil‹ – in den Mittelpunkt einer lautlosen Familienkatastrophe stellt: Da entdeckt nämlich die Königin, daß der König die echten Steine heimlich durch falsche ersetzt hat, um seine Mätressen zu finanzieren und seine Gläubiger zu befriedigen (eine pure Erfindung, denn Franz II. übte selbst in der Ehe wenn nicht Keuschheit, so doch Enthaltsamkeit). In der linken Hand hält sie das Zepter, doch irgendwie so zerstreut, als wäre es ein Fächer. Die Rechte ist auf einen Tisch gestützt, wo auf einem roten Kissen die Krone liegt. Durch ein offenes Fenster sieht man den Vesuv: ein taktloses Detail auf einem Bild, das den Sizilianern zugedacht war. Wesentlich lieber wäre ihnen der Monte Pellegrino gewesen, auch wenn Maria Sophia niemals in Palermo war.

Das Bild ist lächerlich billig, billiger als eine schlechte Lithographie oder ein Siebdruck irgendeines modernen Künstlers. (Vorausgesetzt es handelt sich um eine echte Lithographie oder Serigraphie.) Leichten Herzens gebe ich der Versuchung nach, es zu erwerben: zu Ehren von Proust und Daudet und zu Ehren der literarischen Figur, die diese beiden Schriftsteller aus ihr gemacht haben, denn meine negativen Gefühle für die Bourbonen in Neapel sind seit meiner Schulzeit unverändert geblieben: ähnlich wie die Gladstones, der ihre Regentschaft als »Negation Gottes« definieren wollte.

Diese Gefühle bestimmen mein Urteil bis zum heutigen Tag, obwohl ich in den letzten Jahren vieles gelesen habe, das mich eigentlich hätte veranlassen sollen, mein Urteil zu revidieren und zumindest anzuerkennen, daß sie im Grunde nicht schlechter waren als die Savoyer, ja vielleicht sogar ein bißchen besser.

Übrigens haben die Sizilianer die Bourbonen nie gemocht (und mögen sie auch heute nicht); sie schlossen sie höchstens ohne nähere Unterscheidung in ihre allgemeine Verehrung der Monarchie ein; denn in den untersten Volksschichten, und besonders im städtischen Lumpenproletariat, ist diese Verehrung noch immer lebendig. (Ich erinnere mich, wie unmittelbar nach der Volksbefragung ein armer Alter in Messina jeden Morgen die Straße mit dem Ruf weckte: *'u babbiaru a'u riuzzu* – sie haben ihn verspottet, den kleinen König –; das wiederholte er in regelmäßigen Abständen den ganzen Tag lang; und er stand mit dieser Meinung nicht allein da, denn in den drei großen Städten Siziliens stimmten Tausende und Abertausende für die monarchistische Partei.)

Diese Verehrung ist unabhängig von Dynastien und Personen; sie gilt der Pracht, dem Luxus, den Launen, in denen sich das ferne, erhabene, ans Metaphysische und an die Metaphysik grenzende Leben der Könige abspielt, das nur an glanzvollen Geburtstagen, Hochzeiten und Begräbnissen sichtbar wird und uns näherrückt. Der deutsche Kaiser Wilhelm mit seinem Lodenmantel und seinem Filzhut wurde darum in Sizilien niemals ernst genommen, und der Erste Weltkrieg wurde ihm wie die Anmaßung eines *parvenu* zur Last gelegt, der sich mit aller Gewalt zu den höchsten Kreisen Zutritt verschaffen will. Ganz zu schweigen vom schwedischen König, wenn er Syrakus oder Selinunt besucht.

Die Existenz von Königen beschränkt sich also auf das, was wir, im Hinblick auf die Auswirkungen des Konsumdenkens in unterentwickelten Gegenden, das Bedürfnis nach dem Überflüssigen nennen; so wie die Dinge, die Wohlstand und Fortschritt repräsentieren, immer unnütze und sinnlose Dinge sind, so darf auch ein wirklicher König mit der eigentlichen Macht nichts zu tun haben, die ausschließlich – und immer mißbräuchlich – von Leuten ausgeübt wird, die *dem König unterstellt* sind. Nur seine Untergebenen sind tatsächlich mächtig, der König selbst ist in Wahrheit machtlos, obwohl er ihnen ihre Macht verleiht. Dieses Paradoxon wird in dem Sprichwort bekräftigt, »Über dem König steht der Vizekönig«, und es spiegelt sich auch in der Haltung des Sänftenträgers Gevatter Cosimo in Vergas Novelle ›Was ist der König‹.

Das Porträt der Königin von Neapel, das nun in meinem Arbeitszimmer hängt (wenn ich weiterhin die »falschen« Bücher schreibe, wird man es dazu benutzen, mich als Bourbonenanhänger abzustempeln), versetzt die Frau, die uns hin und wieder im Haushalt hilft, in eine erstaunte Verzückung. Sie ist eine moderne Frau und stimmt bei den Wahlen sicher nicht für die monarchistische Partei. Doch dieses Königinnenbildnis fasziniert sie, es weckt in ihr eine seltsame Melancholie und ungewohnte Gedanken. Vor allem den Gedanken an den Tod. Sie sagt: »Jetzt ist sie nur noch Staub und Asche.« Obwohl sie weiß, wann und wo sie starb, daß sie entthront wurde, ins Exil gehen mußte und ein hohes Alter erreichte, kann sie sie sich wahrscheinlich nicht anders vorstellen als eine im Glanz ihrer Jugend und ihrer Herrschaft fast wie die Heldin einer Tragödie Gestorbene. Mir kommt dabei der Gedanke, daß das Ende der Könige auch das Ende der Tragödie ist: das könnte auch ein Nachruf auf Henry de Montherlant sein, auf seinen unmöglichen Traum, die Tragödie auf der Bühne der Welt wiederzubeleben.

Ich bin der Meinung, daß all das, was uns von der Vergangenheit an Mauern, Bögen und Säulen, an Monumenten und Dokumenten erhalten geblieben ist, der Nachlässigkeit der Jahrhunderte vom Ende des Römischen Reiches bis zur Einigung Italiens zu verdanken ist, während die im Laufe des letzten Jahrhunderts legalisierten und institutionalisierten Erhaltungs- und Schutzmaßnahmen die barbarischsten und irreparabelsten Verheerungen angerichtet haben (Verheerungen, die um so barbarischer waren, je mehr sich das Bewußtsein, erhalten und schützen zu müssen, verbreitet und geschärft hat).

Jahrhundertelang erfreuten sich Baudenkmäler einer Art Unsichtbarkeit. Sie wurden teilweise abgetragen, in andere Bauwerke eingegliedert oder aber einfach stehengelassen, wie sie waren, als Objekte einer vagen Verehrung des Schönen und Alten, denen man jedoch weder eine besondere Pflege noch räuberische oder wissenschaftliche Aufmerksamkeit widmete. Einige sind dadurch vollständig oder fast vollständig erhalten geblieben, von anderen blieben einzelne Teile oder Strukturen übrig. Die Voraussetzung für die zumindest partielle Erhaltung alter Gebäude war in jedem Fall, daß sie entweder weiterbenutzt oder ihrem Schicksal überlassen wurden. Kaum aber begann man auf sie aufmerksam zu werden und sie als öffentlichen Besitz zu betrachten – als unveräußerliches kulturelles Erbe, das nicht angetastet werden darf, es sei denn zum Zweck der Restaurierung –, kaum also begann man sie unter die direkte oder indirekte Obhut des Staates zu stellen und gesetzlich zu schützen, nahm das Unheil seinen Lauf.

Ein ausländischer Schriftsteller, den ich vor einigen Jahren durch Palermo führte, sagte mir vor der später halb eingestürzten Zisa, er habe uns vor seiner Italienreise um unsere Denkmalschutzgesetze beneidet, weil es bei ihm zu Hause keine derartigen Initiativen gebe: nun aber, da er die Auswirkungen dieser Gesetze aus der Nähe gesehen habe, beneide er uns nicht mehr darum; er halte es im Gegenteil für sehr weise, daß bei ihm zu Hause solche Gesetze niemals eingeführt worden seien. Damals, ich wiederhole es, war die Zisa noch nicht eingestürzt. Auch das Problem des Steri stellte sich noch nicht im heutigen Ausmaße. Und eben dieses Problem, das die Bedeutung eines Gleichnisses, einer Parabel hat, will ich nun noch einmal – und weiterhin ohne alle Illusionen – aufgreifen.

Der Raum, den der Sizilienführer des Touring Club Italiano (zumindest in der Ausgabe von 1953) dem Steri widmet, entspricht nicht der Bedeutung dieses Bauwerks. Das ist auch kein Wunder, denn der Palazzo war damals noch Sitz des Gerichts und, wie in den Jahrhunderten zuvor, so gut wie unzugänglich, da ihn praktisch nur Richter, Anwälte und Angeklagte betreten durften.

Von der Familie Chiaramonte zwischen 1307 und 1380 wahrscheinlich auf den Ruinen oder den Grundmauern eines arabischen Palastes errichtet, wurde der Steri *(hosterium, hôtel particulier)* die Residenz der Aragonesen, nachdem diese den letzten Chiaramonte auf dem davorliegenden Platz hatten enthaupten lassen. Danach residierten dort die Vizekönige, und von 1605 bis 1782 beherbergte der Steri das Gericht und die Verliese der Inquisition. Nach Abschaffung der Inquisition zogen das Konsistorialgericht, der Große Gerichtshof und das Amtsgericht ein; außerdem die Verwaltung der Königlichen Lotterie. Nach 1860 dann das Appellationsgericht, der Zoll und die Verwaltung der Staatsarchive.

Natürlich brachte jede Veränderung auch Umbauten mit sich: Zwischenwände wurden herausgerissen oder eingezogen, Mauern durchbrochen, Gänge verkürzt oder verlängert, größere und kleinere Treppen eingebaut. Dabei wurde zwar einiges zerstört, aber alles in allem nicht sehr viel. Und die Zubauten, die die alten Strukturen verdeckten, schützten diese zugleich und sahen auch nicht allzu schäbig aus.

1904 schrieb der Inquisitionsforscher Vito La Mantia: »Wenn die Stadtverwaltung von Palermo, die Provinzialverwaltung und die Regierung einmal beschließen sollten, das Zollamt andernorts unterzubringen und woanders ein Gerichtsgebäude zu errichten, in dem alle Justizbehörden untergebracht werden können, dann wird es auch möglich sein, alles abzutragen, was zwischen dem 17. und dem 19. Jahrhundert an den Palazzo Chiaramonte angebaut worden ist, den ursprünglichen Bauzustand wiederherzustellen und in dem historischen Gebäude ein städtisches Museum des sizilianischen Mittelalters einzurichten. Dann werden die Liebhaber nationaler Denkwürdigkeiten auch die Kerker der Inquisition wiederentdecken und sorgfältig bewahren, was von dem abgeschafften Gericht des Heiligen Uffiziums noch vorhanden ist.«

La Mantia widerspricht sich hier offensichtlich selbst; denn wie wäre es möglich, alles zu entfernen, was dort seit dem 17. Jahrhundert dazugebaut worden ist, und gleichzeitig alle noch vorhandenen Zeugnisse der Inquisition zu bewahren, namentlich ihre Verliese? Doch hätte er zwischen diesem Widerspruch und der Alternative zu wählen gehabt, so hätte er gewiß nicht gezögert (wie auch ich nicht zögere), der Erhaltung der Überreste von der Inquisition und vor allem ihrer Opfer absolute Priorität zu geben.

Fast zwei Jahrhunderte lang hinterließen die Opfer an den Wänden ihrer Kerker Zeugnisse ihres Glaubens, ihres Wissens und der Ungerechtigkeit, deren Opfer sie waren, Anklagen gegen die blinde Macht, die sie knechtete, und in einzelnen Fällen sogar Selbstbildnisse. Sie ritzten sie in die Wände oder malten sie mit Kohle: Verse, Hilferufe, Warnungen an jene, die nach ihnen hierher kommen würden. Und Zeichnungen, Bilder: Darstellungen von Heiligen, von Kreuzigungen und von Landschaften, Karikaturen, Selbstporträts. Sogar mathematische Berechnungen und geographische Kartenskizzen.

Giuseppe Pitré und Giuseppe Di Vita haben diese Inschriften und Zeichnungen, soweit sie ihnen bekannt waren, untersucht und über die Identität ihrer Autoren interessante Hypothesen aufgestellt. Über zwei Jahrhunderte war zweifellos die Elite der sizilianischen Kultur durch diese Gefängnisse gegangen: Wissenschaftler, Künstler, Literaten. Und die Rebellen, die nach dem Wahren und dem Neuen suchten, nach Gerechtigkeit und Freiheit. In diesen Verliesen konnte man eine – wenn nicht sogar *die* – Antwort auf die Frage finden: Warum ist Sizilien so, wie es ist? (Ich erinnere mich an einen fast heimlichen Besuch gemeinsam mit Salvatore Battaglia vor einigen Jahren im Steri. Battaglia war so beeindruckt und bewegt, daß er plötzlich in wütende Beschimpfungen gegen die ausbrach, die ohne zu wissen urteilen – und daß man die Ursache so vieler Fehler und Versäumnisse auch von diesen beängstigenden Wänden ablesen könne.)

Über ein halbes Jahrhundert später sah es ganz so aus, als sollte die Idee von La Mantia in Erfüllung gehen. Die Justizbehörden zogen aus dem Steri aus. Das Gebäude blieb jedoch jahrelang in dem Zustand, in dem sie es zurückgelassen hatten: überall Haufen von Kehricht und Altpapier, zerbrochene Fensterscheiben, schief hängende Fensterläden. Tauben nisteten sich darin in Scharen ein und Ratten tobten in Massen herum. In dem großen Saal mit der bemalten Holzdecke, diesem unvergleichlichen Zeugnis der Kultur einer Epoche (die keine Volkskunst war, wie der Stadtführer des TCI behauptet, sondern eine absolut einheitliche, nicht alphabetisierte Kultur, an der alle Gesellschaftsschichten teilhatten), herrschte ein unaufhörliches Flügelflattern und Rattengeraschel zwischen Papier und Abfällen. Jahrelang. Man wartete auf eine Entscheidung über die Restaurierung und den künftigen Verwendungszweck des Bauwerks.

Endlich übernahm das Amt für Denkmalschutz die Verantwortung für die Restaurierungsarbeiten, und man beschloß, hier das Rektorat der Universität unterzubringen, die diese Ehre mit der Übernahme der Kosten – ob aller oder nur eines Teils, weiß ich nicht – quittierte. Über die Restaurierungspläne war effektiv nichts zu erfahren, sie schienen »top secret« zu sein. Als jedoch die ersten Ergebnisse sichtbar wurden, schlugen die wenigen, denen etwas daran lag, Alarm. Und sie hatten auch allen Anlaß dazu: Die Mauerlücken waren mit einem butterfarbenen Tuffstein ausgefüllt worden und sahen einfach scheußlich aus. Die Säulen der doppelbögigen Fensternischen sowie die Bögen selbst hatte man mit schwarzem Lack bepinselt, wo ursprünglich Intarsien aus schwarzem Lavastein gewesen waren. Und so ging es weiter.

Die Alarmrufe hatten zur Folge, daß sich eine Fachkommission für arabisch-normannische Baudenkmäler zu einem Lokalaugenschein herabließ. Sie kam, sah – und verfaßte einen Bericht. Darin wurde konstatiert, daß an den Fensterbögen »eine *Phantasieverzierung* (Hervorhebung von mir) aus geometrischen Mustern« angebracht worden sei, die »im ursprünglichen Plan nicht vorgesehen war« (daher die Empfehlung, sie zu entfernen und durch einfache Steinbögen zu ersetzen). Was das bislang vernachlässigte Problem des Unterschieds zwischen dem neuen und dem ursprünglichen Baumaterial betraf, so riet die Kommission zu Vorsicht und Sorgfalt, um sich dann der Frage zuzuwenden, ob eine Treppe aus dem 18. Jahrhundert abgerissen oder ersetzt werden sollte (wodurch, blieb freilich unklar), und schließlich auch das Problem der Verliese aus der Inquisitionszeit anzuschneiden.

Die Passage muß man wörtlich zitieren. »Trotz der historischen und sentimentalen Bedeutung der Zellen und ihrer Inschriften hält die Kommission dennoch die Wiederherstellung der ursprünglichen Raumverhältnisse und folglich den Abriß der Zellen für vorrangig. Sie ist jedoch der Ansicht, daß zu ihrer Erinnerung die auf den Wänden des großen, endlich entrümpelten Saals noch sichtbaren Veränderungen und Inschriften in ihrem derzeitigen Zustand belassen werden sollten, ebenso wie die Spuren der Trennwände und Zwischendecken. In diesem oder einem anderen Raum des Palasts könnten die Zeichnungen und Inschriften von den zum Abriß bestimmten Wänden abgenommen und am besten auf Tafeln ausgestellt werden.«

Man fragt sich allerdings, warum die Wiederherstellung der ursprünglichen Raumverhältnisse wichtig ist. Weil sie arabisch-normannischen Ursprungs sind? Was wäre gewesen, wenn anstelle einer Fachkommission für arabisch-normannische Baudenkmäler eine Historikerkommission zur Geschichte der Inquisition auf Sizilien eingesetzt worden wäre: Hätte diese nicht die Erhaltung der später hinzugefügten Räume, der Zellen und Inschriften für wichtig erachtet? Hat man denn wirklich die Wahl zwischen einem hochinteressanten und bewegenden Stück Kulturgeschichte und einem kunsthistorischen Befund, von dem man nicht einmal weiß, ob er interessant oder nur schön ist? Und wenn man diese Wahl nicht hat, ist es dann nicht besser, die Dinge so zu lassen, wie sie sind, und nicht die Stimme eines Jahrhunderts zugunsten der eines anderen zu unterdrücken? Der Steri ist das, was er ist, nämlich einer der wichtigsten Schauplätze sizilianischer und europäischer Geschichte, weil sich so viel Geschichte in ihm abgespielt hat, soviel finstre und schreckliche Geschichte, und auch manch glanzvoller Augenblick. Einen großen Teil davon preiszugeben, um (vielleicht) das wiederherzustellen, was man für die ursprünglichen Raumverhältnisse hält, um ein paar Säulen und ein paar Scherben freizulegen, gleicht einem Akt der Zerstörung. Aber die Kommission ...

In einem jener kleinen Pariser Läden in der Rue de Seine, die nach nichts aussehen, aber bei allem Durcheinander die ungewöhnlichsten Dinge bergen, entdecke ich ein Mäppchen, das vier »Stücke« von Pirandello enthält, von denen eines zweifellos außergewöhnlich ist: einen Brief, den Entwurf oder die Rohkopie eines Briefes, ein Blatt mit Notizen und ein Telegramm (nicht von Pirandello selbst, aber an ihn gerichtet).

Der Brief ist an Saul C. Colin, 7 rue Lincoln, Paris, adressiert. Der gedruckte Briefkopf lautet: Sekretariat Sr. Exz. Luigi Pirandello, Milano, Via F. Corridoni, 39. Datum 9. Mai 1935. »Lieber Colin, Reece hat sich auch mir gegenüber am Telefon optimistisch geäußert. Doch um den Abschluß der Verhandlungen zu beschleunigen, hat Mauri ihm geschrieben und ihm vorgeschlagen, meine bevorstehende Reise nach Paris und nach London zum Vorwand zu nehmen, seine Freunde zu bitten, endlich zu einem Abschluß zu kommen, damit ich mich mit ihnen treffen und die Angelegenheit während meines Aufenthalts in London und in Paris regeln kann. Ich warte deshalb auf Reeces Antwort, um meine Abreise festzusetzen, die unmittelbar bevorstehen könnte. Wenn wir uns in Paris treffen, werden wir, je nach Ausgang der Verhandlungen mit Reece, gemeinsam überlegen können, inwieweit Ihre Reise nach Amerika zweckmäßig ist. Ich werde Sie von meiner Ankunft benachrichtigen und sende Ihnen inzwischen herzliche Grüße. Ihr Luigi Pirandello.«

Saul Colin wird in einem Artikel von Juliette Bertrand als Pirandellos »treuer Sekretär« erwähnt. Aber vielleicht war er eher ein Theateragent, der ihn auf seinen Reisen begleitete. Auch der in dem Brief genannte Reece muß ein Theateragent gewesen sein. Worum es bei den Verhandlungen ging, wissen wir nicht, sehr wahrscheinlich aber um die Aufführung von Pirandellos Stücken in Amerika.

Das zweite »Stück« ist auf einem Briefbogen des Turiner Hotels »Bonne Femme Metropol et Feder« geschrieben. Es ist undatiert, wurde aber mit ziemlicher Sicherheit nach 1927 verfaßt, falls der Giordani, um den es darin geht, Paolo Giordani ist, der bis zu diesem Jahr eng mit Pirandello befreundet war. Was danach zwischen Pirandello und Giordani vorgefallen ist, ließe sich leicht in Erfahrung bringen, denn die Angelegenheit, über die sich Pirandello so erregt, müßte in den Archiven der SIAE, des Italienischen Autoren- und Verlegerverbandes, auffindbar sein. »Nachdem Giordani vor meiner Herausforderung feige geflohen, und damit sein Versuch, mich zu verleumden, gescheitert ist, richte ich an den Hochverehrten Vorsitzenden der Italienischen Gesellschaft der Autoren und Verleger die Anfrage, welche Maßnahmen die Gesellschaft, nach aufmerksamer Prüfung des Falls unter Zugrundelegung meiner Antwort auf das Schreiben des Herrn Giordani, ergreifen will, um gegen ein Mitglied ihres Rates und der Kommission für die Sektion Dramatik einzuschreiten, den man öffentlich als Verleumder, Lügner und Betrüger bezeichnen konnte, ohne daß dieser reagierte; und dem man, anhand unwiderlegbarer Beweise und von ihm selbst anerkannter Dokumente, so viele schamlose Lügen und eine so unglaubliche Perfidie nachweisen konnte.«

Bei so starken Worten und so schweren Anklagen kommt einem der Verdacht, daß der Fall so ernst nicht sein konnte, ja daß er vielleicht sogar eine Bagatelle war. Giordani, heißt es, war eine Art Agent für Bühnenautoren, ein korrekter und zuverlässiger Mann. Und ein rasender Pirandello, der den Fehdehandschuh hinschleudert und Beleidigungen ausstößt, ist schwer vorstellbar, es sei denn, daß es sich eben um eine Bagatelle handelte, eine kleine Lüge, einen kleinen Verrat. Verrat also. Und das einem Sizilianer, der er mit Haut und Haaren war, mit jedem Gedanken, mit jeder Tat! Möglicherweise hat er seinen ganzen Zorn auf dem Fetzchen Papier abreagiert, das vor mir liegt, und den Brief selbst niemals geschrieben und abgeschickt.

Das karierte Notizblatt nennt der Pariser Antiquar *»fragment autographe d'un dialogue d'une de ses pièces«* weil vor jeder Eintragung, wie in einem Dialog, ein Gedankenstrich steht. Statt dessen sind es Aussprüche, an die Pirandello sich erinnerte oder die er zufällig gehört hatte und die er in seinen Tagebüchern einmal – oder mehr als einmal – als ›Anmerkungen zum guten Schreiben‹ bezeichnet hatte (und dieses gute Schreiben, das er auf Sprichwörter und volkstümliche Dialektausdrücke bezieht, verdiente einige Aufmerksamkeit, wäre einige Überlegungen wert). Einer dieser Aussprüche stammt direkt aus Agrigent: »Er hört mit den Kiemen wie die Fische.« Auch aus den meisten anderen ist die typische Sprechweise von Agrigent herauszuhören, ganz gleich, ob es sich um Sprichwörter, Redewendungen oder Aussprüche handelt wie zum Beispiel: »Ja, er hat es vor uns versteckt, der Tote« (gemeint ist das Erbe des reichen Verwandten, der dem Tode nahe ist), »Er spricht zwischen Lippen und Zähnen«, »Geld ist das zweite Blut«, »Wer Gesundheit und Freiheit hat, ist reich, ohne es zu wissen«, »Du gehörst zur Rasse der Maulesel, wenn du störrisch wirst«, »Wenn keine Verachtung dabei ist, ist das Übel gering«, »Ganz für sich (war er) da« und so weiter.

Am unglaublichsten aber – weil man nicht erwarten würde, dergleichen in Paris zum Kauf angeboten zu bekommen – ist das Telegramm. Es wurde am Abend des 21. März 1929 in Rom abgeschickt und traf in den ersten Morgenstunden des 22. in Berlin ein. Es ist gerichtet an »Pirandello Dr. Luigi c/o Königliche Botschaft Italiens« und lautet: »Bin erfreut Ihnen mitzuteilen daß Seine Majestät der König Euer Wohlgeboren auf meinen Vorschlag zum Mitglied der Italienischen Akademie Sektion Literatur ernannt hat stop Mussolini« (dieses *stop* vor dem Namen Mussolini entzückt mich, denn ich erinnere mich, daß dieses *stop* zehn Jahre später strengstens untersagt und durch das militärische *alt* ersetzt wurde).

Pirandello beendete in seinem Berliner Quasi-Exil (wo er bis nach der Premiere am 25. Januar 1930 in Königsberg bleiben sollte) gerade die Komödie ›Heute abend wird aus dem Stegreif gespielt‹, da trat im improvisierten Theater des Lebens das Telegramm des Diktators wie ein Requisiteur auf und überreichte ihm die Uniform eines Akademiemitglieds. Zweispitz und Degen – Seine Exzellenz Luigi Pirandello. Unwiderruflich.

(Ich mache diese Eintragung nicht nur wegen der wenigen wiedergefundenen Papiere, sondern auch unter dem Eindruck eines Plakats, das in einer italienischen Stadt aushing und sich auf den Faschismus von Luigi Pirandello berief. Manche stört und betrübt dies, andere halten es für respektlos oder geschmacklos. Aber warum? Die Dinge sind nun einmal so, und es ist richtig und nützlich, sich daran zu erinnern. Für den ewigen italienischen Faschismus – auch wenn er sich nicht Faschismus nennt – war Pirandello Faschist. Wer bereit ist, den ersten Stein auf ihn zu werfen, der möge sich wünschen, daß ihm niemals Degen und Zweispitz der Akademie angeboten werden, denn vielleicht würde er mit den Ellbogen rempelnd losrennen, um sie entgegenzunehmen. Noch heute, fast drei Jahrzehnte nach dem Ende des Faschismus, sollten wir im tiefsten Innern genau wissen, »was wir nicht sind, was wir nicht wollen«. Pirandello wenigstens hat sein ganzes Leben lang und in all seinen Werken betont, es nicht zu wissen.)

Ein alter Rechtsanwalt erzählte mir eine Geschichte über die Richter von früher (nicht die heutigen, Gott bewahre, denn wir wissen doch nur zu gut, wie Don Abbondio sagen würde, mit welch unerschütterlichem Eifer und Einsatz die heutigen Richter richten): In einem Blutschandeprozeß hatte er den Angeklagten in der ersten Instanz verteidigt; im Berufungsverfahren brauchte er sein Plädoyer dank der folgenden List nicht zu halten: An dem Tag, an dem der Prozeß stattfinden sollte, ging er vorher bei seinem Buchbinder vorbei, der ihm einige Bücher gebunden hatte; er nahm sie in Empfang, legte Papierstreifen als Lesezeichen hinein und baute sie im Gerichtssaal vor sich auf dem Tisch auf, so als wollte er sie für sein Plädoyer verwenden.

Als die Richter den Saal betraten, fiel ihr Blick auf den Bücherwall, der einen langen Kampf anzukündigen schien, und sofort verdüsterten sich ihre Mienen. Es war ein Samstag, also Wochenende (das heute spätestens am Freitag beginnt und für einige Privilegierte bis Montag dauert); die einen wollten wegfahren, die anderen über den Markt schlendern. Nachdem sie halblaut miteinander konferiert hatten, wandten sich die Richter an den Anwalt und fragten besorgt: »Wird es lange dauern?« Der Anwalt, ein hervorragender Mime, breitete die Arme aus und hob die Augen zum Himmel, wie um zu sagen: ja, leider, er sei untröstlich, um seinet- und um ihretwillen, aber es würde wohl sehr lange dauern.

Neues Geflüster der Richter. Der Vorsitzende machte dem Staatsanwalt ein Zeichen, doch bitte herüberzukommen. Die Richter versuchten ihn zu überreden, der Staatsanwalt zögerte. Schließlich sah man den Staatsanwalt zustimmend nicken. Wieder bewegte der Vorsitzende den Zeigefinger, diesmal um den Verteidiger herbeizuwinken.

Der Anwalt trat vor, und der Vorsitzende fragte ihn, ob man auf das Plädoyer verzichten könne. Noch immer wortlos, nur durch Gesten, drückte der Verteidiger Bedauern und Verwunderung aus. *»Die Mindeststrafe?«* schlug der Vorsitzende vor. Der Anwalt machte eine entsprechend zweideutige Handbewegung: Ich nehme Ihr Angebot an, ich weiß es zu schätzen, ich bin Ihnen dankbar dafür – dabei hatte ich eine so schöne Verteidigungsrede vorbereitet...

Doch in diesem Augenblick legte der Staatsanwalt den Finger auf den wunden Punkt. »Ich möchte wissen, worum es eigentlich geht.« Er hatte da, um gerecht sein zu wollen, nicht ganz unrecht. Der Anwalt, der genau wußte, wie schändlich der Fall war, und daher fürchtete, der Staatsanwalt könnte die schon fast vereinbarte Mindeststrafe in Frage stellen, erwiderte: »Dann beginnen wir also, den Fall zu verhandeln«, und kehrte an seinen Platz hinter dem Bücherwall zurück. Zwischen Richtern und Staatsanwalt entspann sich ein erregter Wortwechsel. Dann verebbte er allmählich.

Der Staatsanwalt begab sich auf seine Bank und forderte die Mindeststrafe. Die Richter berieten in Windeseile und verhängten sie sodann im Namen des Königs Viktor Emanuel. Kurz darauf begegneten sich der Anwalt und der Vorsitzende in der Eingangshalle des Gerichtsgebäudes. Ohne stehenzubleiben, er war ja in Eile, fragte der Vorsitzende: »Zufrieden?« Der Anwalt mimte ein *fiat voluntas tua.* Darauf entgegnete der Vorsitzende: »Warum lassen Sie die beiden nicht heiraten?« Sprich: der Angeklagte seine eigene Tochter.

Diese Anekdote fiel mir neulich wieder ein, als ich in Palermo auf dem internationalen Kongreß zur Erforschung des normannischen Erbes auf Sizilien war und sich in den Windungen und Nebeln der Vorträge und Diskussionen der Satz des Staatsanwalts »Ich möchte wissen, worum es eigentlich geht« wie ein leuchtendes Schriftband vor meinem inneren Auge entrollte. »Ich möchte wissen, worum es geht« – ein Wunsch, der mir ebensowenig erfüllt wurde wie dem Staatsanwalt. Nur daß ich im Unterschied zum Staatsanwalt, dem die Tatbestände des Prozesses vollständig unbekannt waren, über die Normannen auf Sizilien ein bißchen Bescheid wußte; doch ich hatte das Gefühl, als lösten sich bei der Berührung mit soviel Theorie, soviel Problematisierung all die Chroniken, Dokumente, Miniaturen und Baudenkmäler in

Nichts auf, wie die Leichname in den Etruskergräbern: Beim Öffnen der Grabstätten sind sie für einen Augenblick deutlich sichtbar, doch kaum kommen sie mit der Luft in Berührung, zerfallen sie zu Staub.

Und das ist übrigens, zumindest was die Baudenkmäler angeht, keine Metapher: So wie durch den historischen Diskurs und durch ihre Problematisierung die Fakten zu Staub werden, so zerfallen dem haargenau entsprechend Kirchen und Paläste durch Pflege ebenso wie durch Vernachlässigung. (Ein geistvoller Prälat, dem rechtlich ein normannisches Baudenkmal untersteht, das jetzt restauriert wird, sagte während des Kongresses, daß er nach Beendigung der Restaurierungsarbeiten an dem Gebäude einen Gedenkstein mit folgendem Text anbringen lassen werde: »Zerstört mit den Mitteln der Denkmalpflege«)

Wenn man die Fakten aus den Augen verliert, kann alles passieren: daß man für die Ehe zwischen Vater und Tochter oder für die Scheidung Siziliens von den Normannen eintritt. Der Ehe ist man nicht so sicher, aber die Normannen waren auf Sizilien, sie haben gekämpft, befriedet, gebaut. Am ersten Kongreßtag beschlichen einen jedoch Zweifel: Waren sie wirklich hier gewesen? Oder ist das nicht alles eine Erfindung von Michele Amari und Ferdinando Chalandon?

Gewiß, sie waren wenige. Und sie schufen eine Art kosmopolitischer Kanzleikultur, einverstanden. Der Staat, dessen Gründung man ihnen zuschreiben wollte, ist, auch das kann man zugeben, vielleicht nur ein Mythos. Doch welche Art von Kultur hätte man dem mohammedanischen Sizilien denn geben können, wie hätte die Kultur des normannischen Hofes »das Leben des Volkes« denn erreichen können, wenn die Kultur dieses Volk doch überhaupt nie erreicht hat und nicht einmal heute erreicht?

Daß eine kurzlebige Dynastie die Einigung des Staates nicht verwirklichen konnte, und daß unter dem Schein der Toleranz eine kluge Form der Repression und Depression praktiziert wurde, ist eigentlich auch selbstverständlich. Eine kluge Repression wohlgemerkt, darin liegt der Unterschied, die den Mythos entstehen ließ. Die Gründe sind einsichtig: Sie waren wenige und mußten sich in einem feindlichen Land behaupten, es befrieden und sowohl Ressentiments und Aufstände der mohammedanischen Bevölkerung verhindern, wie auch deren Flucht nach Spanien und Nordafrika. Sie konnten nicht auf die arbeitsfähige Bevölkerung verzichten wie einige Jahrhunderte später Ferdinand der Katholische, als er die Juden aus Sizilien vertrieb.

Milde und Toleranz also. Und bei allem politischen Kalkül, das sie nie aus den Augen verloren, passierte ihnen das, was allen Eroberern passiert, wenn sie ein Volk besiegt haben, dessen kriegerische Qualitäten unter den Exerzitien des Geistes, dem Kult der Bequemlichkeit und der Schönheit erloschen sind.

Das unvoreingenommenste Zeugnis über die Normannenherrschaft stammt von einem Araber, der wegen eines Schneesturms im Dezember 1184 Sizilien von Messina bis Trapani auf dem Landweg durchqueren mußte und Weihnachten in Palermo verbrachte. In seinem Bericht verwünscht er unentwegt die christlichen Beherrscher wie Appelius die Engländer verwünschte, um so mehr, als er zugeben muß, daß der König (Wilhelm II.) tolerant ist, die Mohammedaner begünstigt werden, das Königreich blüht und die Städte gedeihen, daß die Häfen gut befestigt sind und der Schiffsverkehr rege ist. Auf dem Lande beobachtet er, wie die Christen faulenzen und die Mohammedaner arbeiten; in den Städten, wie die Moslems am Hof und in der öffentlichen Verwaltung das Vertrauen des Königs genießen.

Ihm entgeht auch nicht die Proselytenmacherei der Christen, die sich den Gebildeten gegenüber mild und gewinnend zeigen, bei der übrigen Bevölkerung aber Zwangsmaßnahmen anwenden. (Das geht so weit, daß ein Vater in Trapani seine Tochter Pilgern anvertraut, damit sie sie ins Land des Islam bringen, um sie davor zu bewahren, Christin werden zu müssen.) Aber er bemerkt keine Spur von Genozid, und auch die Moslems, die ihn ins Vertrauen ziehen, deuten nichts dergleichen an. Dabei muß man berücksichtigen, daß seit der Eroberung kaum ein Jahrhundert vergangen ist. (Das Wort Genozid ist, glaube ich, während des Kongresses einmal gefallen.) Kurz, in den Augen des arabischen Reisenden Ibn Giobeir trieft das Zepter der Normannenkönige wohl von Tränen, nicht aber von Blut.

In den Vorträgen und Diskussionen der Historiker kam dieser Bericht von Giobeir allerdings nicht zur Sprache; man zog es vor, auf solche Quellen zurückzugreifen, die leichter zu widerlegen sind. Ja, mehr noch, man zog den Fakten ausgetüftelte Theorien vor, die formal komplex und kühn, inhaltlich aber mehr als dürftig waren. Nicht in jedem Fall natürlich, weshalb man diesen Kongreß mit seinen durchaus positiven Beiträgen, Anregungen und Provokationen auch als sehr gelungen und von hohem Niveau bezeichnen kann. Mit dieser Notiz wollte ich auch nur sagen, daß die Debattier- und Streitsucht oft nichts weiter ist als das Flittergold der Banalität, wenn nicht sogar des Nichts.

Als bei der Wahl des Präsidenten der Republik die Christdemokraten für Fanfani und die Linken für De Martino stimmten, trafen einander in der *buvette* zwei sizilianische Abgeordnete, ein Kommunist und ein Christdemokrat; nachdem schon so viele Wahlgänge unentschieden verlaufen waren, bestand die Gefahr, daß sie auch das Weihnachtsfest mit einer ebenso ergebnislosen Abstimmung im Saal des Montecitorio verbringen würden. Aus Spaß riet der Kommunist dem Christdemokraten, Fanfani doch fallen zu lassen, da der das Rennen ohnehin nie machen würde und soviel Verbohrtheit letztlich nur dazu führen würde, daß sie das heilige Weihnachtsfest fern von ihren Lieben verbringen müßten. Die Antwort des Christdemokraten war ausführlich, witzig und bezeichnend: ein »Gleichnis«, wie Baron Serafino Amabile Guastella sagen würde:

»Im Krieg«, erzählte der Christdemokrat, »waren wir nach C., einem kleinen Dorf bei Agrigent, evakuiert worden. Eines Tages traf die Nachricht ein, daß ein Dorfbewohner, der an der Front in Afrika kämpfte, gefallen sei. Der erste Kriegstote des Ortes und auch der Provinz. Die Behörden beschlossen deshalb, eine große Gedenkfeier mit Appell, Totenmesse und Ansprachen für ihn zu veranstalten, an der auch der Präfekt, der Parteisekretär und andere Parteigrößen zu Wort kommen sollten. Doch am Vorabend der großen Trauerfeier vernahm die Mutter des Gefallenen, die weiterhin Radio London abhörte, das jeden Abend die Namen der in Gefangenschaft geratenen italienischen Soldaten durchgab, zu ihrer großen Freude den Namen ihres Sohnes: Familien- und Vorname, Geburtsort, Jahrgang, Registriernummer – jeder Irrtum war ausgeschlossen. Doch ihre Freude wich der Sorge. Einer im Vergleich zu der großen Freude kleinen Sorge, die aber doch ein dringliches und schwer lösbares Problem darstellte. Denn die Trauerfeier war schon vorbereitet, und man konnte sie nur absagen, indem man zugab, Radio London gehört zu haben, was dem Delikt der Vaterlandsbeleidigung gleichkam.

Hin- und hergerissen zwischen der abergläubischen Angst vor der Totenfeier, die dem gefangenen Sohn Unglück bringen konnte, und der konkreten Angst, im Gefängnis zu landen, glaubte die Mutter schließlich, einc Lösung gefunden zu haben. Sie ging zum Wachtmeister der Karabinieri, der ein anständiger Mann war, und erzählte ihm, daß sie in der Nacht einen Traum gehabt hätte: lebendig und putzmunter hätte sie ihren Sohn gesehen, und der habe ihr gesagt, daß diese Totenfeier ihm gar nicht gefalle, denn er befinde sich wohlauf in einem englischen Gefangenenlager. Sie schloß mit den Worten: ›Herr Wachtmeister, das Herz einer Mutter kann sich nicht irren; ich fühle, nein, ich bin sicher, daß mein Sohn am Leben ist.‹ Der Wachtmeister hörte ihr ruhig zu, dann sagte er entschlossen: ›Gevatterin Carmela, ich habe heute nacht dasselbe geträumt, haargenau dasselbe... Trotzdem, diese Totenfeier muß stattfinden.‹ Und sie fand statt.«

Diese Anekdote und der Anlaß, zu dem sie erzählt wurde, sind in meinen Augen ein Gleichnis für das, was in unserem politischen Leben noch passieren kann: Größte Aufregung und wilde Entschlossenheit – und das alles wegen einer Totenfeier ohne Toten, die einfach nur stattfinden muß.

»Ihr liebt mich nicht, und ich liebe Euch nicht.« Gehen wir also miteinander ins Bett. Und wenn daraus Liebe wird, greift man zum Revolver.

So weit sind wir gekommen: aus einem Vers von D'Annunzio läßt sich ein Film machen, aus zweien ein Roman und aus dreien – vielleicht – eine Revolution.

Ich unterhalte mich mit einem Politiker, der in der Regierungs- und Regionalpolitik eine wichtige Rolle gespielt hat. Er ist mit allem einverstanden, billigt alles – Kritik, Proteste, Unruhen; er findet, daß die jungen Leute recht haben, daß ihr Aufbegehren Hoffnungen weckt und ein Ferment der Zukunft ist. Zuerst verblüfft mich seine Unschuld. Saint-Just sagte, niemand könne unschuldig regieren, doch dieser Mann hat es fertiggebracht. Mehr als zwanzig Jahre lang hat er in Rom und Palermo unschuldig regiert, und das, während das Regieren immer mehr Schuld und Irrtümer aufhäufte. Aber das Schlimmste ist, daß ich ihm schließlich glaube.

Natürlich glaube ich nicht an seine Unschuld, denn man kann jederzeit ein Rücktrittsgesuch einreichen. Aber ich glaube, daß er sich unschuldig fühlt, und zwar deshalb, weil auch für ihn die Macht, die er selbst vertreten hat und vertritt, etwas Vages, Flüchtiges, Fließendes ist; etwas, in das er sich mit fragloser Genugtuung wohlig hineingleiten läßt wie in das Wasser eines Flusses, von dem er jedoch weder die Quelle, noch den Lauf, noch die Mündung kennt. Wer aber kennt und beeinflußt dann den Lauf der Macht in Italien? Wer ist nicht unschuldig?

Mit der heutigen Lyrik stimmt irgend etwas nicht. Man lernt jemanden kennen, stuft ihn als vollkommenen Idioten ein (das ist keine leere Redensart, denn die Vollkommenheit paßt besser zur Idiotie als zur Intelligenz, die wie die handgewebten Stoffe der Navajos immer ein paar Unvollkommenheiten und Mängel hat), und dann entdeckt man, daß der Betreffende Verse schreibt, die gar nicht so übel sind. (Fast hätte ich geschrieben: *Verse, an denen etwas dran ist,* doch ich spürte ein gewisses Unbehagen, und mein noch diensttaugliches Gedächtnis funkte mir sogleich die Wendung »que tienen algo« durch, mit der Pedro Salinas auf die Gedichte von Luis Cernuda aufmerksam gemacht wurde. »Und ob etwas dran ist!« ruft Salinas dreißig Jahre später aus.)

Verse, die nicht übel sind also. Vielleicht sind wir Zeugen einer Art Materialisierung der anekdotischen Umschreibung des Wahrscheinlichkeitsprinzips, die einmal ein Witzbold geliefert hat: Wenn ein Affe auf die Taste einer Schreibmaschine hauen würde, käme am Ende ein Sonett von Shakespeare heraus (Variante: zwölf Affen / alle Bücher des British Museum). *Am Ende:* dort ist die Lyrik heute vielleicht angelangt.

Casanova, ›Geschichte meines Lebens‹, Band VIII, IV. Kapitel, die Episode mit der schönen Theologin aus Genf: Sie ließ den letzten Schleier der Scham fallen, während sie den heiligen Klemens von Alexandria zitierte (der sagte, die Schamhaftigkeit wohne nur im Hemd). Im Unterschied zu der schönen Theologin weiß die sogenannte westliche Welt nicht, daß sie sich entblößt, wenn sie Klemens von Alexandria zitiert.

Apropos Klemens von Alexandria und was die Diskussion in den Zeitungen über Sex im Kino und Pornographie im allgemeinen betrifft: Es mag stimmen, daß man um so freier ist, je mehr Hemden und Schleier fallen. Aber war es wirklich nötig, einen so langen Weg mit so beschwerlichen Anstiegen zurückzulegen und so hohe Gipfel zu erklimmen, um danach auf den Hund zu kommen? Der Hund war immer schon frei, man hatte seine Freiheit ständig vor Augen: Doch erst heute beschließt man, seinem Beispiel zu folgen.

Diejenigen, die ganz unserer Meinung sind, sind genau die, die nicht unserer Meinung sind.

Ich lese gerade ›La Vie de Raymond Roussel‹ von François Caradec, die nun zusammen mit einem Band der ›Epaves‹, dem nun wohl letzten der Gesamtausgabe, im Verlag Jean-Jaques Pauvert erschienen ist. Doch ich lese diese fundierte und gut geschriebene Biographie, zu der ich mit der Veröffentlichung der Gerichtsprotokolle über Roussels Tod durchaus einiges beigetragen habe, mit großer Distanz. Mehrere Monate lang war ich intensiv mit dem Fall Roussel beschäftigt, aber ich bin kein »Rousselianer« geworden. Als Schriftsteller interessiert er mich nicht. Wenn überhaupt, so interessiert mich paradoxerweise, daß er eben überhaupt kein Schriftsteller ist. Denn mir scheint, daß Roussel dadurch und durch das Drama, das er daraus macht, an eine vergebliche, unfaßbare Größe rührt.

Er schrieb und schrieb. Doch all das Geschriebene häuft sich zu einer schmerzlichen Vergeblichkeit, einer gewaltigen, tragischen Bedeutungslosigkeit. Er war kein Schriftsteller und wollte einer sein. Er war nicht begabt und glaubte es werden zu können. Sein Ideal eines Schriftstellers war Pierre Loti (das sagt schon alles); und wie Loti reiste, um zu sehen, so reiste er, um nichts zu sehen. Nichts als Negationen also. Und so nahm er die Tragödie vorweg, die heute viele erleben. Oder die sie nicht erleben: Denn es ist heute ja leicht, immer so leicht, jemanden zu finden, der ein Talent erkennt, wo keines ist, der Leute zu Schriftstellern, Malern oder Philosophen ernennt, die keine Schriftsteller, Maler oder Philosophen sind.

Eines der Bücher, das ich in Händen hielt, kaum daß ich lesen konnte, war Luigi Morandis Anthologie der italienischen Prosa und Dichtung für den Schulgebrauch. Mit zehn, elf Jahren kannte ich sie auswendig. Seither habe ich sie nie mehr gesehen.

Als ich heute ein schön gebundenes Exemplar dieser Anthologie entdeckte (Schulbücher wurden damals zu Recht nicht weggeworfen, während sie heute zu Recht weggeworfen werden), habe ich es gekauft. Nicht aus Nostalgie, sondern weil ich mich erinnere, daß darin eine Episode aus dem Leben Manzonis steht, die ich in keiner der mir bekannten Manzoni-Biographien wiedergefunden habe.

Da ist sie schon, auf Seite 159, in einer langen Fußnote des Herausgebers Morandi zu einem Brief Manzonis an seinen »von den Österreichern als Geisel festgehaltenen« Sohn Filippo. Es lohnt sich, sie zu zitieren, denn nachdem sie von zwei Schülergenerationen zwischen der Jahrhundertwende und dem Ersten Weltkrieg gelesen wurde, ist sie heute so gut wie unbekannt. »Am dritten der fünf Tage gelang es dem Grafen Enrico Martini, der später im italienischen Parlament Abgeordneter seines heimatlichen Wahlkreises Crema war und 1868 starb, als Fuhrknecht verkleidet in die Stadt einzudringen. Er kam aus Turin, wo er mit Karl Albert gesprochen und ihm erklärt hatte, es sei sein lebhaftester Wunsch, die Erhebung zu unterstützen und Mailand mit seinen eigenen Truppen zu besetzen; doch um das gegen die Vorstellungen der gesamten europäischen Diplomatie durchsetzen zu können, bedürfe es eines Vorwandes: zum Beispiel einer Petition der angesehensten Bürger von Mailand mit der Bitte, die Stadt vor der drohenden Anarchie zu schützen. Sobald Martini den Anführern der Erhebung dies mitgeteilt hatte, wurde die Petition verfaßt und fünf oder sechs Abschriften hergestellt. Broglio nahm eine davon und eilte zu Manzoni, um ihn als ersten unterzeichnen zu lassen.

Er traf ihn an der Tür seines Hauses in Begleitung seines Freundes Antonio Sogni, dem Bruder des bekannten Malers Giuseppe. Die erbitterten Kämpfe dauerten an, und ihr Ausgang war noch nicht abzusehen, eine Unterschrift unter dieses Schriftstück konnte also, wenn es den Österreichern in die Hände fiel, teuer zu stehen kommen. Manzoni entsprach sofort Broglios Bitte; dieser kaufte im nächsten Laden eine Feder und ließ ihn, so gut es ging, auf dem Zylinder von Sogni unterzeichnen ... Vielleicht dachte Manzoni, die von ihm unterschriebene Petition könnte aufbewahrt werden, jedenfalls machte er Sogni wenige Tage darauf deutlich, daß er Broglio gern nochmals sprechen würde. Der begab sich also zu Manzoni, der ihn fragte, ob er sich erinnere, wo er das Hilfegesuch habe unterzeichnen müssen. ›Gewiß!‹ antwortete Broglio, ›auf Sognis Hut!‹ – ›Ich bin wirklich froh, daß Sie sich daran erinnern‹, setzte Manzoni hinzu, ›denn als ich daran zurückdachte, fiel mir ein, daß ich mit unsicherer Hand unterschrieben habe, und ich möchte nicht, daß jemand die Ursache dafür im Inhalt des Schriftstücks vermutet, das ich unterzeichnet habe.‹«

Diese Episode hat Broglio Morandi erzählt. Und sie zeugt nicht nur von Manzonis Zivilcourage, sondern könnte auch heute ein Exemplum der schwierigen Unterschrift sein, die man bezahlt, im Gegensatz zur einfachen Unterschrift, die einen nichts kostet.

Im Théâtre de la Commune am Stadtrand von Paris (dessen Publikum aber aus dem Zentrum zu kommen scheint), sehe ich eine Aufführung des ›Liolà‹ von Pirandello, in der Inszenierung von Gabriel Garran. Der Hauptdarsteller, Philippe Léotard, kommt der Figur von Pirandello sowohl rein äußerlich als auch in seiner ungestümen Natürlichkeit recht nahe. Hervorragend ebenfalls zwei der alten Frauen, die wirklich aus den Höfen eines Dorfes im Hintergrund von Agrigent zu kommen scheinen. Ich höre, daß Léotard Korse ist und die beiden alten Frauen aus Südfrankreich kommen. So wie jedes Land seinen Süden hat, gleichen und verstehen alle aus dem Süden einander.

Doch aus der Komödie ist unweigerlich etwas anderes geworden: Garran hat sie, auch vom Bühnenbild her, in eine Art ›Triumph von Bacchus und Ariadne‹ verwandelt, durch eine dem Ganzen aufgesetzte feministische These vor allem in einen Triumph der Ariadne. Die Rolle des (zeugungsfreudigen Tagelöhners)* Liolà aus einem sizilianischen Dorf vor einem halben Jahrhundert verkehrt Garran zu einer Art me-

* Anmerkung des Übersetzers

dizinischem Laboratorium für künstliche Befruchtung. Der Sinn aber – wenn man in dieser strahlendsten und heitersten Komödie, die Pirandello geschrieben hat, überhaupt einen Sinn suchen will –, war ein gegenteiliger: nämlich der Wunsch des Mannes, die Kinder zu behalten und sich der Frau zu entledigen, die ihre Mutter, *die* Mutter ist. Aber ehrlicherweise muß man zugeben, daß das, was mit dieser Komödie in der Regie von Garran passiert ist, harmlos ist verglichen mit dem, was einem Bühnenwerk heute alles passieren kann. Wir haben da schon Schlimmeres gesehen. Und ertragen.

Ich will aber keine Kritik über diese Aufführung schreiben oder mich gar über die Pflichten eines Regisseurs und die Anforderungen eines Textes auslassen, sondern ich möchte hier nur eine kleine Überlegung zum Schlußsatz des zweiten Aktes festhalten: zu Zio Simone, der zurückkommt, um die kleine Laterne zu holen und sagt: »Mein Gott, bei der Finsternis da draußen kann man sich ja glatt die Hörner einrennen...« Der französische Zuschauer lacht über den Witz ebenso schallend wie der sizilianische, doch im Unterschied zu diesem stutzt er zweifelnd: *Weiß Zio Simone also, daß er gehörnt ist?* Der Witz hat seine ganze Zweideutigkeit verloren; denn der Ausdruck »sich die Hörner einrennen« bedeutet in Sizilien mit komischer Selbstverachtung, »sich den Hals brechen« und wird, auf sich selbst bezogen, in der Annahme, ja in der Gewißheit verwendet, eben kein Gehörnter zu sein. Selten nur bezieht man diese Redewendung auf einen anderen Menschen, dann aber, um zu sagen, daß der Betreffende tatsächlich ein Gehörnter ist.

Ich sehe einen möglicherweise noch unveröffentlichten Brief von Proust an den rumänischen Fürsten Antoine Bibesco. Proust hat soeben ›Du côté de chez Swann‹ veröffentlicht; und er berichtet dem Fürsten, daß dessen Bruder Emmanuel, ein großer Reisender, ihm von allen Ecken der Welt die reizendsten Karten schicke und ihm stets von Leuten erzähle, die ›Du côté de chez Swann‹ läsen, »mais hélas jamais que lui-même le lut«. Daß seine Freunde seine Bücher nicht lesen, scheint Proust nicht zu bekümmern, der Ton seines Briefes ist zwanglos und heiter, als er dann von einem Telefongespräch mit einem gemeinsamen Freund, dem Herzog von Albufera berichtet: »Mein lieber Louis, hast du mein Buch gelesen? – Dein Buch? Du hast ein Buch geschrieben? – Aber ja, ich habe es dir auch geschickt, Louis. – Oh, mein kleiner Marcel, wenn du es mir geschickt hast, dann habe ich es bestimmt auch gelesen. Nur bin ich nicht sicher, ob ich es bekommen habe.«

So ist das heute mit manchen Kritikern: Wenn man ihnen ein Buch geschickt hat, dann haben sie es bestimmt gelesen, und vielleicht auch besprochen. Nur sind sie nicht sicher, ob sie es bekommen haben.

Die Kultur des Südens erobert den Norden: Der Glaube, daß die Zahl 13 Unglück bringt, ist im Rückgang begriffen, während sich mehr und mehr der Glaube durchsetzt, daß 17 eine Unglückszahl ist.

Auf der Außenwand einer Grundschule in der Via Santo Spirito in Mailand steht zwischen vielen anderen Kritzeleien – Liebeserklärungen und politischen Glaubensbekenntnissen – mit Kreide und in Druckbuchstaben geschrieben: »Scheißschuhle«; in zwei Zeilen, wie ein Vers von Ungaretti. Einverstanden, was die »Schuhle« betrifft, durchaus einverstanden. Doch da steht auch noch: »Nieder mit den Weibern.« Und da ist man nicht einmal mehr mit der »Schuhle« einverstanden.

Ich komme in das Abteil, als die Unterhaltung zwischen zwei Herren schon im Gang ist. Zwischen einem, der so aussieht, als kenne und wisse er alles, und einem, der aussieht, als wisse er gar nichts und wolle auch gar nichts wissen (vielleicht nur deshalb, weil er gern die Zeitung weiterlesen würde, die er in Händen hält, wovon er durch die Zudringlichkeit des anderen, der sich unbedingt unterhalten will, offenbar abgehalten wird). Nur aus Höflichkeit, das hört man, fragt der Herr, der gern weiterlesen würde: »Aber wie kommt es, daß alle sich abstrampeln und sogar noch dafür zahlen, um die Verwaltung von derartig heruntergewirtschafteten Gemeinden zu übernehmen?« – »Eben deshalb, verehrter Freund, eben deshalb.« – »Eben deshalb, weil sie so heruntergewirtschaftet sind?« – »Eben deshalb, weil sie so heruntergewirtschaftet sind«, echot der andere. »Aber doch nicht in der Absicht, sie zu sanieren, wenn ich Sie recht verstanden habe?« – »Selbstverständlich nicht.« – »Sondern?«

Der wissende Herr schlägt einen liebenswürdig belehrenden Ton an: »Sehen Sie, in einer schwer verschuldeten Gemeinde, die am Rande des Konkurses steht, ist es viel einfacher, seine eigenen Geschäfte zu machen als in einer Gemeinde mit positiver Bilanz. Damit will ich nicht sagen, daß man nicht auch in reichen Gemeinden Geschäfte machen kann, aber nicht so leicht wie in den armen, verschuldeten. Die beste Voraussetzung dafür ist eben deren Verschuldung.«

»Ich nehme an, mit dem Ausdruck Geschäftemachen meinen Sie Diebstahl?« – »Nehmen Sie es ruhig an«, entgegnet der erste mit einem Anflug mitleidiger Überheblichkeit und fährt fort: »Denken Sie nur an die Ausstattungen. Es gibt Firmen, die den Gemeinden alles liefern, was sie für ihre Büros, Schulen, Parkanlagen, Museen und Bibliotheken brauchen... Sie liefern, stellen in Rechnung. Und warten: sechs Monate, ein Jahr, zwei, drei Jahre. Sie schicken Mahnungen, schalten ihre Anwälte ein. Umsonst...«

Er unterbricht sich und fragt: »Sind Sie Rechtsanwalt?« – »Nein.« – »Dann werde ich Ihnen die Schilderung der Mühen, des Kreuzweges ersparen, den ein Gläubiger gehen muß, wenn sein Schuldner der Staat oder eine öffentliche Körperschaft wie eine Gemeinde ist. Vereinfachen wir die Sache: Der Gläubiger wendet sich an das Amtsgericht oder an das Landesgericht. Amtsgericht oder Landesgericht verfügen, daß die Gemeinde ihre Schulden begleichen muß, genauer gesagt, daß sie diese Schulden in ihren Haushaltsplan aufnehmen muß. Die Gemeinde tut das und läßt ihre Schulden weiterhin anstehen. Sie sagt: es ist kein Geld da, das hieße Wasser aus einem Stein schlagen. Und ist das jemals einem Menschen gelungen, aus einem Stein Saft zu pressen?... Aber in Wirklichkeit ist doch immer ein bißchen Saft da. Verborgener Saft, der unsichtbar durch die Ritzen und Risse der dürren und ausgetrockneten Landschaft fließt, als die ein solcher Haushaltsplan dem erscheint, der sich darin nicht auskennt... Denn man muß sich auskennen, und das ist nicht jedermanns Sache, glauben Sie mir... Es gibt da also Rinnsale, die auch ganz konkrete Namen haben: Restbestände, Ausgleichsfonds und so weiter. Natürlich können nicht alle Gläubiger ihren Durst an diesen Rinnsalen stillen, aber doch ein paar. Das Problem ist nur: Wem gibt man den Vorzug? Aber die Lösung ist einfach: denen, die auf einen

Teil ihrer Forderungen verzichten, und je nach dem Ausmaß des Schuldenerlasses. Der Teil, der der Gemeinde zugute kommt, wird am hellichten Tag und in aller Öffentlichkeit ausgehandelt, sagen wir zehn Prozent. Der andere Teil, sagen wir zwanzig Prozent, bleibt geheim und kommt einem oder mehreren Mitgliedern des Gemeinderats zugute, die die Bezahlung beschließen und fördern.«

»Mir scheint das zu einfach«, wirft der andere ein. »Das ist es nicht. Ich habe es jetzt vereinfacht dargestellt. Aber im wesentlichen laufen die Dinge so, das können Sie mir glauben.« – »Nun gut, aber wenn der Gläubiger die Vereinbarung nicht einhält, nachdem seine Forderungen erfüllt sind?« – »Wie meinen Sie das?« – »Ich meine, wenn der Gläubiger die zehn Prozent an die Gemeinde überweist, so wie es offiziell festgelegt wurde, und die Zahlung der zwanzig Prozent an seine Gönner verweigert?« – »Das ist nicht möglich.« – »Warum nicht?« – »Das zu erraten, überlasse ich Ihnen«, entgegnet der wohlinformierte Herr, steht auf, holt seinen Koffer aus dem Gepäcknetz und verläßt mit einer grüßenden Handbewegung das Abteil. In wenigen Minuten kommen wir in Palermo an.

Picassos Größe liegt, grob gesagt, nicht in seinem Avantgardismus, sondern in seinem Traditionsbewußtsein. Das heißt: er sah nicht auf die Zukunft, sondern in die Vergangenheit, auf das, was schon gemacht worden war und was er mit seiner ungeheuren und fieberhaften Begabung *nicht mehr machen konnte.* Er konnte nur noch auflösen, dekomponieren, deformieren: oft mit Ironie, manchmal mit Verachtung und immer voll Zorn darüber, erst gekommen zu sein, als alles schon vollbracht war. So durchlief er die gesamte Kunstgeschichte und auch die geschichtslose Kunst. Und in seiner Neuerfindung, Neuerschaffung des Menschen sagte er über den Menschen und dessen Geschichte all das, was die Dummkopfe heute verneinen.

In Pitrés Sammlung finden sich folgende Sprichwörter, die vor rothaarigen Menschen und Tieren warnen: Rotes Fell, böses Fell; Rot wie Judas; Rot bringt Not; Schweine und Katzen dürfen nicht rot sein (Männer und Frauen natürlich erst recht nicht); Hüte dich vor rotem Fell bei Katzen und Hunden; Hast du Vieh im Haus, wirf rote Schweine und

Hunde hinaus; Nur zwei Rothaarige waren treu: Jesus Christus und das Kalb von Sorrent. Pitré merkt dazu an: »Nach der Volkstradition hat Jesus Christus rötliches Haar« doch er sagt uns nichts über das Kalb von Sorrent, das Christus in bezug auf Treue gleichgesetzt wird.

Handelt es sich um ein legendäres Kalb oder um eine bestimmte Rasse, die angeblich aus Sorrent stammte? Er führt auch ein Verschen an, mit dem die Kinder in Palermo ihre rothaarigen Spielkameraden verspotteten: »Böser Roter / halt dich am Holz fest / halt dich ganz fest / der Tod geht vorbei«; und führt gleiche oder ähnliche Sprichwörter aus Neapel, Sardinien, der Toskana, Venetien und der Lombardei an sowie das mittelalterliche »Si ruber est fedelis, diabolus est in coelis«, das den Rothaarigen die Fähigkeit der Treue prinzipiell abspricht und auch Jesus Christus und das Kalb von Sorrent nicht als Ausnahmen gelten läßt. Carducci übrigens, der den Aufstieg Christi zum Capitol als unheilvoll bezeichnete, sprach von dessen »rot wallendem Haar«, wodurch er ihn, unter Berufung auf den Volksglauben, zu einem Menschen stigmatisierte, der nur Unheil bringen konnte.

»Omu signaliatu, guardatinni«, sagt ein anderes sizilianisches Sprichwort: Hüte dich vor Menschen, die körperlich verunstaltet sind. Man glaubt also, daß die Natur selbst die Menschen stigmatisiert, um die guten von den bösen zu unterscheiden, so wie einst die Gerichte den Verbrechern zur Strafe ein Mal auf die Stirn brennen, eine Hand abhacken, die Ohren oder die Nase abschneiden ließen. Nur ist die Bösartigkeit der durch einen körperlichen Defekt Gezeichneten potentiell und nicht aktuell; aktualisiert sie sich, ist das gewissermaßen ein Beweis, eine Bestätigung. Aber rote Haare sind kein Defekt; die Abneigung dagegen muß also als eine Art rassistischen Aberglaubens der Mittelmeervölker betrachtet werden, der jedoch niemals die Form eines bewußten, theoretisch untermauerten, »wissenschaftlichen« Rassismus angenommen hat.

»Böskopf hieß er, weil er rotes Haar hatte; und rotes Haar hatte er, weil er ein bösartiger und tückischer Junge war, der versprach, ein echter Gauner zu werden...« Er hatte rotes Haar, weil er bösartig war; aber bösartig war er erst wegen dieses roten Haares geworden, das ihn gezeichnet, stigmatisiert, zum Außenseiter und Ausgestoßenen gemacht hatte, weil die Dunkelhaarigen, unter die er geboren war und unter denen er lebte, dieses seltene Spiel der Vererbung als Merkmal und Äußerung des Bösen betrachteten. Die Neger sind Opfer einer ähnlichen Argumentation, wie Shaw bemerkt: Man zwingt sie, Schuhputzer zu spielen, und dann zeigt sich ihre Minderwertigkeit darin, daß sie nichts anderes können als Schuhe putzen. Ein Junge wird verspottet und mißhandelt, weil er rote Haare hat; und wenn er aus reichlich angestauter Erbitterung böse und tückisch geworden ist und sich rächt, so gut er kann – dann ist das der Beweis dafür, daß die Rothaarigen immer und von Natur aus böse sind.

»Wie gewohnt leert Herr Lepic seine Jagdtasche auf dem Tisch aus. Zwei Rebhühner. Felix, der ältere Bruder, vermerkt sie auf einer kleinen Tafel, die an der Wand hängt. Das ist seine Aufgabe. Jedes Kind hat eine andere. Die Schwester Ernestine häutet und rupft das erlegte Wild. Und Poil de carotte ist angewiesen, die nur angeschossenen Tiere zu töten. Dieses Vorrecht verdankt er der wohlbekannten Härte seines steinernen Herzens.« Das Grausen vor dieser Arbeit, seine Abscheu, machen Poil de carotte ungeschickt und verlängern den Todeskampf der Rebhühner auf grausame Weise. Doch Frau Lepic, seine Mutter, sagt: »Spiel nicht die Zimperliese, du genießt es doch geradezu.« Als er endlich fertig ist, rufen Felix und Ernestine aus: »Was für ein Henker, was für ein Henker!« und Herr Lepic geht angewidert hinaus. Nicht weniger angewidert und einmal mehr vom Sadismus ihres rothaarigen Sohnes überzeugt, sagt Frau Lepic: »Sieh mal, wie er sie zugerichtet hat!«

Daß Jules Renard in ›Poil de carotte‹ die Geschichte seiner Kindheit erzählt hat, ist sattsam bekannt; doch es fehlt – vielleicht auch in Frankreich – eine Untersuchung, die das erzählerische Werk (nicht nur ›Poil de carotte‹, sondern auch ›Les cloportes‹) mit dem ›Tagebuch‹, dem Briefwechsel, den Dokumenten und Zeugnissen über das Leben dieses Autors in Beziehung setzt. Denn bei der Lektüre von Renards Beschreibung seiner familiären Umwelt, die sein ganzes Leben mit einem unauslöschlichen Trauma belastet hat, empfindet man schließlich eine Art Mitleid, ja, ein dringendes Bedürfnis nach Gerechtigkeit; zumindest aber den Wunsch zu erfahren, wie die Dinge tatsächlich lagen – wobei man sich der objektiven Wahrheit natürlich immer nur ungefähr annähern kann – wie bei jedem Versuch, länger Zurückliegendes, ja sogar Ereignisse, deren Zeuge wir waren oder sind, zu rekonstruieren.

Die Frage »Kann das wirklich so gewesen sein?« überkommt uns oft bei der Lektüre des ›Tagebuchs‹. Und folglich auch der Zweifel, ob Renard die Dinge nicht übertrieben und verzerrt hat; ob seine extrem übersteigerte Sensibilität und Vorstellungskraft, sein »Anderssein« nicht dazu geführt haben, daß er die zweifellos harten, aber völlig normalen menschlichen und familiären Beziehungen im bäuerlichen Frankreich des vorigen Jahrhunderts als anormal grausam darstellte. Es könnte einem sogar der Verdacht kommen, daß ›Poil de carotte‹, »ein Buch, von dem man wahrhaftig sagen kann, daß es kein geeignetes Geschenk für die eigene Familie ist«, wie Renard an seine Schwester Amélie schrieb, eine ungeheure Familientragödie gleichsam katalysiert hat: den Selbstmord des Vaters, den frühen Tod des Bruders, den mehr als wahrscheinlichen Selbstmord der Mutter.

Fest steht jedenfalls, daß Renards »Anderssein«, seine Sensibilität, seine gedankliche und poetische Begabung und sein Liebesbedürfnis von den Seinen nie verstanden wurden, sondern daß er nur in seinem Anderssein als Rothaariger, als »Böskopf« sofort erkannt und als solcher abgeschoben wurde. Eine ähnliche Situation ist vielleicht der Anlaß zu Vergas Erzählung ›Rosso Malpelo‹, »Roter Böskopf« gewesen, auch wenn in den Familienbeziehungen hier mehr Güte und Fürsorge herrscht und der Spott leichtherziger und weniger beißend ist. Das furchtbare »Anderssein« des Rotschopfes wirkt hier ganz objektiv, ganz »unpersönlich«, und doch muß es irgendwie mit den Erfahrungen des rothaarigen Kindes zusammenhängen, das Verga einmal gewesen ist. Ich sage »einmal gewesen ist«, weil er zu denen gehörte, deren Haar mit den Jahren dunkler und schließlich kastanienbraun wird und die man als »falsche Rothaarige« oder auch als »falsche Brünette« bezeichnet. Mit fünfzig Jahren »ist er ein schöner, eleganter Mann mit dichtem grauen Haar und einem noch immer kastanienbraunen Schnurrbart« (Ojetti), doch mit zwanzig war er groß, mager, schmal, zart – und rothaarig. (Seinen Jugendphotos nach würde man sagen: blond.)

Dem hat kaum jemand Beachtung geschenkt. Von dem Rotschopf Verga erzählte mir vor geraumer Zeit ein alter Mann aus Catania, der ihn gekannt hat, und D. H. Lawrence erwähnt Vergas »großen roten Schnurrbart« in dem Essay, den er als Einleitung zur englischen Ausgabe des ›Mastro don Gesualdo‹ schrieb und der, abgesehen von der Erwähnung des Schnurrbarts, das Schönste ist, was über Verga jemals geschrieben wurde.

Es ist etwas Krankhaftes, fast Perverses an denen, die vom Denken und Fühlen der Jugend (sofern es solches ist) zwar weit entfernt sind, sich aber dennoch beharrlich unter sie mischen wollen, ihr ungeschickt schmeicheln und ihr beichten, um von ihr die revolutionäre Firmung zu erhalten. Zu Recht schneiden ihnen die Jugendlichen Grimassen und traktieren sie mit Fußtritten, sehr zu Recht; denn in ihren Augen ist es ja richtig oder witzig, ein Scheibenschießen auf die »Alten« zu veranstalten: auf das, was die Alten sind und auf das, was sie geleistet haben; wenn sich also einige als Ziel anbieten und, wenn sie einen Treffer abbekommen, den Schützen auch noch applaudieren, dann muß den jungen Leuten dieses Verhalten komisch vorkommen – und nach Hobbes' Definition des Komischen ist es das auch. Es kann neben der Belustigung einfach nur Verachtung hervorrufen.

Rivarol sagte: »Nichts getan zu haben, ist ein ungeheurer Vorteil, aber man darf keinen übermäßigen Gebrauch davon machen.« Die Jugendlichen machen einen so übermäßigen Gebrauch davon, daß sie schließlich im Alter mit leeren Händen dastehen werden. Und das gilt nicht nur für den einzelnen.

Es ist interessant, wie der Faschismus, der sich auf den Mythos der Jugend stützte, ihn außer in Hymnen und Choreographien nirgends zum Ausdruck zu bringen wußte, und wie dieser Mythos erst nach dem Zweiten Weltkrieg, auf den Ruinen des Faschismus, zu wachsender und vielfaltiger Wirksamkeit gelangte.

Unter den vielen Fotos, die die Korrespondenten amerikanischer und englischer Zeitungen wahrend des Sizilienfeldzugs im Sommer 1943 gemacht haben, erscheinen mir zwei besonders denkwürdig und von wirklich historischer Bedeutung. Eines stammt mit Sicherheit von Robert Capa, denn es ist in seinem herrlichen Buch ›Bilder vom Krieg‹ enthalten, das andere wahrscheinlich auch.

Das erste Bild: Ein dick eingemummter, bärtiger alter Hirt zeigt einem amerikanischen Soldaten den Weg. Wir wissen, daß es der richtige ist, denn er zeigt ihn dem Landsmann, dem Freund, dem reichen Verwandten, den ein guter Präsident nach Sizilien geschickt hat, um einen guten und gerechten Krieg zu führen. Die zeitlose Gestalt dieses Hirten erinnert uns unwillkürlich an einen anderen Sizilienfeldzug: den Garibaldis dreiundachtzig Jahre vorher. Garibaldi mit seinen tausend Männern wird bei Palermo von den fünftausend Leuten des Obersten von Meckel und des Majors Bosco verfolgt. Wo die Straße nach Corleone abbiegt, nehmen von Meckel und Bosco die Verfolgung von Giordano Orsini auf, der mit ungefähr achtzig Mann, Schwerverwundeten und – wie man im Soldatenjargon sagt – Drückebergern in Richtung Corleone und Sambuca marschiert. Sie bleiben ihm zwei Tage auf den Fersen; inzwischen ist Garibaldi in Palermo eingezogen. Als sie umkehren und im Sturmschritt in die Stadt einmarschieren wollen, werden sie von ihren eigenen, zur Verteidigung der Stadt zurückgelassenen Leuten festgehalten, die den Waffenstillstandsvertrag mit Garibaldi schon unterschrieben haben. Niemand hat von Meckel den richtigen Weg gezeigt, damit er Garibaldis habhaft werden konnte; aber irgend jemand hat Garibaldi den Weg gezeigt, so daß er von Meckel entkommen konnte. Abba bemerkt: »Ehre sei diesem Volk; es hat den Feinden keinen einzigen Verräter geschenkt.« Diese Bemerkung hätten Patton und Montgomery wiederholen können. 1860 der Garibaldi-Mythos, 1943 der Amerika-Mythos: Diejenigen, die rein technisch und juristisch betrachtet als Invasoren kamen, wurden durch die von ihnen repräsentierten Mythen – die im Grunde nur ein einziger waren, der Mythos der Freiheit nämlich – zu Alliierten, zu Freunden (und auch zu den Freunden der Freunde).

Das zweite Bild: Eine Gruppe italienischer Soldaten ergibt sich auf der Piazza in Troina. So hat eine Übergabe noch nie ausgesehen: Die Soldaten gehen mit erhobenen Händen auf die Amerikaner zu, die nicht auf dem Foto sind; doch ohne Traurigkeit oder Angst; unsere besiegten Soldaten lächeln sogar, als wollten sie sagen: Nun gut, spielen wir dieses Theater der Übergabe halt mit, bald werden wir ja zusammen mit diesen Freunden, die uns besiegt haben, draußen auf den Stoppelfeldern beim Essen sitzen – es sind doch Amerikaner, nicht wahr? Ein wenig abseits stehen ein Mann und ein kleines Mädchen aus dem Dorf; sie blicken neugierig, aber ohne Angst zu der amerikanischen Patrouille hin, die man auf dem Foto nicht sieht; gewiß haben die Soldaten ihre Gewehre auf die Männer gerichtet, die ihnen waffenlos entgegenkommen, doch der Mann und das Kind sind sicher, daß aus diesen Gewehren kein Schuß losgehen wird.

Diese beiden Fotos sagen *alles.* Sie zeigen nicht nur den Hirten, den Bauern und die Soldaten, die sich so frohgemut ergeben. Auch wir sind darauf, wir Zwanzigjährigen mit unserem Amerika-Mythos, den wir nicht von Verwandten oder Freunden (der Freunde) hatten, sondern aus den mit Leidenschaft verschlungenen Büchern von Faulkner, Hemingway, Steinbeck, Caldwell, Saroyan, zu denen Vittorini und Pavese uns hingeführt hatten. »Was bedeutet für euch Amerika?« fragte der Titel eines Buches von Saroyan, das Vittorini übersetzt hatte. Freiheit, Demokratie, New Deal, die Grenze zur neuen Welt – war unsere Antwort.

Vom 26. April bis zum 2. Mai dieses Jahres hat das sizilianische Regionalparlament die schwerwiegende Frage erörtert, ob die Jagd im Frühjahr gestattet werden soll oder nicht. Die Debatte wurde gewissermaßen zwischen zwei Feuern geführt: auf der einen Seite die Jäger, auf der anderen Seite die Natur- und Umweltschützer. Auf den ersten Blick schien die Entscheidung einfach zu sein: Es soll in Sizilien an die 300000 Jäger mit Waffenschein geben, dazu kommen wahrscheinlich noch einmal so viele ohne; die Naturschützer dagegen haben sich nie gezählt, sind nie gezählt worden und zählen folglich nicht. Auch der kleine Trupp der Umweltschützer, größtenteils Lehrer, die zur Unterstützung der Naturschützer auf den Plan getreten waren, konnte anfänglich kaum Anlaß zur Sorge geben.

Bekanntlich hat das sizilianische Regionalparlament seinen Sitz im Normannenpalast. Hier entstand im 13. Jahrhundert ›De arte venandi cum avibus‹, das Werk, an dem Kaiser Friedrich II. in den letzten Jahren seines Lebens mit Leidenschaft gearbeitet hat. Nach mehr als siebenhundert Jahren trat an demselben Ort eine Gruppe von Volksvertretern zusammen, um die edle und gesunde Kunst des Jagens zu preisen. Gejagt wird nicht mehr »cum avibus«, d.h. mit Falken und Gerfalken, sondern mit automatischen Gewehren; doch ist das gleichermaßen edel und löst auf edle Weise das heute wirklich brennende Problem der Freizeitgestaltung.

Von diesem neuen Traktat über die Jagdkunst, dem ich eine Publikation wünsche, die der Leipziger Ausgabe von Friedrichs Traktat an Schönheit nicht nachsteht, möchte ich aus den mitstenographierten Protokollen eine kurze Blütenlese geben.

»Meine sehr verehrten Herren Kollegen, sehr verehrter Herr Präsident! Als im Zuge der Debatte über den neuen Jagdgesetz-Entwurf in den zahlreichen Diskussionen und Gesprächen, die ich geführt habe, das Problem der Frühjahrsjagd auftauchte, war ich, wegen des massiven Drucks sowohl von seiten der Naturschützer als auch von seiten der Jäger, zunächst sehr unschlüssig, was das Problem der Frühjahrsjagd in Sizilien betrifft. Als vor einem Jahr im Präsidialamt dieses Parlaments eine Konferenz mit Vertretern des Jagdverbandes und Vertretern der Naturschützer stattfand, einigte man sich darauf, daß die Frühjahrsjagd, wenn sie auf einen bestimmten Zeitraum, bestimmte Arten und bestimmte Gebiete begrenzt bliebe, die Fauna nicht schädigen würde. Ich wollte meinerseits dieses Problem ein wenig vertiefen und bin zu der Überzeugung gelangt, daß die Frühjahrsjagd, sofern man sie auf den Zeitraum vom 20. April bis zum 10./15. Mai und das Gebiet zweitausend Meter hinter der Strandlinie begrenzt und auf Turteltauben und Wachteln beschränkt, keine ernsthaften ökonomischen Schäden verursacht und daß sich die Aufregung, die darum entstanden ist, damit erübrigt hat...« (Galatioto, Sozialdemokratische Partei).

»Die Ausübung der Jagd nimmt heute eine feste Stelle im Gefüge einer Gesellschaft ein, die in ständiger Entwicklung begriffen ist. Die im Vergleich zu den zentralen und nördlichen Regionen andersgearteten sozioökonomischen Bedingungen Siziliens haben dazu geführt, daß ein immer größerer Teil der Bevölkerung die Jagd als Freizeitbeschäftigung gewählt hat. Bekanntlich betrifft die Frage der Jagd nicht nur die aktiven Jäger, sondern ist auch für zahlreiche Wirtschaftszweige – vom Tourismus bis zur Industrie, von Waffen-, Munitions- und Hundehandel bis zur Bekleidungsbranche – von Interesse. Es handelt sich daher um ein soziales und wirtschaftliches Problem ... Daraus folgt, daß dem Jagdsport als einer gesunden Freizeitbeschäftigung, die Naturnähe, geistige Entspannung und körperliche Ertüchtigung gewährleistet, der Wert einer gesellschaftlichen Aktivität beizumessen ist, auf die jeder Bürger ein Anrecht hat, das ihm jederzeit garantiert werden muß ... Das Wild gliedert sich, wie wir wissen, in zwei Kategorien: in Zug- und Standwild. Das Standwild ist überall vom Aussterben bedroht. Dieses Wild ist italienischer Nationalität, meine Herren Kollegen, und es ist heutzutage am meisten bedroht. Die Ursachen dafür sind, wie ich schon sagte, die in der Landwirtschaft verwendeten giftigen Chemikalien sowie die Wilderer, die nach wie vor kein Risiko eingehen, da es so gut wie keine Überwachungsvorkehrungen gibt. Und die Jäger? Die Jäger nehmen, was übrigbleibt ...« (Ordile, Christdemokraten).

»Kommen wir nun zu dem umstrittensten Punkt des neuen Jagdgesetz-Entwurfes, der Frühjahrsjagd. Diese Art der jagdlichen Betätigung betrifft vor allem zwei Wildarten: die Turteltaube und die Wachtel. Die Turteltaube kommt etwa Mitte April nach Sizilien und verläßt das Land wieder Mitte August. Würde also die Frühjahrsjagd abgeschafft, dann fiele der Aufenthalt der Turteltaube in die Zeit des Jagdverbots. Die Wachtel kommt ungefähr zur selben Zeit nach Sizilien und bleibt etwas länger. In der Praxis würde die Abschaffung der Frühjahrsjagd den sizilianischen Jägern die Turteltaubenjagd unmöglich machen und die Wachteljagd nur gelegentlich ermöglichen, da sie an den wenigen Septembertagen, an denen die Wachteln noch da sind, lieber auf die Kaninchenjagd gehen ...« (Genna, Liberale Partei).

» ... sensibilisiert wurde ich von Jägern, die das Problem in seiner Gesamtheit sehen, Jägern, die nicht aus Lust am Töten auf einen Vogel oder einen Hasen schießen, sondern im Abschuß nur den Schlußakt eines vielfältigen Handlungskomplexes sehen, bei dem die menschliche Intelligenz gegen die Intelligenz des Wildes antritt – die Intelligenz des Menschen, unterstützt von der Geschicklichkeit und Intelligenz seines Gefährten, des Hundes, meine ich –, und die in ihrer gemeinsamen Aktivität mit dem Hund, dem jagenden Hund nämlich, die tiefste Befriedigung finden; ich kenne echte Jäger, die auf keine Wachtel, keine Turteltaube und kein anderes Tier schießen, wenn ihr Jagdhund es nicht gestellt hat, wenn ihr Hund nicht eine bestimmte Pfote gehoben und eine bestimmte Haltung angenommen hat, das heißt, wenn der Hund nicht die Grundregeln befolgt hat, die eine Frage des Stils, der Klasse, eines ganzen Komplexes von Kenntnissen sind, über die sie verfügen und von denen ich nichts verstehe, die aber ihre persönlichen Bedürfnisse befriedigen, ihr Bedürfnis nach echter Sportlichkeit, und wenn der Hund das also nicht macht, nicht wahr, dann sieht der Jäger zu, wie der Vogel wegfliegt, tadelt den Hund und schießt nicht...« (Gulotta, Sozialistische Partei).

»Ich sage es mit allem Nachdruck im Namen der Jäger, meine Herren Abgeordneten, wir nehmen gewisse Vorwürfe, die uns gemacht werden, nicht hin, wir weisen sie zurück; es genügt, manche Zeitungen aufzuschlagen, um zu sehen, wie von den Jägern gesprochen wird: ein ›barbarisches Vogelmassaker‹ richten die sizilianischen Jäger angeblich mit der Frühjahrsjagd an. Wir nehmen das nicht hin, wir weisen derartige Vorwürfe zurück, die wir höchstens von seiten eingeschworener und nachweislich praktizierender Vegetarier hinnehmen würden...« (Giubilato, Kommunistische Partei).

Es fehlte nicht an gepfefferten Wortwechseln. Der Abgeordnete Virga zum Beispiel forderte den Abgeordneten Gulotta auf, anstelle des Ausdrucks »Vögel« den Terminus »Flugwild« zu gebrauchen, worauf der Abgeordnete Gulotta zurückgab: »Vögel sind etwas, woran ich sehr hänge«; als der Abgeordnete Virga entgegnete, auch er sei ein Vogelliebhaber, aber es sei besser, von Flugwild zu sprechen, gab der Abgeordnete Gulotta nach: »Also gut, Flugwild, alles ist Flugwild, auch ein Rabe, mir soll's egal sein.« Zuvor hatte es, ebenfalls von seiten des Abgeordneten Virga, schon einen anderen hübschen Entwurf gegeben. Der Abgeordnete Gulotta hatte geklagt, daß im regionalen Jagdkomitee »niemand die Rechte des Hundes vertritt, der doch das tragende Element der Jagd ist«. Darauf der Abgeordnete Virga: »Es sei denn die des Fleischerhundes.« Fleischerhund nennt man auf Sizilien einen Hund, der wohlgenährt und träge vor dem Fleischstand liegt. Deshalb antwortete auch der Abgeordnete Gulotta weise: »Das ist etwas anderes, Fleischerhunde gibt es überall.« Eine sakrosankte Wahrheit!

In meiner Jugend, als ich von früh bis spät begierig alles las, was mir unterkam, dabei aber doch schon eine gewisse spekulative Neigung zeigte und herauszufinden suchte, *wie* etwas geschrieben war, auf welche Weise Gefühle, Gedanken und Bilder für immer im Netz des Geschriebenen eingefangen wurden, damals zählte zu den Texten, die mich am meisten beeindruckten, ein kurzes Kapitel von Virginia Woolf, das 1934 im ›Almanacco della Medusa‹ erschienen war: ›Über Lord Chesterfields Briefe an seinen Sohn‹. Ich wußte nichts über Lord Chesterfield, nichts über die Briefe, die er an seinen Sohn Philipp geschrieben hatte, und ich kannte auch die Bücher von Virginia Woolf noch nicht, die in Italien schon erschienen waren. Ich las den Aufsatz wie eine Erzählung. Ich fand ihn herrlich und finde ihn immer noch herrlich, sooft ich ihn wiederlese. Etwas später las ich zwei Bücher von Virginia Woolf, die in der Reihe »Medusa« erschienen waren, ›Orlando‹ und ›Flush‹, und ausgerechnet 1941, als man in Zeitungen und Wochenschauen ständig Bilder von zerbombten englischen Städten sah und nach der Zerstörung der Stadt Coventry der grauenvolle Neologismus *coventrisieren* geprägt wurde, las ich wieder und wieder die ›Fahrt zum Leuchtturm‹ in der unvergleichlichen Übersetzung von Giulia Celenza. Ich reagierte auf das brutale Geschehen und auf den Abscheu, die es in mir erweckte und über den ich nur im engsten, vertrautesten Kreis sprechen konnte, indem ich mich in die zarte und zerbrechliche Fabel dieses Buches flüchtete. Es war wie eine Ehrenbezeugung an das *coventrisierte* England. Erst nach Kriegsende erfuhr ich, daß Virginia Woolf in eben diesem Jahr 1941 leise und diskret aus dem Leben geschieden war. Sie hatte den Krieg, der täglich vom Himmel auf die Insel herabstürzte, nicht mehr ertragen können, und der Angst vor einer deutschen Invasion, vor der letzten und endgültigen Schlacht, die sich schon abzuzeichnen schien, nicht länger standgehalten. Niemals zuvor hat die Zukunft so vieler Menschen in der Hand so weniger gelegen, sagte Churchill zu den Piloten der Royal Air Force. Doch Virginia Woolf hatte nicht mehr die Kraft, diesem ungleichen Kampf beizuwohnen, und vertraute nicht auf den Widerstand und den Sieg dieser wenigen. Sie trat sogar für ein Aufgeben des Widerstandes ein. Für eine Sensibilität wie die ihre war das alles zu viel: nicht nur der Krieg, die Bomben, die zerstörten Häuser, die drohende Landung der Deutschen; auch der Widerstandswille, der Patriotismus, die Flüchtlinge und selbst Winston Churchill. Vor den Deutschen hatte sie panische Angst, aber vermutlich flößte ihr auch Churchill mit seiner Härte, seinem Starrsinn, seinem unbeugsamen Durchhalte- und Siegeswillen ein gewisses Grauen ein. In einer der wenigen Tagebuchaufzeichnungen aus dem Jahre 1941 schrieb sie am 26. Januar: »Eine Pause, eine Atempause in diesem Krieg. Sechs Nächte ohne Bombenangriffe. Aber Garvin sagt, daß uns der schlimmste Kampf noch bevorsteht, in etwa drei Wochen vielleicht, und daß alle, Männer, Frauen, Hunde, Katzen und sogar das Ungeziefer, die Waffen anlegen und sich mit Vertrauen wappnen müssen, und so weiter. Es ist die kalte Stunde, bevor die Lichter angehen. Im Garten ein paar Schneeglöckchen. Ja, dachte ich, wir leben ohne Zukunft. Das ist das Seltsame: Wir drücken uns die Nasen an einer geschlossenen Türe platt.« Das rhetorische »die Waffen anlegen und sich mit Vertrauen wappnen« setzte ihr genauso zu wie die Angst vor der deutschen Invasion. Englands Schwäche und Englands Stärke, seine Waffenschwäche und seine Willensstärke trugen gleichermaßen dazu bei, daß sie sich allem entzog und entfremdete.

Am Morgen des 28. März, einem jener klaren und kalten englischen Morgen auf dem Lande, die sie so oft bis in ihre kaum noch wahrnehmbaren Nuancen und Vibrationen beschrieben hatte, verließ Virginia Woolf, nachdem sie drei Briefe geschrieben hatte, leise das Haus. Quer durch die Wiesen ging sie zum Fluß hinunter. Sie legte ihren Stock am Ufer ab, steckte sich einen schweren Stein in die Tasche und stieg ins Wasser, um dem entgegenzugehen, was sie »die einzige Erfahrung, die ich nie beschreiben werde« genannte hatte.

Drei Jahre vorher hatte George Orwell bei seiner Rückkehr aus dem Spanischen Bürgerkrieg geschrieben: »Endlich in England, in Südengland, der vielleicht sanftesten Landschaft der Welt. Wenn man sie durchquert, besonders wenn man sich gerade, den Kopf an die Plüschlehne eines internationalen Reisezugs gelehnt, von der Seekrankheit erholt, fällt es einem schwer zu glauben, daß auf der Welt irgend etwas passiert... Das England meiner Kindheit: die in die Felswand gehauene und von Feldblumen verborgene Eisenbahnlinie; die weiten Wiesen, auf denen die großen, glänzenden

Pferde traumverloren grasen; die trägen, von Weiden gesäumten Wasserläufe; der grüne Schoß der Ulmen; die Pfingstrosen in den Gärten der Landhäuser; und dann die unendliche, schweigende Trostlosigkeit der Londoner Vorstädte; die Lastkähne auf dem trüben Fluß; die vertrauten Straßen; die Plakate, die cricket-Turniere und königliche Hochzeiten ankündigen; die Männer mit den steifen Hüten; die Tauben am Trafalgar Square; die roten Autobusse; die Polizisten in ihren blauen Uniformen: Alle schlafen sie den tiefen, tiefen Schlaf Englands, aus dem uns, fürchte ich, erst das Krachen der Bomben unsanft wecken wird.« Ein Erwachen, dem Virginia Woolf nicht gewachsen war.

1768 erschien bei dem Drucker Antonio Zatta in Venedig das posthume Werk ›Über die Bewahrung der Gesundheit der Literaten und der gelehrten und sitzenden Leute‹ von Giuseppe Antonio Pujati, Professor der praktischen Medizin an der berühmten Universität zu Padua. Der Herausgeber des Buches, der Sohn Anton Gaetano, hatte die unglückliche Idee, der Arbeit seines Vaters zwei eigene ›Abhandlungen über das Wachstum einiger Rüben‹ hinzuzufügen: Mit Staunen findet man daher auf dem Titelblatt Literaten und Rüben friedlich vereint. Bald darauf merkt man aber, daß Anton Gaetano dabei nichts Böses im Schilde führte, wie man zunächst sofort geargwöhnt hatte.

Doch lassen wir die Rüben des Sohnes beiseite und kommen wir zu den Literaten des Vaters. Diese sind seiner Ansicht nach eine so besondere und privilegierte Schicht, daß er es für nötig hält, sich im Vorwort zu entschuldigen, daß bestimmte, ihnen zugedachte Vorschriften auch von Nichtliteraten befolgt werden können. Er schreibt: »So ich nun Nutzen oder Schaden der Bewegung für den Literaten und Gelehrten darstelle und deshalb von der Bewegung im allgemeinen handeln muß, was kann ich dafür, wenn auch der Tischler, der Schuster, der Maurer diese Lehren für sich und seine Tätigkeit nutzen kann und will?« Der Bauer braucht, wie man bei uns sagt, nicht zu wissen, wie gut Käse mit Birnen schmeckt, und Tischler, Schuster und Maurer brauchen nicht zu wissen, wie sie ihre Gesundheit fordern und bewahren können. In dem jetzt entbrannten Expertenstreit über die italienische Kultur und Literatur des siebzehnten Jahrhunderts könnte die Auffassung vom Literaten, die hier ein zeitgenössischer Arzt vertritt – eine Auffassung, deren Wurzeln sicher im vorangegangenen Jahrhundert liegen –, als Beweis für die geachtete, isolierte, sublime Nutzlosigkeit herangezogen werden, zu der die Literaten verdammt waren. Es stimmt nicht, daß das im sechzehnten Jahrhundert auch schon so war: Damals wurde ein Literat bisweilen noch gefürchtet; wenn er aber nicht gefürchtet wurde, wurde er mißhandelt. Erst im siebzehnten Jahrhundert begegnen wir dem auf sanfte Weise ausgeschlossenen, privilegierten Literaten; seine Lage ähnelt der des Schriftstellers in einem heutigen autoritären Regime: Sobald er aus seiner sanften Isolation heraus will, gerät er sofort in die strenge Isolation, aus der er nur durch Selbstkritik, Abschwören und Selbstverleugnung in die erstgenannte zurückkehren kann.

Aber zurück zu Pujati. Gemäß seinem Grundkonzept, daß der Literat abseits steht und mit Schustern, Tischlern und Maurern nichts zu schaffen hat, unterteilt er dessen Beschäftigung in heitere und ernste Studien: Besser für die Gesundheit sind natürlich die ersteren, die »reich an Phantasie sind, in denen der Geist frei schweift und sich nicht festbohrt«. Gemeint sind Poesie und Redekunst. Dagegen »ruinieren den Menschen, selbst den von starkem Temperament, das Meditieren und Räsonnieren, welche zu Recht die ernsten Studien genannt werden«. Die Gefahren, denen man sich durch diese ernsten Studien aussetzt, sind schrecklich: »Und siehe da, am Ende bricht ihr armes, wiewohl so fein und gut konstruiertes Gehirn zusammen, und wenn der Schlagfluß sie verschont, dann leiden doch Gedächtnis und Verstand, sie verdummen und verblöden.« Recht geschieht ihnen.

Nachdem er diese Unterscheidung getroffen hat, zerbricht er sich nicht weiter den Kopf darüber; wahrscheinlich nimmt er an, seine Vorschriften könnten die Adepten der heiteren Studien vollständig schützen, aber auch die Adepten der ernsten Studien irgendwie verjüngen.

Die erste Vorschrift ist natürlich »gemäßigte Meditation«. Die zweite empfiehlt, eine Siesta zu halten, damit die Verdauung nicht durch Nachdenken gestört werde, sondern sich in aller Ruhe vollziehen könne. Dann der Schlaf: Der wird nach einer ordentlichen Siesta gut und lang sein. Dann die Bewegung: Sie reicht vom Spazierengehen über die Gymnastik und die Jagd bis zum Tanz, bei dem zur Freude an der Bewegung auch noch die »Heiterkeit des Geistes« hinzukommt. Doch auch das bloße Hören von Musik ist von guter Wirkung: »eine ausgezeichnete Arznei, nicht nur gegen manches körperliche Leiden, sondern insbesondere gegen die langweiligen Kuren, denen sich die Gelehrten und Literaten leider immer noch unterziehen müssen.« Es folgt das Reiten, eine äußerst gesunde Übung, sofern man nicht an Nieren- oder Blasensteinen und Hämorrhoiden leidet. Und Bootfahren? »Wohltuend und höchlichst zu empfehlen.« Auch darf ein Literat die Kunst des Deklamierens und des lauten Lesens nicht vernachlässigen, welche von größtem Nutzen für Lunge, Herz und Magen sind.

Was das Essen betrifft, so gilt vor allem die Regel der Mäßigkeit. Natürlich wird von einigen Speisen überhaupt abgeraten, da sie den Magen beschweren und das Blut verdicken, wie zum Beispiel kastriertes Lamm, Maccheroni, Lasagne, Mürbeteig, Pasteten und Torten, ganz zu schweigen von den Pilzen: »Die Bosheit des Pilzes« sitzt in den giftigen wie in den eßbaren. Das beste Getränk ist Wasser; auch Wein tut, mäßig genossen, gut; nicht immer günstig ist Tee, während Kaffee, außer bei Auszehrung und Magersucht, sehr zu empfehlen ist; heiße Schokolade ist nur den Cholerikern untersagt, sie tut wohl und soll in Ruhe und zu Hause getrunken werden: Hüten jedoch soll man sich vor den Leidenschaften der Seele. Wen wundert's?

Sie sind wie Hund und Katz, sagt man. Doch mein Nachbar hier auf dem Land hat vier Hunde und eine Katze, die keineswegs wie Hund und Katz sind; sie leben nicht nur friedlich miteinander, sondern die Hunde tun alles, um der Katze die mit höchstem schauspielerischen Einsatz aufrechterhaltene Illusion zu lassen, sie sei ein Hund. Doch das ist eine eigene Geschichte: Ich würde sie gerne so erzählen können, wie Tschechow die Geschichte vom Hündchen Kastanka erzählt. Die Tatsachen sind jedenfalls folgende: Als Waise und einzige Überlebende des ganzen Wurfes wurde die Katze von einer Hündin gesäugt, der man nur eines ihrer Welpen gelassen hatte. Sie tollte mit ihrem Milchbruder herum und wurde von ihrer Ziehmutter und den anderen beiden Hunden gleich behandelt. Keiner machte ihr den Platz am Tisch streitig, das heißt an dem Tonnapf, in dem ihnen das Futter serviert wurde, oder der Knochen zum Abnagen

Niemals wurde sie angeknurrt; ja die Hunde verhielten sich ihr gegenüber sogar toleranter als untereinander. Trilussas Hund sagt: »Wohl wissend, daß sie eine Katze war, suchte ich sie zu behandeln wie einen Hund.« Diese Hunde hier aber haben die Katze noch viel besser behandelt als einen Hund, indem sie sich ihrer nimmermüden Lebhaftigkeit und ihren Launen unterordneten. Aber sie wußten immer, daß sie eine Katze ist, das ist es. Die Katze dagegen weiß nicht, daß sie eine Katze ist. Sie hält sich für einen Hund. Manchmal für einen körperbehinderten, manchmal für einen besonders begabten Hund, dessen Virtuosität allen anderen Hunden unerreichbar bleibt. Doch egal, ob sie nun den Hund spielt, ihr Miauen unterdrückt und wie die anderen voll Freude ihrem Herrn entgegenläuft, wenn er mit dem Gewehr aus dem Haus tritt, oder ob sie ein Katzenkunststück vollführt und einen Baum bis in den Wipfel erklettert, es ist ein Drama für sie. Den Höhepunkt dieses Dramas hat sie wahrscheinlich am ersten Tag der diesjährigen Jagdsaison erlebt. Auch sie war mit ihrem Herrn mitgelaufen und hatte zunächst alles getan, um sich so munter und fröhlich zu geben wie die anderen Hunde. Doch dann war sie müde geworden, hatte die Lust am Laufen und Springen verloren und sich abgesetzt. Und schließlich hatte sie sich verirrt. Abends kam sie nicht nach Hause. Die vom Jagdfieber erfaßten Hunde hatten nicht mehr auf sie geachtet, und als sie dann wahrscheinlich auf dem Heimweg merkten, daß sie nicht mehr da war, bekamen sie vielleicht Gewissensbisse. Möglicherweise haben sie sie sogar gesucht. Wie dem auch sei, am nächsten Abend war die Katze wieder da, und die Hunde, besonders ihr Milchbruder, begrüßten sie überschwenglich. Die Katze aber zeigte sich abweisend, als der Bruder sie aufforderte, mit ihm zu spielen; sie war gleichgültig, melancholisch. Vielleicht hatte sie nun begriffen, daß sie kein Hund war, und daß die anderen sie liebevoll betrogen, wenn sie sie als Hund behandelten. Sie lebt jetzt weiter wie zuvor, doch mit einer gewissen Müdigkeit und Gleichgültigkeit, als wäre sie unversehens gealtert. »Wenn ich kein Hund bin, was in Gottes Namen bin ich denn dann?« scheint sie sich zu fragen, wenn sie abseits von den anderen zusammengerollt auf einem Stuhl liegt: wie eine Katze.

Man schürft jetzt schon so tief, daß man überhaupt nichts mehr sieht. Immer tiefer ist man vorgedrungen, bis man schließlich versunken ist. Nur die Klugheit, die zugleich »Leichtigkeit« ist, die »leicht« zu sein versteht, kann hoffen, wieder zur Oberflächlichkeit, zur Banalität emporzusteigen.

Ich bin einer der achttausend Italiener (achttausend und soundso viel, die genaue Zahl weiß ich nicht), die ihr Einkommen so versteuern, wie es mindestens dreihunderttausend andere auch versteuern müßten; zum Beispiel – um mir gleich eine ganze Berufsgruppe zu Feinden zu machen – fast alle Ärzte, die auf dem Territorium der Republik praktizieren. Ich träume nicht davon, der Steuer irgendwelche Einnahmen zu verbergen, sondern ich lebe in dem Alptraum, bei der Steuererklärung eine zu vergessen, da ich ein unordentlicher Mensch bin und meine Vergeßlichkeit bezüglich der sogenannten praktischen Dinge immer schlimmer wird (während ich mich der Illusion hingebe, daß mein Ordnungssinn und mein Gedächtnis beim Schreiben noch nicht versagen). Doch der Vorschlag – noch dazu auf der Ebene eines Regierungsprogramms –, Bezirksstellen einzurichten, die heimliche oder angebliche Nebeneinkünfte feststellen und den Lebensstandard der einzelnen Familien überwachen sollen, stößt mich ein wenig ab, vor allem aber finde ich ihn höchst unsinnig. Daß er mich abstößt, ist vielleicht meine Schuld. Aber daß ich ihn unsinnig finde, ist vollkommen vernünftig und ein Zeichen von Bürgersinn. Ich erinnere mich noch lebhaft, was 1943 geschah, als die alliierte Militärverwaltung der besetzten Gebiete (AMGOT, eine Abkürzung, die in mir die Bitterkeit einer verlorenen und vor allem desillusionierenden Zeit wachruft) ihre Abneigung gegen die Faschisten demonstrierte, indem sie aufrief, die schlimmsten und ehrlosesten Faschisten zu denunzieren. Nicht einer von denen, die damals denunziert und auf der Stelle nach Algerien deportiert wurden, war ein Lump; es waren ausnahmslos Ehrenmänner, harmlose Leute, Dummköpfe (die sich von dem schon todgeweihten Regime Ämter hatten aufdrängen lassen, aus denen sich die Schlauköpfe gerade zurückzogen). Die Verbrecher, die Nutznießer, die eigentlichen Schurken kamen nicht nur davon, sondern wurden in einer wahrhaft perfekten Umkehrung der geplanten Aktion den englischen und amerikanischen Offizieren, die solchen Ratschlägen gern Glauben schenkten, als besonders vertrauenswürdige Leute empfohlen.

Manche, ja viele, werden nun vielleicht einwenden, daß das in Sizilien geschah und daß es eben nur in Sizilien möglich ist, daß der Besitzlose beim Finanzamt denunziert wird, während der Reiche ungeschoren davonkommt. (In unserem Land, das sich dagegen für immun hält, ist der Rassismus ja doch erstaunlich weit verbreitet.) Aber ich erinnere mich an Flaianos Erzählung, in der Toskana habe während des Vormarsches der Alliierten ein Mann die Frontlinie überschritten, um mitzuteilen, daß in einem Bauernhof hinter der deutschen Linie das Stabskommando einquartiert sei und sich dort auch ein Munitionslager befinde. Nachdem der Bauernhof daraufhin bombardiert worden war, stellte sich heraus, daß dort nur die Familie des Bauern wohnte und der Denunziant sie aus alter Feindschaft zu seiner persönlichen Genugtuung hatte vernichten lassen.

Ich erinnere mich nicht, ob er kurz zuvor dagewesen oder immer noch da war, jedenfalls erzählten mir in diesen ersten Maitagen in Paris alle von Milan Kundera. Auch Dominique Fernandez erzählte mir von ihm, von dem Schriftsteller, dem Menschen. Und da ich dem Urteil von Fernandez immer vertraue, kaufte ich mir bei meiner Rückkehr ein Buch von Kundera, das damals gerade bei Mondadori herausgekommen war, ›Das Buch der lächerlichen Liebe‹. Ich suchte auch nach dem Roman ›Der Scherz‹, der 1969 in italienischer Übersetzung erschienen war, aber in unseren Buchläden ist es längst unmöglich geworden, ein Buch zu finden, das nicht frisch ist wie ein Ei.

Ich legte es zu den Büchern, die ich auf dem Land lesen wollte. Und nun habe ich es auch endlich gelesen und muß sagen, es ist das lebendigste, interessanteste, schönste Buch, das ich in diesem Jahr gelesen habe. (Ich möchte allerdings hinzufügen, daß ich Elsa Morantes ›La Storia‹ noch nicht gelesen habe, denn bei einem Buch, das sehr kontrovers diskutiert wird, lasse ich mir mit der Lektüre immer Zeit.)

Kundera ist Tscheche und 1929 in Brünn geboren. Deshalb kommt einem, wenn man das Buch aus der Hand legt, natürlich als erstes der Gedanke: Mag sein Freiraum auch noch so klein sein, mag er an den Rand des Abgrunds gedrängt und oft auch hinabgestoßen werden, einem wahren

Schriftsteller und Künstler gelingt es immer, das zu sagen, was er sagen will. Und wenn ihn die Begrenztheit dieses Spielraumes zwingt, sich ganz auf das Wenige zu konzentrieren, was ihm bleibt, so erzielt er dadurch bisweilen Wirkungen, die eher mit der Beobachtung eines Wassertropfens unter dem Mikroskop vergleichbar sind als mit der eines fließenden Stroms. Und denen, die seinen Freiraum einschränken, kann es passieren, daß dabei eben jene Zustände und Ansichten, eben jene menschlichen Lebensumstände, die nicht enthüllt werden sollten, nur um so intensiver und wirkungsvoller bloßgelegt werden. Anders gesagt, es ist für die Verhinderer und Unterdrücker vorteilhafter, die Beschreibung des Stromes zu erlauben als die des Wassertropfens.

Damit will ich jedoch keineswegs unterstellen, Kundera habe sich mit Absicht einer raffinierten List bedient, und ebenso irrig wäre die Annahme, was er beschreibt, beziehe sich ausschließlich auf die Verhältnisse in seinem Land. Im Gegenteil. Das eigentliche Thema dieser Erzählungen, so könnte man sagen, ist die Erotik; doch Erotik im Sinne eines »Von-etwas-anderem-Sprechen«, eines »Anders-Leben«, einer gleichsam unauthentischen, verarmten Erotik. Das betrifft die Tschechoslowakei wie die ganze Welt. Kundera, der zwischen Tschechow und Pirandello steht, aber von einer so kühnen Mitleidlosigkeit ist, daß er zynisch erscheint, beleuchtet dieses Thema von allen Seiten, bis schließlich ein größeres und älteres darunter hervortritt: das Thema der Unmöglichkeit, sich zu verständigen, der Einsamkeit

Zu den Argumenten, mit denen Michele Amari seine These untermauert, die Sizilianische Vesper sei nicht aus einer Verschwörung, sondern spontan und aus dem Augenblick heraus entstanden, gehört auch folgende These: Ein geplanter Aufstand, eine Verschwörung also, wäre von vornherein zum Scheitern verurteilt gewesen, da es in Sizilien unmöglich sei, ein Unternehmen erfolgreich durchzuführen, das eine Übereinkunft zwischen mehreren Personen und Geheimhaltung erfordert. Diese Feststellung läßt sich auf ganz Italien ausweiten; und ganz besonders auf die Enthüllungen und Verlautbarungen, die verschiedene Regierungsstellen und Regierungsmitglieder seit kurzem – niemand weiß, warum gerade jetzt und nicht schon früher – über rechtsradikale

Putschversuche gemacht haben. Kurz, man hat alles gewußt; man war so genau informiert, daß man alles rechtzeitig verhindern konnte, ohne Aufsehen, ohne Verhaftungen und ohne Rücktritte. Welch seltsames Land! Doch eines macht uns Sorgen: Absprachen und Geheimhaltung von Umsturzplänen, die außerhalb des Staatsapparats oder in seinen Randbezirken ausgeheckt werden, sind zwar unmöglich, nicht aber Absprachen und Geheimhaltungen im Inneren des Staatsapparats. Schließlich erfahren ja die Italiener erst jetzt, nach Monaten und Jahren, daß es solche Putschversuche oder zumindest entsprechende Pläne gegeben hat. Übrigens ist der Faschismus in der Zeit von 1919 bis 1925 nicht außerhalb des Staates entstanden, sondern in seinem Inneren.

Eine posthum erschienene Erzählung von Tolstoi, ›Der Teufel‹. Tolstoi schrieb sie im November 1889, wollte sie aber niemals veröffentlichen, um seine Frau nicht zu verletzen. Mit Ausnahme des tragischen Endes ist die Geschichte des Eugen Irtjenjew nämlich die Geschichte seiner eigenen Beziehung zu einer Bäuerin und Besessenheit von ihr. Und genau dort, wo die Erzählung sich vom Erlebten entfernte, wurde der Autor unsicher. Er ließ sie zuerst mit Irtjenjews Selbstmord enden, dann schrieb er einen anderen Schluß, bei dem Irtjenjew die Frau tötet und im Irrenhaus endet.

Höchstwahrscheinlich spiegelte der erste Schluß seine eigenen Gedanken wieder, die ihm den Selbstmord als einzigen Ausweg erscheinen ließen, um sich zu befreien. Zu dem zweiten Schluß, das wissen wir genau, hat ihn ein Zeitungsbericht inspiriert: Ein Richter aus der Provinz Tula, der drei Monate zuvor eine Frau seines Standes geheiratet hatte, ermordete bei der Ernte eine Bäuerin, mit der er ein Verhältnis gehabt hatte, aus dem er sich nicht zu lösen vermochte.

Die Erzählung, die in der ersten Fassung nicht überzeugt, wird durch den zweiten Schluß vollkommen: psychologisch schlüssiger, inhaltlich abgerundet und auch dem Titel viel adäquater. Geht man also davon aus, daß Tolstois sinnliche Besessenheit der des Richters gleichzusetzen ist, dann wirkt die tragische Lösung, die Tolstoi sich für seinen Fall ausgedacht hat, auf den Leser weniger wahr als die vom Richter gewählte; und zwar einfach deshalb, weil der Richter sie in die Tat umgesetzt hat, sie also eine *Tatsache* ist und bleibt, unabhängig davon, ob Tolstoi oder wir von dem Fall des Richters jemals erfahren hätten oder nicht.

Die Landschaft, die ich von Geburt an kenne und in der ich seit dreiundfünfzig Jahren jeden Sommer längere oder kürzere Ferien verbringe, ist nach und nach von den Bauern verlassen, dafür aber von Sommerfrischlern überschwemmt worden. Selbst dort, wo es kaum Wasser und Bäume gab und wo früher nur weit auseinanderliegende Hütten und ein paar verfallene, einsame, schweigende Gehöfte standen, dröhnen jetzt Autos und Motorräder, Motorpumpen, Bohr- und Baumaschinen. Grundstücke, die bis vor wenigen Jahren noch für ein paar hunderttausend Lire pro Hektar zu haben waren, bekommt man heute nicht unter zehn Millionen. Ärzte, örtliche Funktionäre und Geschäftsleute kaufen, ohne lange zu handeln, ja bieten im Konkurrenzfall sogar noch mehr. Dann errichten sie bequeme und gut ausgestattete Häuser, graben nach Wasser, das sie fast immer auch finden, und pflanzen Weinstöcke, Obstbäume, Palmen und Blumen. Die Ortschaften haben sich völlig verändert, heute frisches, üppiges Grün, wo früher der Boden kahl und von der Sonne geschunden war; sie scheinen des Bauern zu spotten, der in die Schweiz, nach Deutschland oder Frankreich ausgewandert ist und jetzt in den Sommerferien zurückkommt, um sie wiederzusehen.

»Sieh, was aus diesem Land geworden ist«, sagt der Bauer. Mit einem gewissen Bedauern, einem gewissen Groll. Aber nur im ersten Augenblick, denn er weiß ja, wie die Dinge liegen. »Früher hat man Arbeit in dieses Land gesteckt«, sagt er, »heute steckt man Geld hinein; ich könnte auch Geld hineinstecken, mir ein Stück Grund kaufen, Maschinen kommen lassen, die Wasser zutage fördern und die Erde *losketten* (dieses *losketten* bedeutet: die Erde in der Tiefe umbrechen, als wäre sie unterhalb der fünfundzwanzig Zentimeter, die die Pflugschar lockert, noch hart und fest, wie *angekettet);* aber Arbeit stecke ich keine mehr hinein.«

Die Rechnung geht nämlich nicht auf. Je mehr man hineinsteckt, desto weniger kommt heraus. Nur will sie niemand anstellen, diese Rechnung. Bis jetzt zumindest.

Einer der letzten Bauern, die es hier noch gibt, er ist so alt wie ich, geht alle zwei Wochen ins Dorf, um sich rasieren zu lassen (was er selbst nie gelernt hat) und um einzukaufen. Jedesmal sind die Preise wieder gestiegen. Und letztes Mal gab es weder Spaghetti noch Zucker zu kaufen. »Es ist wie im Krieg«, sagt er, »und dabei haben wir gar keinen Krieg; stell dir vor, wie es dann erst aussehen würde.« Eine lange Pause. »Italien ist ruiniert. Sie haben es aufgefressen.« Wieder eine Pause. Dann fragt er: »Was macht man, wenn man ruiniert ist?« Doch er gibt sich die Antwort selbst: »Wenn man ruiniert ist, dann verkauft man alles, was man hat. Warum verkauft Italien nicht?« Diesmal will er die Antwort von mir hören. Aber ich frage zurück: »Was soll es denn verkaufen?« – »Zuerst könnte es ein Stück von Sizilien verkaufen, sagen wir mal die Hälfte.« Mit einer Handbewegung zerschneidet er Sizilien von Palermo bis Porto Empedocle. »Fürs erste könnte es ja diese eine Hälfte verkaufen. Wenn das nicht reicht, dann auch die andere.« Er bemerkt meine Überraschung und Verwunderung. »Warum soll Italien denn sein Land nicht verkaufen? Seine Menschen hat es doch schon oft genug verkauft, eine Generation nach der anderen. Es hat sie an Amerika verkauft, es hat sie im Krieg verkauft, es verkauft sie nach Deutschland – was macht es denn, wenn es jetzt auch noch sein Land verkauft, damit endlich Ruhe ist? Deutschland ist doch so reich, daß es sich sicher ein Stück Sizilien kaufen würde, vielleicht sogar die ganze Insel.«

Eine neue, gewaltige Welle des Konformismus rollt auf unser Land zu. Sie macht weniger Lärm als die der Jahre 1925 (Faschismus), 1945 (Antifaschismus) und 1948 (Antikommunismus, westliche Kultur), aber sie ist um so besorgniserregender, als sie ganz spontan entstanden ist und nicht aus der Sorge um das tägliche Brot. Von ein paar verrückten, folkloristischen Randfiguren einmal abgesehen, gibt es keinen einzigen vernünftigen Menschen mehr, der sich als Antikommunist bezeichnen würde; ja sogar die Existenz dieser Randfiguren kann als eine List der Vorsehung betrachtet werden, da sich dagegen die allgemeine Vernunft nur um so deutlicher abhebt und einzelne Fälle von Bekehrung um so lobens- und anerkennenswerter erscheinen. Aber was sage ich? Es gibt keinen einzigen Menschen mehr, der sich als Antikommunist bezeichnen würde? Es gibt keinen Menschen mehr, der sich nicht als Sympathisant der Kommunisten bezeichnen läßt, der nicht sein Vertrauen in sie setzt und hofft, sie mögen endlich und so bald wie möglich an die Regierung kommen. »Wenn wir uns schon diesen Zahn ziehen lassen müssen«, vertraut mir ein ehemaliger Antikommunist an, »dann lieber, solange das noch unter Betäubung möglich ist.«

Nach vielen Jahren lese ich ›Armance‹ wieder. Es ist das einzige Buch von Stendhal, das ich nur zweimal gelesen habe (das zweitemal nach der Lektüre von Gides Essays); die anderen lese ich der Reihe nach immer wieder, wobei die ›Kartause von Parma‹ stets den Höhepunkt bedeutet. Und doch ist es ein schönes und sehr stendhalsches Buch. Abgeschreckt hat mich vielleicht seine allzu ausgewogene, eher konventionelle Konstruktion, ohne die Unvollkommenheiten und Flüchtigkeiten, ohne dieses Unfertige, das in den anderen Werken Stendhals den Leser gleichsam zum Vertrauten, zum Komplizen werden läßt – als hätte der Autor, indem er freiwillig auf alle Tricks und Geheimnisse verzichtet und absichtlich hin und wieder einen Fehler macht, mit dem Leser eine Wette abgeschlossen. Eine Wette, wer als erster das Interesse an dem Spiel verliert und aufgibt. Da erwartungsgemäß der Leser die Wette verliert, beginnt er, wie jeder Verlierer, das Spiel von vorn. Ich meine den nach Veranlagung und Bildung für Stendhal anfälligen Leser, denn es gibt viele, die seine Bücher schon nach wenigen Seiten wieder zuschlagen und weglegen und nie mehr etwas von ihm wissen wollen. Das sind arme – und sehr oft unglückliche Leute, denn Stendhal wendet sich an die wenigen Glücklichen.

Aber ich will eigentlich gar nicht von ›Armance‹ sprechen, sondern darüber, was ein italienischer Schriftsteller unserer Zeit Stendhal verdankt, wie sehr dieser Schriftsteller von ihm beeinflußt worden ist.

Bekanntlich sagte Stendhal voraus, er werde erst um 1880 und um 1935 herum wirklich gelesen werden. Eine äußerst exakte Voraussage – weshalb und in welchem Ausmaße sie in beiden Fällen zutraf, brauchen wir hier nicht zu wiederholen. Aus der zweiten Lesergeneration, die noch größer war als die erste, holen wir, um in der Filmsprache zu reden, mit dem Zoom Vitaliano Brancati heran. Dabei rückt zunächst der ›Bell'Antonio‹ ins Blickfeld, der sowohl vom

Haupt- wie vom Nebenthema her große Ähnlichkeit mit ›Armance‹ hat. Das Hauptthema ist die sexuelle Impotenz, das Nebenthema eine bestimmte Gesellschaft in einem bestimmten historischen Augenblick. So wie der vollständige Titel von Stendhals Roman ›Armance ou quelques scènes d'un salon de Paris en 1827‹ lautet, könnte man auch dem Titel von Brancatis Buch noch hinzusetzen: »oder Szenen aus einem Salon in Catania im Jahr 1935«, ungeachtet aller Unterschiede zwischen einem Pariser Salon und einem Salon in Catania, zwischen dem Salon einer Gesellschaft und einer Nicht-Gesellschaft. Auf jeden Fall bilden hier die Monarchie unter Karl X., die drei Jahre später enden sollte, dort das faschistische Regime, das acht Jahre später enden sollte, den Hintergrund und die Voraussetzungen für das bis zur Allegorie gesteigerte Drama der beiden Helden, Octave de Malivert und Antonio Magnano. Einige Anmerkungen Stendhals auf den Durchschußblättern eines Exemplars von ›Armance‹ zeigen deutlich, daß er mehr als einen Fall von Impotenz darzustellen beabsichtigte: »Ein junger Montmorency im Jahre 1828 ist: 1. entweder Jesuit oder 2. Gardeoffizier, ein guter Reiter und genauso intelligent wie sein Pferd, oder 3. so traurig wie Octave, weil zwischen seinen Neigungen und der Zukunft, die ihn erwartet, ein unvereinbarer Widerspruch besteht. Es ist unmöglich, daß sich um 1828 ein junger Mann sagt: Nun, dann werde ich mich eben entscheiden: diese und jene Vorteile sind ungerecht, da sie mir aber zufallen, ohne daß ich sie anstrebe, will ich sie nutzen. Ebenso unmöglich ist es, daß er nach einer solchen Entscheidung noch einen einzigen Augenblick des Glücks erlebt.«

Die Impotenz von Octave und Antonio ist in der Tat gleichsam der physiologische Ausdruck einer tiefer liegenden Impotenz, einer »Unmöglichkeit«. Ihr wahres Geheimnis, dieses Geheimnis, das Octave mit ins Grab nimmt und das sein Autor nicht lüftet, während Antonio es in einem Prozeß der Sacra Rota ans Licht gezerrt sieht, ist nicht die sexuelle Impotenz; es ist das Geheimnis eines Schmerzes, dem wir schon bei Tacitus begegnen – des Schmerzes, unter einer mehr oder weniger gemilderten Gewaltherrschaft inmitten von Korruption und Speichelleckerei leben zu müssen.

Daß Brancati an Stendhals ›Armance‹ gedacht hat, als er den ›Bell'Antonio‹ schrieb, steht außer Zweifel. Er selbst gibt mehr als einen Hinweis darauf: die Zitate am Beginn jedes Kapitels (darunter auch eines von Stendhal selbst, und zwar eine seiner vielen einschränkenden Aussagen – wie: der Autor hat alles erfunden, der Autor selbst denkt darüber ganz anders –, von denen man nicht weiß, ob er sie aus Vorsicht oder zur Irreführung des Lesers macht); die Beschreibung von Antonios Schönheit am Anfang des Buches und kontrapunktisch dazu die Gedanken und Empfindungen der Leute angesichts einer so melancholischen Schönheit; seine Erzählweise in den ersten Kapiteln, als wolle er, wie Stendhal, die Impotenz seines Helden geheimhalten... Manchmal meint man sogar eine parodistische Absicht zu spüren, doch die thematischen und strukturellen Ähnlichkeiten mit ›Armance‹ entspringen einem fundamentalen Stendhalismus, einer tiefer liegenden Gemeinsamkeit. In der italienischen Literatur ist Brancati ein *Außenseiter.* Und das ist, glaube ich, auf seine häufige Lektüre und Aneignung Stendhals zurückzuführen. Gewiß war das 18. Jahrhundert, vor allem das französische, für ihn sehr wichtig; doch von allem, was es ihm zu bieten hatte, konnte er das Werk Stendhals am besten gebrauchen. In dem, was Gide bei Stendhal das »schlagartige Schreiben« nennt, so als vermische sich die heimlich und schlagartig auf das Papier geworfene Realität mit der Erregung des Glücksspiels – darin liegt meiner Meinung nach auch die Besonderheit Brancatis, sein *Außenseitertum.* Eben dies hat er von Stendhal übernommen, auch wenn er selbst glaubte, an Stendhal gerade das Klassische, den Geist des 18. Jahrhunderts, das voltairsche Element zu lieben. (»Wir lieben die Romantiker, wo sie Erben der Klassik sind, wir lieben z. B. Leopardi wegen seiner Verwandtschaft mit den Griechen, Byron und Stendhal wegen ihrer Verwandtschaft mit Voltaire, Bellini wegen seiner Verwandtschaft mit Mozart. Das 19. Jahrhundert ist ein großes Jahrhundert, insofern es noch vom Geschmack des 18. Jahrhunderts geprägt ist; und dort, wo dieser Geschmack aufhört, beginnen das Advokatentum, das Problematisieren, die Massenkunst, die Innerlichkeit usw.«)

Vor ein paar Monaten wurde Flaiano gefragt: »Wie würde Ihrer Meinung nach eine im Jahr 2050 erscheinende Enzyklopädie Ennio Flaiano beurteilen?« Flaiano formulierte sofort die kleine, winzige Eintragung in dem zukünftigen

Nachschlagewerk: »Journalist und Drehbuchautor, schrieb auch einen Roman, ›Zeit zu sterben‹. Unbedeutender satirischer Autor der italienischen Wohlstandsgesellschaft.« Er sah sogar das falsche Zitieren des Buchtitels voraus. ›Zeit zu sterben‹ statt ›Zeit zu töten‹: »Gestehen wir dieser hypothetischen Enzyklopädie ein ungenaues Zitat zu.«

Nun da er tot ist, können wir sagen, daß es möglicherweise im Jahr 2050 überhaupt keine Nachschlagewerke und weder neue noch alte Bücher geben wird; sollte es aber Enzyklopädien geben und sollten Bücher noch eine Rolle im Leben der Menschen spielen, dann wird der Beitrag zum Stichwort *Flaiano* wohl etwas länger ausfallen, als er sich das selbst vorgestellt hat; und auch länger als die Beiträge über gewisse andere Leute, die von langen, ausführlichen und exakten Würdigungen träumen. »Unbedeutender Autor«, nannte er sich. Aber wer ist schon bedeutend? Und »satirischer Autor der italienischen Wohlstandsgesellschaft«. Einverstanden. Doch in dem Sinn, wie es Brancati für das faschistische Italien und die Nachkriegszeit war. Und wenn wir glauben, daß die Menschen überleben, was heißt, daß sie wieder zur Vernunft kommen, dann wird ihnen die Sicht dieser beiden satirischen Autoren das genaueste Abbild unserer Zeit liefern. Gewiß, Brancati war ein Nachfahre Gogols. Und Flaiano ein Nachfahre von Longanesi. Aber Flaianos Werk enthält etwas, das über Longanesi hinausgeht: Selbsterkenntnis, Melancholie und Mitleid. Longanesi war ein »diseur de bons mots« und damit, einem französischen Sprichwort zufolge, das Freud in seinem Aufsatz über den Witz bekräftigt, zugleich auch ein »mauvais caractère«. (Ein Beispiel dafür ist sein Ausspruch: »Da zerstören sie die Originale der Alinari-Fotos«, als die Amerikaner die italienischen Städte zerbombten.) Flaiano war kein »mauvais caractère«. Darum amüsierte er sich auch nicht so über seine eigenen Witze. Er hätte lieber in einer Welt gelebt, die sie ihm erspart hätte. Während man sich kaum einen Longanesi vorstellen kann, der auf eine vernünftige Welt hofft, aus der das Absurde und Lächerliche verschwunden sind (und nach dem Ende des Faschismus war er denn auch enttäuscht und verärgert), glaubt man Flaiano aufs Wort, wenn er sagt, er hoffe für sich und die anderen, »daß die Menschen die Worte, nach denen sie buchstäblich verrückt sind, durch Denken ersetzen mögen«.

Ich bedauere, daß ich ihn nicht gekannt habe. Wir hatten zwar einen guten gemeinsamen Freund, Maccari, in dessen Atelier in der Via del Leoncino wir beide verkehrten, doch wir haben einander immer verpaßt. »Flaiano war gerade da«, sagte Maccari manchmal zu mir, oder: »Heute nachmittag kommt Flaiano«, wenn ich am Nachmittag wegfahren mußte. Vor zehn Tagen traf ich Maccari in Mazzarò und sagte ihm gleich, daß ich gehofft hätte, er wäre zusammen mit Flaiano gekommen. »Er ist in einem der beiden Amerikas, ich weiß nicht mehr, in welchem«, entgegnete mir Maccari. Vielleicht war es ein Scherz, vielleicht aber war Flaiano wirklich in Amerika.

Wie schwer ist es doch in diesem Land, den Menschen zu begegnen, die man wirklich schätzt und bewundert; und wie leicht, wie entsetzlich leicht ist es, Leute zu treffen, an denen einem absolut nichts liegt. »Ein ungeheures Monstrum an Langeweile« – das ist einer der letzten Aussprüche Flaianos über Italien.

Es ist zwar selten, aber es gibt einen kommunistischen Wähler dieses Typus: »Ich habe die Kommunisten gewählt, weil nur der Kommunismus die Arbeiter kleinkriegen kann.« (Ich schwöre, daß ich diese Äußerung weder erfunden habe, noch vorsätzlich oder in böser Absicht wiedergebe.)

In der Wohnung eines Malerfreundes in Rom wird über Bertoli und das Attentat vor dem Mailänder Polizeipräsidium gesprochen. Nach einer Weile sagt ein linker Politiker: »Es ist klar, sie wollten den Innenminister umbringen.« Fast alle Anwesenden stimmen dem zu.

Das »fast« bezieht sich auf den Verfasser. Er zögert, setzt aber dann das in Bewegung, was Hercule Poirot in Agatha Christies Romanen »die kleinen grauen Zellen« nennt. Nein, es ist keineswegs klar. Aus dem Ablauf der Ereignisse und den Zeitumständen (vom Ende der Zeremonie bis zur Abfahrt der »Vertreter des Staates« und dem Wurf der Bombe) ergibt sich, wenn nicht die gegenteilige Wahrheit, so doch zumindest die gegenteilige Feststellung, daß nämlich Bertoli den Innenminister *nicht töten wollte*.

Zitieren wir eines der vielen Wochenblätter, die den

Vorgang rekonstruieren: »Knapp dreißig Stunden bevor Gianfranco Bertoli von dem Bürgersteig gegenüber dem Polizeipräsidium die Bombe warf, war Rumors dunkelblaues Auto nach der Einweihungsfeier der Büste für Calabresi aus der Via Fatebenefratelli abgefahren.« Dieses Faktum ist, wie es scheint, unwidersprochen geblieben. Dieser Bertoli, der sich als individualistischen Anarchisten bezeichnet, hat den Wagen des Ministers, den des Präfekten, den des Polizeipräsidenten – kurz, den ganzen Konvoi der »Vertreter des Staates« – vorbeifahren lassen, und hat die Bombe dann in dem Augenblick geworfen, als sich vor dem Eingang nur die Wachposten und ein paar Bürger befanden, die entweder – wie üblich ungern – aufs Polizeipräsidium mußten oder zufällig vorübergingen.

Die Frage ist beunruhigend. Doch bevor wir dieser Beunruhigung auf den Grund gehen, suchen wir nach Erklärungen, die sich mit Bertolis Selbstdefinition vereinbaren lassen. Erste Version: Er hat versucht, ins Polizeipräsidium hineinzukommen, ist aber abgewiesen worden; wäre es ihm gelungen, hätte er die Bombe in die Gruppe der Staatsvertreter geworfen. Allerdings hätte er bei der Vorbereitung des Attentats voraussehen müssen, daß man ihn nicht ins Polizeipräsidium hineinlassen würde; ja, sein beharrliches Dringen auf Einlaß sieht bei genauerer Überlegung fast so aus, als hätte er Verdacht erregen und schon *vorher* festgehalten werden wollen. Außerdem hat er, soviel man weiß, niemals behauptet, daß er Rumor und andere Persönlichkeiten töten wollte, sondern nur, daß er die Büste von Calabresi in die Luft jagen wollte.

Zweite Version: Die Explosion erfolgte nicht beim Aufprall, sondern, wenn auch ganz kurz danach, durch einen Zeitzünder. Er konnte also nicht sicher sein, daß die Bombe genau in dem Augenblick losgehen würde, in dem sie das Auto des Ministers traf, auch nicht, daß sie die gewünschte Wirkung erzielen würde, da die Insassen durch das gepanzerte Fahrzeug mehr oder weniger gut geschützt gewesen wären. Zwar hätte die Bombe nach der unbehelligten Vorbeifahrt des Ministerwagens das Auto des Präfekten oder das des Polizeipräsidenten treffen und auf jeden Fall die vor der Einfahrt stehenden Passanten zerreißen können, aber man muß bedenken, daß für einen individualistischen Anarchisten die demonstrative Wirkung eines Attentats viel wichtiger ist als die quantitative: Der Rang des anvisierten oder getroffenen Opfers zählt mehr als die Zahl der Toten, »die nichts damit zu tun hatten«.

Und damit sind wir am Kern der Frage und unserer Beunruhigung: Bertoli wollte also genau die töten, »die nichts damit zu tun hatten«. Lassen wir auch beiseite, was er wollte: Er hat sie getötet. Ungeklärt bleibt jedoch, warum er den nicht töten wollte, »der etwas damit zu tun hatte«, ja, scheinbar nicht einmal daran gedacht hat. Wieder fragen wir uns: Warum?

Eine auf den ersten Blick einfache, in Wirklichkeit aber komplexe und folgenschwere Antwort wäre: Niemand hatte ihm gesagt, er solle den Minister Rumor, den Präfekten Mazza oder den Polizeipräsidenten Allitto-Bonanno töten. Doch bevor wir diesen Gedankengang weiterverfolgen, müssen wir – nicht aus Vorsicht, sondern aus Überzeugung – vorausschicken, daß unserer Ansicht nach die gesamte politische Führungsschicht Italiens, die regierende wie die Opposition, kollektiv wie individuell weder zur Durchführung noch zur Planung einer abenteuerlichen Gewaltaktion fähig ist, um ihre Macht zu festigen oder sie an sich zu reißen. Als eingefleischte Literaten könnten wir auch sagen: Sogar zur Untat bedarf es einer gewissen Größe oder eines gewissen Mutes; und von Größe oder Mut ist keine Spur zu finden.

Nach dieser Feststellung wollen wir nochmals auf eine eigene Formulierung zurückkommen, die sich – leider im tragischen Sinne – bewahrheitet hat: daß Italien von einem Extremismus erschüttert wird, der nicht von extremen Randgruppen getragen wird, sondern der »ein Extremismus des Zentrums« ist. Mit anderen Worten: Alle verbrecherischen Anschläge der letzten Jahre in Italien, die sich gegen den Staat, die Regierung, den *Status quo*, die Führungskräfte und die Institutionen zu richten schienen, dienten in Wahrheit dazu, dies alles so zu erhalten, wie es ist, wenn auch um den Preis eines unvermeidlichen Prestigeverlustes. Alles ist eine direkte Folge der Macht und der Art, sie zu praktizieren, selbst wenn die Machthaber selbst nichts davon wissen und, sogar das ist anzunehmen, als Einzelpersonen darüber genauso bestürzt sind wie wir. Das heißt, es gibt in Italien eine Hypermacht, die zur Aufrechterhaltung einer bestimmten Art von Machtausübung jene Hochspannung unter den

Bürgern nutzt, die durch Verbrechen geschürt wird, deren Besonderheit darin besteht, daß, ob man der Täter habhaft wird oder nicht, stets ungeklärt bleibt, ob sie dem extrem rechten oder dem extrem linken Lager zuzuordnen sind, ob die Gewalttaten und deren angebliche oder erwiesene Täter aus dem einen oder dem anderen Lager kommen.

Den Vorgeschmack (und eine Vorwarnung) einer solchen Hypermacht haben wir während der demokratischen Neuordnung Siziliens in den fünfziger Jahren bekommen. Wer erinnert sich nicht an das Blutbad von Portella della Ginestra, den Tod des Banditen Giuliano und die Vergiftung von Gaspare Pisciotta im Gefängnis? All das ist bis heute durch Lügen verschleiert geblieben. Und seit damals ist Italien ein Land ohne Wahrheit. Ja, es ist sogar zur Regel geworden: Über Verbrechen, die auch nur im entferntesten Zusammenhang mit den Praktiken der Macht stehen, wird man die Wahrheit nie erfahren.

Wir können uns, wie die Gestalten Vergas sagen, getrost beruhigen: Wir werden nie erfahren, wer Giuliano erschoß, wer Pisciotta vergiftete, ob der Tod von Mattei ein Unfall oder ein Verbrechen war, warum De Mauro verschwand, warum der Staatsanwalt Scaglione ermordet wurde, wer die Bombe an der Landwirtschaftsbank auf der Piazza Fontana legte, wie Pinelli umkam, wie Feltrinelli starb, ob es wirklich ein traumatisierter Polizist war, der vor der Staatlichen Universität geschossen hat, ob Bertoli Hintermänner hatte und so weiter. Wir haben dagegen gleich nach wenigen Stunden erfahren, woher die Bombe stammte, die den Polizisten Marino tötete: ein sicheres Zeichen, daß die direkten und die indirekten Verantwortlichen keine Verbindung zur Hypermacht hatten. Außerdem ist die Herkunft der beiden hauptverdächtigen Jugendlichen ziemlich klar, während die Herkunft eines Bertoli keineswegs klar ist.

Wenn wir nach Prototypen eines Mannes wie Bertoli suchen, finden wir sie literarisch in Conrads ›Geheimagent‹ (dessen historische Vorbilder jene Leute waren, die gegen Ende der Zarenherrschaft als Instrumente der »Provokation« fungierten) und in der jüngsten Vergangenheit in der Person jenes Oswald, der offiziell als der Mörder des Präsidenten Kennedy gilt. Man könnte entgegnen, daß ein bestimmter Typus von Verbrechen eben immer auch von Menschen des gleichen Typus ausgeheckt werden, nur: Menschen dieser Sorte stehen niemals allein, können niemals allein stehen.

Die Frau emanzipiert sich auch von der Sklaverei des Büstenhalters. Aber ich habe den Verdacht, daß da Betrug im Spiel ist: Wahrscheinlich gibt es inzwischen so gut wie unsichtbare Büstenhalter, die den Busen gerade so locker herabhängen lassen, damit es so aussieht, als gäbe es sie nicht. (Zwei Verszeilen von Ariost fallen mir ein: »Die runden Brüstchen schienen Milch / als ich sie sachte aus den Körben zog«; was bedeutet, daß die Frau nichts tun kann, was dem Mann wirklich mißfällt.)

Wenn alle mit den Tieren so viel Mitleid haben, bleibt für den Menschen kaum etwas übrig.

Mit welcher Sicherheit und Klarheit vermögen wir über Dinge zu sprechen, die wir kaum kennen; und mit welcher Sicherheit und Unklarheit sprechen wir über das, was wir ganz genau kennen. Etwas (oder auch jemanden) sehr gut kennen, bedeutet vielleicht: nicht an-erkennen, abweisen?

Die Zeitungen, besonders die sizilianischen, gedenken in Photos, graphischen Darstellungen, Berichten und Zeugnissen ausführlich der Landung der Alliierten auf Sizilien. Vor dreißig Jahren: am 10. Juli 1943.

Wegen der Hitze standen wir auf dem Balkon, und eben war eine nächtliche Brise aufgekommen, als aus dem Horizont plötzlich leuchtende Stiele, Lichtkugeln, bunte Seerosen und Regenbogen hervorzuwachsen begannen. Es sah aus wie ein Fest in der Ferne, von dem auch ein schwacher Lärm zu uns drang. Alle Dorfbewohner standen auf ihren Terrassen und Balkonen; in der tiefen Dunkelheit der Nacht hörte man ein erstauntes und banges Gemurmel und ab und zu, wenn in der Ferne lebhaft vielfarbige Lichter explodierten, das überraschte Freudengeschrei der Kinder. Wir sagten uns: Sie bombardieren Licata, sie bombardieren Gela. Doch als immer neue Lichter aufblühten, sagte jemand: Sie landen. Die Amerikaner, endlich, die guten und reichen Amerikaner. Man erwartete sie, man sehnte sie herbei.

»Wir Italiener werden euch gemeinsam mit den deutschen Kameraden verteidigen«. euch Sizilianer, die ihr nun mal keine Italiener seid, so hatte General Roatta verkündet. Es war zum Lachen. Uns verteidigen? Und vor wem? Vor dem Sohn meiner Schwester, vor dem Mann meiner Nichte, vor meinem Cousin, vor meinem Onkel, vor allen unseren Verwandten, Bekannten und Freunden, die auf Kosten der amerikanischen Regierung nun in Soldatenuniformen zurückkamen? Und außerdem, was heißt denn Italiener? Wir sind doch beinahe Amerikaner.

Dreißig Kilometer Luftlinie von uns entfernt starben Menschen: amerikanische Verwandte, keine italienischen Verwandten und auch ein paar deutsche Kameraden. Aber es war ein Fest. Auch für mich. Wie einen Talisman hatte ich zwei Bücher aufbewahrt, die ich kurz vor Kriegsausbruch aus Amerika erhalten hatte: ›Tobacco Road‹ und ›Sanctuary‹. Das erstere besaß ich auch in italienischer Übersetzung, und darum fiel es mir leichter, einige Kapitel im Original zu lesen oder nachzulesen. Von dem anderen verstand ich mit meinem Schulenglisch nur sehr wenig. Aber ich wußte alles über die amerikanischen Schriftsteller, hatte alles gelesen, was ich in italienischer oder französischer Übersetzung auftreiben konnte. Daß ich von ›Sanctuary‹ nur ein paar Absätze entziffern konnte, quälte mich. »Das Eindringen der griechischen Tragödie in den Kriminalroman« – diese Definition, die Malraux für dieses Buch geliefert hatte und der Cecchi nicht zustimmte, steigerte mein Verlangen, es zu lesen. Ich liebte die griechische Tragödie, und mir gefielen Kriminalromane; es tat weh, in diesem kleinen Buch mit dem hellblauen Umschlag zu blättern, ohne es lesen zu können. Aber jetzt waren die Amerikaner gelandet, sie waren im Anmarsch, und wir würden nun all die Bücher lesen, die uns verboten worden waren, ›Die Freistatt‹ und ›In einem anderen Land‹, den ganzen Hemingway, und Faulkner, und Caldwell.

Doch das erste Buch, das die Amerikaner mitbrachten, war ›Menschliche Komödie‹ von William Saroyan.

Wie der Rechtsanwalt Z. die Gunst eines seiner großen Mafiosowähler verlor und in der nächsten Legislaturperiode nicht wiedergewählt wurde, das erzählt mir B., der über das Spiel hinter den Kulissen Bescheid weiß und kuriose Vorfälle aus dem politischen Leben der Region kennt.

Der Rechtsanwalt Z., der dank massiver Unterstützung

aus den Dörfern des Hinterlandes glücklich Abgeordneter geworden war, wurde eines Tages in Palermo von seinem einflußreichen Wähler zu Hause besucht. Er lag eben genüßlich in der Badewanne, und da es ihm einerseits unhöflich schien, den hohen Besuch warten zu lassen, er sich andererseits ein bißchen wie Ludwig XIV. fühlte, befahl er seinem Diener, den Gast sofort zu ihm zu führen. Als der Gast jedoch den Abgeordneten erblickte, der ihn begeistert begrüßte und mit haariger Brust aus dem Schaumbad auftauchte, das seine Blöße kaum zu verbergen vermochte, prallte der mächtige Wähler einen Augenblick verwirrt und angewidert zurück. Doch blitzschnell fing er sich wieder, löste seinen Blick vom Abgeordneten, nahm einen Bademantel vom Haken, warf ihn ohne einen weiteren Blick über seinen Kandidaten und sagte: »Trocknen Sie sich ab.« Dann ging er hoheitsvoll hinaus. An der Tür sagte er zu dem Hausdiener, der ihn begleitet hatte: »Wenn er es wagen sollte, mich zu besuchen, dann werfe ich ihn mit Fußtritten die Treppe runter.« Und so fand die parlamentarische Karriere des Rechtsanwalts Z. ihr rasches Ende.

Voltaire sagte, das größte Unglück für einen Schriftsteller liege weder darin, von seinen Kollegen beneidet zu werden, noch Opfer von Intrigen oder von den Mächtigen verachtet zu sein, sondern darin, von Dummköpfen beurteilt zu werden, die es bisweilen bis zum Äußersten treiben, »surtout quand le fanatisme se joint à l'ineptie« Doch dabei muß man bedenken, daß Voltaire in einer Epoche lebte, in der nicht alle Dummköpfe Fanatiker und nicht alle Fanatiker Dummköpfe waren. Heute sind Dummheit und Fanatismus untrennbar und nicht zu unterscheiden; es gibt keinen Fanatiker, der kein Dummkopf, und keinen Dummkopf, der kein Fanatiker wäre.

Ich bezweifle jedoch, daß Voltaire unter dem Urteil von Dummköpfen und fanatischen Dummköpfen wirklich gelitten hat. Sicher wäre es einem lieber, wenn es sie nicht gäbe. Aber da es sie nun einmal gibt, kann ich mir nicht vorstellen, daß die »gens de lettres« (vorausgesetzt, sie sind nicht selber Dummköpfe, was auch vorkommt) sich nicht über ihre Reaktionen und ihre Wut amüsieren. Es ist kein geringes Vergnügen, ein Buch, einen Artikel, eine Anmerkung zu schreiben und dabei schon zu wissen, was man damit bewirken wird: daß sich den zehn oder den zehntausend Fanatikern, die es lesen werden, der Magen umdrehen wird, daß sie erbleichen – und uns hassen werden.

(Apokrypher) Wortwechsel zweier Mächtiger, die sich voneinander verabschieden. Der erste zieht das Händeschütteln noch ein wenig in die Länge: »Ach ja, fast hätte ich's vergessen ... In Italien bleibt natürlich alles beim alten.« Der zweite legt die ganze Kraft einer erneuerten und bestärkten Loyalität in den Druck seiner Hand. »Natürlich.« (Metternich lag mit einer Geliebten im Bett. Plötzlich stieß sie hervor: »Und der arme Fürst von Monaco?« Metternich sprang aus dem Bett und fügte seinem Vertragsentwurf hinzu: »Der Fürst von Monaco wird in seine Staaten zurückkehren.« Die heutige Diplomatie erlaubt uns weder das Unvorhersehbare noch das Pikante.)

Eine kleine Geschichte, um die Konfusion zu beschreiben, in der wir uns heute befinden. Zwei Männer, ein Universitätsprofessor und ein Arzt begegnen sich zum erstenmal bei einem gemeinsamen Freund. Sie finden einander gleich sympathisch und geraten in eine angeregte Unterhaltung über die italienische Lage. Sie reden stundenlang. Sie sind in allem einer Meinung. Und am Ende entdecken sie, daß sie zwei einander völlig konträren Parteien angehören. Kurze Betretenheit. Um die aufgekommene Sympathie nicht zu zerstören und das Gesicht zu wahren, schlägt der Arzt dem Professor vor, auf seine Seite überzuwechseln; und der Professor macht dem Arzt denselben Vorschlag: »Mit ihren Anschauungen ...« Fast kommt es zum Streit, aber da ist es Zeit, zu Tisch zu gehen.

Man hat vollständig vergessen, daß eine Idee einer anderen nicht ein für allemal überlegen sein muß und auch nicht nur durch Worte bestätigt wird. Ihre Überlegenheit muß durch Tatsachen bewiesen werden, und zwar immer wieder. Täglich, stündlich, minütlich; in den großen wie in den kleinen und kleinsten Dingen – man müßte sich vor Augen halten, daß wir in ständiger *Konfrontation* miteinander stehen, daß die Ideen, zu denen wir uns bekennen, mit anderen, die wir mißbilligen und ablehnen, im Widerstreit liegen; daß wir letztere eben deshalb mißbilligen und ablehnen, weil sie unterlegen sind, und daß ihre Unterlegenheit daher rührt, daß sie sich auf die Instinkte statt auf die Vernunft, auf die Begierden statt auf den Verstand, auf Unrecht und Gewalt statt auf Recht und Respekt, auf Geiz statt auf Großzügigkeit – und so weiter – stützen.

Um glaubwürdig zu sein, genügt es nicht zu behaupten, daß wir auf der richtigen Seite stehen. Wir müssen es am Beispiel beweisen, beharrlich und geduldig. Auf die Gefahr hin, uns unpopulär und lächerlich zu machen, denn zu den unheilvollen Eigenschaften unseres Landes gehört, daß nur »Unrecht tun oder erleiden« sich allgemeiner Achtung und Beliebtheit erfreuen.

In der Nähe von Siena wird ein vor zwei Jahren erbautes, hübsches und angenehmes Häuschen mit Garten für zwei Millionen zum Kauf angeboten. Es ist mindestens zwanzig Millionen wert, aber man bringt es selbst für zwei Millionen nicht an den Mann. In dem Haus spukt es nämlich. Es sind die Geister jener Toten, deren Gebeine von diesem Grundstück auf den Friedhof überführt wurden, nachdem man beim Erdaushub für das Fundament auf immer mehr Knochen gestoßen war, so daß man vermutete, es handle sich um ein Massengrab, wie sie während der Pestzeit angelegt wurden. Nach der pietätvollen Überführung der Gebeine auf den Friedhof glaubte der Bauherr, das Haus nun unbeschadet und ungestört bewohnen zu können. Statt dessen begann der schreckliche nächtliche Spuk. Meist Geräusche, aber anscheinend flogen – im wahrsten Sinne des Wortes – auch Ohrfeigen durch die Luft.

Man rief den Pfarrer, der das Haus segnen sollte, aber es half nichts. Man holte Priester und Mönche, die als besondere Spezialisten für Segnungen und Exorzismen galten, doch der nächtliche Spuk hielt weiter an. Es begannen Gerüchte umzugehen, und auch das Kommen und Gehen der Geisteraustreiber blieb nicht unbemerkt. Die Besitzer stritten zuerst alles ab und versuchten, so lange in dem Haus zu bleiben, bis sich ein Käufer fand. Aber sie hielten nicht durch. Schließlich bewohnten sie es nur noch tagsüber und verließen es abends, wie man sagt, im Schutz der Dunkelheit. Doch auch diese Strategie mußten sie aufgeben: so kam es zu diesem extremen Wertverlust.

Es ist eine »rote« Gegend, wo die Industrialisierung rasch voranschreitet. Und doch findet sich keiner, der dieses Haus kaufen oder auch nur im Zuge einer Wette dort übernachten würde. Und wenn sich einer fände – ein vorurteilsfreier »Roter« mit ehernen Prinzipien und eisernen Nerven –, so nähme er vielleicht das gleiche Ende wie Pirandellos Granella. Der zog in ein Haus, in dem es angeblich spukte, und lachte über alle, die daran glaubten. Aber schon am ersten Abend ergriff er unter dem Hohngelächter der Leute die Flucht. (Granellas Haus stand im Stadtviertel Bibbiria von Agrigent, was auf arabisch »Tor der Winde« heißt: daher der Luftzug, der durch die Papiere raschelte und die Fensterläden knarrend hin und her bewegte. Auch dieses Häuschen bei Siena liegt auf einer zugigen, den Winden ausgesetzten Hügelkuppe.)

Aber die Toskana, besonders das Gebiet um Siena, ist das Epizentrum wunderbarer und diabolischer Erscheinungen. Wunder und Zauberei, teuflische Versuchungen oder himmlische Rettungen findet man in der Literatur und der Malerei im Überfluß. Aus der darin immer wieder bestätigten Präsenz des Teufels ließe sich die umfassendste Ikonologie und Kasuistik ableiten. Gewiß, es gibt Widersprüche: Aber darf in der Seins- und Wirkungssphäre des Bösen der Widerspruch fehlen? Was ist der Teufel, was ist das Teuflische denn anderes als der Widerspruch an sich? Widerspruch also im Sinne der Dialektik: Die Entdeckung der Dialektik ist das Zeichen für die Heraufkunft des Teufels.

Doch abgesehen von der Dialektik, dem Tod, der Todesfurcht, von all dem, was zum Ursprung und Wesen des Teufels gehört, begegnet man in der Toskana und in Italien vor allem dem kleinen Satan, dem Teufelchen der kleinen Versuchungen, der genossenen Vergnügen, des *taedium post,* der Dekadenz und des Verfalls: Es ist ein höhnischer, trivialer, allgegenwärtiger kleiner Geist; beinahe ein Sofa- oder Schoßhündchen, wie einst die Damen sie liebten. Der Teufel des heiligen Bernhard, des Filippo degli Agazzari, des Paolo di Neri und des Sodoma: der, der den Mönch in Versuchung führt, indem er ihn an der Kutte zupft wie ein greinendes Kind, das von der Mutter ein Spielzeug oder ein Eis haben möchte (diese Darstellung, die ursprünglich wahrscheinlich auf Sassetto zurückgeht, hat Sodoma in einem seiner herrlichen Fresken über das Leben des heiligen Benedikt in Monte Oliveto wiederaufgenommen); der Teufel, der die Gestalt einer Kammerzofe annimmt, um eine Dame, auf seine Art natürlich, zu schminken oder abzuschminken; einer, der wie ein Eichhörnchen aus dem Munde der Wucherer hüpft, wenn diese ihre Seele aushauchen.

Um genau im Bilde zu sein, wo überall der Teufel seine Hände im Spiel hatte, greifen wir zu den ›Exempeln‹ des Bruders Filippo degli Agazzari, der Mönch und später Prior der Einsiedelei Lecceto bei Siena war. Diese zweiundsechzig ›assempri‹, d.h. Exempel, wählte Bruder Filippo nach dem Kriterium ihrer Glaubwürdigkeit aus der großen Zahl der ihm bekannt gewordenen Fälle aus: »und nur die schreibe ich nieder, die ich von guten, frommen und glaubwürdigen Leuten vernommen, an denen ich selber keinerlei Zweifel hegte und von denen ich mit Sicherheit meinte, daß sie mir die Wahrheit berichteten.«

Greifen wir diejenigen heraus, in denen der Teufel persönlich und nicht etwa nur durch obskure Einflüsse und Einflüsterungen in Erscheinung tritt, so ergibt sich für die im 14. Jahrhundert von ihm beeinflußten Dinge folgende Reihenfolge: der Wucher, der unrechtmäßige Gewinn (betrügerischer Handel und gewinnbringende Fälschungen); die Damenmode und besonders der Gebrauch von Kosmetika; das Spiel; das »verfluchte Laster gegen die Natur«. Aber in all diesen Dingen erweist er sich, das muß man schon sagen, wirklich als armer Teufel. Um nur ein paar Beispiele zu nennen: Er schminkt eine junge Frau und verätzt ihr dabei das Gesicht, als benutzte er nicht Schminke, sondern Vitriol; er vereint sich mit einem kleinen Mönch, der viele seiner Brüder »zur Sünde verleitet hatte«, und schon entsagt der dem Laster und stirbt vor Schreck und Kummer. Ganz zu schweigen von den Versuchen des Teufels, Seelen zu kaufen, bei denen er mit seiner naiven Gewohnheit, im voraus zu bezahlen, stets Pech hat.

Wirklich ein armer Teufel. Ein guter Teufel. Ein Teufel auf italienisch. Dieser Teufel, den (wie Tono Zancanaro mir erzählte) die Mütter in einem Volksviertel einer alten päpstlichen Stadt ihren Kindern überschwenglich und zärtlich mit der Frage ans Herz legen: »Hast du das Teufelchen lieber oder die große böse Madonna?«

Doch Scherz beiseite: Dieser arme Teufel, von dem Bruder Filippo spricht, hatte für dieses Jahrhundert, in dem man ihn beschrieb, ihn malte und sich seine Taten erzählte, gewiß auch seine Schrecken. Wir wissen nicht, wie viele Wucherer zu wuchern aufhörten, wie viele Frauen sich nicht mehr schminkten, wie viele Kaufleute nicht mehr betrogen, nachdem sie die ›Exempel‹ gehört oder auf Bildern gesehen hatten. Die ›Exempel‹ trafen ohne Zweifel ganz konkrete, genau definierte und manchmal auch personifizierte soziale Mißstände; Wucher, Luxus, Betrug und Glücksspiel waren die gesellschaftlichen Übel der damaligen Kommunen; und der beste Teil der katholischen Welt bezeichnete sie als teuflisch, als vom Teufel selbst geschaffen, und bestrafte und verurteilte sie rücksichtslos.

Heute spricht man wieder vom Teufel und vom Bösen, nicht aber von den Mißständen, die er hervorruft, von den Übeltaten, in denen er Gestalt annimmt, von den Menschen (den Menschen, warum nicht?), in denen er sich verkörpert. Kurz gesagt, man spricht nicht mehr in ›Exempeln‹ von ihm. Deshalb wäre die übliche Aufforderung, doch Beispiele anzuführen, wenn von nicht ganz klaren Dingen die Rede ist, in diesem Fall besonders angebracht. Der Papst sagt: Es gibt ihn, den Teufel. Ja, gut ... aber er soll doch konkrete Beispiele anführen, »Exempel, assempri«. Oder es wird so enden, daß sich zwar das Sprichwort bewahrheitet, welches besagt, daß der Teufel nicht mehr weit ist, wenn man von ihm spricht, wir aber nicht mehr als die Hörner von ihm sehen, seine komische und lächerliche Seite.

Im Klartext: Außer in einigen abgelegenen bäuerlichen Gebieten gibt es keinen Wucher mehr; kann man aber nicht den Besitz an Produktionsmitteln und Geldinstituten, oder ganz allgemein Profite und Gewinne, die auf der Ausbeutung des Menschen durch den Menschen beruhen, auch als Wucher betrachten? Und hat am unrechtmäßigen Gewinn, wie an der Ausbeutung auch, nicht die Werbung ihren Anteil, die ihn beschleunigt und vermehrt? Sitzt der Teufel etwa nicht auch in den Kosmetikprodukten, nicht soweit sie schöner und attraktiver machen, sondern weil sie an der maßlosen Anhäufung von unrechtmäßigem Gewinn beteiligt sind?

Und dann der Krieg. Ja, in manchen Fällen sogar der Frieden. Und der Wohlstand bestimmter Völker, der Hand in Hand geht mit dem Hunger anderer Völker. Lauter Dinge, aus denen wir, würden wir daran glauben, die Hörner, die Hände, die Zähne und den Bauch des Teufels hervortreten sähen. Und zwar nicht die des armen Teufels.

Jeden Sommer steht etwas anderes im Mittelpunkt meines Interesses. Dieses Jahr ist es Siena. Deshalb sehe ich mir wieder die Predigten des heiligen Bernhard an, lese die beiden vorzüglichen Aufsätze von Ludwig Zdekauer über das private und das öffentliche Leben Sienas im *»dugento«*, dem 13. Jahrhundert, beschäftige mich mit Bruder Filippo degli Agazzari, einer Chronik über den Aufenthalt Karls V. in der Stadt und so weiter. Doch die schönste und gewissermaßen auch am stärksten an Stendhal erinnernde Lektüre sind die ›Commentarii‹, die Enea Silvio Piccolomini diktierte, als er Papst Pius II. wurde. Auf lateinisch hätte ich sie niemals gelesen, das gebe ich gerne zu, darum bin ich Giuseppe Bernetti für seine Übersetzung dankbar, die im Verlag Cantagalli in Siena erscheint (im Rahmen einer schon 222 Bände umfassenden Reihe christlicher Klassiker; daß ich von dieser Reihe nichts wußte, ist zweifellos eine Unterlassungssünde meinerseits, zeigt aber auch, wie schlecht in Italien die kulturelle Information funktioniert).

Die ›Commentarii‹ sind die Memoiren von Piccolomini. In Anbetracht der Größe und der historischen Rolle dieses Mannes sind sie meiner Meinung nach nur mit den Memoiren Churchills vergleichbar. Doch dieser humanistische Papst behält nicht nur die Geschichte im Auge, sondern auch die Tagesereignisse bis hin zu den Pikanterien. Das Buch enthält das Italien jener Chroniken, die sich Stendhal »mit rotem Rücken« binden ließ. Aber auch die Persönlichkeit des Erzählers, eines lebhaften, skeptischen Egotisten, eines Fabrizio del Dongo, der Mitte des 15. Jahrhunderts das Oberhaupt der römischen Kirche wurde.

Nötig wäre es nicht, da seinerzeit alle Zeitungen darüber berichtet haben, doch fassen wir die Ereignisse kurz zusammen: Frau Helga Götze aus Hamburg, eine einundfünfzigjährige, seit dreißig Jahren verheiratete Hausfrau und Mutter von sieben Kindern, befand sich vor drei Jahren mit ihrem Ehemann auf einer Reise durch Sizilien, als sie plötzlich von dem unwiderstehlichen Verlangen erfaßt wurde, nachts einen sizilianischen Herrn zu trösten, dessen Gattin in die Sommerfrische gefahren war und ihn melancholisch und einsam zurückgelassen hatte. Sie bat ihren Mann dazu um Erlaubnis. Herr Götze, den seine Frau als »tolerant und verständnisvoll« beschreibt, bewies mehr als Toleranz, denn er war nicht nur damit einverstanden, sondern gestand seiner Frau sogar einen zweiten Versuch zu, der ihr und dem sizilianischen Herrn noch besser gelang als der erste; danach überreichte er seiner Frau einen Blumenstrauß und dankte dem sizilianischen Herrn auf das herzlichste. Für Herrn und Frau Götze war es eine Revelation, eine Revolution, ein Wunder gewesen. Wie Herr Götze in seinen Dankesworten zum Ausdruck brachte, hatten die beiden Nächte mit dem Herrn aus Sizilien seiner Frau den Schmelz der Jugend zurückgegeben, und dasselbe empfand Frau Götze: Sie fühlte sich blendend, triumphal, frei und jung. »Sizilien hat eine Göttin aus mir gemacht«, sagte sie.

Von diesem Augenblick an war Frau Götze – mit Zustimmung ihres Mannes und ihrer sieben Kinder – nicht mehr zu halten: Sie umwarb Männer jeder Herkunft und jeden Alters, ja, sie gab sogar Inserate auf (»Hausfrau, verheiratet, sieben Kinder, sucht Begegnung von Körper, Geist und Seele«); und ihr Heim (das auch das Heim von Herrn Götze und ihren sieben Kindern ist) wurde zu einem Hafen der Liebe, der schließlich zur gleichen Zeit nicht weniger als sechzehn Personen gastlich aufnahm, die sich untereinander wie auch mit den acht übrigen Familienmitgliedern bestens verstanden. Das deutsche Fernsehen entdeckte Frau Götze samt Ehemann und Kindern, und in einer fast dreistündigen Sendung erzählte diese »neue Johanna von Orleans, die himmlische Stimmen vernommen hatte« (wie sie, offenbar ohne eine Spur von Ironie, genannt wurde), ihre Geschichte und verkündete ihre Botschaft; als krönenden Beweis des Glücks, das sie nicht nur für sich allein gefunden hatte, führte sie ihr vollkommenes Einverständnis mit Ehemann und Kinderschar vor. Natürlich empfing Frau Götze nicht nur von ihrem Gatten und ihrem Nachwuchs Zuspruch und Ermutigung, sondern auch von »Seelsorgern« und religiösen Institutionen.

Bei dieser Geschichte, das muß ich nicht erst betonen, interessiert mich Frau Götze eigentlich am wenigsten. Ich bin über sie weder erstaunt noch empört. Wenn ich mich recht erinnere, hat schon vor zweihundert Jahren jemand gesagt, die Schamhaftigkeit der Frauen sei eine Erfindung der Männer, während sich niemand, am allerwenigsten die Frauen, jemals die Mühe gemacht hat, die Schamhaftigkeit der Männer zu erfinden. Außerdem hat Frau Götze ja bereits den Segen der »Seelsorger« und der religiösen Institutionen erhalten.

Was sie anbelangt, läßt sich die Sache im Grunde in einem Ausspruch Mark Twains zusammenfassen, der sagte: »Jede Minute wird ein Dummkopf geboren, es kommt nur darauf an, ihn zu finden.« Frau Götze hatte das Glück, einen zu finden und sieben in die Welt zu setzen. Das ist alles. Im Gegensatz zu den Leuten, die sie für erleuchtet und auserwählt wie Apostel halten, nehme ich mir die Freiheit, sie als Dummköpfe anzusehen, und zwar nicht deshalb, weil sie ein Verhalten tolerieren, billigen und propagieren, das gestern noch als unerlaubt galt, sondern einfach deshalb, weil sie im Namen der sexuellen und erotischen Befreiung, das heißt letztlich der Mode, eine Situation ertragen und begeistert begrüßen, die sie sonst nicht hinnehmen würden.

Wenn Frau Götze im reifen Alter von einundfünfzig Jahren, nach dreißigjährigem ruhigen Familienleben, zum Beispiel die keusche Lust verspürt hätte, in ihrem Hause Landstreicher aufzunehmen, gleich sechzehn auf einmal, dann durfte man mit aller Wahrscheinlichkeit annehmen, daß Mann und Kinder ein solches Zusammenleben unerträglich gefunden und für Frau Götzes Einweisung in eine psychiatrische Klinik gesorgt hätten. Oder falls sie, von einer Kochleidenschaft erfaßt, täglich zahlreiche Freunde und Nachbarn zum Essen eingeladen hätte. Oder von morgens bis abends spiritistische Sitzungen abgehalten hätte. Oder in einem religiösen Wahn unablässig und in steter Gemeinschaft mit Fremden Psalmen und Gebete hergesagt hätte. Da es jedoch um Sex geht, gilt es kühn und unerschrocken voranzuschreiten. Und sich alles gefallen zu lassen. Wie lautete doch frei nach D'Annunzio der schöne Wahlspruch irgendeines Kavallerieregiments: Das Herz über die letzte Hürde werfen und es dann zurückholen. In diesem Fall den Sex. Und der wird dort liegenbleiben.

Aber auch das interessiert mich nicht an der erbaulichen Geschichte der Familie Götze. Mich interessiert vielmehr die Gestalt, die im Schatten geblieben ist: dieser feine Herr aus Sizilien, der in seiner Melancholie und Einsamkeit zwei Nächte lang von Frau Götze getröstet wurde. Sizilien hat (schlechte Literatur) aus Frau Götze eine Göttin gemacht; aber in Wirklichkeit nur dank eines sizilianischen Herrn, dessen Frau am Meer oder in den Bergen weilte, und der aus

Langeweile und Trübsinn zu jedem beliebigen Abenteuer mit jeder beliebigen Frau (am besten freilich einer Ausländerin) bereit war.

Frau Götze, das muß man hinzufügen, ist, ganz abgesehen von ihren damals achtundvierzig Jahren, keine Schönheit. Sie hat nicht einmal jene imposante Figur der Frauen aus dem Norden, die auf Südländer unwiderstehlich wirkt. Und sie hat eine Kartoffelnase. Aber der sizilianische Herr mit den »guten Umgangsformen« war nicht wählerisch. Dazu kommt, wie Brancati am Beispiel von Percolla, Muscarà und Scannapieco demonstriert, daß auf diesem Gebiet das Vergnügen, davon erzählen zu können, ungleich größer ist als das Vergnügen am Abenteuer selbst. Wir stellen uns vor, wie der Herr aus Sizilien im Stil Brancatis sein Leben lang von diesem Abenteuer mit Frau Götze – und Herrn Götze – erzählen wird: »Einmal, meine Lieben, ist mir etwas ganz Unglaubliches passiert...« Mit Frau Götze geht sogleich eine wundersame Verwandlung vor: Sie wird jung, hochgewachsen und berückend blond, mit vollkommenen Gesichtszügen und strahlenden Augen... Herr Götze hingegen: »und dieser Hahnrei hat sich auch noch bei mir bedankt«; in Wirklichkeit wird der Sizilianer ein Trauma bekommen haben, als sich der Ehemann bei ihm bedankte. (Man darf aber auch nicht vergessen, daß seine Schilderung des Abenteuers bereits drei Jahre danach immer unglaubwürdiger und banaler klingen und bald nur noch eine langweilige Geschichte sein wird, die keiner hören will: die eines alten Mannes, der eine alltägliche Begebenheit wie ein Abenteuer erzählt.)

Der Getreidehandel: es scheint, als wären wir ins 18. Jahrhundert zurückgefallen, als die Denker am Schreibtisch und im Salon, die Priester, Minister, Vizekönige, Arkadier und Rechtsgelehrten dieses Thema unablässig in Traktaten und Disputen behandelten. Ich denke an die von Mussolini gedichtete ›Hymne an das Brot‹, vier kurze, als Leitsprüche gedachte Strophen, die wir in der Schule auswendig lernen mußten: »Liebet das Brot...« Ich erinnere mich an einen furchtlosen Lehrer, der sie uns in der Schule vorsagte und sie dabei durch seine Mimik und seine Kommentare ins Lächerliche zog. (Wenn er zu dem Verslein »Duft des Mahles« kam, verdrehte er den Kopf, als erschnuppere er genußvoll dessen Duft, dann schlug er mit der Faust auf den Tisch und rief: »Und diese Unseligen wollen es aufessen!«)

Die Italiener hatten verlernt, das Brot zu lieben. Aber jetzt, dank der amtlich festgesetzten Preise, lieben sie es wieder. Sie zeigen sogar, was wirklich etwas heißen will, den Bäcker an, der fünf oder zehn Lire mehr als den Höchstpreis verlangt – das könnte ja einen Schritt vorwärts bedeuten, wenn sie auch bei Morden, Raubüberfällen, Diebstahl und Unterschlagungen öffentlicher Gelder Anzeige erstatten würden.

Aber manch einem Italiener kommt der Verdacht, daß dieses ganze Gerede über das Brot doch nur die Wahrheit aus dem Evangelium verschleiert, daß »der Mensch nicht vom Brot allein lebt«, sondern auch von Fleisch, Fisch, Obst, Gemüse und Käse. Und Sicherheit.

Zum Thema Getreide. »Von der gesamten italienischen Getreideernte, die auf neunundachtzig Millionen Doppelzentner geschätzt wird, sind bisher nur anderthalb Millionen abgeliefert worden«, heißt es in den Zeitungen. Die Regierung schätzt also, daß siebenundachtzig und eine halbe Million in den Speichern der Produzenten und Händler zu Spekulationszwecken zurückgehalten werden. Nun glaube ich zwar, daß in den Lagerhäusern der Landwirte und der Händler Getreide liegt, aber meines Wissens ist die Schätzung der Regierung völlig aus der Luft gegriffen. Ein großer Teil des Getreides, das die Regierung in den Lagerhäusern vermutet, ist nur auf dem Papier angebaut und geerntet worden. Wer wissen will, warum, frage einen Wirtschaftsfachmann, der in der Lage ist, die Fakten so zu sehen, wie sie sind, jenseits von Zahlen und Theorien.

Die Natur scheint sich derzeit ganz an die Konvention zu halten. Noch nie habe ich einen so herbstlichen Herbst erlebt, einen Herbst, der in den Farben des Wassers, des Himmels, der wenigen Wolken und der Bäume, in der Milde der Luft und den Gerüchen so charakteristisch war. Höchstens auf manchen Bildern. Ja, man hat das Gefühl, in einem Gemälde zu sein. Genauer: an einem bestimmten Ort, zu einer bestimmten Jahreszeit und einer bestimmten Stunde, die auf einem berühmten Gemälde festgehalten wurden: unwiederholbar, wie man zu sagen pflegt; statt dessen aber erneuern, wiederholen sie sich für uns und um uns her. Ein Gemälde von Camille Pissaro? Nein, von Anders Zorn. Und so finden hier, in seiner schwedischen Heimat, Landschaft, in dieser undurchsichtigen, unvergleichlich milden Luft, endlich all die nackten Frauen seiner Aquarelle und Bilder – unter Bäumen und am Ufer liegend, in die klaren Fluten getaucht oder naß daraus emporsteigend – sozusagen ihren angestammten Platz.

Zorn hat in einer Art Allgegenwart gelebt. In Paris und in Schweden. Er war ein echter Pariser und zugleich ein echter Schwede. Wenn man den großen Katalog seines graphischen Werkes betrachtet, gewinnt man den Eindruck, er habe zwei Leben gelebt: eines in Paris, wo er Frauen, minderer Tugend oder hohen Ranges, berühmte Künstler und Schriftsteller oder Geschäftsleute porträtierte; das andere in Schweden, in der schwedischen Provinz, wo er nackte Frauen im Freien und im Inneren von Bauernhäusern zeichnete. Er ist, glaube ich, das einzige Beispiel eines französisierten schwedischen Künstlers oder Schriftstellers, ungeachtet der von den Schweden noch heute als glückliche Fügung betrachteten Verpflanzung einer französischen Dynastie auf den schwedischen Thron.

In vielen Schaufenstern sieht man Porträts des verstorbenen (schwedischen) Königs und seines jungen Nachfolgers. Aber wenn man die Leute reden hört – über den alten König, den neuen König und die Monarchie –, scheinen alle dem alten König nachzutrauern und den neuen zu bedauern. Der alte konnte, eben weil er alt war, so streng und bescheiden leben, wie es sich für einen König geziemt, ohne Opfer zu bringen; für den jungen dagegen, »diesen armen Kerl, ist es mit dem Vergnügen jetzt vorbei«. (Diesen Satz hörte ich von einem jungen Mann.)

Diese Auffassung von der Monarchie als einer auf Tugenden beruhenden Regierungsform, die wir republikanisch nennen würden, und die auf jeden Fall persönliche Opfer, Verzicht und eine puritanische Lebensweise verlangt (bei Tisch erzählt mir ein Professor, der alte König habe von einem bestimmten Alter an sogar auf Wein verzichtet; er sagt es mit verhaltener Bewunderung, seinem Beispiel folgend), steht in eklatantem Gegensatz zur Auffassung der Mittelmeervölker, in deren Augen ein König sich alles erlauben durfte, über jede Regel und jedes Gesetz erhaben war; ja die vertraute und liebgewordene Vorstellung von königlicher Würde konkretisierte sich überhaupt erst in dem Maße, wie das Verhalten des Königs in Extravaganzen und Launen ausartete, wenn nicht sogar in rücksichtsloser Willkür.

Daß Schweden und Dänemark, diese beiden durch einen Meeresarm getrennten Länder, einen König haben, macht die Herkunft und die Ortsgebundenheit der Tragödie *par excellence,* Shakespeares ›Hamlet‹, noch deutlicher. Schon wenn man es von der schwedischen Küste aus auftauchen sieht, scheint Schloß Elsinor für das Theater, für die Vorstellung einer Tragödie vom Regieren wie geschaffen. Hat Shakespeare das so gespürt, als seine Schauspieler-Freunde, die das Schloß gesehen und am Hof aufgetreten waren, ihm davon erzählten? (Es ist offenbar auszuschließen, daß er selbst mit ihnen dort war.)

Welch ein außergewöhnlicher »Thriller« ist doch der ›Hamlet‹! Während ich aus einem Fenster des Schlosses auf die verlassenen Wälle blicke, über die dünne Nebelschwaden ziehen, überkommt mich derselbe Schauer wie vor vierzig Jahren in meiner Heimatstadt, als sich über denselben Festungswällen der Vorhang hob; über denselben, sage ich, denn mir ist, als wären es ganz dieselben gewesen, die im Hintergrund der Bühne zusammenliefen, die Kanonenrohre auf einen nebelverhangenen Meereshorizont gerichtet. Ich war zum ersten Mal im Theater. Plötzlich hatte sich Dunkelheit über Parkett und Logen herabgesenkt; Stille trat ein; in der Proszeniumsbeleuchtung hob sich die Sizilianische Vesper fast plastisch von dem Vorhang ab, der langsam hochging. Und dann die Bühne, die Illusion eines weiten, tiefen Raumes.

Wie Montesquieus Perser hatte ich bis dahin geglaubt (ich habe gesagt, vor vierzig Jahren, aber es ist schon fünfundvierzig Jahre her), Theater sei das, was sich in den Logen, im Parkett und auf der überfüllten Galerie abspiele. Ich dachte, es bestehe aus dem Grüßen und Lächeln von einer Loge zur anderen und von den Logen ins Parkett hinab, im Glanz der Lichter, der Vergoldungen, der Spiegel, der Juwelen und der gestärkten Hemdkragen; aus den Gesprächen und dem boshaften »Beiseite«-Geflüster; aus dieser anderen, freieren, fiktiven Atmosphäre, in der Leute, die einander täglich und oberflächlich begegneten, sich plötzlich wie verabredet so benahmen, als hätten sie sich seit Ewigkeiten nicht gesehen. (Aber vielleicht waren in Wahrheit die täglichen Begegnungen fiktiv, während man sich bei dem seltenen und begehrten Ereignis eines Theaterbesuchs von den damals noch sehr strengen Verboten befreite und sich einem Zustand der erotischen Gnade nahe fühlte, nach dem jene freudlose Zeit sich sehnte.) Aber der erste Satz des Mannes, der mit Panzer und Hellebarde die Bühne betrat, setzte dieser Täuschung ein Ende: das Theater fand auf der Bühne, jenseits des Vorhangs statt. Bernardos *»Wer da?«* durchbohrte mich wie ein Pfeil und nagelte mich auf meinem Sitz fest. *»Wer da?«* Das Theater, die Tragödie, der Held. Das Leben und der Tod. Der Wahnsinn der Macht und die Macht des Wahnsinns.

Wie die ›Essais‹ von Montaigne ist der ›Hamlet‹ ein Werk, das für ein ganzes Leben ausreicht. Ich kannte einen keineswegs dummen Mann, der außer seinen Schulbüchern nur den ›Hamlet‹ gelesen hatte und sich weigerte, irgendein anderes Buch zu lesen. Im ›Hamlet‹ war seiner Meinung nach »alles« enthalten. Für jedes Gefühl und jede Erkenntnis über das Leben und die Dinge des Lebens fand er im ›Hamlet‹ eine Quelle oder eine Entsprechung. Sein fortwährendes Zitieren hatte absolut nichts Lächerliches. Als ich ihn in den dreißiger Jahren kennenlernte, klang aus seinem Munde das häufigste Zitat, das er überall einschob, so ernst, daß es Unbehagen erzeugte: »Etwas ist faul im Staate Dänemark.« Er sagte es oft ganz unvermittelt und wie in Gedanken verloren.

All das kommt mir hier auf Schloß Elsinor wieder in den Sinn. Und auch eine Phantasie à la Borges, von der einige wesentliche Details jedoch nachgeprüft werden müssen (und bevor ich diese Notiz niederschrieb, habe ich das auch getan). Im ›Hamlet‹ gibt es eine Figur namens Rosencrantz. Ein Oberst Nels Rosenkrantz erscheint auch in den ›Memoiren aus dem Blauen Turm‹ von Leonora Christina Ulfeld, der Tochter König Christians IV. von Dänemark, die zweiundzwanzig Jahre lang im Blauen Turm des Kopenhagener Schlosses gefangen war. Diese beiden Rosencrantz (Shakespeare setzte ein c anstelle des k) spielen die gleiche Rolle bei einer in beiden Fällen vom König beschlossenen Abschiebung: Hamlet soll von Dänemark nach England gebracht werden (wo er, »darin übereinstimmenden« Briefen zufolge, ermordet werden sollte); Leonora Christina wird von England nach Dänemark gebracht (wo man sie einkerkert).

Weder Prinz Hamlet noch Prinzessin Leonora Christina kennen das Los, das sie nach ihrer Ankunft erwartet, sie hegen Vermutungen, Befürchtungen; doch beide nehmen die Entscheidung des Königs hin und zeigen nach außen hin totalen Gehorsam. Und in beiden Fällen ist England der Ort, wo der Verrat stattfindet oder stattfinden soll. »Und England«, sagt der König in Shakespeares Tragödie, »gilt dir meine Liebe was, so darfst du nicht das oberherrliche Geheiß versäumen« – und dieses lautete, Hamlet zu töten. »Erfahrt, durch welche Hinterlisten mich der König von England im Auftrag des dänischen Königs verhaften ließ«, heißt es bei Leonora Christina.

Was den Rosencrantz der Tragödie betrifft, so weiß er nicht, daß er Hamlet an den Ort seines Todes begleiten soll; der historische Rosenkrantz dagegen weiß, welches Schicksal der Prinzessin bevorsteht. »Der Oberst Rosenkrantz hatte nicht einmal einen Gruß für mich«: warum ist er so hart, während alle anderen heucheln? Vielleicht war er ein Freund von Leonora Christina, so wie der andere Hamlets Freund war. Jedenfalls findet die Prinzessin kein Wort des Tadels für ihn und zählt ihn auch nicht zu denen, die sie schlecht behandelten und dafür dank der göttlichen Gerechtigkeit mit Unglück oder einem schlimmen Ende büßen mußten.

Wie dem auch sei, dieser Rosencrantz, der in der Tragödie der Leonora Christina nicht *spricht*, vielleicht, weil er in Hamlets Tragödie schon gesprochen hat, stellt eine Art Verbindung – wie sie, ich wiederhole, Borges herstellen würde – zwischen Shakespeares ›Hamlet‹ und den ›Memoiren aus dem Blauen Turm‹ dar: Zu Beginn des 16. Jahrhunderts erfindet ein Dichter unter Verwendung unwahrscheinlicher Elemente aus verschiedenen Berichten eine Tragödie im Staate Dänemark; und bevor das Jahrhundert zu Ende geht, bringt die Wirklichkeit, indem sie auf diese Tragödie zurückgreift, eine zweite hervor. Und wenn auch die beiden Hauptgestalten Hamlet und Leonora Christina sehr unterschiedliche Charaktere sind, so ist doch die Atmosphäre der ›Memoiren‹ die gleiche wie in Shakespeares Tragödie. Bei genauerem Hinsehen haben auch die beiden Hauptgestalten etwas gemeinsam: ihre Treue zu einem Gespenst. (Bei Leonora Christina ist es ihr feiger Ehemann.)

Der Hamlet ist letztlich die Tragödie eines Menschen, der nicht regieren will und sich gewissermaßen auf die juristische Vorstellung von der legitimen Nachfolge stützt, um mit der Herrschaft seine Bestimmung zum Regenten zu erschüttern. Es ist die Tragödie einer Verweigerung, die sich nicht auf die Weigerung zu herrschen beschränken kann, sondern, weil es die Legitimität nicht zuläßt, darüber hinausgeht: bis zur Lebensverweigerung.

Ich denke noch immer an Hamlet, während ich durch die kleinen Alleen von Christiana gehe; auch dieser Ort ist Schauplatz einer Verweigerung, die jedoch den Charakter einer Komödie hat. Christiana war einst ein Heeresquartier, das irgendein König Christian (vielleicht der Vater von Leonora Christina) bauen ließ. Nachdem die Truppen es verlassen hatten, wurde es von den Hippies besetzt, und die Stadtverwaltung kündigt ihnen nicht, sondern liefert ihnen zum Entsetzen der Konservativen sogar Wasser und Strom. Aber im Sinne der Konservierung, im reaktionären Sinn also, haben die fortschrittlichen Stadtväter recht, wenn sie sie in Ruhe lassen und mit Wasser und Strom versorgen: Beim Besuch von Christiana bekommt man Lust, »Es lebe das Bürgertum« zu rufen. Nicht nur wegen des Gestanks der miserabel gekochten Mahlzeiten, der Hühner, der Kaninchenställe, des brennenden Holzes und Altpapiers und der Strohhaufen, deren Ausdünstungen uns an bestimmte Stellen aus Petronius erinnern, wie sie Concetto Marchesi roch; sondern auch wegen der Typen, denen man dort begegnet: Verstörte, Verkrümmte, Verkrampfte. Und jung, sehr jung.

Die einzigen, die eine gewisse Vitalität zeigen, sind zwei von weitem als Italiener erkennbare Typen aus Lecco, die sich diebisch freuen, Dänemark und die Gemeinde Christiana betrogen zu haben, weil sie nur drei Tage gearbeitet haben und zwei Monate ernährt worden sind; und ein schwedischer sowie ein dänischer Architekt, der schon seit einer ganzen Weile in Christiana lebt und sich sogar ein recht sauberes Atelier mit neuen Möbeln eingerichtet hat. Mein Begleiter kennt ihn gut und sagt in scherzhaft vorwurfsvollem Ton: »Aber das ist doch bourgeois.« – »O ja, sehr bourgeois«, gibt der Architekt lächelnd zu.

Auch ein Café gibt es in Christiana. Eine wilde Musik dringt heraus. »Bei dieser Musik flippen sie aus«, sagen die beiden italienischen Hippies sehr distanziert und mit einer

Spur von Verachtung. Sie zeigen auf einen, der im Selbstgespräch und mit dem Kopf wackelnd auf das Café zugeht. »Der ist schon ausgeflippt«, sagen sie.

Als Cesare Terranova, der Staatsanwalt von Marsala, den Fall der drei kleinen Mädchen abschloß und Michele Vinci schuldig sprach, zweifelte kein Mensch an der Schuld dieses Vinci, der nicht nur ein Geständnis abgelegt, sondern auch noch weitere Hinweise gegeben hatte, aufgrund derer die beiden anderen Mädchen, die in einer Art Schacht vor Hunger und Angst gestorben waren, aufgefunden werden konnten. Man lobte die Geduld und die Akribie des Staatsanwalts Terranova, vor allem aber die Standhaftigkeit, die er bewiesen hatte, indem er sich nicht einfach mit dem Nächstbesten (und das heißt dem nächstbesten Unschuldigen) zufriedengab, aus Angst, überhaupt keinen Schuldigen zu finden.

Im Verlauf der Untersuchungen wäre es ein leichtes gewesen, zwei oder drei Verdächtige vorläufig festzunehmen oder zu verhaften; doch dabei hätten sich möglicherweise um einen von ihnen so viele kleine Indizien, so viele kleine Anhaltspunkte und soviel böses Gerede kristallisiert, daß er für immer oder doch bis zur eigentlichen Verhandlung im Netz der »Gerechtigkeit« hängengeblieben wäre. Terranova hatte sich, wie schon bei einem anderen recht aufsehenerregenden Fall in Palermo, nicht vom ersten Anschein und von Gerüchten ablenken lassen. Er suchte die Wahrheit herauszufinden. Und er fand sie schließlich auch heraus.

Nach dem erfolgreichen Abschluß dieses Falles erklärte sich Terranova bereit, als Unabhängiger auf der Liste der Kommunistischen Partei Italiens für die Wahlen zum Abgeordnetenhaus zu kandidieren. Er wurde gewählt und gehört jetzt der Antimafia-Kommission an. Ich glaube, man muß diesen »Ausstieg« Terranovas im Auge behalten, wenn man die Wendung, die der Fall Vinci genommen hat, richtig beurteilen will. Nicht im Hinblick auf willentliche böse Absichten, wohlverstanden; doch ein Richter, der in seinem Amt bleibt, kann eigentlich kaum einen Fehler begangen haben; sehr wohl dagegen ein Richter, der in die Politik übergewechselt ist.

Ich kenne die Protokolle und das Urteil des Untersuchungsverfahrens nicht, aber nach dem Prozeßverlauf zu urteilen, muß man annehmen, daß dem Untersuchungsrichter die Voruntersuchungen des Staatsanwalts lückenhaft erschienen, besonders in einem Punkt: daß nämlich Vinci nicht allein, ohne die Unterstützung und Mithilfe anderer die Tat begehen konnte. Ich glaube, auch Terranova hatte in diesem Punkt Zweifel, vielleicht sogar Gewißheit: aber die indirekter Komplizen, stillschweigender Mitwisser. Und um welche andere Beihilfe könnte es sich bei einem solchen Verbrechen und angesichts des Ortes, wo es begangen wurde, wohl auch handeln?

Wir befinden uns in der Wirklichkeit und nicht in den Büchern des Marquis de Sade, in Marsala und nicht in Los Angeles. Ich wäre, ehrlich gesagt, sehr überrascht, wenn sich zweifelsfrei herausstellen sollte, daß Vinci nicht nur Komplizen hatte, sondern sogar einen Hintermann. Einen Auftraggeber, dem er, ob er wollte oder nicht, gehorchen mußte. Auf dessen Befehl er nicht nur das Verbrechen ausführen, sondern sich auch als den einzigen Schuldigen bekennen mußte. Und warum? Weil dieser dunkle Hintermann Vinci und seine Angehörigen an Leib und Leben bedrohte. Drohungen, die er sehr leicht hätte wahrmachen können, da er über *»bravi«* verfügte, von denen Vinci einen zu Gesicht bekam, der ihm die Befehle und Drohungen überbrachte, einen Mann, den er nie zuvor gesehen hatte und den er danach auch nie wieder sah.

Die Wahrheit ist, daß man für diesen Fall ein typisches Schema anwendete, das sich genau aus dem ableitet, was man über die Mafia weiß oder zu wissen glaubt. Ich sage, *man wendete es an,* weil ich es ausschließe, daß Vinci es selbst ausgearbeitet hat; er wird es nur irgendwo mitbekommen haben. Wer es aufgebracht hat und wie es bis zu ihm gedrungen ist, weiß man nicht, aber in seiner Angst und Scham hat er sich fest daran geklammert. Es stimmt, daß er in den Briefen, die er aus dem Gefängnis an seine Frau schrieb, stets behauptet hat, er habe für andere gehandelt, aber das war wohl eine aus Selbstmitleid und Mitleid mit seiner Frau fabrizierte »fromme Lüge«. Und er hat diese Version ja auch vor dem Richter nie weder direkt noch andeutungsweise vertreten.

Es muß jedoch gesagt werden, daß die Anwendung dieses Mafia-Schemas, die im übrigen nahelag, da sich der Fall auf Sizilien zutrug, durch ein Maß kollektiver Unzufriedenheit provoziert wurde, die mindestens ebenso niederträchtig ist wie das seinerzeit von Vinci gestandene Verbrechen. Der Hauptgrund dafür war, daß Terranova bewußt davon abgesehen hatte, eine bestimmte Personengruppe an den Pranger zu stellen: all jene, die in einer Stadt wie Marsala als Außenseiter gelten oder sich selbst durch ein Verhalten dazu machen, das immer sexuell gedeutet wird, auch wenn kein äußeres Anzeichen eine solche Deutung zuläßt. Ein Freund erzählte mir, er habe bei einer offiziellen Stelle durch Zufall einen Personalbogen gesehen, der zahlreiche vertrauliche Informationen über einen völlig unbescholtenen Lehrer enthielt; und quer über das Blatt hatte die Hand eines Vorgesetzten mit roter Tinte und nervöser Schrift die schicksalhafte Frage geschrieben: »Und Frauen?« Da die Angaben über Frauen auf dem Informationsblatt fehlten, war es mehr als unvollständig: es war wertlos.

Der zweite Grund für die allgemeine Unzufriedenheit lag in der Person des Angeklagten, der allzu unbedarft und in jeder Hinsicht armselig war. Da gab es in Marsala Besseres. Wieviel unterhaltsamer wäre doch ein Reicher oder ein »Intellektueller« gewesen. Daraus erklärt sich auch die Reaktion des Publikums im Gerichtssaal, als Vinci den Namen seines angeblichen Hintermannes, eines Reichen, eines Professors, nannte; es rief nämlich: »Bravo, Vinci!« Dabei hatte dieser Vinci, und sei es auch auf Befehl eines Auftraggebers, immerhin drei kleine Mädchen entführt und ermordet.

Der dritte Grund: Vinci hatte den kleinen Mädchen weiter »nichts« getan, soweit man feststellen konnte – außer, natürlich, daß er sie ermordet hatte.

Zu dieser dreifachen Unzufriedenheit kamen noch die »Gerüchte«, die ein Wachtmeister der Karabinieri gesammelt hatte; »Gerüchte« bleiben »Gerüchte«, solange sie von Mund zu Mund gehen; sie verwandeln sich jedoch in Tatsachen, sobald sie schriftlich festgehalten werden, noch dazu in einem offiziellen Bericht der Karabinieri. (Wie ich von jemandem gehört habe, sind diese Berichte stets sehr grob zugeschnitten; so grob, daß dabei auch die Schneide des Werkzeugs kaputtgehen kann; doch es wäre, denke ich, vor allem wünschenswert zu erfahren, womit denn da zugeschnitten wird, ob mit dem Skalpell oder mit dem Beil.)

Dem wenigen nach zu urteilen, das Vinci gesagt hat (für die Verhaftung des Professors allerdings reichte es aus), sind die Dinge so abgelaufen. Der Bruder seines Arbeitgebers verliebt sich in ein kleines Mädchen, dessen Vater ein Schwager von Vinci ist, und verlangt nun von diesem, das Mädchen zu entführen. Vinci, der das Kind gern hat, ja, es bei sich zu Hause wie sein eigenes Kind aufzieht, will das nicht tun. Aber Drohungen und Einschüchterungsversuche (aufgeschnittene Autoreifen), schließlich das Eingreifen eines dritten Mannes, zwingen ihn zum Nachgeben. Bei der Entführung stellt er sich so dumm an wie nur möglich: Statt eines Kindes entführt er drei. Aber immerhin hat er Glück, denn er hat ein Alibi für den Abend, an dem vermutlich das erste Mädchen, d.h. seine Nichte, schon tot in die verlassene und zerstörte Schule gebracht oder dort getötet wurde.

Niemand verdächtigt ihn bis zu dem Tag, als der Staatsanwalt teils durch Zufall, teils auch weil er sicher ist, aus den Familienangehörigen und Nachbarn etwas herauszubekommen, in seinem Alibi eine Lücke entdeckt. Vinci wird vor den Staatsanwalt gerufen und fühlt sich verloren. Zweimal versucht er, seinen Auftraggeber anzurufen, aber er trifft ihn nicht an. Und da er drei Telefonmünzen gekauft hatte, bleibt eine davon übrig, die er aus Furcht vor einer Durchsuchung und Befragung auf oder unter einen Schrank wirft, wo sie jetzt gefunden wurde.

Die Ärzte, die ihn untersucht haben, halten Vinci für alles andere als intelligent. Derjenige, den Vinci als seinen Auftraggeber bezeichnet, scheint aber keineswegs ein Dummkopf zu sein. Was aber tut nun ein zweifellos intelligenter Auftraggeber, auch wenn er zuerst blind vor Begierde und dann blind vor Panik ist, um sich zu verteidigen, um sich in Sicherheit zu bringen? Er läßt – da er mindestens über einen *bravo* verfügt – Vinci aus dem Weg räumen, nachdem dieser sich schon bei der Ausführung der Tat als so unfähig erwiesen hat, daß er sich oder andere jeden Moment verraten kann. Wollen wir das Mafia-Schema anwenden, dann müssen wir es gerechterweise auch konsequent durchziehen. Nachdem die drei Mädchen also beseitigt sind (angenommen, eines von ihnen oder alle drei hätten ihn gesehen), besteht für den Auftraggeber nur noch eine einzige Gefahr, nämlich Vinci. Doch niemand rührt ihn an, viele Tage lang, bis Terranova eine Lücke in seinem Alibi entdeckt.

Dazu kommt noch vieles andere. Das wichtigste, das auch die Geschichte mit der Telefonmünze erklärt, scheint mir folgendes zu sein: Der Mann, den Vinci heute als seinen

Auftraggeber bezeichnet und dadurch zu seinem Schicksalsgefährten macht, war in einigen Dingen sein Vertrauter und hatte ihm geholfen. Und da er vielleicht der einzige gebildete Mensch war, den Vinci kannte, hat er möglicherweise aus Angst vor einer erneuten Vorladung durch den Staatsanwalt versucht, mit ihm zu sprechen und ihn um Rat zu fragen. Dieser Impuls kehrt sich heute um in den Drang, ihm zu schaden, ihn zu vernichten. An dieser Stelle könnte man zum Thema der Wohltaten und der Empfindungen, die sie in den Empfängern auslösen, einen Text von Pirandello zitieren, der auf diese inzwischen pirandellohaft gewordene Geschichte vollkommen zutreffen würde.

Und in diesem Zusammenhang will ich eine Einzelheit in Erinnerung rufen, die der damaligen Berichterstattung entgangen ist und die mir bedeutsam erscheint. Als Terranova ihn zu dem entscheidenden Verhör vorlud, hielt Vinci ihm lange Zeit stand. Er brach erst zusammen, als der Staatsanwalt zu ihm sagte (ich gebe dies natürlich nicht wörtlich wieder), er sei sicher, daß Vinci die Mädchen entführt und umgebracht habe; das sei das eine; zum anderen aber könnten die beiden noch immer nicht gefundenen Mädchen ihren trauernden Familien nicht zurückgegeben und nicht wie die andere in einem Grab bestattet werden.

Das Geständnis entsprang also nicht der Reue über die begangenen Verbrechen, nicht dem Wunsch, endlich Schluß zu machen und die Strafe auf sich zu nehmen, sondern einer sentimentalen Schwäche für den äußeren Schein, die Illusionen. Ich glaube, dieser Punkt zeigt, was für ein Mensch Vinci ist: Er ist sicher nicht intelligent, aber kompliziert. (Die Dummheit ist viel komplizierter als die Klugheit; am Ende einer ausführlichen Beschreibung der höchst komplizierten Kopfbedeckung von Charles Bovary sagt Flaubert, sie gleiche dem Gesicht eines Dummkopfs. Doch man kann hinzufügen, daß auch das Innere eines Dummkopfs dieser Kopfbedeckung gleicht.)

Doch es gibt, wie Hamlet sagt, mehr Dinge im Himmel und auf Erden, als unsere Schulweisheit sich träumen läßt. Und das gilt ebenso für unsere Schlußfolgerungen, darunter auch die meinigen über den Fall von Marsala. Trotzdem sollte man nie das Risiko scheuen, einen Schuldigen zu verteidigen, solange eine Möglichkeit besteht, daß er unschuldig sein könnte. Und im fraglichen Fall ist diese Möglichkeit nahezu eine Gewißheit. Für den Mann, der von einem anderen, sicher schuldigen, vor den Richter gebracht wurde, hat der Kreuzweg begonnen, auf dem er sowohl der »Gerechtigkeit« wie der öffentlichen Meinung seine Unschuld beweisen muß. Vielleicht wird es ihm gelingen, sie vor Gericht zu demonstrieren, nie aber vor der öffentlichen Meinung. Weil er »fremd« ist (einsam, ungesellig, ohne Freundin – so wird er beschrieben) und vielleicht auch, weil er reich ist. Gegen die Reichen kann man zwar eine Revolte machen und sie sogar in einer Reihe antreten lassen und erschießen, weil sie reich sind; doch von der »Gerechtigkeit« darf man sich nicht erträumen, daß sie an ihnen Rache übt. »Frag nie danach, für wen geläutet wird«: wenn die Glocke der »Gerechtigkeit« eine Totenglocke ist.

Voltaire, philosophisches Wörterbuch: Der »énergie du mot« zufolge bedeutet »Wunder« alles Wunderbare: die Ordnung der Natur, die Umlaufbewegung der Gestirne, das Licht, das Leben der Tiere; den »idées reçues« zufolge bedeutet »Wunder« hingegen all das, was gegen die ewigen Gesetze der Natur verstößt, wie zum Beispiel eine Sonnenfinsternis bei Vollmond oder ein Toter, der zwei Meilen weit geht und dabei seinen Kopf unterm Arm trägt.

Es ist klar, daß ein Katholik, der von einem Wunder spricht, kein Naturereignis wie den Frühlingsanfang oder den Sonnenaufgang meint, sondern etwas Ähnliches wie den Toten, der mit dem Kopf unterm Arm umherwandert; kurzum, seine Definition eines Wunders beruht auf den »überkommenen Vorstellungen«. Als jedoch Amintore Fanfani sagte, die Volksabstimmung über die Ehescheidung könne nur noch durch ein Wunder verhindert werden, wurde das im anderen Sinn verstanden: so nämlich, daß eine Umgehung der Volksabstimmung ein zwar wunderbares, doch nicht unmögliches Ereignis wäre.

Man glaubte also, der Abgeordnete Fanfani wolle eine politische Einigung zur Vermeidung der Volksabstimmung wieder in den Bereich des Möglichen rücken, während er sich in Wahrheit damit endgültig aus der Sache zurückziehen und die Entscheidung dem unerforschlichen Ratschluß Gottes überlassen wollte.

Ein derart krasses Mißverständnis ist höchst lehrreich. Bevor man Verpflichtungen eingeht, eine Ehe schließt und vollzieht, so will es der gesunde Menschenverstand, daß man sich über die Worte und ihre Bedeutung für die eine wie die andere Seite einigt, sonst ist man gleich wieder bei der Scheidung (hier paßt das Wort) angelangt, sobald man versucht, den Worten Taten folgen zu lassen.

Wie dem auch sei, das Wunder ist bisher noch nicht eingetreten, weder im Sinne der »énergie du mot«, noch im Sinne der »idées reçues«. Und hoffentlich wird es auch nicht eintreten. Sollte es aber doch eintreten, dann wäre das ein Wunder von der Art, wie Belli es in seinem Sonett ›Die entgegengesetzten Meinungen‹ darstellt und definiert: »Wieviel Dispute! Soviel ich hörte,/ gings um nichts. Als wärs der Streit/ von Fra Cocuzza und dem alten Simeone./ Hier ist die Sache, klipp und klar./ Taddäus, Pius, Leo schritten/ Arm in Arm dahin zu dritten/ als plötzlich da von einem Dache/ ein Ziegel auf Taddäus krachte./ Zurück sprang Leo und zu Pius sprach er/ ›Wir wolln uns Gott weihn, der fürwahr/ ein großes Wunder heut vollbrachte.‹/ Taddäus, der in einer Lache/ von Blut lag, sagte barsch:/ ›Ein Wunder das? Leckt mich am ...‹«

Leo und Pius – zwei Namen, die ausgezeichnet auf die Italienische Kommunistische Partei und auf die Democrazia Cristiana passen – könnten vielleicht sogar in Jubelrufe über ein Wunder ausbrechen (Pius am meisten, auch wenn es nicht so aussieht); doch der arme Taddäus – der italienische Staat, das italienische Volk – gewiß nicht.

Die Volksabstimmung, eine an sich absurde Einrichtung, bietet sich im Moment als die einzige Möglichkeit an, um zu einer klaren, würdigen Lösung zu gelangen, ohne auf die Parlaments- und Kommunalwahlen angewiesen zu sein, die seit mehr als einem Vierteljahrhundert nur noch dem Zweck dienen, der stärksten Partei eine neuerliche Wechselbürgschaft für ihre Öffnungen, Verhärtungen, Übereinkommen oder Zerwürfnisse einzuräumen.

Wir wissen oder erinnern uns jedenfalls nicht, wie diese Volksabstimmung über die Ehescheidung in die Verfassung gelangte, aber vermutlich wurde sie vom katholischen Lager beantragt und durch eine Art »historischen Kompromiß« im Parlament durchgebracht. Früher oder später, mögen die Katholiken gedacht haben, wird im Lande die Forderung nach der Scheidung laut werden, wird eine Gesetzesänderung vorgeschlagen werden, und die nicht konfessionellen

Parteien im Parlament werden sich wahrscheinlich verbünden und so in der Lage sein, bei der Abstimmung eine Mehrheit zu erzielen: Dann werden wir uns der Volksabstimmung bedienen. Wenn ihr für dieses Gesetz stimmt, werden wir uns an das Volk wenden.

Als bloße Drohung blieb die Volksabstimmung jedoch wirkungslos, also mußte sie durchgeführt werden. Von katholischen Politikern oder den Oberhäuptern der Kirche wäre sie unserer Meinung nach niemals gefordert worden; nun aber sind die Truppen der vehementen Katholiken und der Eiferer auf den Plan getreten und haben die Kirche und die Democrazia Cristiana in ein Spiel hineingezogen, in dem die Wahrscheinlichkeit der Niederlage so groß ist wie es vor sechsundzwanzig Jahren die Wahrscheinlichkeit des Sieges war.

Denn die Forderung nach der Scheidung kommt nicht mehr aus dem Bürgertum, sondern aus dem Volk. Es gibt die Scheidung ja bereits, und sie hat, wie sich zeigt, keineswegs zur Auflösung der Familie geführt. Die Italiener wollen sich daher nicht mehr bevormunden lassen.

In der heutigen Situation besteht das eigentliche Wunder im Sinne der »überkommenen Vorstellungen«, d.h. das gegen die Ordnung der Dinge gerichtete Wunder, also ganz offenkundig darin, daß die Volksabstimmung stattfindet. Das andere Wunder wäre das des armen Taddäus, so wie der arme Taddäus es definiert.

Um die Wahrheit zu sagen: Wir haben einen Seufzer der Erleichterung ausgestoßen, als wir hörten, Solschenizyn werde ins Exil statt ins Gefängnis geschickt. Um seinet- wie um unseretwillen, ja vielleicht mehr noch um unseretwillen. Wir befürchteten, zu den Sorgen und Diskussionen der Prä-Chruschtschow-Ära zurückkehren zu müssen. So aber empfinden wir nur eine gemäßigte Empörung. In einer Woche werden die Zeitungen nicht mehr von ihm sprechen, in sechs Monaten werden wir ihn vergessen haben, in einem Jahr wird es uns schon sehr lästig sein, daß er nicht vergessen werden will. (Ich erlaube mir den Hinweis, daß ich ein wenig Ironie in diese nackte und grausame Wahrheit lege.)

Hier und heute jedenfalls stellt uns die *humane Lösung* des Falles, wie sie von denen definiert werden wird, die aller Sorge ledig sein wollen, vor zweierlei Überlegungen. Die eine ist juristischer Natur: Vermutlich sieht die sowjetische Gesetzgebung die Strafe des Exils nicht vor, dennoch ist sie in aller Eile, offenbar durch ein Dekret des Präsidiums des Obersten Sowjets, verhängt worden. Nach sowjetischem Recht, und sicher nach den dortigen Urheberrechtsbestimmungen und der Verpflichtung jedes Bürgers, einer gerichtlichen Vorladung Folge zu leisten, mußte Solschenizyn mit einer mehr oder weniger harten Strafe rechnen. Aber er hatte Anrecht auf einen Prozeß. Statt dessen hat der Straferlaß oder die Strafumwandlung *vor* dem Urteilsspruch stattgefunden, was einen Akt der Willkür bedeutet und ihm gleichzeitig Privilegien einräumt. Der Willkürakt ist beunruhigend, doch noch beunruhigender ist vielleicht die Zuerkennung von Privilegien, die darauf zurückzuführen ist, daß Solschenizyn als Schriftsteller und Nobelpreisträger Weltruhm genießt und von der internationalen öffentlichen Meinung teilweise unterstützt wird. Man kann daraus mit ziemlicher Wahrscheinlichkeit folgern, daß jemand, der kein Schriftsteller vom Range Solschenizyns ist, Willkürakte ganz anderer Art erdulden muß. Es sei denn, man will mit diesem Fall wieder einen »privilegierten Gerichtshof«, wie das früher hieß, installieren, das heißt eine besondere Rechtsprechung, die *ex abrupto* jede ideologische oder politische Abweichung mit dem *destierro,* der Ausbürgerung, ahndet? Der »privilegierte Gerichtshof«, der Prozeß *ex abrupto,* die Strafe des *destierro* sind Begriffe aus einer anderen Zeit, der Ära des Feudalismus. Solschenizyn hätte vielleicht gern auf seine Privilegien verzichtet, wenn er nur um den *destierro,* die Ausbürgerung, herumgekommen wäre; doch das spanische Wort (es sei unterstrichen, daß diese Strafe oft von der Inquisition angedroht wurde) hat eine schreckliche Bedeutung. *Desterrar* bedeutet, eine Pflanze aus dem Boden reißen, sie entwurzeln. *Destierro* bedeutet die Strafe, den Ort und die Folgen der Entwurzelung. Und hier setzt die zweite, schmerzliche Überlegung ein: Es wird nicht lange dauern, bis Solschenizyn erkennen wird – falls er es nicht schon heute weiß –, welche Enttäuschungen ihn im Westen erwarten, wie rasch der Westen sein *destierro* vollenden wird. Und daß er das Spiel, zumindest zu seinen Lebzeiten, verloren hat.

»Gruppe für die schwarze Ordnung – Abteilung Céline« – so nennen sich die Urheber einiger Bombenattentate in Mailand. Der italienische Faschismus hat sich europäisiert. Als 1938 Célines ›Bagatelles pour un massacre‹ in Italien erschien, war kein Faschist bereit oder in der Lage, dessen Ideen zu übernehmen. Möglicherweise haben nicht einmal jene das Buch gelesen, die damals schon anfingen, die Rassenfrage zu diskutieren; vielleicht nicht einmal Mussolini selbst. Gelesen wurde es von denen, die Frankreich liebten. (Ich glaube, ich habe es während des Krieges gelesen, nachdem ich es bei einem Antiquar entdeckt hatte, denn neu kostete es zwölf Lire; es schien mir von Altersschwachsinn zu zeugen, und meine Vorstellung vom Autor dieses Deliriums verband sich mit Manzonis Beschreibung des Alten, der den ermordeten Vikar an einem Türflügel festnageln will: »... ein heruntergekommener Greis, der seine tiefliegenden, entzündeten Augen weit aufriß, seine Runzeln zu einem Grinsen von geradezu teuflischer Befriedigung verzerrte und die Hände über seinem in Schimpf und Schande ergrauten Haupt emporreckte...« Ich habe es, trotz der Aufwertung, die Céline in den letzten Jahren erfahren hat, auch nicht über mich gebracht, noch ein weiteres Buch von ihm zu lesen.) Man kann also sagen, daß er damals von den Gegnern des Faschismus gelesen wurde.

Heute hingegen lesen ihn die Faschisten, ein Symptom dafür, daß sich die Dinge verändert haben, daß die Faschisten nun die richtigen Bücher entdeckt haben und der Faschismus kein dilettantischer Verschnitt aus einer vagen Unzufriedenheit und aufgesetztem D'Annunzio-Dekor ist. Und diesem Umstand sollte man Beachtung schenken, denn man neigt allzu leicht dazu, den Faschismus als etwas zu betrachten, das in die Folklore eingegangen ist wie manche Patronatsfeste, die nur dank der Anhänglichkeit der alten Leute und der Spenden von Auswanderern überlebt haben.

Und doch ist dieser verbesserte (also gefährlichere) und bewußtere Faschismus für mich nur insoweit ein Anlaß zur Sorge, als er, um es mit den Worten des Abgeordneten Aldo Moro zu sagen, zu einer Konvergenz mit jenem unbestimmten und unbewußten Element tendiert, das unbestimmt und unbewußt stets abrufbereit ist und sich an unverdächtigen Orten und unter beschwichtigenden Losungen heimlich einnistet und versteckt wie in einem Apothekerglas, auf dem Bikarbonat steht und das in Wahrheit Arsen enthält.

Der Faschismus hat viele Wurzeln, die sich in viele Richtungen und viele Schichten ausbreiten, doch die stärksten und sichtbarsten sind ohne Zweifel jene, die der Intoleranz entspringen und aus Intoleranz gespeist werden. Und die Intoleranz ist heutzutage groß in Italien, zu groß; sie überschreitet das, was man die Toleranzschwelle eines sozialen Organismus nennen kann. Selbst das wäre noch kein so großes Übel, wenn sie sich nur zwischen ideologisch stark divergierenden oder feindlichen Individuen, Parteien oder Verbänden manifestieren würde; aber sie manifestiert sich auch und vor allem zwischen einander Nahestehenden. Außerdem kann man beobachten, daß die Rechte, bei aller Diversität, einen von Toleranz und Solidarität geprägten inneren Zusammenhalt hat; während die Linke in dem Teil, der ihr lebendigster sein sollte, ein einziges Handgemenge und Gerangel ist. Man wird mir entgegenhalten, eben das beweise ihre Lebendigkeit. Doch man kann auch an zu viel Vitalität sterben.

Einer der »schönsten« jakobinischen Artikel der Verfassung ist in meinen Augen der Artikel vierzehn der Übergangs- und Schlußbestimmungen: ich würde ihn darum gern als Schlußpunkt betrachten, der ein Ende setzt, und nicht als Übergang. »Die Adelstitel werden nicht anerkannt. Jene Titel, die vor dem 28. Oktober 1922 bestanden, gelten als Teil des Namens. Der Mauritiusorden bleibt als Institution zur Krankenpflege erhalten und ist nach den gesetzlich geregelten Vorschriften tätig. Das Gesetz regelt die Abschaffung des heraldischen Rats.«

Um diese Einstellung zu erklären, muß ich auf meine ersten zehn Lebensjahre zurückgehen; wie immer übrigens, wenn es um die tiefsten Gefühle geht, um Liebe oder Haß, die sich nicht unterdrücken lassen, um Idiosynkrasien, um die kleinen, fast rituellen Manien, um Abneigungen und Ängste. Ein Mensch ist und bleibt, wozu ihn die ersten zehn Jahre seines Lebens gemacht haben. Und seit damals hege ich ein starres Vorurteil gegenüber dem Adel, einen Widerwillen, der beinahe an den zugegeben maßlosen Ekel vor Barschen heranreicht, wie ihn Landolfi in seinem letzten Buch beschrieben hat.

Er wird noch dadurch bestärkt, daß ich in einer Stadt wie Palermo lebe, wo man fortwährend Fürsten, Herzögen und Baronen vorgestellt wird; wo einem Visitenkarten überreicht werden, auf denen die gedruckte Krone mit einem (selbstverständlich höchst noblen) Federzug durchgestrichen ist; wo man sogar beim Feinkosthändler hört: »Wieviel Parmesan, Herr Baron?« und »Hoheit werden schon bedient?« Bei einem einzigen Menschen nur konnte ich diesen Widerwillen überwinden, ja vergessen: bei dem Dichter Lucio Piccolo. Seine adlige Herkunft zeigte sich in einer solchen Ungeschicklichkeit und Anpassungsunfähigkeit, in einer so zauberhaften Naivität, daß man ihn lieben und bisweilen auch beschützen mußte.

Die tiefere Ursache meiner Aversion ist wohl darauf zurückzuführen, daß mein Heimatort, wo der letzte Baron zehn Jahre vor meiner Geburt gestorben ist, von der Erinnerung an diesen Mann, an Übergriffe und Gewalt, an Korruption und Unterschlagung überschattet war. Bei mir daheim gab es überdies eine noch unmittelbarere Erinnerung, die noch schrecklicher war: Der Baron, hieß es, hatte einen Cousin meines Großvaters ermorden lassen, einen jungen Feldhüter, in dessen Frau er sich verliebt hatte.

Trotz des Abhängigkeitsverhältnisses (der Baron – oder sein Bruder – war Bürgermeister) hatte ihn der Feldhüter gewarnt, ihn vielleicht sogar bedroht: Er solle sich von seinem Haus, von seiner Frau fernhalten. Darauf schickte der Baron einen gedungenen Mörder aus, der den Feldhüter beim Tränken des Viehs von hinten erschoß. Man schilderte mir das alles bis in die kleinsten Einzelheiten: den Überfall, den Schuß in den Rücken, die Leiden der Witwe, die vergeblich versuchte, den Baron vor Gericht zu bringen; aber man erzählte es heimlich, so als fürchtete man immer noch, der Baron könnte durch seine Spitzel erfahren, was man über ihn sagte. Ich erinnere mich an ein ziemlich schreckliches Detail: Das Gewehr, eine Lupara, mit dem der Feldhüter erschossen wurde, war mit Bleikugeln und Rohrsplittern geladen, und das bedeutete eine grausame Verhöhnung. (Im Volk betrachtete man das Schilfrohr, vielleicht weil es dem *Ecce homo* als Zepter in die Hand gelegt wird, als Symbol des Hohns; die Wunden, die es verursacht, gelten als bösartig, da sie in jedem Fall zu eitern beginnen. Man erzählte mir auch, allerdings mit einer gewissen Mißbilligung, so als sei dies eine Unbedachtsamkeit gewesen, daß mein Großvater den Baron, ungeachtet des Freispruchs, den der erwirkt hatte, von da an jedem gegenüber nur den Mörder nannte. Besonders an Wahltagen, denn unser Haus lag an der Straße, die zu dem damals einzigen Wahllokal führte; dann stand er auf dem Balkon und rief allen vorüberkommenden Bekannten zu: »Gebt eure Stimme nicht diesem Mörder!«)

Dies nur zur Erklärung meines Ärgers, wenn ich die Zeitungen Titel wie Baron, Graf und Marchese verwenden sehe, die es gar nicht mehr gibt; noch mehr ärgert mich der Begriff »Patrizier« in jenen Zeitungen, die der Verfassung gegenüber eine gewisse Scham empfinden. Der »Patrizier« läßt mich unwillkürlich an den »Plebejer« denken und daran, daß es sehr wohl noch Plebejer gibt, die sich von den historischen Plebejern allerdings schon dadurch unterscheiden, daß sie gerade dort, wo man es am wenigsten erwarten sollte, das verspüren, was Longanesi den Schauer der Lust nannte, neben einem Herzog zu sitzen.

Vittorini sagte, daß ihn die Tagesereignisse, selbst die allerunbedeutendsten, vom Schreiben ablenkten und abhielten. Auch ich leide an diesem Übel. Und es ist wirklich ein Übel, eine Krankheit, denn es entspricht ja offensichtlich der mehr oder weniger unbewußten Vorstellung, daß die Literatur etwas anderes ist als das Leben – der Vorstellung vom Schreiben als Nichtleben.

Hochintelligente Dummköpfe. Das scheint unmöglich, aber es gibt sie.

Ich lese die ›Vita des Antonius‹ von Athanasius. F. & L.* haben recht: Es ist ein Betrug, eine Fälschung; das ganze Buch – Text, Übersetzung, Einleitung und Anmerkungen – stammt von Borges oder einem Borgesianer. Ich stelle jedoch fest, daß ich seit einiger Zeit viele Bücher dieser Art lese: Clemens von Alexandria, Lactantius, Augustinus, Anselmus, Ambrosius. Was passiert da mit mir? Oder passiert es mit uns allen? Warum tauchen diese Bücher wieder auf, warum erfinden wir sie – in der Manier von Borges – ein zweites Mal?

* Fruttero und Lucentini

In einem Dorf im Inneren Siziliens. Ein Redner spricht über die Ehescheidung. Er ist bemüht, einfach und überzeugend zu sein; er nennt Fälle, Beispiele, die die Notwendigkeit der Scheidung schlagend beweisen sollen. Doch unter seinen Zuhörern, vorn in der ersten Reihe, sitzt eine alte Frau, die bereit ist, den Kampf mit ihm aufzunehmen. Dürr, hart, mit angriffslustiger Miene. Erstes Beispiel: Die Frau betrügt ihren Mann. Ist da die Scheidung nicht das beste? – Nein, mischt sich die Alte ein, man bringt sie um. – Und wenn es der Mann ist, der seine Frau ständig betrügt, der schon eine neue Familie gegründet hat? – Man bringt ihn um, sagt die Alte. – Und wenn eine Frau entdeckt, daß der Mann, den sie geheiratet hat, impotent ist? – Das ist Betrug: man bringt ihn um, antwortet die Alte.

Die Zuhörer halten den Atem an, gespannt folgen sie dem Duell. Der Redner ist in einer peinlichen Lage; er führt verzweifelte Fälle an, tragische Ereignisse, die durch eine Scheidung hätten vermieden werden können. Die Alte bleibt unerbittlich: Man bringt sie um. Der Redner hat sich als letzten Coup, als letzte Hoffnung die Blutschande aufgespart. – Und was tut man in diesem Fall? Umbringen? – Die Alte zögert keine Sekunde: Zuerst feiert man ein großes Fest im Haus, damit die Leute nichts mitkriegen. Und dann bringt man sie um.

Man hielt es (und hält es vielleicht immer noch) für selbstverständlich, daß in der Politik eine Seite stärker sein will als die andere, daß eine Minderheit zur Mehrheit werden möchte, mit einem Wort, daß jeder siegen will. Allmählich jedoch werden wir gewahr, daß die Politik heutzutage von der Angst vor der Überlegenheit, der Angst vor dem Sieg bestimmt ist; die sogenannte Kunst der Politik besteht also darin, die ausgeklügeltsten und undurchschaubarsten Vorkehrungen zu treffen, um nicht die Oberhand zu gewinnen, um nicht zu siegen.

In der ›Stampa‹ vom 11. April steht ein Artikel von Ceronetti, ›Die Monster von Céline‹, der auf einen Beitrag von mir Bezug nimmt, den das Blatt am 28. März veröffentlicht hat. Ich lese ihn, wie alle Artikel von Ceronetti, mit solchem Interesse und Vergnügen, daß es mir gar nicht in den Sinn kommt, über unsere Meinungsunterschiede nachzudenken –

seine Einwände gegen meinen und meine Einwände gegen seinen Artikel. Statt dessen denke ich über mich selbst nach: Ich bin, wenn ich selbst schreibe oder über Literatur spreche, immer ein Schulmeister. Daher bringe ich es nicht über mich, die *gesamte* Literatur zu lieben; ja, vieles stößt mich sogar ab, ich kenne es nicht und will es auch nicht kennen. Picasso sagte: »Ich bin wie die Trinker, die jeden Wein lieben: mir gefällt in der Malerei alles.« So ist es: Einem wirklichen Maler müßte alles in der Malerei gefallen, einem wirklichen Literaten müßte alles in der Literatur gefallen. Ich bin also (aber das wußte ich schon) kein echter Literat.

Abendessen mit einem Physiker. Schweigend höre ich mir seine Reden über die Wissenschaft an. Erst bin ich verstört, dann zerstört. Beim Hinausgehen ertappe ich mich dabei, daß ich den Satz wiederhole, den Matteotti nach seiner Rückkehr aus Rußland beim Verlassen des Zuges sagte (oder täusche ich mich?): »Grauenvoll, meine Freunde, grauenvoll.«

Das Denken bereitet mir solche Freude, daß mich die Angst packt, ich könnte zur Vergeltung mit Wahnsinn geschlagen werden.

Ich lese den Artikel eines katholischen Schriftstellers aus Frankreich über den Tod von Kardinal Daniélou*.

Er zögert, das Kind beim Namen zu nennen. Er weiß nicht, ob er »diesen schweren Schlag für die französische Kirche« der geringen Widerstandskraft des dahingeschiedenen Kardinals gegen die Versuchung zuschreiben soll, oder der Erotomanie unserer Zeit, oder dem Volk, das mit zunehmender Entfernung vom Christentum immer größere Ansprüche an die Priester stellt, oder aber dem Mangel an Liebe in unserer Welt. Ich habe das Gefühl, daß er sich allzu sehr ereifert, denn dies ist nur einer von vielen Fällen in der Kirche Frankreichs, Italiens, Spaniens ... Die Erotomanie unserer Gesellschaft hat überhaupt nichts damit zu tun, oder wir müßten auch die Erotomanie des Früh- und des Spätmittelalters, der italienischen Renaissance, des siebzehnten und achtzehnten Jahrhunderts in Frankreich, der spanischen Kolonien, der Regierungszeit Napoléons III. bis zu der Pétains

* Der Kardinal starb nach einem Besuch bei einer Prostituierten. (A.d.Ü.)

anführen – mit einem Wort, die Erotomanie aller Zeiten und Länder der katholischen Welt. Es stimmt auch nicht, daß das Volk mit zunehmender Entfernung vom Christentum immer größere Anforderungen an die Priester stellt. Es stand dem Christentum schon fern, als es noch keine Ansprüche stellte, ja, es war vom Christentum gerade deswegen abgerückt, weil es keinerlei Ansprüche an die Priester, Bischöfe und Kardinäle stellen konnte. (Und die größte Fundgrube für diese Entchristianisierung, nicht im Hinblick auf die Erotik, bleiben die Sonette von Belli.)

Nun, wenn ich Katholik wäre, würde ich mich durch den Fall des Kardinals Daniélou eher befreit als gekränkt fühlen, hat er doch die bis heute ungebrochene Tradition des »tut, was ich sage, tut nicht, was ich tue« fortgesetzt. Da ich kein Katholik bin, bekenne ich hier meine volle menschliche und christliche Sympathie für diesen Mann.

Zwei kurze, wenig bekannte Texte von zwei großen Schriftstellern. Der Text auf einem Gedenkstein in Porto Empedocle, den Luigi Pirandello verfaßt hat: »Zwei Geschlechter/ mit ungleichem Geschick in Geburt, Leben und Tod/ zwei Italien/ das eine in der Blüte seiner Kommunen und im Glanz seiner Signorien/ wie von Flüssen durchzogen/ von bewegten und wechselnden Geschicken/ das andere dürr und seit Jahrhunderten arm/ im Feudalismus erstarrt/ doch immer entflammt/ von hochherziger Glut/ um den Preis von Martyrium und Blut/ zur gemeinsamen Verteidigung/ der freien menschlichen Arbeit/ beschlossen in Rom sie/ heute vor fünfzig Jahren/ vereint zu sein für immer.« Der Stein trägt das Datum des 27. März 1911. Und etwas an diesem Text läßt einen an ›Die Alten und die Jungen‹* denken, ein Buch, das man wiederlesen (oder lesen) sollte.

Der zweite Text ist von Giovanni Verga, ein Augenzeugenbericht aus den Tagen des Erdbebens von Messina: »Im Flüchtlingswaggon saßen zwei arme Frauen nebeneinander, auf dem Schoß das Bündel mit den Sachen, die sie von der Stadtverwaltung bekommen hatten, und erzählten sich von ihrem Unglück. Die eine hatte aufgehört zu sprechen und starrte mit verstörtem Blick in die Menge, als suchte sie ihre Tocher, die, wie man ihr berichtet hatte, von einem jungen

* Roman von Luigi Pirandello (A.d.Ü.)

Mann gerettet worden war, als man auch sie aus den Trümmern und Flammen zog. Ein Mädchen, schön wie die Sonne; wer sie einmal gesehen hatte, erkannte sie unter Tausenden wieder. Man hatte sie – inmitten der Verletzten vom Hotel Savoja – unter einem Torbogen am Bahnhof stehen sehen, wo sie Zuflucht gesucht hatte. Alle hatten ihre Tochter gesehen, nur sie nicht! Vom Bahnhof aus hatte sie nur ihr brennendes Haus gesehen, zwei Stunden lang, bis der Zug abfuhr. Und nun, da sie seit acht Tagen ihre Tochter in der Menge suchte und daran dachte, daß die wohl auch sie suchte und um Hilfe rief, sah sie noch immer die Zerstörung und das Feuer vor sich, wie einen Zufluchtsort, eine verzweifelte Gewißheit. – Jetzt bin ich allein, sagte die zweite. Als ich meinen Mann heil und gesund traf – hier, ganz zufällig –, dachte ich, es ist nicht wahr. Aber ich hatte drei Kinder; die Tochter verheiratet, Gott sei Dank; und mein Großer brachte mir schon seinen Tagelohn nach Hause... Alle! Alle!... Ich war gerade aufgestanden, weil der Kleine krank war, als das Erdbeben kam. Mich hat der Herr nicht gewollt. – Sie sprach ruhig, mit ihrem gelben Gesicht und dem verbundenen Kopf. – Wenn er wieder gesund ist, gehen wir nach Amerika. Die andere hob nur die Augen und blickte sie an. – Sicher, was sollen wir hier? – Nach Amerika? sagte ein anderer Flüchtling. Ihr wißt nicht, was für ein elendes Leben das dort ist. Schlimmer als die Hunde behandeln sie dort die Christenmenschen! – Sie schaute den Mann ratlos an, als wollte sie wiederholen: Was sollen wir hier? – Hier sind wir geboren. Hier sind die Steine unserer Häuser! sagten die anderen.«

Es ist ein kurzes Stück, aber wir würden es, auch wenn es anonym wäre, als Vergas Text erkennen, vor allem an einem Detail: an der schmerzlichen Deutlichkeit, mit der die Frau nach acht Tagen »noch immer die Zerstörung und das Feuer vor sich sieht, wie einen Zufluchtsort, eine verzweifelte Gewißheit«.

Wie das in anderen Städten ist, weiß ich nicht; aber in Palermo ist das Gewerbe, das Examensarbeiten, vor allem in den humanistischen Studienfächern produziert, eines der wenigen, die man als florierend bezeichnen kann. Die Philosophische und auch die Pädagogische Fakultät entlassen jedes Jahr Tausende von Akademikern, deren Abschlußarbeiten zu einem nicht genau bekannten, aber mit Sicherheit hohen Prozentsatz dem unermüdlichen Einsatz eines Dutzends von Leuten zu verdanken sind, die die Fähigkeit besitzen, wie Bienen von Blüte zu Blüte, so von der Transkription mittelalterlicher Dokumente zur Lyrik Montales, von Properz zu Wittgenstein, von Lactanz zum modernen Brigantentum zu fliegen.

Diese Leute bedienen sich ohne Zweifel schlecht bezahlter Hilfskräfte zum Nachschlagen und Katalogisieren; denn es ist kaum möglich, daß sie allein eine so massenhafte und immer noch in schwindelerregendem Anstieg begriffene Nachfrage befriedigen können. Der Preis für eine Dissertation ist nicht gerade unbezahlbar, aber doch recht gepfeffert. Vor einigen Jahren, als ich einen Gewerbetreibenden dieser Branche kennenlernte, lag er zwischen zweihunderttausend (zeitgenössische Literatur) und achthunderttausend (Transkription eines mittelalterlichen Notariatsregisters). Er wird, denke ich, inzwischen ebenso gestiegen sein wie die Lebenskosten.

Voriges Jahr erzählte bei mir zu Hause jemand unvorsichtigerweise einem deutschen Universitätsprofessor vom Florieren dieses Gewerbes in den Randbezirken der italienischen Universitäten. Ich sah, wie der Professor sich krümmte und bis über beide Ohren rot anlief, und fürchtete schon, ihn würde gleich der Schlag treffen. Als er die Sprache wiederfand, sagte er, er könne einfach nicht glauben, daß seine italienischen Kollegen nicht in der Lage seien zu beurteilen, ob eine Dissertation vom Doktoranden selbst geschrieben worden sei oder nicht, und daß sie, wenn sie den infamen Betrug bemerkten, nichts unternähmen, um so schweren Verstößen ein Ende zu setzen. Wir trösteten ihn, so gut wir konnten: Seine italienischen Kollegen wüßten wahrscheinlich sehr wohl, was gespielt werde, da sie jedoch von Tausenden Examensarbeiten überschwemmt würden, müßten sie wohl oder übel darüber hinwegsehen; sie kämen ja kaum noch dazu, die Zusammenfassungen zu lesen. Was also sollten die Professoren in dieser Situation anderes tun, als vor die Masse der Studenten hinzutreten und sie »todos caballeros« zu ernennen wie Karl V. in Alghero?

Ausgerechnet in Palermo ist nun vor einem Monat etwas passiert, das dem deutschen Professor Freude und Hoffnung gemacht hätte: Ein Priester, der alle Prüfungen seines Philosophiestudiums mit einer Durchschnittsnote von 28,2 bestanden hatte, fiel bei der Doktorarbeit mit 48 von 110 Punkten rettungslos durch.

Was war geschehen? Hatten die Professoren endlich beschlossen, den Dissertationsfabrikanten das Handwerk zu legen? Unter ihnen muß die Nachricht die Runde gemacht haben wie die Ankündigung einer Katastrophe, wie die Posaunen des Jüngsten Gerichts. Sobald sie aber den wahren Sachverhalt erfuhren, dürften sie einen Seufzer der Erleichterung ausgestoßen haben. Die Arbeit kam nämlich gar nicht aus ihren Werkstätten, der Kandidat hatte sie selbst geschrieben. (Recht geschah ihm also.) Wie auch hätte man anders als an Ort und Stelle und aufgrund langer, eigener Erfahrung und fleißiger Arbeit eine Dissertation über ›Mythos, Ritus und Wirklichkeit im Leben und Denken der Lotuho‹ schreiben können? Die Lotuho sind ein südsudanesischer Stamm; einen Dissertationsfabrikanten dorthin zu schicken, hätte ein Vermögen gekostet, ganz abgesehen von unzähligen anderen Schwierigkeiten.

Der Doktorand, offenbar ein Missionar, hatte das Material für seine Dissertation während seiner Tätigkeit in Uganda gesammelt, wohin einige Familien der Lotuho geflüchtet waren. Ein ziemlich reiches und vielfältiges Material (ich hatte Gelegenheit, die Arbeit einzusehen); so reich und vielfältig, daß es sogar ein erotisches Lied enthält. Dieses Lied ist natürlich nicht erotischer als viele andere, die wir von primitiven Völkern kennen, und nicht erotischer als das ›Hohelied‹ (das Voltaire, wenn ich mich recht erinnere, ungerechterweise als ein Lied bezeichnete, das eines Grenadier-Garderegiments würdig wäre). Nun behaupten manche, dieses Lied habe bei einigen Mitgliedern der Kommission Abscheu erregt; andere wiederum sind der Meinung, verabscheut hätten die Kommissionsmitglieder einander bloß gegenseitig.

Was nun die Spaltung der Kommission in Rechte und Linke, Katholiken und Konfessionslose betrifft (unter diesem Gesichtspunkt jedenfalls wurde der Fall von allen Zeitungen dargestellt), so kann man nicht sagen, daß darüber völlige Klarheit herrrscht. Drei Katholiken haben dem Kandidaten nämlich null Punkte gegeben, einer dagegen acht; ein rechter Professor gab ihm sechs Punkte (allerdings hatte er als letzter gestimmt, und da bereits feststand, daß der Kandidat durchfallen würde, konnte er sich diese Großzügigkeit erlauben), ein linker Professor gab ihm ganze vier Punkte. Von einem Priester und Professor bekam der Kandidat, ein Priester, null Punkte nachgeworfen.

Unabhängig von Rechten und Linken, Konfessionslosen und Katholiken, weltanschaulichen oder persönlichen Zwistigkeiten kann man diesen Fall auch (moralisierend, wird jemand sagen, unpolitisch, wird ein anderer vorwurfsvoll dagegenhalten) ganz einfach so betrachten: Da hat jemand vier Jahre lang ernsthaft studiert und alle Prüfungen ausgezeichnet bestanden; dann hat er seine Doktorarbeit selbst geschrieben, mit Leidenschaft daran gearbeitet und eigene Erfahrungen hineingesteckt, und schließlich hat man ihn aus Gründen durchfallen lassen, die mit seiner Arbeit und seinen Fähigkeiten nichts zu tun haben. Tatsächlich lautete die Begründung für die Ablehnung der Arbeit, diese sei unphilosophisch: Aber wenn wir diese Begründung akzeptieren, dann würde das heißen, daß auf die Philosophie tatsächlich zutrifft, was die Studenten über sie sagten und vielleicht immer noch sagen: Ob mit, ob ohne, es ändert nichts.

Petrarca starb in der Nacht vom 18. zum 19. Juli 1374. Geboren war er am Morgen des 20. Juli 1304, und so beendete er auf beinahe vollkommene Weise, was Dante den Weg unseres Lebens nennt. Sein Herz blieb ganz plötzlich stehen, und sein Kopf sank auf das Buch, in dem er gelesen hatte. Sein treuer Schüler Lombardo dalla Seta, der herbeigeeilt war, um ihn aufzurichten, sah die Seele des Meisters »wie ein Wölkchen in die Höhe steigen«.

Am Abend des 1. März 1938 starb Gabriele D'Annunzio auf dieselbe Weise. Niemand sah seine Seele in die Höhe steigen. Aber er hatte gerade Petrarca gelesen. Wenn wir nicht wüßten, was Petrarca las, als der Tod ihn ereilte, würden wir sagen, er habe – im Labyrinth der Zeit oder dem ewigen Kreislauf der Gestirne jenseits der Zeit – D'Annunzio gelesen.

Außer der Sache mit der Seele überliefert uns Lombardo dalla Seta noch ein anderes übernatürliches Ereignis: Weil der Dichter gestorben ist, der Laura besungen hatte, erfroren in jenem Jahr alle *lauri,* alle Lorbeerbäume.

Doch ein kleines Gedicht, das im gleichen Jahr zum Lobe

des Dichters und als Totenklage geschrieben wurde, verrät uns, daß das Erfrieren des Lorbeers gar nicht so übernatürlich war. Der Winter 1374/75 war so schrecklich, daß er einen neuen Weltuntergang anzukündigen schien: »Ich sehe Zeus im selben Zorn entbrannt/ Wie damals als allein Deukalion und Pyrrha/ der großen Wasserflut er ließ entkommen/ Wenn du mir das nicht glaubst, sieh an/ welch Übermaß an Regen auf die Erde fällt...« sagt Zenone Zenoni da Pistoia, der Autor dieser Verse. Doch nicht nur der Winter, das ganze Jahr 1374 war ein Jahr der Katastrophen, der Zeichen des himmlischen Zorns (auch Scipione Ammirato hielt sie später fest): Regen, Sturm, Frost; Florenz im Krieg gegen Mailand; von April bis Oktober die Pest; Hungersnot als Folge der Unwetter, des Krieges und der Pest. Und der Tod von Francesco Petrarca. Bei seinem Tod quillt die ›Barmherzige Quelle‹, so lautet der Titel des Gedichts von Zenone da Pistoia, hervor. Daß das viele Wasser ringsum den Wunsch in ihm geweckt hat, in seinem Gedicht schon wieder Wasser zu besingen, wenn auch barmherziges, ist dem Schmerz des Schülers über den Tod des Meisters zuzuschreiben. Doch als Schüler betrachtet er sich nur, so schränkt er gleich ein, im Hinblick auf das Schreiben in der Volkssprache: »Weil ich nur sein Volgare liebe.« Und er fügt hinzu: »Denn der Latein'sche Weg ist meinem Sinn/ verborgen, so daß das Glück mit dem nur ist, dem Wein den Durst stillt, nicht das Wasser.«

Diese Terzine ist zur Hälfte klar, zur Hälfte dunkel. Ist der Wein nun der Volgare-Petrarca oder der lateinische Petrarca? Hält er sich für unglücklich, weil ihm der lateinische Weg verschlossen ist, oder für unglücklich, weil er sich darauf beschränken kann, seine Kenntnis der volkssprachlichen Dichtung Petrarcas zu vertiefen? Offenbar für unglücklich: denn um ihn zu trösten, tritt eine Frau auf – sein Genius, seine Muse – und rät ihm, sich keine Sorgen zu machen, »denn vieles schenkt durch mich dir die Natur«.

Diesen Rat könnte man folgendermaßen deuten: Auch wenn du das Lateinische nicht beherrschst, hilft dir doch dein angeborenes Talent, dein Dichtertum, in das Geheimnis Petrarcas, in seine Tiefe und Dunkelheit einzudringen. Für Zenone sind Tiefe und Dunkelheit nämlich die charakteristischen Merkmale großer Dichtung:

»Wie Persius fern ist,/ weil er dunkel, und viele andre fern durch ihre Höhe!/ Und dies weil niemand solche Tiefe wird erreichen/ noch Flügel finden wird/ in solche Höh'n zu steigen.«

Es wäre aber wohl nicht der Mühe wert, sich so lange bei diesen Versen – eines Petrarca-Schülers, der jedoch nach dem Vorbild Dantes dichtete – aufzuhalten, wenn darin nicht zwei Dinge zur Sprache kämen, die uns wichtig erscheinen: Schon in seinem Todesjahr gab es jemanden, der Petrarca allein aufgrund seiner in der Volkssprache geschriebenen Werke für einen überragenden Dichter hielt. Und: Dieser kristallklare Dichter wurde damals von einem Schüler und Bewunderer als dunkel empfunden. Und dieser zweite Punkt könnte die Frage aufwerfen, ob wir bei der Lektüre des ›Canzoniere‹ nicht versuchen sollten, auf seine Dunkelheit zu achten anstatt, wie wir es tun, auf seine Klarheit?

Doch zum Thema der Dunkelheit Petrarcas wollen wir einige äußere Geschehnisse erwähnen: eine Geschichte der Zufälle und der kleinen Fatalitäten – à la Borges.

Diese Geschichte beginnt in dem Augenblick, als Laura de Noves durch ihre Heirat mit Hughes II., genannt der Alte, in die Familie de Sade aufgenommen wird. Wäre Laura nicht verheiratet gewesen, noch dazu mit einem de Sade, hätte sich Petrarca wahrscheinlich nicht in sie verliebt; dieser »einfallsreiche Selbstquäler« (wie sich später der petrarkisierende Alfieri nennen wird) mußte sich eine schwierige und nahezu unerreichbare Liebe suchen. Für Petrarca ist alles an und um Laura Hindernis und Verbot: ihre Ehe, die Stellung der Familie de Sade, die vielen Schwangerschaften, der Tag und der Ort ihrer ersten Begegnung, ihre Tugendhaftigkeit, für die sie berühmt war, ihr Tod... »Laura, berühmt für ihre Tugendhaftigkeit, die ich in meiner Dichtung oft besungen, sah ich zum erstenmal in meiner frühen Jugend, im Jahre des Herrn 1327, am sechsten April in der Kirche der heiligen Klara zu Avignon...« (doch auf lateinisch klingt es schöner). Wir zweifeln nicht an der Authentizität dieser Notiz, ebensowenig wie an Lauras Identität. Diese Gewißheit liegt diesseits oder jenseits der Philologie, in einer Sphäre und Atmosphäre, in der – um mit Mallarmé Unsagbares zu sagen – alles darauf hinausläuft, »daß in sie selbst zuletzt die Ewigkeit sie wandle«: in sie selbst, sagen wir, wie sie im ›Canzoniere‹ ist, wie sie jedoch nicht wäre ohne die Familie de Sade und deren Genealogie vom 14. bis zum 18. Jahrhundert.

Dabei hat Messer Alessandro Vellutello* – aus irgendeiner Vorahnung vielleicht – alles getan, um Laura der Familie Sade zu entziehen: Er gab ihr einen anderen Namen, schrieb ihr eine ärmliche Herkunft zu und bezeichnete das als Märchen, was er persönlich von Gabriello *di Sadò* gehört hatte (»ein Mann aus einer sehr alten und edlen Familie jener Stadt, mit dem ich mich bei meinen Besuchen in Avignon zweimal lange über diese Sache unterhielt«). Doch Gabriello de Sade verfügte, um Vellutello zu überzeugen, noch nicht über jene Dokumente, die erst zweihundert Jahre später Monsignore Jacques-François-Paul-Aldonce de Sade, Abt von Ebreuil, aus dem Familienarchiv zusammentragen sollte; mit seinen ›Memoires pour la vie de François Petrarca‹ brachte er Laura endgültig in den Besitz der Familie und reichte sie umgehend an seinen Neffen Donatien-Alphonse-François weiter, der später allgemein als der Marquis de Sade bekannt wurde (»Keine Katze wird mehr einen Peitschenhieb bekommen, ohne daß die Leute sagen: Das war der Marquis de Sade«).

»Mein einziger Trost ist Petrarca«, wird der Marquis schreiben. Das ist verständlich. Jene Frau, die seine Ahnin war (der »Trost« des Marquis muß also auch eine ganz kleine inzestuöse Komponente gehabt haben), die jung mit einem Mann verheiratet wurde, der, wohl nicht von ungefähr, den Beinamen der Alte trug, die als Mutter von elf Kindern ständig den Mühen der Schwangerschaft und zudem der Eifersucht ihres Mannes sowie der eigenen Tugendhaftigkeit ausgesetzt war, und die von Francesco Petrarca zum Objekt einer Quälerei ohnegleichen gemacht wurde (so daß sie schließlich sterben *mußte,* bevor sie zu altern begann, und zwar im selben Monat, am Tag und zur Stunde ihrer ersten Begegnung mit dem Dichter) – diese Frau konnte nur als göttliche, über jede andere reale oder imaginäre Gestalt erhabene Erscheinung in die Träume und Wahnvorstellungen des göttlichen Marquis eingehen. Sie war der Inbegriff der Dunkelheit, des Geheimnisses.

Der Marquis wird also den ›Canzoniere‹ als eine Art sublime ›Histoire d'O.‹ gelesen haben. So wie wir die ›Histoire

* Autor der ›Vita di Francesco Petrarca‹, 1525 (A.d.Ü.)

d'O.‹ als Auftakt des letzten (aber noch immer nicht verglommenen) Aufflammens des Petrarkismus betrachten können. Des dunklen, bis heute nicht enträtselten Petrarkismus.

»Messer Francesco, um Frieden gehe ich euch an.«

Im Gegenteil, Professor Carducci, im Gegenteil.

In einem Antiquariat entdecke ich ein Exemplar der ›Condition humaine‹ von André Malraux mit der handschriftlichen Widmung: »A la lectrice inconnue«. Darunter eine Zeichnung aus wenigen Strichen, wie Malraux sie zu machen pflegte: ein Vogel, der dem Vogel Strauß der Einaudi-Editionen ähnelt.

Das Buch ist aus der vierzigsten Auflage von 1933. Doch das Merkwürdigste daran ist – und das macht die Widmung noch geheimnisvoller –, daß es nicht aufgeschnitten ist. In dreiundvierzig Jahren ist es »der unbekannten Leserin« also nicht begegnet. Da auch ich das Buch unaufgeschnitten lassen werde – wie könnte ich als Leser es auch wagen, die Seiten aufzuschneiden? (außerdem wäre ich ein Wiederleser) –, ist es zu einer Art Denkmal für die unbekannte Leserin geworden, einer Leserin, die es niemals lesen wird. Ja, es ist zum Gleichnis und Symbol geworden: das im Kreis laufende Buch, das seinen Leser verfolgt und niemals einholt. Kein Vergleich mit den fünfundzwanzig Lesern Manzonis! Hier haben wir nur einen, den einzigen Leser, und der ist unerreichbar. (Natürlich, ich weiß, daß man eine weniger an Borges erinnernde Geschichte erfinden könnte: Eine Dame, die das Buch schon gelesen hat, kauft, als sie Malraux in einer Buchhandlung begegnet, ein zweites Exemplar, weil sie ihn um eine Widmung bitten will. Bleibt das kleine Geheimnis, warum sie es sich nicht auf ihren Namen widmen ließ – aber vielleicht eben deshalb, weil ihr das Geheimnis mehr bedeutete als die Eitelkeit, oder weil sie dadurch für einen Augenblick das Interesse des Schriftstellers zu wecken hoffte.)

Nach längerem Suchen habe ich, trotz der Unordnung, die bei mir herrscht, gestern glücklicherweise die vergilbte Seite aus der Zeitung ›La Libertà‹ wiedergefunden, wo am 9. März 1951 Pasolinis Rezension über mein erstes Büchlein erschien. Eine dreispaltige Rezension: so als hätte er bei der

Besprechung dieses schmalen Büchleins schon alles gekannt, was ich bis heute geschrieben habe. Sie trug die Überschrift: ›Diktatur in der Fabel‹, und schloß mit einem Gedanken, den er in ›Passione e Ideologia‹ bekräftigt und letztes Jahr in seiner Rezension über ›Todo modo‹ nochmals aufgegriffen hat: »Aber auch dieses plötzliche Aufleuchten, diese Tropfen getrockneten Blutes werden vom Kontext dieser Sprache aufgesogen, die so klar ist, daß der Leser sich fragt, ob nicht vielleicht ihr Thema, die Diktatur, ein Märchen gewesen ist.« Ich glaube, dieses Urteil ist kein begeistertes, sondern ein einschränkendes Urteil – darum zitiere ich es auch –, denn er bevorzugte eine weniger reine, eine drängendere, glühendere Sprache.

Seit damals jedenfalls waren wir Freunde. Wir schrieben uns oft und sahen uns auch ab und zu in den folgenden zehn Jahren, besonders in der Zeit, als er an der Anthologie der italienischen Mundartdichtung arbeitete. Dann flaute unser Briefwechsel ab, wir trafen uns nur noch selten und zufällig (das letzte Mal in der Hotelhalle des »Jolly« hier in Palermo, als er herkam, um Schauspieler für ›Tausend und eine Nacht‹ zu suchen). Aber ich betrachtete ihn immer als Freund und glaube, daß er auch in mir einen solchen sah. Dennoch war ein Schatten zwischen uns getreten, der Schatten eines Mißverständnisses. Ich glaube, er hielt meine Einstellung zur Homosexualität – wie soll ich es nennen – für irgendwie rassistisch. Und vielleicht stimmte das, vielleicht stimmt es. Aber nur bedingt, denn es hat mich nie abgehalten, für Gide gegen Claudel und für Pasolini gegen die Heuchler, die Korrupten und Dummköpfe Partei zu ergreifen, die ihn deswegen anklagten. Daß es mir niemals gelungen ist, ihm das zu sagen, bereitet mir heute Schmerz und Gewissensbisse. Ich war – und das schreibe ich nicht, um mich dessen zu rühmen, sondern voll Schmerz – ich war der einzige Mensch in Italien, mit dem er wirklich reden konnte. In den letzten Jahren haben wir dasselbe gedacht, dasselbe gesagt, für dasselbe gelitten und gebüßt. Und doch haben wir es nicht fertiggebracht, miteinander zu reden, ein Gespräch zu führen. Die Schuld dafür kann ich nur mir geben, nicht ihm.

Und noch etwas möchte ich sagen, was an dunklen und schändlichen Einzelheiten auch immer zutage kommen mag – ich sehe in seinem Tod ein tragisches Zeugnis der

Wahrheit, jener Wahrheit, mit der er sich in der letzten Nummer von ›Il Mondo‹ in einem Brief an Italo Calvino so erregt auseinandergesetzt hat.

Im ›Figaro‹ vom 4. November schreibt André Frossard in einem kurzen Artikel mit dem Titel ›Non conforme‹ über Pasolini: »Man sagt, daß dieser berühmte italienische Filmemacher, der soeben unter besonders sinistren Umständen gestorben ist, sein Leben lang seinen Nonkonformismus proklamiert habe. In der Tat: Ich lese seine Biographie und erfahre, daß er sich zum Marxismus bekannte, was heutzutage von einer verrückten, ja geradezu skandalösen Originalität zeugt, vor allem in intellektuellen Kreisen, vor allem in Italien, wo auf zwei Wähler nicht mehr als ein Marxist kommt. Zweimal hat er den großen Preis der katholischen Filmakademie erhalten, die bekanntlich von revolutionären Akrobaten übervölkert und für ihre Kühnheit seit jeher berühmt ist. Sein letzter Film schließlich, der in den nächsten Tagen präsentiert werden soll, ist eine Adaption der ›Einhundertzwanzig Tage von Sodom‹ des guten alten Marquis de Sade, von dessen guten alten Wahnideen sich zwei von drei Filmemachern inspirieren lassen. Man muß zugeben, daß man den Nonkonformismus nicht weiter übertreiben kann, ohne dadurch zur Bedeutungslosigkeit herabzusinken.«

Diese Behauptungen, die jede für sich genommen richtig und sehr leicht ins Lächerliche zu ziehen sind, verlieren ihre Richtigkeit, wenn sie in der Schlußfolgerung münden, als Ergebnis dieser Übertreibungen sei Pasolini zur Bedeutungslosigkeit herabgesunken. Es *ist* konformistisch, sich zum Marxismus zu bekennen, besonders in Italien; es *ist* konformistisch und nicht im geringsten originell, in einem katholischen Land Katholik zu bleiben; es *ist* konformistisch und sehr banal, die guten alten Wahnideen des guten alten Marquis de Sade zu verfilmen. Doch diese drei Konformismen zusammengenommen haben, so wie Pasolini sie durchlebt hat, einen tragischen, verzweifelten Nonkonformismus hervorgebracht, dessen Ergebnisse zu den bedeutendsten und dauerhaftesten unserer Zeit gehören. (Denn selbst wenn Pasolini schon vergessen ist, wird man sich noch lange Zeit mit ihnen beschäftigen.) Wenn die allgemeine, diffuse Erschütterung, in die sein Tod uns fast alle versetzt hat, abgeklungen ist, wird es sicher nötig sein, die zwei konformistischen Komponenten von Pasolinis Nonkonformismus, vor allem die marxistische, einer strengen und ernsthaften Analyse zu unterziehen. Und in diesem Sinne könnte man sogar eine Art Arbeitshypothese zu formulieren wagen: Bestimmte von Pasolini ausgesprochene *Wahrheiten* – über den Kapitalismus, die Konsumgesellschaft, die Gewalt, die (eben nicht führende) Führungsschicht in Italien, die öffentliche Bildung und Erziehung – waren marxistisch, insofern sie *Wahrheiten* darstellten, insofern der Marxismus die Fähigkeit und Beweglichkeit besitzt, sich jede Wahrheit zu eigen zu machen (das genaue Gegenteil dessen, was gewisse Marxisten als Marxismus betrachten und proklamieren), sie waren es aber nicht aufgrund seiner Herkunft, seiner Zugehörigkeit, seiner Überlegungen. Um nur ein Beispiel zu geben: Nichts ist weniger marxistisch als wie Pasolini zu behaupten, den christdemokratischen Machthabern sei unter anderem vorzuwerfen, sie hätten die Kirche korrumpiert; die naheliegendste marxistische Erklärung wäre doch vielmehr die, daß die christdemokratischen Machthaber eben deshalb korrupt sind, weil sie Kinder »dieser Kirche« (der des ›Decamerone‹ und der Sonette Bellis) sind. Aber darüber wird man, hoffe ich, etwas später und mit größerer Gelassenheit weiterreden können. Jetzt möchte ich nur einige Eindrücke aus Pasolinis letztem Film festhalten.

Einmal habe ich mir, fünf Minuten lang, einen Pornofilm angesehen. Anders als Cato in Martials Epigramm: »Du kanntest den süßen Ritus der fröhlichen Flora/ die Ausgelassenheit des Festes und die Freizügigkeit der Leute./ Warum also bist du ins Theater gekommen, gestrenger Cato?/ Oder bist du nur gekommen, um es wieder zu verlassen?« – wußte ich nicht, wie ich auf ein solches Spektakel reagieren würde. Ich nahm sogar an, es würde mir gefallen, da auch freizügige erotische Literatur mir gefällt. Statt dessen bekam ich auf eine triste Mechanik reduzierte menschliche Leiber zu sehen und stellte sofort fest, daß das einzig Pornographische an einem Pornofilm die Zuschauer sind. Wäre ich länger geblieben, hätte ich mich sehr gelangweilt und ein bißchen geschämt.

Als ich vor wenigen Tagen in Rom den letzten Film von Pasolini sah, war ich in einer völlig anderen Lage. Dies nur um zu sagen, daß ich zwar hoffe, es mögen nur wenige Leute diesen Film sehen, daß mich jedoch ganz andere Gründe dazu bewegen. Während die Bilder über die Leinwand liefen, fühlte ich mich nicht als Pornograph, sondern als Opfer. Opfer der Pflicht, mir den Film anzusehen, Opfer der Aufmerksamkeit, mit der ich Pasolinis Arbeit stets verfolgt habe, Opfer – warum soll ich es nicht sagen? – meiner christlichen Liebe zu ihm; einer Liebe, die vielleicht die – christliche und katholische – Idee der Reversibilität streift. Ich habe während der Vorführung entsetzlich gelitten. Trotz aller Anstrengung mußte ich bei bestimmten Szenen die Augen schließen: und in dem sozusagen physischen Dunkel, das in mir entstand und mich über das moralische und intellektuelle Dunkel, das sich auf der Leinwand ausbreitete, kurzfristig hinwegtröstete, suchte ich in meiner Erinnerung verzweifelt und gleichsam atemlos nach Bildern der Liebe. Dann kam von einem der Opfer, die sogar im Vorspann, wo sie namentlich aufgeführt sind, als Opfer bezeichnet werden, der Schlüssel-Ausruf, der Ausruf, der den Sinn des Films wie auch seinen Eindruck auf mich erklärt: »Mein Gott, mein Gott, warum hast du mich verlassen?« Der Ausruf Christi, wie er im Markusevangelium steht: »Eli, Eli, lama asabthani?«

In diesem Augenblick fiel mir – wodurch die Wirkung des Films glücklicherweise gebrochen wurde – eine schlagfertige Entgegnung von Jean Paulhan ein: Als der Verleger Jean Jacques Pauvert wegen der Neuherausgabe der Werke von de Sade vor Gericht stand, trat Jean Paulhan als Entlastungszeuge auf, und auf die Frage des Richters: »Sie glauben also nicht, daß die Werke von de Sade gefährlich sind?« antwortete er: »Äußerst gefährlich. Ich kenne ein Mädchen, das nach ihrer Lektüre Nonne geworden ist.« Diese Antwort, die weniger paradox ist, als sie dem Richter erschienen sein mag (im besten Fall, denn es wäre denkbar, daß er sie als Belastung statt als Entlastung Pauverts aufgefaßt hat), rückt die Frage der Zensur, sowohl im Zusammenhang mit Pasolinis Film als auch ganz allgemein, in ein schärferes und richtigeres Licht. Pasolinis Film ist zweifellos wichtig: wichtig als Abschluß seiner Autobiographie, wichtig für einen wie mich, der das Bedürfnis hat, sein Leben zu rekonstruieren, es sich zu erklären, es in Demut und Barmherzigkeit zu verstehen, seine Entscheidungen zu verstehen, seinen »Selbstmord« zu verstehen. Aber was nützt dieser Film dem durchschnittlichen Kinobesucher, was nützt er der Masse derer, die ihn konsumieren werden? Wenn man von den ganz wenigen absieht, die beim Zuschauen latente Perversionen in sich aufsteigen fühlen oder eine gewisse Befriedigung ihrer bewußten Perversionen finden könnten, werden die meisten nur Ekel und Abscheu empfinden. Und sie werden entweder den Drang verspüren, soviel Gewalt mit Gewalt zu beantworten (vielleicht, indem sie das Kino zertrümmern), oder aber einer so quälenden Verzweiflung anheimfallen, daß sie Gott anrufen werden wie im Film das Opfer, wie das Mädchen, von dem Paulhan berichtet, es sei Nonne geworden, nachdem es de Sade gelesen hatte.

Nun, um bei der Bemerkung Paulhans zu bleiben, eben das wollen wir nicht: daß die Mädchen Nonnen werden. Durch diesen seinen Film hat Pasolini uns auf diese Gefahr aufmerksam gemacht. Und auch die Art, wie er starb. Es war ein Tod, dessen »anarchistische« Aspekte von »katholischen« überdeckt und aufgehoben wurden. Aber wir müssen uns dagegen verteidigen. Mit »wir« meine ich nicht diese Gesellschaft, diesen Staat – all das, was Vittorini als Tod und Verwesung bezeichnen würde –, denn sie haben kein Recht, sich zu verteidigen, sondern die Pflicht, sich aufzulösen. Ich meine uns, die wir nun begriffen haben, wer wir sind und was wir wollen, auch wenn wir uns eingezwängt sehen zwischen den neuen historischen Enttäuschungen und den alten metaphysischen Versuchungen.

Am 18. November des Vorjahres schrieb der Vorsitzende eines *Komitees zur Ehrung von Bernardo Mattarella** an seine Magnifizenz, den Rektor der Universität von Palermo, er übersende ihm, unter Bezugnahme auf ihre »bereits bestehenden mündlichen Vereinbarungen«, in vierfacher Ausführung die Bestimmungen des geplanten Studienpreises »Bernardo Mattarella« sowie die Teilnahmebedingungen. »Sobald die Stiftung dieses Preises beschlossene Sache ist...« Offenbar hegte der Vorsitzende des Komitees nicht den geringsten Zweifel an der Zustimmung aller; auch der Rektor nicht, der sich tags darauf mit folgenden Worten an die Dekane der Philosophischen und der Juristischen Fakultät

* Abgeordneter, mehrfach Minister, Vertreter des rechten Flügels der sizilianischen DC (A.d.Ü.)

wandte: »Das Komitee zur Ehrung von Bernardo Mattarella hat beschlossen, an der Universität von Palermo einen Bernardo-Mattarella-Preis zu stiften, um das Andenken dieses sizilianischen Politikers zu ehren, der sich mehr als zwanzig Jahre lang für die regionale Autonomie und den Fortschritt Siziliens eingesetzt hat... Damit der genannte Preis ausgeschrieben werden kann, werden die Herren Dekane um baldige Beschlußfassung und Zusendung des Beschlusses an das Rektorat gebeten.«

Der Rat der Philosophischen Fakultät enttäuschte die Erwartungen des Rektors und des Komitees nicht, auch wenn er sich Zeit ließ. Am 12. Dezember nahm er die Stiftung des Preises einstimmig an, nachdem er »Einblick in die Dokumente genommen« hatte, wie es im Protokoll heißt. Obwohl noch der Beschluß der zweiten Fakultät, der Juristischen, ausstand, faßte der Verwaltungsrat der Universität den, versteht sich, administrativen Beschluß zur Stiftung des Preises, ohne, wie man zu sagen pflegt, der Sache auf den Grund zu gehen. Aber auch ohne der Sache auf den Grund zu gehen, hätte der Verwaltungsrat angesichts eines formalen Details stutzig werden müssen: dort, wo im Statut die Summe stehen sollte, aus deren Zinsen der mit fünfhunderttausend Lire dotierte Preis finanziert werden sollte, klaffte nämlich eine Lücke im Text.

Inzwischen waren – durch welche Kanäle auch immer – Einzelheiten über den Preis aus den Gremien der Universität nach außen gesickert und irgend jemand sorgte dafür, daß die kommunistischen und sozialistischen Professoren, die laut Protokoll an der Beschlußfassung teilgenommen hatten, den Wortlaut des Statuts und der Ausschreibungsbedingungen erfuhren, denen sie zugestimmt hatten. Der erste Paragraph (es handelt sich nicht um ein Produkt unserer bewährten Fähigkeit zur Rekonstruktion von Dokumenten, sondern um ein authentisches Zitat, denn dergleichen überstiege selbst unsere Phantasie) erwähnte zuerst das zwanzigjährige Wirken Mattarellas im Dienste der Autonomie und des Fortschritts Siziliens, wie wir es bereits vom Rektor vernommen haben, und führte dann weiter aus: »Der Preis ist den Absolventen der Fakultät für Rechtswissenschaft, Politikwissenschaft und Philosophie der Universität Palermo vorbehalten und wird der besten Doktorarbeit über ein juristisches, politisches, soziales oder historisches Thema zuerkannt, die das geistige und politische Wirken der Katholiken in Sizilien seit der Einigung Italiens, unter besonderer Berücksichtigung der Ideale und der Tätigkeit Bernardo Mattarellas, behandelt.« Wir verzichten an dieser Stelle darauf, den Leser mit den Idealen und der Tätigkeit Mattarellas zu unterhalten, die ja allgemein bekannt sind.

Die Lektüre dieses Paragraphen hatte auf manche Personen, die laut Protokoll ihre Zustimmung nicht verweigert und keinen Einwand erhoben hatten, eine Wirkung, die zwischen Depression und Erregung schwankte. Und wie in einer Komödie von Feydeau begann ein Spiel von Auf- und Abtritten, von Ablenkungs- und Täuschungsmanövern – auf der Bühne der Protokolle natürlich. Fast alle, die aufgrund ihrer Weltanschauung oder ihrer Ansichten über die Zustände in Sizilien der Stiftung des Preises nicht zustimmen hätten können oder dürfen, waren entweder vor der Abstimmung hinausgegangen oder erst später dazugekommen. Diejenigen, die weder hinausgegangen noch dazugekommen, sondern die ganze Zeit anwesend waren, erklärten, sie hätten nicht recht verstanden, worum es ging und ob man sie um ihre Zustimmung gebeten hätte. Und wir wollen hier weder behaupten, daß das pünktliche Verlassen und Betreten des Sitzungssaals unglaubwürdig ist, noch daß die Anwesenden sehr wohl wußten, worum es ging und wofür sie stimmten. Wir wollen nur konstatieren, daß in Gremien von (zumindest per definitionem) ziemlich hohem intellektuellem, moralischem und ideologischem Niveau ein schwerwiegender Beschluß wie ein Pfeil das Vakuum der Abwesend-Anwesenden und der Anwesend-Abwesenden zu passieren vermag.

Nun stand freilich alles schwarz auf weiß da, auch einzelne Gegenerklärungen und Proteste konnten den Beschluß nicht mehr rückgängig machen. Um die Angelegenheit stillschweigend zu begraben und zu verhindern, daß es bei der Ehrung zu Störungen kam, war es am besten, wenn das Stiftungskomitee seinen Vorschlag zurückzog. Was es denn auch klugerweise und zur großen Erleichterung aller aktiv oder passiv Beteiligten tat. (Diese kurze Geschichte haben wir zum Zweck der Erbauung festgehalten, wobei wir uns mit größeren Schwierigkeiten und subtileren Zweideutigkeiten herumschlagen mußten als ein Historiker, der beispielsweise über die Geschichte des russisch-deutschen Abkommens im Jahr 1939 schreibt.)

Werbung als Anstiftung zum Verbrechen. Für ein bekanntes und sündhaft teures Auto: »Wenn Sie es wirklich haben wollen, kann niemand Sie daran hindern, es zu besitzen.« Nicht einmal die Polizei. Für ein kostbares Feuerzeug: »Das ist ein Gegenstand, den Sie sich nicht leisten können.« Weil er zu teuer ist, natürlich.

In den italienischen Zeitungen habe ich diese Art Werbung noch nicht gesehen, vielleicht weil sie die Existenz eines gestandenen Kleinbürgertums voraussetzt (und folglich auch eines Großbürgertums, nach dem es sich in seinen Wünschen, Sehnsüchten und Grausamkeiten orientiert). Doch auch in Italien könnte sie eine gewisse Wirkung erzielen, und zwar sicher beim Lumpenproletariat, das man heute nicht nur im Süden antrifft.

Bei der Lektüre von Chateaubriand überkommt mich plötzlich – nämlich dort, wo er über die Restauration spricht – das quälende Gefühl, in derselben Atmosphäre zu leben. Rational gesehen gibt es in der Realität keinerlei Hinweise oder Anzeichen dafür; alles scheint vielmehr das Gegenteil zu beweisen. Aber mein Eindruck bleibt bestehen, ich werde ihn nicht los. Eine gegenstandslose Angst. Sie erfüllt mich mit Unbehagen.

Beim Erwachen aus einem langen, tiefen, traumlosen Schlaf kommt mir dieser Gedanke: Gut nennen wir den Schlaf, der dem Tod am ähnlichsten ist. Ist mir das eingefallen oder ist es ein Gedanke von Leopardi? Meine Beziehung zu bestimmten Büchern, bestimmten Schriftstellern kennt keine Unterscheidungen, keine Grenzen mehr.

Es steht außer Zweifel, daß man ein und dieselbe Handlung, genauer gesagt ein und dasselbe Vergehen, verschieden bewerten kann, je nach der Persönlichkeit, der wirtschaftlichen oder psychischen Lage dessen, der es begeht, und je nach den Umständen, unter denen er es verübt. Es steht ebenfalls außer Zweifel, daß sich diese unterschiedliche Bewertung auf bestimmte Gruppen, Schichten und Klassen ausdehnen läßt: besonders im Hinblick auf deren ökonomische Lage. Der Diebstahl, den ein Hungernder begeht, ist etwas ganz anderes als der Diebstahl eines Satten, auch wenn Gegenstand und Tat die gleichen sind.

Auch die bürgerliche »Justitia«, die nach dem Gesetz jeden Diebstahl streng ahndet, bewertet ihn in der Praxis unterschiedlich, wobei sie natürlich ihre eigenen Schäfchen ins Trockene bringt. Wie sagt Trilussa: Der Arme, der stiehlt, ist ein Verbrecher, der Reiche, der stiehlt, ein Kleptomane. Daß solche Bewertung umgedreht wird, ist also nur gerecht: um der Gerechtigkeit willen gegen die bürgerliche »Justitia«. Natürlich haben wir den Diebstahl nur zur Vereinfachung als Beispiel gewählt: die »Justitia« wird auf allen Gebieten angewandt, und zwar immer noch nach grausamen Klassenkriterien. Daher ist es nur gerecht, wenn sich dagegen eine klassenkämpferische Opposition formiert.

Aber dieses gesunde Prinzip der klassenkämpferischen Opposition gegen die »Justitia« ist in den letzten Jahren so sehr mißbraucht worden, daß nun schon jede Handlung damit begründet wird: sei es auf der Ebene der Gesetze, ihrer Einhaltung oder Nichteinhaltung, sei es auf der Ebene der Verhaltensregeln, des öffentlichen wie des privaten Verhaltens, und – was das allerschlimmste ist – des Gewissens. Mag eine Handlung objektiv noch so tadelns- oder verurteilenswert sein, sie wird auf jeden Fall von einem »Klassenstandpunkt« aus bewertet.

Um das Evangelium zu parodieren: die Rechte soll nicht tun, was die Linke tut. Was heißt das? Es heißt, daß mir als Mann der Linken erlaubt, gestattet und zugute gehalten wird, was einem Mann der Rechten verboten, untersagt und vorgehalten wird. Dieses Prinzip ist äußerst gefährlich, wenn man in Betracht zieht, wie einfach und nicht selten auch bequem es heutzutage ist, ein Linker zu sein. Es ist ganz etwas anderes, ob ein solches Prinzip in Zeiten vertreten wird, in denen es mit Risiken, Gefahren und Opfern verbunden ist, ein Linker zu sein, oder in Zeiten, in denen es das Bequemste und Sicherste ist.

Wenn das Linksstehen mit keinerlei äußeren Schwierigkeiten – objektiven Schwierigkeiten – verbunden ist, dann müssen wir es von innen her angreifen, denn sonst ist die Linke nicht länger die Linke, und das heißt Symbol des Neuen, der Kreativität, der Phantasie (das große, das wahrste und richtigste Wort der 68er Bewegung in Frankreich), der Kraft. Und von den vielen Dingen, die man vom Katholizismus übernehmen oder respektvoll anerkennen könnte, sollte man vielleicht eines ein bißchen übernehmen, das der Katholizismus selbst verdrängt: den Jansenismus.

Zu dieser kleinen Erwägung, die man aber einmal gründlich zu diskutieren den Mut haben sollte, veranlaßte mich die Polemik, die Zavattini dadurch ausgelöst hatte, daß er im Radio ein bis dahin verbotenes Wort aussprach. Dieses Wort, das in den keuschen Mikrofonen der RAI wie eine Bombe explodierte, hat für manche die Bedeutung, die für Goethe die Schlacht bei Valmy hatte. Was vielleicht ein bißchen übertrieben ist. Aber zu behaupten, daß dieses Wort, von Zavattini ausgesprochen, revolutionär ist, während es, aus dem Munde Almirantes zum Beispiel, fachistoid-machistisch, obszön, reaktionär wäre, das geht effektiv zu weit.

Voltaire, der zu seiner (und auch in unserer) Zeit nicht weniger revolutionär war als Zavattini, schrieb dieses Wort, in seinen persönlichsten Briefen, auf italienisch: Er sah darin einen Weg, es auszusprechen und zugleich nicht auszusprechen, es zu verschleiern. Es kam ihm nicht in den Sinn, daß man mit diesem Wort eine Revolution machen könnte. Uns ebensowenig. Und aus Sympathie für Zavattini hoffen wir, daß es auch ihm nicht in den Sinn gekommen ist.

1748 veröffentlichte der damals fünfunddreißigjährige Diderot in Holland ›Les bijoux indiscrets‹, das zum Verkauf unterm Ladentisch bestimmt war. Er hatte es geschrieben – erklärt seine Tochter zu seiner Rechtfertigung –, weil Madame de Puisieux, seine Geliebte, Geld brauchte. »Als er sich einmal mit ihr darüber unterhielt, wie leicht es sei, unanständige Bücher zu schreiben, sagte mein Vater, man brauche dazu nicht mehr als einen hübschen Einfall, den man dann im Geiste des Libertinismus und ohne Rücksicht auf die Grenzen des guten Geschmacks weiter ausschmückt. Sie forderte ihn auf, eines zu verfassen. Und zwei Wochen später überreichte ihr mein Vater ›Les bijoux indiscrets‹ und fünfzig Louisdor.«

Aber vor seiner Tochter hatte Diderot selbst im Gespräch mit seinem Freund Naigeon schon versucht, die Erzählung auf andere Weise zu rechtfertigen: nicht Bücher wie ›Les bijoux‹ seien schuld an den schlechten Sitten, sondern die schlechten Sitten brächten diese Bücher hervor; »und auch wenn das meine eine große Posse war, ist es doch erstaunlich, daß ich in jener Epoche nichts Schlimmeres geschrieben habe«. Jene Epoche: die Epoche Ludwigs XV., der Pompadour; und das ist auch der Schlüssel zu allen Bezügen und Anspielungen in dieser Erzählung.

Die Rechtfertigung Diderots ist nicht so heuchlerisch, daß sie schon moralistisch wäre. Er behauptet nicht, die schlechten Sitten mit dem Ziel dargestellt zu haben, sie abzuschaffen. Es gab sie, sagt er, und meine Erzählung ist ihr Produkt. Hätte ich mich nach der Epoche gerichtet, hätte ich auf noch ganz andere Unanständigkeiten, auf weit schlimmere Possen verfallen können. Jedenfalls war es für ihn eine Posse. Wenn man bedenkt, daß er auch ›La religieuse‹ als Scherz, als Buffonerie, als Posse konzipiert hatte (als »sotie«, was unmittelbar auf Gides ›Les caves du Vatican‹ verweist), so können wir seinem Genie die Erfindung des Scherzes als einer literarischen Kategorie zuschreiben, die für uns, für unsere Zeit bestimmt ist: Sie setzt selbstverständlich bei uns Introversion, Unglück und Leid voraus. Uns bleibt als einzige Rettung der Scherz, wenn wir uns das Verständnis für die Dinge, die Fakten bewahren wollen: Das Scherzhafte in uns, in den Dingen, den Fakten, den Ideen, das mit einem Schmerz verbunden ist, der Diderot und seiner Zeit unbekannt war. Einem Schmerz, wie ihn, um ein Beispiel zu nennen, der tschechische Schriftsteller Milan Kundera erlebt und darstellt. Und nicht nur deshalb, weil er Tscheche ist: »Frage nie, für wen die Glocke schlägt...«, mit allem, was dem vorausgeht und folgt.

Zweihundertneunundzwanzig Jahre nach Diderots Erfindung des Scherzes beginnt Michel Foucault seine ›Histoire de la sexualité‹ zu veröffentlichen. Im ersten Band dieses auf sechs Bände angelegten Werks, der eben unter dem Titel ›La volonté de savoir‹ bei Gallimard erschienen ist, schreibt Foucault: »Ce dont il s'agit dans cette série d'études? Transcrire en histoire la fable des ›Bijoux indiscrets‹ «* Endlich also erfährt die Fabel ihre Übersetzung in die Realität, in die Geschichte. Der Scherz hat den Punkt erreicht, an dem er zur Offenbarung wird und zu einer ernsthaften, unaufschiebbaren Überlegung herausfordert.

»Unter ihren Emblemen«, fährt Foucault fort, »führt un-

* »Worum es in dieser Serie von Untersuchungen geht? Darum, die Fabel der ›Indiskreten Kleinode‹ in Geschichte zu übertragen.«

sere Gesellschaft auch das des sprechenden Sexus. Des Sexus, den man überrascht, den man verhört und der, gezwungen oder spontan redselig, unablässig antwortet, ein bestimmter Mechanismus, der so magisch ist, daß er sich selber unsichtbar macht, hat ihn eines Tages ergriffen. In einem Spiel, in dem die Lust sich mit dem Unfreiwilligen, das Einverständnis sich mit der peinlichen Befragung mischen, läßt er ihn die Wahrheit über sich und andere sagen. Wir alle leben seit vielen Jahren im Reiche des Fürsten Mangogul: Gebannt von einer ungeheuren Neugier auf den Sexus, versessen darauf, ihn auszufragen, unersättlich darin, ihn sprechen zu hören, geschickt im Erfinden all der magischen Ringe, die seine Diskretion bezwingen können. So als sei es wesentlich für uns, aus diesem kleinen Fragment unserer selbst nicht nur Lust, sondern auch Wissen zu ziehen, als sei alles ein subtiles Spiel zwischen dem einen und dem anderen: Kenntnis der Lust, Lust, die Lust zu kennen, Lust-Wissen; und als habe dieses fabelhafte Tier, das wir beherbergen, seinerseits ein sehr neugieriges Ohr, sehr wachsame Augen, eine ziemlich flinke Zunge und einen ebenso gewandten Geist, daß es viel weiß und auch zu sagen imstande ist, soweit man es nur mit ein wenig Geschick reizt. Zwischen jedem von uns und unserem Sexus hat das Abendland eine unaufhörliche Frage nach der Wahrheit gestellt... Der Sex soll verborgen sein? Von neuer Schamhaftigkeit verschleiert, von den sinistren Bedürfnissen der bürgerlichen Gesellschaft immer noch unter den Scheffel gestellt? Im Gegenteil, er ist heiß entflammt. Er steht seit mehreren Jahrhunderten im Zentrum einer ungeheuren *Nachfrage nach Wissen.* Einer doppelten Nachfrage, weil wir wissen sollen, was mit ihm los ist, während er verdächtigt wird zu wissen, was mit uns los ist.«

Etwas wie das Ei des Kolumbus also, aber man mußte erst einmal darauf kommen. Von 1748 bis heute hat sich die – eher amüsierte als nachdenkliche – Aufmerksamkeit der Leser der ›Indiskreten Kleinode‹ ganz auf den sprechenden Sexus gerichtet; völlig unbeachtet blieb dagegen jener »certain mécanisme, assez féerique«, der ihn zum Sprechen bringt, das heißt der Zauberring, den der gute Geist Cucufa erfindet, um dem guten Fürsten Mangogul die Langeweile zu vertreiben. Und das führt zu der Frage, die sich jedem Leser der ›Bijoux indiscrets‹ nach der Lektüre von Foucault stellt (und inzwischen auch dem, der Foucault nicht gelesen hat, denn bestimmte Deutungen gehen unmerklich und unaufhaltsam aus den Büchern in das Leben über, wie zum Beispiel Unamunos Interpretation des ›Don Quijote‹): wirklich nur, um ihm die Langeweile zu vertreiben, oder auch, um ihn von der Mühsal des Regierens abzulenken? Bedeuteten die sprechenden Kleinode, die für den Fürsten ein Zeitvertreib, ein Spiel, eine Unterhaltung waren, für seinen Hof und sein Volk nicht auch Ablenkung von anderen Dingen, ja sogar Angst? Schon das erste sprechende Kleinod, das der Frau eines Emirs, bewirkt, daß der Gatte die Flucht ergreift und die anderen Frauen in Panik geraten: »Sie wußten nicht, was sie taten, ließen die Karten liegen, scherten sich nicht um den Gewinn.« Diese Wirkung breitet sich immer weiter aus, greift vom Hof auf die Stadt über, von der Stadt auf das ganze Reich Congo (wie bei Diderot das Frankreich Ludwigs XV. heißt).

Es ist interessant, daß Mangogul erst ganz zum Schluß einen sozusagen privaten und persönlichen Gebrauch von dem Ring macht, indem er ihn am Kleinod seiner Geliebten erprobt: nicht um ihre Geheimnisse zu erfahren, sondern um sich zu vergewissern, ob die scheinbar Tote noch Leben in sich hat. Und dieser *uneigennützige* Gebrauch, der bei Diderot ein Zeichen der Liebe und des Vertrauens darstellt, erscheint in Foucaults Deutung dieser Fabel, in seiner historischen Übersetzung, als absolut folgerichtig: die Macht betrügt sich nicht selbst, sie kennt sich und erkennt. Weniger folgerichtig mag es erscheinen, daß Mangogul den Ring schließlich an Cucufa zurückgibt und darauf verzichtet, die Kleinode seiner Untertaninnen sprechen zu lassen. Aber es gilt zu berücksichtigen, daß es zum Schema aller Märchen gehört, in denen einem Menschen eine übermenschliche Macht geschenkt wird, daß dieser zum Schluß um der Liebe willen darauf verzichtet. Außerdem, um auf Foucaults Interpretation zurückzukommen, war diese Macht nun nicht mehr nötig: die Kleinode sprachen von allein, der Sexus hatte unaufhaltsam zu sprechen begonnen. Bis zum Delirium. Bis zum Wahnsinn.

Bisher war also die Geschichte der Sexualität aus der Perspektive des sprechenden Sexus erzählt worden. Foucault nimmt eine radikale Umstellung vor: Er betrachtet sie aus der Perspektive der Macht, die ihn zum Sprechen bringt.

Weil die Macht – das ist der entscheidende Punkt – nicht nur gestattet, sondern wünscht, daß er spreche. Die Kirche, das Bürgertum, die Psychoanalyse (auch die Psychoanalyse ist, wie Foucault zu Recht unterstreicht, ein Ausdruck der Macht): ein wahres *Crescendo* des Sexus, der spricht, der rast, der wahnsinnig wird.

Es gäbe noch so vieles zu sagen. Man ist sogar versucht, zu erraten – oder wenigstens versucht, sich vorzustellen zu versuchen –, was Foucault in den fünf weiteren Bänden entwikkeln wird. Eine Versuchung, der der Leser immer ausgesetzt ist, wenn er dem Buch, das er gerade liest, zustimmt, wenn er den Eindruck hat, daß darin Wahrheiten bestätigt und erläutert werden, die er selbst schon erahnt oder gesucht hat. Aber wir wollen uns hier auf einen einzigen Gedanken beschränken, den Foucault in seiner »série d'études« wahrscheinlich schon entwickelt hat. Es ist der folgende: Für einen Augenblick lag die Macht, den Sexus zum Sprechen zu bringen, bei Diderot; Mangoguls Ring steckte am Finger von Denis Diderot, als dieser ›Les bijoux indiscrets‹ schrieb. Es gibt also, diesseits oder jenseits der herrschenden Macht, eine Macht, die den Sexus ohne Delirium, ohne Wahnsinn, nur durch »die Lust der Körper«, wie Foucault sie nennt, zum Sprechen bringen kann. Und das ist die Macht der Vernunft.

Ich glaube, keine Polizei der Welt weiß weniger als die italienische, was sie, außer dem Leben und dem Eigentum der einzelnen Bürger, eigentlich schützt. Aber auch als Beschützerin des Lebens und Eigentums einzelner Bürger hat sie keinerlei Gewißheit, ob diese Leben es überhaupt wert sind, beschützt zu werden, und ob der Besitz nicht die Frucht von Verbrechen ist, die zwar besser gedeckt und verheimlicht, aber noch größer sind als jene, die sie durch ihr manchmal gewaltsames Eingreifen verhindert oder aufdeckt. Mit diesen größeren Verbrechen meinen wir die, die im Bereich des Staates und seiner Institutionen verübt werden, wo Privatleute, die mit öffentlichen Ämtern zu tun haben, begünstigt oder erpreßt werden, wo Bestechung und Bestechlichkeit an der Tagesordnung sind. Diese Verbrechen sind schlimmer als bewaffnete Überfälle auf Banken oder Postämter, bleiben hierzulande jedoch in einem so hohen Prozentsatz unbestraft wie nirgendwo sonst.

Man wird dem entgegenhalten, daß es Polizisten gibt, die diktatorische und schändliche Regime schützen: aber die wissen es, und sie wissen, daß sie nicht nur Instrumente, sondern Teil dieser Diktaturen und ihrer Schandtaten und Nutznießer schändlicher Privilegien sind. (In einem anderen Zusammenhang würde ich zwischen Rechts- und Linksdiktaturen unterscheiden, doch da es hier um die Polizei geht, weigere ich mich, das zu tun; denn eine Polizei, die eine Rechtsdiktatur mitträgt, unterscheidet sich in nichts von einer, die eine Linksdiktatur mitträgt.)

Wenn jedoch eine Polizei, die einen demokratischen Staat verteidigt – ein auf Freiheit und Konsens gegründetes politisches System (das schlechteste aller politischen Systeme, aber man hat noch kein besseres gefunden, sagte Churchill) –, die Gewißheit verliert, daß das Gesetz für alle gleich ist und vor dem Gesetz alle gleich sind, daß es nicht – wie in Orwells Roman – Bürger gibt, die gleicher sind als andere; wenn sie bei ihrer Arbeit auf Privilegien und Immunitäten Rücksicht nehmen muß – dann wird diese Polizei zum Instrument und Komplizen einer Infamie, die noch schlimmer ist als die einer sich offen deklarierenden Diktatur, ohne daß sie jedoch den gewiß auch infamen Vorteil genießt, willkürlich vorgehen zu können, gefürchtet zu sein und Schrecken einzuflößen. Eben das aber erwartet und erhofft sich ein Großteil der Menschen mehr oder weniger bewußt von ihr, besonders jener Teil der Menschheit, der, wie Savinio sagte, einer »Spezies« oder »Sonderspezies« anzugehören glaubt.

Zu behaupten, die italienische Polizei verteidige die Demokratie, die Freiheit, ist blanke Rhetorik. Demokratie und Freiheit beruhen auf der Gültigkeit der Gesetze und deren unterschiedsloser, strenger und prompter Anwendung. Die Demokratie muß bei der Ausübung von Recht und Gesetz mit größter und unterschiedsloser Strenge vorgehen: Andernfalls verkommt sie tatsächlich zum schlechtesten aller möglichen Systeme. Und in Italien sind wir fast an diesem Punkt angelangt. Wenn wir eine Liste aller Skandale der letzten dreißig Jahre unserer Geschichte aufstellen, aller Unterschlagungen und Erpressungen, aller Fälle von Amtsmißbrauch, Betrug und Mord – wie viele davon könnten wir als bestraft bezeichnen? Vielleicht – keinen einzigen.

Und dabei sprechen wir hier nur von den bekannt gewordenen Fällen, die aufgrund des Schadensausmaßes, der Stellung und der Anzahl der involvierten Personen großes öffentliches Aufsehen erregt haben. Wenn wir die Akten der Antimafia-Kommission durchblättern, die ersten drei Bände und den letzten, allerumfangreichsten Band, können wir daraus leicht ersehen, wie Polizeikommissare und Karabinieri-Wachtmeister jahrelang ihre Pflicht getan haben. Aber läßt sich das auch von der parlamentarischen Untersuchungskommission sagen? Wir glauben es nicht, denn sie hat zumindest eine Eigenschaft des Phänomens, das sie bekämpfen wollte, selbst angenommen: die Verschwiegenheit, die *omerta* – wie sich bei dem Turiner Prozeß gegen Giulio Einaudi und Michele Pantaleone gezeigt hat.*

Sprechen wir es doch offen aus. Wenn es uns gelänge, zu den Ereignissen dieser Jahre die gleiche Distanz zu gewinnen, mit der wir beispielsweise die »Geheimgeschichte« des Prokopius von Cäsarea lesen, so hätten wir mehr Verständnis dafür, daß manche Polizisten auf die Gegenseite überlaufen und versuchen, eine Bank auszurauben, als dafür, daß andere Polizisten sich zum Schutz dieser Bank umbringen lassen. Da wir diesen Abstand nicht haben, erweisen wir denen unsere Ehrerbietung, die in Erfüllung einer leider sinnlosen Pflicht ihr Leben lassen.

Den gestrigen Vormittag habe ich im Gespräch mit Schülern eines Gymnasiums in Palermo verbracht. Es war ein offener, herzlicher Dialog, ohne jede Aggressivität von seiten der Schüler, die anfangs eine gewisse Schüchternheit zeigten und auf persönliche Fragen eher zurückhaltend reagierten. Sie drückten sich klar und mit jener Knappheit aus, die eine Tochter der Klarheit ist. Nur zwei stärker politisierte Schüler neigten zur Weitschweifigkeit, ohne sich aber nebulös oder unverständlich auszudrücken. Die Fragen bezogen sich auf literarische Probleme, aber unter Berücksichtigung ihrer ideologischen und politischen Verzahnungen. Ich fühlte mich nach diesem Gespräch sehr ermutigt.

Eigentlich hatte ich vorgehabt, auch ihnen eine Frage zu stellen, aber ich schob sie so lange hinaus, bis sie schließlich unter den Tisch fiel: die Frage, ob einer von ihnen jemals Stendhal gelesen habe. Ich frage mich, warum ich sie nicht gestellt habe. Vielleicht fürchtete ich mich vor der Enttäu-

* Es ging dabei um Michele Pantaleones Buch über die Mafia. (A. d. Ü.)

schung, es könnte ihn keiner gelesen oder auch nur von ihm gehört haben.

Da jeder Tag, wie unser ganzes Leben, aus geheimnisvollen Entsprechungen, subtilen Querverbindungen besteht, bekam ich gestern abend ein soeben erschienenes Buch geschenkt: Tomasi di Lampedusas ›Vorlesungen über Stendhal‹. Ich kannte sie bereits, und nun lese ich sie wieder.

Zuerst aber las ich die Einleitung von Philippe Renard, einem leidenschaftlichen Italianisten, der an der Universität von Stendhals Geburtsstadt Grenoble lehrt. Er schreibt über Lampedusas Verwandtschaft mit Stendhal. Es ist eine Art Stendhal-Konzentrat, eine fast physisch greifbare Evokation Stendhals.

Ein weniger scharfsinniger Interpret hätte nach Übereinstimmungen, nach Ähnlichkeiten zwischen Stendhal und Lampedusa gesucht; oder besser gesagt: nach Spuren von Stendhals Einfluß auf Lampedusa, nach Stellen, wo die Verwandtschaft des sizilianischen Schriftstellers mit Stendhal besonders deutlich zutage tritt. Renard dagegen wirft die Frage nach ihren Unterschieden auf, nach dem Wesen und den Grenzen von Lampedusas Verwandtschaft mit Stendhal. »Was Lampedusas Hand lenkt«, sagt Renard, »ist eine feinsinnige Vorliebe für das Brüchige, für die Risse, die Gebäude zum Einsturz bringen, Menschen zerstören, Gesellschaften umwälzen, die Statik erschüttern. Alles ist schon gesagt worden, und die Literatur kann nur noch die Überreste eines großen Zusammenbruchs sammeln. Für Stendhal dagegen weiß die Literatur noch nicht, worauf sie stoßen wird«; das betrifft sowohl den Akt des Schreibens selbst als auch die künftigen Leser.

Ein grundlegender Unterschied: hier der Bürger aus Grenoble, der in die Zukunft blickt (ein Bürger mit einem gewissen Snobismus freilich, ein Bürger, der zur Aristokratie strebt); da der Aristokrat aus Palermo, der auf das für immer verlorene Glück seiner Klasse zurückblickt. In die Zukunft blickend, sagte Stendhal voraus, er werde um 1880 und um 1935 Leser finden, und so war es auch. Lampedusa, dessen Blick auf die Vergangenheit gerichtet war, ließ den ›Leoparden‹ zu Lebzeiten unveröffentlicht und rechnete vielleicht gar nicht damit, daß er Leser finden könnte. Doch er hat, und zwar sofort, so viele Leser gehabt, daß es sich lohnte, dieses Phänomen zu analysieren.

Gestern jedoch, zwischen dem Gespräch mit den Schülern und der Lektüre des Aufsatzes von Renard, habe ich darüber nachgedacht, ob Stendhal 1977 wohl Leser findet, junge Leser, wie es seinem ewig jungen Werk entspricht. 1880 hatte er sie: Zu dieser ersten großen Lesergeneration gehörten Friedrich Nietzsche, die Schriftsteller des Realismus, die Intellektuellen, die für Dreyfus eintraten. Auch 1935 fand er sie: Und für uns ist mit diesem Datum das Entstehen des antifaschistischen Bewußtseins verbunden. Es wäre ein gutes Zeichen, wenn er 1977 wieder Leser fände.

Der Verleger Einaudi hat mit dem richtigen Gespür, daß die Zeit für Stendhal bald wieder reif sein könnte, Übersetzungen seiner Hauptwerke vorbereitet. Wenn man anstelle der vielen nutzlosen Umfragen und Statistiken einmal der Frage nachginge, wie viele Leser Stendhal heute, besonders unter den jungen Leuten hat, könnte die Antwort höchst aufschlußreich sein. Sei es im Sinne einer Bestätigung oder aber einer Enttäuschung unserer Wunschvorstellungen, unserer Hoffnung.

Zwei Wochen nach der Entführung des Abgeordneten Aldo Moro hatte die Polizei 35000 Hausdurchsuchungen, 9700 Streifenfahrten, 1200 Razzien, 3500 See- und 1200 Luftaufklärungsmanöver durchgeführt; sie hatte 6700000 Personen, 3800000 Fahrzeuge und 5900 Schiffe kontrolliert und 62000 Kontrollstellen eingerichtet. Nun sind weitere vier Wochen vergangen, und diese Zahlen haben sich wahrscheinlich, wenn nicht verdreifacht, so doch verdoppelt. Es schwindelt einem, besonders angesichts der Zahl der Personenkontrollen. Der Begriff »Kontrolle« bedeutet vermutlich eine Ausweiskontrolle und eine Inspektion dessen, was der Betreffende bei sich oder auf dem Leib trägt: Bisher sind also an die 15 Millionen Menschen so genau gefilzt worden. Das heißt, gut die Hälfte der erwachsenen Bevölkerung Italiens. Und bei keinem einzigen von ihnen hat man ein Indiz gefunden oder den Verdacht geschöpft, daß er den Roten Brigaden angehören könnte...

Das bedeutet, daß die Roten Brigaden in der Sphäre des Unmöglichen leben. Nicht nur des praktisch Unmöglichen, sondern auch des theoretisch Unmöglichen, des mathematisch Unmöglichen. Sie entziehen sich nicht nur den Polizeikontrollen. Sie entziehen sich selbst der Wahrscheinlichkeitsrechnung.

Ich glaube, von den vielen Dingen, die zu wissen die Italiener das Recht hätten, wäre eines der dringendsten das folgende: Ob sich Aldo Moro vor dem 16. März dieses Jahres, prinzipiell oder theoretisch, für den Gefangenenaustausch zwischen dem Staat und terroristischen Gruppen ausgesprochen hat. Wenn dem so ist, wie Moro selbst nach dem 16. März behauptet hat, dann ist nicht einzusehen, warum ein Mann, der diese Meinung oder Theorie schon vor seiner persönlichen Involvierung vertreten hat, sie nicht auch weiterhin vertreten und kundtun soll, nachdem er selbst auf tragische Weise zu einem Verhandlungs- und Tauschobjekt geworden ist. Mit noch größerem Recht sogar: Denn wenn er um das Leben eines Sossi bangte, so ist es nur natürlich – wenn auch nicht heroisch –, daß er um sein eigenes noch ein bißchen mehr bangt.

Ich gehöre zu denen, die nicht glauben, daß die Briefe des entführten Moro die Briefe *eines anderen Moro* sind. Darin bestärkt mich auch die Haltung der Familie, die zu Recht darüber empört ist, daß man das Bild eines *außer sich geratenen* Moro entwerfen will, eines falschen Moro, der sich dazu hergibt, eine Forderung zu stellen, die er unter anderen Umständen, in Freiheit und Sicherheit, nicht nur niemals gestellt, sondern für die er sich geschämt hätte. Aber de facto geht es darum: Würde man zugeben, daß Moros Briefe aus dem »Gefängnis des Volkes« vernünftig und klarsichtig sind, dann müßte man rückblickend, im Licht der heutigen Ereignisse, auch die Vernunft und Klarsicht anerkennen, die seine politische Handlungsweise bestimmt haben. Und genau das will man nicht tun.

Es gibt einen alten Lustspielfilm, in dem Macario als Volksschullehrer ein Klassenzimmer betritt, wo auf der Tafel steht: »Der Lehrer hat was mit der Tochter vom Direktor.« Macario liest es, geht, als hätte er eine Eingebung, träumerisch lächelnd zur Tafel und schreibt: »Schön wär's!«

Auf all die Polemiken gegen die Intellektuellen – gegen ihr Schweigen oder ihr Reden – dürfte es von seiten der Intellektuellen nur diese eine Antwort geben: »Schön wär's!« Schön wär's, wenn die Intellektuellen in unserem Land wirklich jene Rolle spielen dürften, die ihnen in diesen Polemiken unterstellt wird, wenn sie wirklich so sehr zählten, wie man ihnen vorwirft. Aber sie haben niemals gezählt, sie haben nie irgendeine Rolle gespielt. Machiavelli sagte: »Sie lassen dich nicht einmal einen Stein umdrehen.« Um bei diesem Bild zu bleiben, könnte man sagen, daß das Umdrehen von Steinen und das Entdecken der darunter verborgenen Würmer das Äußerste war, was die Intellektuellen in unserem Land tun konnten: eine einsame Beschäftigung, auf eigene Gefahr.

Man muß aber auch sagen, daß dieses fortwährende Gerede von der Rolle der Intellektuellen, ihrer Wichtigkeit, ihrer Schuld an allem, was geschieht, schließlich dazu führt, daß die Intellektuellen wirklich eine Rolle spielen, daß ihr Stellenwert steigt, daß sie sich gewisse Verdienste erwerben. Das bedeutet eine Gefahr für jene, die sie angreifen. Und eine Hoffnung für uns.

18. April 1948. Ich war damals in Racalmuto und arbeitete in einem Büro mit dem Namen Ucsea. Was diese Abkürzung bedeutete, weiß ich nicht mehr, doch an die Arbeit erinnere ich mich wie an einen Alptraum, so schwer und verhaßt war sie mir. Zwangsablieferung von Weizen, Gerste und Öl; Bauern, die nichts davon wissen wollten; Karabinieri, die die Häuser durchsuchten; Richter, die harte Urteile fällten, wenn sich bei den Hausdurchsuchungen herausstellte, daß nicht die gesamte Ernte angemeldet worden war. Allerdings war dieses Büro ein sehr geeigneter Beobachtungsposten, um den Wahlausgang vorauszusehen. Damit will ich sagen: Der Sieg der Christdemokraten war keine Überraschung. Viele Frauen kamen ins Büro und erkundigten sich bei uns Angestellten (der Chef war ein Christdemokrat), ob die Stimmabgabe wirklich geheim sei. Es waren Frauen von Kommunisten, von Sozialisten. Aber nicht einmal ihre Ehemänner waren fest entschlossen, ihre Stimme dem »Volksblock« zu geben. Die kommunistischen Wahlredner, die ins Dorf gekommen waren – besonders einer, der viele Jahre in der Sowjetunion verbracht hatte –, hatten die Vorzüge der Kolchosen geschildert. Man kann sich vorstellen, welche Wirkung ihre Erklärung, daß es sich dabei um eine Art ständiger Zwangsablieferung handle, auf Leute haben mußte, die ins Gefängnis kommen konnten, und manchmal auch ka-

men, wenn sie bei der Ernteablieferung auch nur einen einzigen Zentner Weizen unterschlugen. Dann gab es die Prozessionen, die Wunder, die Briefe von den Verwandten aus Amerika. Am Tag vor den Wahlen schließlich regnete es Telegramme von den Verwandten in Amerika. Es konnte also nicht anders kommen, als es kam. Ja, vielleicht sollte man sagen: als es kommt.

»Glauben Sie mir, ich habe Alberti im Prozeß von Catanzaro kennengelernt, und ich muß Ihnen sagen, er hat nicht das Zeug zu dem großen Mythos, mit dem sie ihn umgeben haben; er ist ein armer Teufel, aber er kommt gerade recht, und sie können ihn zur Deckung vorschieben. Gerlando Alberti unter Anklage zu stellen, bedeutet für sie, daß die Angelegenheit abgeschlossen ist. Wie immer.« So schrieb mir im Juli 1972 Giuseppe Sirchia aus Linosa. Sechs Jahre später, am Abend des 22. Mai, brachen Sirchia und seine Frau vor dem Gefängnis Ucciardono unter den Schüssen zusammen, die, der Polizei und den Zeitungen zufolge, Leute aus Gerlando Albertis Clan auf sie abgegeben hatten. War Sirchia also sechs Jahre zuvor einem folgenschweren Irrtum erlegen, indem er Gerlando Alberti als »armen Teufel« einschätzte?

Es geht nicht darum, ob Gerlando Alberti das Zeug zur mythischen Figur hatte, oder ob Sirchia sich irrte, indem er ihn, mitleidig oder verächtlich, als »armen Teufel« abtat; es geht stets und immer noch um »sie«: um diejenigen, die aus Alberti – und aus Sirchia – einen Mythos machten, um sich dahinter zu verstecken. Sirchia hat in seinen Briefen an mich immer nur dieses verallgemeinernde »sie« gebraucht: Er gab jedoch zu, daß es sie gab und gibt; und für einen Mann wie ihn, der sich offen zum Gesetz des Schweigens, zur *Omerta*, bekannte, war das schon viel – zuviel vielleicht, nach dem Ende zu urteilen, das er genommen hat. »In Sizilien«, schrieb er mir in demselben Brief, »muß man sich auf allen Gebieten an das Schweigegesetz halten: in der Politik, bei der Polizei, der Justiz usw. Ich habe noch viele Schwierigkeiten, aus denen ich eines Tages herauszukommen hoffe, damit ich mir ein neues Leben aufbauen kann; nicht für mich, sondern für meine kleinen Töchter, die noch zur Schule gehen, und ich hoffe, daß wenigstens sie das Stigma der Versklavung auslöschen werden, mit dem ich gezeichnet bin.« Und er beendete diesen langen Brief mit den Worten:

»Ich schließe nun mit der Bitte, daß Sie alles bei sich behalten, was ich Ihnen anvertraut habe, denn ich möchte in Frieden leben und mir eine neue Existenz aufbauen; ich werde die Dinge nicht ändern können. Ich bin nur ein kleines Steinchen in einem großen Mosaik (der Gesellschaft), und wenn ich nicht zertreten werden will, muß ich an meinem Platz eingezwängt bleiben.« *Eingezwängt:* von einer Zange festgehalten, statt von einer Fassung. Und *die Gesellschaft:* die ihn zertreten konnte, die ihn zertreten hat.

Was er mir anvertraute! Objektiv, von den Fakten her gesehen, war es herzlich wenig. Nur ein einziges Mal nannte er den Namen eines Politikers, jedoch wegen einer Angelegenheit, die nicht ihn, sondern einen Gefährten seiner Verbannung betraf. Doch von größerem Interesse als die Geständnisse, die er mir nicht machte, war für mich sein Vertrauen: daß er sich an mich als einen Sizilianer wandte, der, wie er sagte, in seinen Büchern die »bittere Wahrheit« Siziliens darstelle, ein Leben, »das mit dem bürgerlichen und moralischen Leben nicht immer vereinbar ist«. Und eben darauf gründete sich das Vertrauen, das er mir entgegenbrachte: meine Darstellung der »bitteren Wahrheit«, in der er gelebt hatte und lebte. »Mein böses Geschick hat es gewollt, daß ich sehr viel an menschlichem Leid kennengelernt habe.« Er bedauerte, darüber nicht schreiben zu können, tröstete sich aber damit, daß ich darüber schrieb.

In seinem ersten Brief hieß es: »Hier nach Linosa ist ein deutscher Journalist gekommen, der mir von Ihren Büchern erzählt hat; ich möchte sie lesen, weiß aber nicht, wie ich sie bekommen kann.« Ich ließ ihm einige schicken, darunter auch den ›Tag der Eule‹. In seinem Antwortbrief dankte er mir und teilte mir seine Eindrücke mit; aber er schrieb mir auch über die Ungerechtigkeit, deren Opfer er war, über die Schwierigkeiten, unter denen er und seine Mitverbannten auf der Insel litten. Vielleicht war meine Antwort ein wenig hart, was die Justizirrtümer und die Ungerechtigkeit betraf, über die er sich beklagte. Aus seiner Antwort und den späteren Briefen trat seine Vorstellung von Gerechtigkeit und Ungerechtigkeit dann klarer hervor: Er hätte seine Bestrafung als gerecht empfunden, wenn andere ebenfalls nach Linosa verbannt oder zu Gefängnisstrafen verurteilt worden wären. Warum ich und »sie« nicht? Warum gilt der Erwerb eines bestimmten Grundstücks in Mancinos Fall als Mafia-

Geschäft, nicht aber im Falle des Politikers, der es mit ihm zusammen erworben hat? Warum sind wir, nachdem das Schwurgericht uns freigesprochen hat, von anderen Richtern zur Verbannung verurteilt worden?

Ich unternahm einen schwachen Versuch, diese letzte Frage zu beantworten, aber den beiden anderen hatte ich nichts entgegenzusetzen: Ich mußte ihm vielmehr recht geben. So versuchte ich, ihn nur zu ermutigen, den Richtern, die ihn verurteilten, den Journalisten, die ihn interviewten, und mir als jemandem, der auch für die Zeitung schreibt, die Dinge, auf die er anspielte, und die Namen, die er verschwieg, zu nennen. Einmal, als er mir von gewissen Manövern berichtete, die die Angehörigen mancher Verbannter unternahmen, um deren Strafe zu verkürzen, schrieb ich ihm zurück, daß ich einen Artikel darüber veröffentlichen wolle, wenn er mich dazu ermächtige. Er antwortete mir: »Sie schreiben mir in Ihrem Brief, daß man das, was ich Ihnen erzählt habe, an die Öffentlichkeit bringen müßte, und daß es ein gerechter Kampf sei. Dazu will ich Ihnen eine Anekdote über den heiligen Antonius von Padua erzählen: Der heilige Antonius war portugiesischer Abstammung, und als er wieder einmal unterwegs war, um seinen Glauben zu verkünden, erreichte ihn die Nachricht, sein Vater sei des Mordes angeklagt worden. Der Heilige begab sich sofort nach Portugal, trat vor die Männer des Gesetzes, die seinen Vater ins Gefängnis geworfen hatten, und sagte: ›Mein Vater ist unschuldig, und ich kann es Euch beweisen.‹ Er ging mit ihnen auf den Friedhof, wo der Ermordete begraben lag, und sagte: ›Öffnet das Grab.‹ Dann fragte er den Toten: ›Sprich, bist du von meinem Vater ermordet worden?‹ Der Tote richtete sich auf und antwortete: ›Nein, dein Vater ist es nicht gewesen.‹ Darauf sagten die Männer des Gesetzes zu dem Heiligen: ›Da du ihn schon dazu gebracht hast, zu sagen, daß dein Vater nicht der Mörder ist, frage ihn doch auch, wer der Mörder ist.‹ Und der Heilige antwortete ihnen: ›Ich wollte die Unschuld meines Vaters beweisen, Eure Aufgabe ist es, den Mörder ausfindig zu machen.‹«

»Seit sechzehn Jahren bin ich verheiratet, doch mit meiner Frau bin ich insgesamt nur dreißig Monate zusammengewesen.« Warum diese Strafe, fragte er sich, wenn er doch nichts weiter getan hatte, als in Sizilien als Sizilianer zu leben, in dem einzigen Staat, den er kannte, und nach genau festgelegten Gesetzen und Regeln, die er streng einhielt? Und wie sollte er die Entdeckung des anderen Staates als Glück empfinden, wenn dieser sich für ihn und andere, ebenso »kleine Fische«, nur in Gefängnisstrafen und Verbannung konkretisierte? Indessen schwammen die großen Fische frei im Meer der Verbrechen und der Geschäfte rings um die Qualle Italien, den Polypen Italien herum, der seine Fangarme nur nach den kleinen ausstreckte. Er zeichnete sie, diese allegorische Darstellung Italiens und der Antimafia-Kommission. Aus Linosa schickte er mir die Skizze, und später ließ er mir aus dem Gefängnis Ucciardono durch seinen Anwalt das Bild überbringen. Ich schlug ihm eine Ausstellung seiner Zeichnungen und Bilder vor. Aber er wollte nicht: Er wollte vergessen werden, nach Norditalien gehen oder auf Linosa bleiben. »Ich habe nur den einen Wunsch, in Frieden gelassen zu werden und mit meiner Familie zusammen leben zu können – fern von Sizilien, obwohl ich meine Heimat mehr als alles auf der Welt liebe.«

Es ist ihm nicht gelungen; es konnte ihm auch nicht gelingen. In die Annalen der Mafia ist sein Leben als präzise Bestätigung der These von Henner Hess eingegangen: Die Mafia ist ein Staat, in dem man lebt wie in der eigenen Haut, ohne zu wissen, daß sie ein Staat ist, und ohne zu wissen, daß man dessen gehorsamer Bürger ist.

Vielleicht hatte Sirchia zu fühlen begonnen, daß diese Haut ihn brannte, daß er kein gehorsamer Bürger mehr war.

Der beste Beobachtungsposten für das, was in Sizilien vorgeht, bleibt für mich nach wie vor das Dorf, in dem ich geboren bin und in dem ich, auch wenn ich mich oft anderswo aufhalte, tatsächlich lebe: Racalmuto in der Provinz Agrigent.

Einen Monat vor der Volksabstimmung fanden in Racalmuto die Kommunalwahlen statt. Der Wahlkampf war frei von persönlichen Animositäten und fast rein politischer Natur. Er führte zu folgendem Wahlergebnis (ich nenne die Zahlen aus dem Gedächtnis und runde sie daher ab): Christdemokraten: 2200 Stimmen, 15 Sitze; Sozialistische Partei: 1100 Stimmen, 8 Sitze; Kommunisten: 700 Stimmen, 5 Sitze; Sozialdemokraten: 250 Stimmen, 1 Sitz; Republikaner: 180 Stimmen, 1 Sitz. Das Movimento Sociale, das bei den letzten

Wahlen zwei oder drei Sitze errungen hatte, ist diesmal völlig leer ausgegangen, obwohl es Kandidaten aufgestellt hatte.

Bei den Volksabstimmungen sank die Wahlbeteiligung um etwa 500. 3884 Stimmberechtigte nahmen teil. Für den Antrag auf Abschaffung der Parteienfinanzierung stimmten 1591 Wähler; für die Abschaffung des nach Reale benannten Gesetzes 1082. Bei beiden Abstimmungen wurden jeweils 236 leere Wahlzettel abgegeben. Niemand wählte ungültig. In Prozenten ausgedrückt, hat der Ort fast genauso gestimmt wie ganz Sizilien: 47,3 Prozent stimmten für den ersten, 32,4 Prozent für den zweiten Antrag.

Es ist ein Dorf, in dem die Mafia von Mori ausgerottet wurde; weder im italienischen noch im sizilianischen Parlament hatte es je einen Abgeordneten sitzen, folglich ist die Klientelwirtschaft wenig ausgeprägt; es hat kein Lumpenproletariat, und die Faschisten wurden aus dem politischen Leben hier völlig ausgeschlossen. Nun glaube ich, daß ganz Sizilien unter den gleichen Voraussetzungen abgestimmt hat. Das heißt, unbeeinflußt von der Mafia oder von Klientelbeziehungen, ohne Rücksicht auf die Faschisten, unabhängig von apolitischem oder subproletarischem Unmut. Ich bin daher der Meinung, daß die Wahlergebnisse auf Sizilien – und in Süditalien – gemessen an der Stimmung, die sich darin ausdrückt, von mindestens ebenso großer, wenn nicht sogar größerer Bedeutung sind als die aus der Emilia. Die Ergebnisse aus der Emilia zeugen von einer allgemeinen Zufriedenheit, die aus Sizilien und Süditalien von einer allgemeinen Unzufriedenheit. Ich sehe nicht ein, warum in einer Demokratie das Nein dessen, dem es gutgeht, als positives Zeichen der Reife gewertet werden soll, das Ja dessen hingegen, dem es schlechtgeht, als unreif, apolitisch, mafios und als Zeichen rassischer Unterschiede.

Der hohe Prozentsatz an Ja-Stimmen im Süden ist eine wichtige Mahnung an die italienische Demokratie und an die italienische Linke. So wichtig, daß sie schon eine erste Wirkung gezeitigt hat: den Rücktritt Leones vom Amt des Präsidenten der Republik. Wäre Leone zurückgetreten, wäre er zum Rücktritt gezwungen gewesen, wenn die Ja Stimmen des Südens deren gesamtitalienischen Prozentsatz nicht erhöht hätten?

Voltaire starb am 30. Mai 1778 in Paris. Rousseau mehr als einen Monat später, am 2. Juli, in Ermenonville. Es war zu erwarten, daß die Festivitäten zu ihrem zweihundertsten Todestag in der Zeit zwischen diesen beiden Daten ausbrechen würden. Statt dessen gingen sie schon viel früher los, so als hätte man diese Gedenkfeiern bereits ungeduldig erwartet. Um abzurechnen. Um Bilanz zu ziehen.

Sie hatten nichts miteinander gemein, Voltaire und Rousseau. Nicht einmal ihre gegenseitige Geringschätzung. Voltaire betrachtete Rousseau mit spöttischer Verachtung. Rousseau haßte Voltaire in dem Maße, in dem er ihn gerne geliebt hätte. Sie unterschieden sich nach Herkunft, Charakter, Ideen und Lebensweise. Das einzige, was sie verbindet, ist der Anlaß unserer heutigen Feiern: ihr Todesjahr. Voltaire starb auf dem Höhepunkt des Ruhms – nach einer triumphalen Aufführung seiner ›Irène‹ am 30. März in Paris, von der uns Moreau der Jüngere ein Bild überliefert hat; und Rousseau in der Verbitterung über seine Erfolglosigkeit (an der er sich auch ein wenig weidete). Voltaire war vierundachtzig, Rousseau sechsundsechzig. Aber dieses einzige vom Schicksal, das heißt vom Tod, geknüpfte Band brauchen wir heute, im Jahre 1978, um, wie es in der Seemannssprache heißt, unsere Position zu bestimmen: wo wir uns befinden, welchen Kurs wir verlassen und welchen wir einschlagen sollen. Den Rousseau-Kurs. Den Voltaire-Kurs. Auf den ersten Blick mag der Rousseau-Kurs als der offenere, unbegrenztere, verheißungsvollere und sicher faszinierendere von den beiden erscheinen. Aber ist es nicht der, den wir schon zurückgelegt haben? Ist es nicht der der Romantik, des »Willens der Mehrheit«, des größeren Teils vom Ganzen, der mörderischsten »Ismen«?

Versuchen wir ein klares Fazit. Und auch wenn von Voltaire nicht viel übrigbleibt, wenn nur die Erzählungen, seine Schrift über den Fall Calas und ein Häufchen Briefe bleiben, halten wir uns an dieses wenige, klammern wir uns an dem wenigen fest. Oder wir werden untergehen, mit Rousseaus ›Bekenntnissen‹ und dem ›Emile‹ um den Hals.

Bei den ersten großen Fernsehereignissen, als im Familien- und Freundeskreis alle – wie heute – am Bildschirm klebten, dies aber der Anziehungskraft des Neuen zuschrieben, hörte ich folgendes, von Bauernweisheit zeugende Urteil: »Das Fernsehen ist wie das Schwein: nichts geht verloren«, das heißt, so wie jeder Teil des Schweins gegessen oder genutzt wird, wird auch alles konsumiert, was das Fernsehen sendet. Und es ist so geblieben, ja wohl noch schlimmer geworden, wenn der Bundeskanzler Schmidt die Deutschen in einer Rede schon aufgefordert hat, wenigstens einmal in der Woche auf das Fernsehen zu verzichten.

Nie war die Sorge eines Staatsmannes berechtigter. Ja, mehr noch: Nie zuvor hat sich ein Staatsmann über den Intelligenzschwund und die zunehmende Verdummung der Bürger seines Landes so besorgt gezeigt wie Schmidt im Hinblick auf das Fernsehen. Doch bei den Franzosen kam das nicht gut an. Bei einer Zeitungsumfrage gaben drei von vier Befragten Antworten, die im Kern etwa lauteten: »Mit welchem Recht?« – »Eine idiotische Aufforderung.« – »Es handelt sich dabei um einen Rat, aber *ne se passe pas en France.*«

Die letzte Antwort kann man als typisch ansehen. Jenseits des Rheins geschehen eben manchmal Dinge, die in Frankreich undenkbar wären. Aber in ganz Europa, und sogar in Frankreich, finden viele Dinge Eingang, die von Deutschland ausgehen. Hoffen wir also wenigstens, daß sich auch der fernsehfreie Tag durchsetzt: Er wäre so nötig wie in den arabischen Ländern der vom Koran vorgeschriebene Verzicht auf Schweinefleisch.

Ein Roman von Chesterton, ›Der Mann, der Donnerstag war‹, könnte, glaube ich, derzeit dazu dienen, die Einstellung der meisten Italiener zu den Roten Brigaden und deren Umfeld auf absurde Weise zu veranschaulichen. Der Held, der mit richtigem Namen Syme heißt, ist ein Geheimagent, der in einen zwielichtigen Anarchistenverein eingeschleust wird, dessen Anführer, sieben an der Zahl, jeder den Namen eines Wochentags annehmen; ihm fällt der Donnerstag zu. Bei einer Versammlung, in der über einen Terrorakt entschieden werden soll, wird einer als Spitzel enttarnt: der Dienstag. Dieser Spitzel gehört derselben Geheimdienstorganisation an wie Donnerstag. Dann stellt sich heraus, daß auch Freitag ein Spitzel und ebenfalls Mitglied derselben Organisation ist. Und am Ende erweisen sich alle als Spitzel, einschließlich Sonntag, der sie als Spitzel angeheuert und als Anarchisten befehligt hatte.

Nun, in der öffentlichen Meinung – jener, die auf der

Ebene unterhalb von Zeitungen, Fernsehen und Rundfunk zirkuliert – bildet sich eine Überzeugung heraus, die große Ähnlichkeit mit jener Einsicht hat, die der junge Syme alias Donnerstag auf den letzten Seiten des Romans gewinnt. Die Überzeugung nämlich, daß an der Spitze der Roten Brigaden Leute stehen, die nacheinander, wie in Chestertons Roman, eine Mitgliedskarte zücken könnten, die sie zwar nicht unbedingt als Angehörige derselben Organisation ausweist, wohl aber als Mitglieder von Organisationen, die bei aller Verschiedenheit ihrer Fernziele dieselben Nahziele haben.

An der Grenze bei Domodossola fordert der Zollbeamte, der zur Kontrolle in den Zug gestiegen ist, mich und den anderen Reisenden in meinem Abteil auf, »den kleinen Koffer« zu öffnen. Immer wollen sie, wer weiß warum, wenn man einen großen und einen kleinen Koffer dabeihat, den kleinen sehen. Ich habe diese Beobachtung schon so oft gemacht, daß ich, sollte ich etwas zu verbergen haben, das bestimmt im großen Koffer verstauen würde. Selbst wenn die Zöllner aus Erfahrung Grund zu der Annahme hätten, daß Verbotenes eher im kleinen als im großen Koffer versteckt wird, versteht man nicht, warum sie nicht bedenken, daß ihre immer gleiche Aufforderung für den Reisenden zu einer ebensolchen Erfahrung mit umgekehrtem Vorzeichen wird.

Ich öffne den kleinen Koffer. Er enthält Bücher und Briefe. »Private Korrespondenz?« – »Private.« Dann fragt er nach den Valuta. Den Papieren zufolge müßte ich 10488 Lire bei mir haben, es sind aber ungefähr 17000. »Das ist zuviel«, sagt der Zöllner, aber schon im Weggehen, nachsichtig.

Ich denke an die Milliarden Lire, die schon über diese Grenze geschafft wurden. Eine große Müdigkeit überkommt mich. Als sich der Zug in Bewegung setzt, ist mir zumute wie Renzo Tramaglino beim Überschreiten des Adda.

Das Urteil meiner französischen Freunde über die Zustände in Italien widerspricht dem meinigen regelmäßig in einem Punkt: Was sie als ein Glück für Italien betrachten, ist in meinen Augen ein Unglück. Das ist kein geringer Unterschied. Ja, er läßt sich sogar noch weiter verallgemeinern:

Die *italianisierenden* Franzosen haben, in der Nachfolge Stendhals, bei uns immer jene Dinge im strahlendsten Licht gesehen, die uns selbst schmerzlich und dunkel erschienen. Von Stendhal bis Sartre (auch wenn Sartre auf ganz andere Weise *italianisierend* ist). Nun aber, angesichts der gegenwärtigen Ereignisse in Italien, scheint sich ihr Urteil zu wandeln. Allmählich erkennen sie als Unheil, was sie bisher als Glück, Vorzug oder Talent betrachtet hatten. Diesem Wandel müssen wir Beachtung schenken und Rechnung tragen, denn ich glaube, er beginnt uns die ersten klarsichtigen Urteile über unsere Lage zu bescheren; und das in einem Augenblick, in dem man nicht behaupten kann, bei uns herrsche übermäßige Klarsicht. Lesen sollten zum Beispiel alle Italiener die drei Artikel von Jerome Bindé, die zwischen 9. und 11. Mai in ›Le quotidien de Paris‹ erschienen sind: ›Le chantage à la barbarie‹, Die Erpressung der Barbarei. Ich habe darin einige meiner Behauptungen, Befürchtungen und Ängste wiedergefunden. Aber auch wer ganz anders denkt als ich, müßte, sofern er guten Willens ist, darin einiges finden, das ihm zumindest Anlaß zur Beunruhigung gibt.

In diesen Tagen hört man ringsum nichts als Schuldbekenntnisse. Einflußreiche Politiker knien vor den Beichtstühlen der Massenblätter nieder, schlagen sich an die Brust und bekennen voll Inbrunst, gefehlt zu haben. Nie aber sagen sie: »Ich habe gefehlt.« Immer: »Wir haben gefehlt.« Und nie fragen ihre priesterlichen Interviewer wie die echten Priester: »Wie oft, mein Sohn?«

So viele Fehler. Und so oft begangen. Der Leser möge versuchen, sie aufzulisten und dann Bilanz zu ziehen. Die Liste ist lang, und sie wäre noch viel länger, wenn die Reuigen nicht erst von 1968 an beichteten. Die Summe ist erschreckend. Sie entspricht ungefähr – ungefähr, weil sie natürlich unvollständig ist – den Problemen, vor denen wir heute stehen.

Wenn nun jeder, der da beichtet, sagte: »Ich habe gefehlt«, wäre es sogar einfach, ihm die Absolution zu erteilen, allerdings unter der Bedingung, daß er sich zurückzieht und die Rolle oder die Position, in der er Fehler begangen hat, aufgibt. Das *wir* aber macht die Dinge verdammt schwierig. Ist es ein *wir* im engeren oder im weiteren Sinn – in so weitem Sinn, daß es ganze Parteien mitsamt deren Wählern einschließt?

Wenn es sich um ein so weitgespanntes *Wir* handelt, dann halte ich das Schuldbekenntnis nicht nur für wertlos, sondern für einen Vorboten weiterer nutzloser Schuldbekenntnisse. Auch hierin wäre es besser, von der katholischen Kirche zu lernen, die meines Wissens Schuldbekenntnisse in der Wir-Form nicht akzeptiert.

Wir haben, sagt ein einflußreicher Politiker, die Regierung mit dem Staat verwechselt. Jahrelang, will er damit wahrscheinlich sagen, haben wir in Opposition zur Regierung gestanden, als wäre sie der Staat, ohne sie vom Staat zu unterscheiden. Nun frage ich mich aber: Ist es möglich, den Staat unabhängig von der Regierung dieses Staates zu sehen? Und wird im Augenblick nicht noch etwas anderes verwechselt, nämlich Staat und Verfassung?

Als ich zur Schule ging, gehörte zu unseren Schulbüchern ein kleines Bändchen mit weißem Deckel. Wenn ich mich recht erinnere, war es ein Auszug aus dem Artikel »Faschismus« der Enzyklopädie Treccani, verfaßt von zwei Autoren, Mussolini und Gentile. Es trug den Titel ›Doktrin des Faschismus‹ und war Prüfungsstoff. Diesem Text verdanke ich meine Abneigung gegen den mystischen, metaphysischen Staatsbegriff. Bestärkt in dieser heilsamen Abneigung hat mich ein anderes Büchlein, das ich in einer kleinen Buchhandlung in Caltanissetta entdeckte, wo man sogar Bücher finden konnte, die ein halbes Jahrhundert alt waren. Dieses Büchlein habe ich bis heute aufbewahrt, wie ich es damals fand, zerfleddert und mit abgerissenem Umschlag: Adriano Tilgher, ›Die Botschaft des triumphierenden Esels. Pamphlet gegen Giovanni Gentile. Ein Buch für Philosophen und Nichtphilosophen‹, Verlag Piero Gobetti, Turin 1925.

Es wäre ratsam, dieses Bändchen gerade jetzt wieder aufzulegen. Nicht daß die Lage heute dieselbe wäre wie 1925; aber es kann nicht schaden, daran zu erinnern, was geschieht, wenn man vom Staat spricht statt von der Verfassung, wenn man den Staat nicht mehr als Gesamtheit und als ein System von Dienstleistungen sieht, sondern als eine Größe *jenseits des Physischen*, jenseits der Bedürfnisse.

Ein katholischer Schriftsteller, dem ich (ein Konfessionsloser, Aufklärer, Voltairianer und wie man mich sonst noch nennt, ohne daß ich es abstreite) mich im Augenblick näher fühle als jedem anderen, ist Georges Bernanos, der gegen das Franco-Regime, für das er eigentlich hätte eintreten müssen und auf dessen Seite seine Söhne kämpften, eine glühende Anklage verfaßte: ›Die großen Friedhöfe unter dem Mond‹. Vor mehr als dreißig Jahren schrieb Georges Bernanos: »Es kommt der Augenblick, wo der Schriftsteller sich zwischen seinem Publikum und seinen Freunden entscheiden muß. Ich habe mich für die Freunde entschieden. Ein Publikum gewinnt und erhält man sich mit Mitteln, die sich kaum von denen der Geschäftsleute unterscheiden, die ein Produkt absetzen wollen. Ein Publikum erobert man sich, Freunde verdient man sich. Und man muß sie sich immer neu verdienen, unentwegt, denn täglich läuft man Gefahr, sie zu enttäuschen und zu verlieren. Das Vertrauen meiner Leser ist gewiß ein kostbares Gut, aber ich habe kein Nutzungsrecht darauf: sie können es mir jederzeit entziehen, wenn sie wollen. Außerdem ist es mir tausendmal lieber, ihr Vertrauen zu verlieren, als es zu verraten.«

Es klingt paradox, daß ein Schriftsteller das Vertrauen seiner Leser verlieren kann, weil er sich weigert, es zu verraten. Doch dieses Paradoxon haben zur selben Zeit zwei ganz verschiedene Schriftsteller mit ganz verschiedenen politischen Überzeugungen erlebt: Gide bei seiner Rückkehr aus der Sowjetunion und Bernanos bei seiner Rückkehr von der Franco-Front. Sich einer solchen Situation zu stellen, wäre heutzutage in Italien für einen Schriftsteller der Mühe wert. Buchstäblich: der *Mühe* wert.

Das dreihunderteinundneunzigste Heft von ›Charlie Hebdo‹ zeigt auf dem Titelbild Papst Paul VI., der mit so finsterer Miene wie Edward G. Robinson und einer Pistole in der Hand sagt: »Schluß mit dem Beten!« Das gehört noch nicht zum Unverschämtesten, was in diesem Wochenblatt erschienen ist, da gab es noch ganz anderes, Unglaubliches, teilweise Untolerierbares und auch nicht Toleriertes. Dennoch floriert das Blatt. Der Herausgeber ist Georges Bernier, aber »gemacht« wird es von Cavanna, einem gebürtigen Italiener. Man kennt nur seinen Nachnamen, und der ist höchst populär: Cavanna. Ein gleichfalls aus Italien stammender Regisseur, Attilio Magiulli, hat ein Stück aus Texten von Cavanna inszeniert – sofern man dergleichen Texte nennen kann. Seit Monaten steht es auf dem Spielplan.

Cavanna legt sich mit allen an; und das mit einer Vulgarität, die man klassisch nennen könnte. Aber er hat natürlich seine bevorzugten Zielscheiben: Priester, Polizisten, Bürger. Die letzte Nummer zeigt das Bild eines Polizisten, und der Text dazu lautet: »Rächen wir Aldo Moro! Ermorden wir einen *flic!*« Außerdem hat er ein paar fixe Ideen. Am hartnäckigsten wiederholt er die folgende: Ich weiß sehr wohl, was die Rechte ist, und ich mag sie nicht; die Linke würde mir gefallen, wenn mir nur jemand sagen könnte, wie und wo ich sie finden kann.

Angesichts der Zustände (in Frankreich, selbstverständlich) kann man ihm nicht unrecht geben.

An diesem ersten frühlingshaften Tag nach soviel grauen, kalten Tagen überrascht die *Place des Vosges* mit einer Farbenpracht, die mich an die normannische Kirche San Pietro e Paolo bei Taormina erinnert. Vor vierhundert Jahren fanden hier Turniere statt, vor hundert Jahren waren die Häuser ringsum noch von armen Leuten, zumeist Juden, bewohnt. Jetzt ist es ein Viertel für reiche Leute. Victor Hugo wohnte hier als armer, Descartes, zur Zeit der Turniere, vielleicht als reicher Mann. Alles dreht sich, alles kommt wieder.

Das Haus von Victor Hugo ist heute ein Museum. Ich besuche es zum erstenmal, aber mir ist, als wäre ich schon hier gewesen, so gut erinnere ich mich an Emanuele Navarro della Miraglias Beschreibung in dem lebendigen Büchlein ›Pariser Skizzen‹. Vor genau hundert Jahren hat ein Schriftsteller aus meiner Provinz sich unter den Dingen bewegt, zwischen denen Hugo lebte, und mir ein so lebendiges Bild davon vermittelt, daß ich den Eindruck habe, schon einmal dagewesen zu sein, sie wiederzusehen.

Ich fühle mich in einer Dimension der Kontinuität. Mit Hugo und Navarro fühle ich mich in einer sicheren, ermutigenden Tradition.

An einer Ecke des Boulevard Saint-Germain hat der ukrainische Dichter Schewtschenko sein Denkmal bekommen. Tagelang sah ich beim Vorübergehen einen Polizisten vor der mit weißem Stoff verhüllten Statue Wache stehen: Seit gestern weiß ich, weshalb er dort stand. Das Denkmal sollte gestern in Anwesenheit des Botschafters der UdSSR feierlich enthüllt werden, aber etwa zweihundert ukrainische Dissidenten hatten sich davor versammelt, um dagegen zu protestieren. Ihre Argumentation war einfach: Schewtschenko war vom Zaren ins Gefängnis geworfen worden; ein anderer ukrainischer Dichter, dessen Name auf Plakaten und Spruchbändern hin und her geschwenkt wurde, sitzt derzeit in einem sowjetischen Gefängnis. Wie kann man einen toten Dichter feiern und einen lebenden gefangenhalten?

Es waren zwar nicht mehr als zweihundert Leute, unter ihnen angeblich auch Ionesco, aber mindestens ebenso viele Polizisten, um sie in Schach zu halten. Und die Feier fand statt. Jetzt steht Schewtschenko in Bronze auf seinem Sockel und blickt auf den Boulevard Saint-Germain herab. Flankiert von zwei Polizisten statt einem, so, als hätten sie ihn nun verhaftet.

Eine Ausstellung von Jean-Louis Forain im Musée Marmottan. Neben den großen Ausstellungen, wie der derzeitigen Cézanne-Ausstellung, werden in Paris alljährlich kleinere Ausstellungen von unbekannteren Künstlern veranstaltet. Diese Initiativen, deren kultureller Wert unbestreitbar ist, tragen gleichzeitig zur Steigerung von Ansehen und Preisen des Künstlers bei, erhöhen seinen Ruhm und seinen Marktwert. Keiner, der ein gewisses Talent hatte, wird vergessen, und man hat den Eindruck, daß die Retrospektiven einem präzis festgelegten Katalog und Zeitplan folgen.

Forain ist ein Maler, der sich mit unserem Maccari vergleichen läßt. Tänzerinnen, Bürger, Richter und Advokaten sind seine Lieblingsthemen, und er stellt sie mit der gleichen Ironie, der gleichen karikierenden Spottlust dar wie Maccari. Doch Forain hat auch eine etwas verdächtige, volkstümlich pietistische Ader. Er war in der Tat ein Reaktionär. Bei seinem Tod sagte Paul Léon: »Dieser ironische Mensch war voll Zärtlichkeit, dieser Skeptiker war ein Patriot, dieser Ungläubige war gläubig.« Vor allem war er Patriot, und in den Jahren der *affaire* ein erbitterter Dreyfus-Gegner.

Was in seinen Zeichnungen und Bildern jedoch am tiefsten empfunden, am wahrhaftesten erscheint, ist das Entsetzen, mit dem er die Justiz und ihre Praktiken, ihre Art der Prozeßführung darstellt. Wie besessen hat er dieses Sujet immer wieder gemalt, mit einer Ausdruckskraft, die an Goya erinnert. Wie war es nur möglich, daß er in Dreyfus nicht das Opfer derselben Maschinerie erkannte, die ihn so ängstigte?

Das ist das Beunruhigende: Ideologische und politische Vorurteile vergiften oft sogar unsere tiefsten Gefühle, unsere grundlegenden Überzeugungen.

Ein Kommunist, der »mitzureden« hat, schreibt in einem Artikel über Kultur und Terrorismus, die Haltung der italienischen Kulturträger sei im allgemeinen positiv und verantwortungsvoll gewesen, wenn man von den wenigen Schriftstellern absehe, »die wir zuerst fälschlicherweise als Leitfiguren einer organischen Verbindung der Intellektuellen mit der Arbeiterbewegung angesehen haben und dann ebenso fälschlicherweise zu Belegfiguren für die Feigheit der Intellektuellen erklärt haben«.

Ich will daraus keinen persönlichen Kasus machen, der nur mich und die wenigen anderen Schriftsteller betrifft, die in dem positiven Bild, das die italienische Kultur bietet, als negative Ausnahmen erscheinen. Im übrigen ist der Fall gar nicht so persönlich, wenn man ihn so sieht wie beispielsweise der Autor eines Leitartikels in ›Le monde diplomatique‹. Doch ich beziehe mich hier nur auf das Eingeständnis eines doppelten Irrtums. Ein Eingeständnis, das in mir einen *horror vacui* auslöst. Das heißt, um das Lateinische beiseite zu lassen, ein Grauen vor der Leere: dieses Gemisch aus Angst und Faszination, das uns erfaßt, wenn wir über den Rand eines Abgrunds blicken. Daß man sich in seinem Urteil über dieselben Leute zweimal irrt, ist, wie man zugeben muß, ein bißchen viel. Abgesehen davon, daß man in dem Augenblick, da man diese beiden Irrtümer zugibt, möglicherweise schon einen dritten begeht: nämlich den zu glauben, daß man diese »wenigen Schriftsteller« in ihrem eigenen Saft schmoren lassen soll, da mit ihnen ohnehin – um es mit Dante zu sagen – »kein Staat« zu machen ist.

Von Ende Mai bis Mitte Juli findet im Parc de la Bagatelle in Paris ein internationaler Wettbewerb der Rosenzüchter statt. Ich weiß nicht, seit wie vielen Jahren schon, es müssen aber mindestens vierzig sein, da 1938 eine Rose namens »Gloria di Roma« den ersten Preis gewann. Welches Ereignis mag einen Rosenzüchter 1938 auf den Gedanken gebracht haben, seine Rose »Gloria di Roma« zu taufen? Ich strenge mein Gedächtnis an und werde, während ich an den Rosenbeeten vorüberschlendere, allmählich mißtrauisch.

Hier die Goldmedaille von 1940: eine Rose namens »Dunkerque«. In Dünkirchen entkam 1940 das britische Expeditionskorps gerade noch den Luftangriffen der Deutschen, kehrte nach England zurück und überließ Frankreich Pétain und Hitler. Zeugt der Name dieser Rose von einer Vorahnung oder war er als Ehrenbezeigung gedacht?

Bei einem Spaziergang durch den Parc de la Bagatelle könnte man anhand der Rosennamen vielleicht die Geschichte der jüngsten Vergangenheit nachzeichnen. Gewiß aber könnte man eine Sitten- und Modegeschichte schreiben; eine Geschichte der vergänglichen Mythen. Marlene, Maria Callas, Sylvie Vartan, Königin Elisabeth... Mit dem Bild der Rose verbindet sich die Vorstellung von Dekadenz, von Ende. Selbst wenn sie noch kaum erblüht ist, denkt man an ihre Vergänglichkeit, daran, daß sie mit dem Tag vergehen wird. Und so wird der Rosengarten von la Bagatelle für mich zur Anthologie aller Gedichte und aller Prosatexte über die Rose, die mir in Erinnerung geblieben sind. Bis zu Bernal Diaz' Beschreibung, wie die Steuereinzieher des Montezuma in ein besiegtes Dorf kommen: hochmütig, elegant, parfümiert, eine langstielige Rose in der Hand. Kann man sich ein dekadenteres Bild der Dekadenz und des Niedergangs vorstellen als dieses? Der Fiskus und die Rose. Das Reich Montezumas war reif für den Untergang.

Lo Duca ist ein Sizilianer aus Cefalú. Vor fünfundvierzig Jahren floh er nach einem Duell mit dem Bildhauer Arturo Martini nach Paris, wo er ein paar Wochen warten wollte, bis Gras über die Sache gewachsen war. Statt dessen ist er für immer dort geblieben. Als Kenner der Geschichte des Films und der Erotik gab er in der Nachkriegszeit bei Pauvert eine erotische Reihe heraus, die weltweite Verbreitung gefunden hat. Die sogenannten »Giftschränke« der Bibliotheken, das heißt jene Fächer, in denen die gewagtesten erotischen Texte und Bilder unter Verschluß gehalten werden, bergen für ihn keine Geheimnisse. Der sizilianische »gallismo« – der Männlichkeitswahn, wie ihn die Gestalten Brancatis verkörpern – ist für ihn zur Bildung und Kultur geworden. Aber ich will hier nicht über seine Kompetenz auf dem Gebiet der erotischen Literatur sprechen. Gestern erhielt ich von ihm die Photokopie eines Gesprächs mit Paul Valéry, das er 1957 in einer Auflage von einhundert Exemplaren veröffentlicht hatte. Ein Gespräch über Geschichte, das mit folgender Bemerkung Valérys beginnt: »Die gesamte Geschichte ist eine Fälschung, und folglich ist sie nutzlos. Ich bin der Verführung der Geschichte niemals erlegen.« Im weiteren Verlauf des Gesprächs führt Valéry dann ein Beispiel an: »Vor kurzem habe ich einen handschriftlichen Brief des Generals Sir Henry Shrapnell gesehen, geschrieben vier oder fünf Tage nach der Schlacht von Waterloo, in dem es heißt: Es waren meine neuen Haubitzen, die die Schlacht gewonnen haben.« Das heißt also, führt Valéry aus, daß alles, was man über Waterloo bisher erzählt hat, falsch ist: Gewonnen wurde die Schlacht von Shrapnells Geschossen – eben jenen Schrapnellen, von denen hundert Jahre später, im Ersten Weltkrieg, soviel die Rede war.

Diese suggestive Erklärung Valérys hat Lo Duca dazu angeregt, nach einem Beweis zu suchen: und er fand ihn in Stendhals Beschreibung dieser Schlacht in der ›Kartause von Parma‹. Der Leser kann es selbst nachprüfen: die drei bis vier Fuß hoch fliegenden Erd- und Schlammbrocken können nicht auf Gewehrschüsse zurückzuführen sein, sondern lassen sich nur als Auswirkung der Schrapnelle erklären. Also erfährt man aus einem Roman wieder einmal eine Wahrheit, die nicht in den Geschichtsbüchern steht.

Im ›Espresso‹ vom 25. Juni steht folgende Erklärung des Abgeordneten Francesco Mazzola, Christdemokrat und Staatssekretär im Verteidigungsministerium: »Die Leute erwarten von uns vor allem, daß unser Kandidat ein Ehrenmann ist. Der einzige, für den ich, sieben Jahre lang, die Hand ins Feuer legen würde, ist Zaccagnini.« Er spricht natürlich von dem Mann, der in den Quirinal einziehen soll.

Man glaubt zu träumen. Die DC ist die größte politische Partei Italiens, Abgeordnete und Senatoren zusammengenommen müßten schon ein halbes Tausend ehrenhafte Männer ergeben; denn das sind sie per definitionem, wenn die Partei sie der Wählerschaft vorgeschlagen und die Wähler sie als solche anerkannt und mit hinreichender Stimmenanzahl ins Parlament gewählt hat. Ganz zu schweigen von der Reserve an Ehrenmännern, die mindestens zehnmal so groß sein müßte, denjenigen nämlich, die aufgestellt, aber nicht gewählt wurden. Doch bleiben wir bei den Gewählten: Man könnte der Partei wie der Wählerschaft eine gewisse Irrtumsquote zugestehen, ja sogar einräumen, daß der eine oder andere erst nach der Wahl moralisch gesunken ist. Wollen wir annehmen, dies betreffe besten- (das heißt schlimmsten-)falls zehn Prozent? Für jede Partei, für jedes Parlament wäre schon das ein bißchen zuviel. Aber dem Abgeordneten Francesco Mazzola ist es noch nicht genug: Er nimmt nur einen einzigen davon aus. Zwar scheint er anzudeuten, daß es noch andere gäbe, denen er vertrauen würde – aber nicht sieben Jahre lang. Für ein, zwei oder drei Jahre, warum nicht. Aber sieben Jahre! Sieben Jahre lang ehrenhaft zu bleiben, als Präsident der Republik, das würde ans Phantastische, ans Übermenschliche, an Heiligkeit grenzen. Dem Abgeordneten Mazzola ist in der Democrazia Cristiana nur ein einziges Exemplar der ausgestorbenen species Mensch bekannt, die sich durch erwiesene, dauerhafte Ehrlichkeit auszeichnet, und das ist Zaccagnini. Und *ehrlich* gesagt ist das zu wenig.

Ein kleiner Angestellter – eine Gestalt, auf die nicht von ungefähr des Autors tiefe und seelenverwandte Zuneigung zu den großen russischen Schriftstellern abfärbt – nimmt irgendwann in seinem Leben die Gewohnheit an, sich jeden Morgen, bevor er ins Büro geht, die Zeitung zu kaufen. Die Zeitung ist die ›Unità‹. Man kann nicht behaupten, der kleine Angestellte habe sich zwischen den vielen Zeitungen für die eine entschieden: Seit dem Augenblick, in dem er beschlossen hat, sich täglich eine Zeitung zu kaufen, kauft er selbstverständlich die ›Unità‹. Sie ist *seine* Zeitung. Seiner Bildung und seinem Verhalten nach ist er nur vage kommunistisch orientiert, doch von Instinkt und Wesen her ist er ein eingefleischter Kommunist.

Als der Chef des Büros, in dem er arbeitet, ihn mit der ›Unità‹ in der Jackentasche kommen sieht, ändert sich seine Einstellung zu ihm: Sein Vertrauen wandelt sich in Mißtrauen. Eines Tages sagt er ihm klipp und klar, daß er als Christdemokrat keinen Kommunisten in seiner Nähe haben wolle. Der Angestellte verzichtet auf die ›Unità‹ und tritt schließlich der Democrazia Cristiana bei. Eines Tages jedoch passiert etwas, das das Leben des Angestellten Marco Trigillo wie ein Erdbeben erschüttert: Die Auswirkungen dieses Ereignisses werden über achtzig Seiten hin beschrieben, ohne daß der gespannte Leser erfährt, was eigentlich geschehen ist. Auf Seite achtzig wird endlich offenbar, was Trigillos Welt auf der ersten Seite so erschüttert hat: Sein Chef, Dr. Foti, ist Leser der ›Unità‹ geworden.

Nachdem er die tiefe Verwirrung, in die ihn dieses Ereignis gestürzt hatte, überwunden hat, beginnt Trigillo seinen Chef in wachsendem Maße zu hassen, und die Gründe dieses Hasses buchstabiert er sich aus Kants ›Kritik der reinen‹ und der ›praktischen Vernunft‹ zusammen. Bis er schließlich zur befreienden Tat schreitet: Er plant und begeht das perfekte Verbrechen. Dr. Foti fliegt aus einem Fenster im vierten Stock und landet zerschmettert auf dem Bürgersteig, genau in dem Augenblick, als er wie jeden Tag seinem neuen Glauben gehuldigt, das heißt die ›Unità‹ gelesen hatte.

Das ist die Handlung von Sebastiano Addamos Roman ›Ein vertrauenswürdiger Mann‹, der vor kurzem bei Garzanti erschien. Es ist ein Buch, von dem niemand spricht – aus Gründen, die denen des Dr. Foti verdächtig ähnlich sein könnten.

Am 3. Dezember 1887 wählte die Französische Nationalversammlung Sadi Carnot zum Präsidenten der Republik. Es war eine lange und umstrittene Abstimmung mit vier Kandidaten in der Endrunde gewesen. Den Ausweg fand Clemenceau, als er im Spiegelsaal von Versailles, wo die Parlamentarier nervös miteinander tuschelnd auf und ab liefen, ausrief: »Wählen wir den Dümmsten!« Und so war Carnot gewählt worden.

Als der Präsident Carnot unter den Schüssen des Anarchisten Caserio zusammenbrach, fand die durch Clemenceaus Ausruf beeinflußte Wahl der Nationalversammlung eine Bestätigung. Auf die Frage des Richters: »Der Präsident hat Ihnen in dem Moment in die Augen gesehen; hat sein Blick Sie nicht verwirrt, nicht zurückgehalten?« antwortete Caserio seelenruhig: »Der Präsident hatte keinen Blick.«

Möge dies auf uns nicht zutreffen.

De Chiricos neunzigster Geburtstag. Vor mir liegt ein Porträt von ihm, eine Bleistiftzeichnung von Bruno Caruso. Es ist ein echtes Porträt und nicht, wie man heute zur Rechtfertigung der Unähnlichkeit zu sagen pflegt, eine Interpretation. Tatsächlich ist ja schon die ähnliche, das heißt die wirklichkeitsgetreue Wiedergabe der Physiognomie eine Interpretation, und zwar die glaubhafteste. Wenn darin außerdem noch die physiognomische Wahrheit in ihrer ganzen Ausdruckskraft, das heißt in dem Augenblick festgehalten ist, in dem der Porträtierte sich selbst verrät, indem sein Blick und der Zug um seinen Mund über ihn das sagen, was wir über sein Leben, seine Taten, seine Gedanken und seine Werke schon wußten, dann wird das Porträt dadurch noch ähnlicher beziehungsweise die Interpretation noch glaubhafter. Und genau das ist bei Carusos Zeichnung der Fall. Aus diesem Porträt tritt De Chirico mir so entgegen, wie er wirklich ist: distanziert, ironisch, verächtlich und zugleich wachsam und vorsichtig, aufmerksam, neugierig. Vielleicht könnte man über ihn sagen, was Chesterton über Jane Austen sagte: »Sie brachte sich vor den Dingen des Lebens in Sicherheit, aber wenige Dinge des Lebens waren vor ihr sicher.« So hat De Chirico neunzig an historischen Umwälzungen und kollektiven Tragödien überreiche Jahre miterlebt und sich vor allem sorgfältig in Sicherheit gebracht; doch ebenso sorgfältig hat er es registriert, als wachsamer und klarsichtiger Beobachter.

So zu leben wissen, ist ein Geheimnis, ein Geheimnis, das nur wenigen gegeben ist. Und ich fühle das Bedürfnis, ihm vom anderen Ufer her einen Gruß und einen Glückwunsch zu senden.

Die Zeitungslektüre bringt mich auf düstere Gedanken. Auf düstere Gedanken über eben diese Zeitungen, über den Journalismus. Die Zeitungen verstellen mir die Sicht wie ein Vorhang. Genauer gesagt, wie ein Schleier, denn von dem, was sich dahinter bewegt, von den Dingen, die dort stehen, und den Szenen, die sich dort abspielen, lassen sie doch etwas erkennen. Nur bedarf es dazu eines geübten, gut geschulten Auges. Nicht eines scharfen, das genügt nicht. Eines erfahrenen. Und diese Erfahrung hat nicht jeder.

Beeindruckend ist außerdem ihre Gleichförmigkeit. In den Berichten über Ereignisse lassen sich manchmal Unterschiede wahrnehmen. Kaum jemals aber in ihrer Beurteilung. Ich spreche natürlich von den Massenzeitungen. Bei den kleinen, weniger verbreiteten Blättern ist die Beurteilung der Ereignisse von Blatt zu Blatt verschieden. Sollten wir uns angewöhnen, die kleinen, wenig verbreiteten Zeitungen zu lesen und die Massenblätter vergessen?

Eine undefinierte Angst scheint die Zeitungen zu quälen

Die Angst davor, eine Linie zu haben, die Ereignisse einer präzisen Beurteilung zu unterziehen. Als fürchteten sie, sie könnten jemandem in die Hände spielen, könnten Dinge zur Diskussion stellen, die allzu brisant sind, könnten das bißchen Sicherheit aufs Spiel setzen, an das sie sich klammern. Dabei besteht die wirkliche Gefahr eben darin, vor einer Gefahr Angst zu haben.

Als Jesus im Johannesevangelium sagt, er sei in die Welt gekommen, um für die Wahrheit Zeugnis abzulegen, fragt Pilatus: »Was ist Wahrheit?«

Es ist die ewige Frage, die ihre Antwort nur in der Wahrheit, nicht aber in einer Erklärung oder Definition der Wahrheit finden kann. Die Wahrheit ist. »Ich bin, der ich bin.« Auch die Wahrheit ist, die sie ist. Die Macht verlangt, daß man ihr die Wahrheit so erklärt, wie sie die Lüge, der sie sich verschrieben hat, erklären kann. Pilatus fragt. Jesus gibt keine Antwort.

Aber die Frage, die mich heute beschäftigt, während ich diesen Passus des Johannesevangeliums wiederlese, den ich in den Evangelien nach Matthäus, Markus und Lukas vergeblich gesucht habe, ist folgende: Warum zeichnet nur Johannes diese beiden Sätze auf, die meiner Ansicht nach den dramatischen Höhepunkt der Passion bilden?

Die Antwort könnte lauten: Weil sie wahr sind, weil Johannes dabei war. Ich verstehe nicht viel von Exegese und Evangelienkritik, aber bei Johannes fühle ich die Wahrheit des selbst Gesehenen, des selbst Gehörten. Und zwar an einem kleinen topographischen Detail: Pilatus geht aus dem Richthaus hinaus, in einen Hof, der als »der mit Steinen gepflasterte« bezeichnet wird. Selbst wenn dieses Steinpflaster nicht 1932 von den Archäologen entdeckt worden wäre, würde dieses Detail dennoch von einer Wahrheitstreue zeugen, die ich stendhalisch nennen möchte. Johannes, der belesenste der vier Evangelisten, wußte vielleicht, daß dieses Detail ein wichtiges Beweisstück für die Wahrheit des Ganzen sein würde. Und die Schlußfolgerung daraus: Auf die Frage des Pilatus – »Was ist Wahrheit?« – wäre man versucht zu antworten: die Literatur.

In der Via Siracusa kommt ein junger Mann auf mich zu und gibt mir eine Visitenkarte. »Etwas in Palermo, das Sie vielleicht interessieren könnte«, sagt er und geht weiter. Ich lese, was auf der Karte steht: »Raia Salvatore – Leiter der Gemeindefürsorgestelle für Bedürftige, Arbeitslose und Sozialhilfeempfänger – Büro: Via Coltellieri, 18 – 90133 Palermo.« Und ob mich das interessiert!

Sofort denke ich an den »menschlichen Staub« des Grafen Gobineau, an das Lumpenproletariat – »diese passive Verwesung der untersten Schichten der Gesellschaft« – des ›Kommunistischen Manifestes‹: und daß dieser Staub nun ein Büro hat, daß die Verwesung aktiv werden will.

Später schlage ich im alten Tommaseo das Wort *indigenza* nach. Und siehe da, Tommaseo paßt besser als Gobineau und Marx. »*Armut* ist äußerste, ständige oder lang anhaltende *Bedürftigkeit.* Der Mensch kann vorübergehend dieser oder jener Sache, dieses oder jenes Mittels bedürfen; die Bedürftigkeit aber ist der vollständige Mangel an allen Dingen, die zur Erreichung eines Zieles nötig sind, und an allen Mitteln, sich diese zu beschaffen. *Armut* wie auch *Bedürftigkeit* werden oft ausschließlich auf jene Dinge bezogen, die zur Erhaltung des physischen Lebens notwendig sind, doch haben beide Begriffe eine allgemeinere Bedeutung. Die Sprache, und das heißt die menschliche Natur, gegen diese Usurpation durch die materiellen Dinge zu verteidigen und dem Wort die verlorene Weite seines Territoriums wiederzugeben, ist das schöne Amt des Schriftstellers ...«

Von seinem Büro (seinem »Amt«) in der Via Coltellieri aus erhebt Herr Salvatore Raia das Wort »Bedürftige« gegen jede Usurpation. Gegen den Grafen Gobineau. Gegen das ›Manifest‹ von Marx und Engels.

In einem umfangreichen Werk über Mailand (Leben, Kunst, Sitten und Gewerbe der Stadt), das, glaube ich, von der Stadtverwaltung herausgegeben wurde, schrieb Giovanni Verga 1896 einen fünfseitigen Aufsatz über ›Die Umgebung von Mailand‹, der kaum bekannt ist, meiner Meinung nach aber die Aufmerksamkeit der Verga-Forscher verdiente, weil er sehr deutlich die Stimmung wiedergibt, in der Verga seine Mailänder Tage – und Jahre – verbrachte. Diese fünf Seiten enthalten jedoch auch eine allgemeinere Wahrheit: das ständige Gefühl des Exiliertseins und der Melancholie aller Sizilianer, die fern der Heimat leben. Dieses Gefühl verbindet den wohlhabenden Schriftsteller, der aus freier Wahl in Mailand lebte und seine Tage am Schreibtisch, im Verlag Treves, im Café Cova und in der Scala verbrachte, mit dem Auswanderer, dessen Leben sich in der Fabrik und der tristen Vorstadt abspielt. Davon zeugt der etwas unangemessene Schluß dieses Aufsatzes: »... und ihr beugt euch über das Geländer, um die Sterne zu betrachten, die einer nach dem anderen auf der stillen Oberfläche des Sees aufglänzen, und ihr stützt die Stirn in die Hände, und fühlt in eurer Brust nacheinander, den Sternen gleich, all die lieben, fernen Dinge aufsteigen, die ihr im Herzen tragt und von denen ihr euch niemals trennen wolltet.«

Hier auf dem Land, zwischen Agrigent und Caltanissetta, kann man alle Nachrichten, die aus den umliegenden Dörfern eintreffen, in einer einzigen zusammenfassen: Es gibt kein Wasser. Wassermangel herrscht in Agrigent, Licata, Palma di Montechiaro, Canicatti, Ravanusa, Favara. In Caltanissetta ist das Wasser verschmutzt, in anderen Orten – falls es überhaupt fließt – übermäßig gechlort. Und man denke nicht, daß es in den Orten, die nicht über Wassermangel klagen, im Überfluß und jederzeit zur Verfügung steht: Die Situation ist dort nur insofern besser, als es wenigstens noch zweimal in der Woche Wasser gibt.

So geht das seit Jahren. Ja, es wird von Jahr zu Jahr schlimmer. Als die englische Labour-Regierung in der Nachkriegszeit die Seifenrationierung beibehalten wollte, sagte Churchill, der zur Opposition gehörte und dies für ungerecht oder unbegründet hielt: »Darf ich daraus schließen, daß diese Regierung ziemlich schmutzig ist?«

Dürfen auch wir, angesichts des Rufs nach Wasser, der in so vielen sizilianischen Gemeinden erhoben wird, darauf schließen, daß die Gemeinde-, Regional- und Staatsbehörden, die diesen Wassermangel verschuldet haben, ziemlich schmutzig sind?

Nach vielen – ungefähr vierzig – Jahren lese ich ›Pan‹ von Knut Hamsun wieder. Es ist eine alte Ausgabe von Sonzogno, höchstwahrscheinlich eine Übersetzung der französischen Übersetzung. (Meine Generation hat aber alle großen Bücher, besonders die der russischen Autoren, durch die Ausgaben von Barion kennengelernt, jeder Band zwei Lire: in Übersetzungen von Übersetzungen.)

Ich hatte dies Buch von Hamsun fast vergessen. Dabei ist es ein schönes, immer noch lebendiges und beunruhigendes Buch mit einer herrlichen Frauengestalt. Je weiter ich mit der Lektüre vorankomme, desto stärker wird mir bewußt, daß es einen großen Einfluß auf mich gehabt hat, der später mit meiner großen Liebe zu Stendhal verschmolzen und darin aufgegangen ist. Eben deshalb, weil Hamsun ganz auf dieser Linie liegt.

Aber es gibt auch noch einen sozusagen äußerlichen Grund dafür, daß ich ihn vergessen habe. Hamsun, der Nobelpreisträger des Jahres 1920, ist sehr alt geworden, so alt, daß er zur Zeit der deutschen Besetzung noch zum Kollaborateur der Quisling-Regierung werden konnte. Und nun, beim Wiederlesen des ›Pan‹, finde ich auch den Grund, oder zumindest das Motiv für die Kollaborationsbereitschaft des Schriftstellers: eine große, religiöse, eben pan-ische Naturliebe.

Wenn es etwas gibt, das des rechten Maßes bedarf, so ist es die Liebe zur Natur. Man darf sie niemals zu sehr lieben. Denn das führt letztlich dazu, daß man den Menschen zu wenig liebt.

In der 1969 erschienenen Moro-Biographie von Corrado Pizzinelli steht, daß die Ermordung Kennedys Moro »tief erschütterte und bewegte und seine Angst vor Attentaten so sehr verstärkte, daß er von der Polizei einen besseren Schutz seiner Person und seiner Wohnung verlangte«. Damals war er Ministerpräsident. Kein Wunder also, daß die Satire diese sichtbare Manifestation seiner Ängste aufgriff.

Doch nun, zwölf Jahre später, zieht man einen damals in einem Kabarett aufgeführten satirischen Text hervor, um ihn im Lichte der Voraussage, der Prophezeiung zu betrachten (oder zu Schlimmerem zu mißbrauchen, indem man hervorhebt, daß jenes Kabarett »rechtsgerichtet und nostalgisch« war). »Den Anschlag auf Moro vor zwölf Jahren fast vorausgesagt«, lauten die Schlagzeilen in der Presse. Unbewußt (wie ich hoffe) will man die Schuld an dem, was geschehen ist, immer noch auf etwas schieben, das mit Freiheit zusammenhängt. Genauer gesagt mit jenen Artikeln der Verfassung, die die Meinungs-, Rede- und Pressefreiheit garantieren – und die Freiheit der Vorstellungskraft, der Phantasie. Und so entsteht der Eindruck, daß der Fall Moro allgemein vorausgesehen wurde – nur von der Regierung nicht.

Zum Fall Moro wird es, jedenfalls im Augenblick, keine parlamentarische Untersuchung geben. Da der parlamentarische Untersuchungsausschuß in seiner Zusammensetzung überdies eine Miniaturausgabe des Parlaments darstellt und die Mehrheitsentscheidung daher von vornherein festgelegt ist, darf man sich davon ohnehin keine wirkliche Klärung erhoffen. In unserem Land – dem besten Teil dieses Landes – besteht jedoch ein Bedürfnis nach Information und Aufklärung, das man unbedingt berücksichtigen und auf irgendeine Weise befriedigen müßte. Zum Beispiel die Geschichte um Gradoli. Der Polizeichef soll dem Richter mitgeteilt haben, daß er diesen Namen einem anonymen Hinweis entnommen habe, aus dem jedoch nicht hervorging, ob es sich um das Dorf Gradoli oder um die Via Gradoli in Rom handle. Nachdem man aber den Ort ohne irgendein Ergebnis durchgekämmt hatte, hätte man sich doch wohl logischerweise mit der Straße beschäftigen müssen – um so mehr, als sie in der »heißen« Zone liegt.

Man würde also zunächst einmal gern den Wortlaut des anonymen Hinweises erfahren. Die Publikation eines solchen Dokuments könnte dem Untersuchungsverfahren keinerlei Schaden zufügen, und die Bürger könnten sich endlich eine konkrete Vorstellung von den Methoden und dem Tempo machen, mit denen ihre Polizei arbeitet.

Es ist unglaublich, wie kindisch die Schriften des Kardinals Luciano, des heutigen Papstes Johannes Paul I., sind; noch unglaublicher aber ist, daß sie nicht als Kuriosität, sondern als ernsthafte Texte wieder vorgelegt und ausgelegt werden. Statt dessen hätte man sich – wer immer es nötig hat – lieber auf ihre Kindlichkeit berufen und darin ein glückliches Vorzeichen sehen sollen. Die Kirche braucht einen frischen, kindlichen Wind, und die Menschen brauchen eine kindliche Kirche. In dieser Kindlichkeit könnte sie, was den Teufel und alles übrige betrifft, sogar ein bißchen konservativ, ein bißchen reaktionär sein. Das einzige, wofür ich Paul VI. Sympathie entgegengebracht habe, war, daß er den Teufel wiederauferstehen ließ. Das war zwar ebenso unpopulär wie der Kampf des Amtsrichters Salmeri gegen die Nacktheit, aber wer heutzutage den Mut hat, sich unpopulär zu machen, verdient allein dafür Beifall. Außerdem wäre es für ein Land wie unseres, das ständig von einer Flut des Konformismus überschwemmt wird, dringend nötig, daß die Grenzen, die Unterschiede, die Vielfalt und die Identitäten wieder genau festgelegt werden. Wenn wir uns damit begnügen, ein einziger großer Topf zu sein, in dem alles zu einer einzigen Suppe verkocht wird, dann sind wir wirklich am Ende.

Eines der größten Werke der Malerei, die ich je gesehen habe, ist der Isenheimer Altar von Grünewald, der im Museum von Colmar bei Straßburg steht. Ich will nicht versuchen, ihn zu beschreiben: Bei Rizzoli gibt es eine gute und preiswerte Grünewald-Monographie, in der er recht gut abgebildet ist. Und von meinen persönlichen Eindrücken will ich nur beschreiben, was ich empfand, als ich die Kreuzigungsszene von unten betrachtete: Ich hatte das grausige Gefühl, Zuschauer der wirklichen Kreuzigung zu sein. Wenn man das Bild aus dieser Perspektive betrachtet, gewinnt es eine erschreckende Dreidimensionalität. Und am meisten beeindruckten mich die Lippen des Sterbenden, die aus dem Bild hervortreten, buchstäblich hervortreten.

Hier soll jedoch von dem Mann die Rede sein, der die Arbeiten an diesem großen Werk leitete; es war, nach alter elsässischer Tradition, ein Sizilianer. Als Superior des Isenheimer Klosters der Antoniter oder Antonianer, dem er von 1490 bis zu seinem Tod im Jahr 1516 vorstand, ließ der Sizilianer Guido Guersi – so heißt es in einer zeitgenössischen Chronik – den Turm, die Gewölbe und die Fassade der Kirche errichten und den Hauptaltar malen, eben jenen Flügelaltar. Nur daß sein Name, wenn er Sizilianer war, nicht Guersi, sondern Guerci lauten müßte.

Und vielleicht könnte diese kleine Korrektur dazu führen, daß man hier bei uns, in unseren Archiven, Nachforschungen über ihn und seine Familie anstellt, bevor man ihn, was schon versucht wird, zu einem Franzosen oder einem Ungarn macht.

Tolstois ganzes Leben steht im Zeichen der Flucht. Der Flucht aus den sozialen und ökonomischen Verhältnissen, in die er hineingeboren wurde. Der Flucht vor seiner Berufung zum Schriftsteller. Der Flucht vor sich selbst. Vor dem Leben. Auch seine Vermählung mit Sofja Andrejewna ist eine Flucht; wirklich geliebt hat er vielleicht, wie die ganze Familie glaubte, ihre Schwester Lisa. Seine überstürzte Liebeserklärung an Sofja, der dramatische Ton, in dem er sie machte (»ich werde gezwungen sein, mich zu erschießen«), die Eile, mit der diese Ehe geschlossen wurde (die Verlobungszeit dauerte vom 16. bis zum 23. Dezember 1862) – all das läßt vermuten, daß Tolstoi vor etwas floh. Vielleicht vor der Liebe zu Lisa, vielleicht vor der Liebe zu sich selbst.

Orwell hat einen wunderschönen Text über Tolstois letzte Flucht, die von zu Hause zum Bahnhof Astapowo, geschrieben. Er vergleicht sie mit der Flucht von König Lear. Aber in Wahrheit war es nicht die letzte, sondern die vorletzte Flucht. Die letzte zeichnete der Arzt auf, der ihm in seinem Todeskampf beistand. »Ich werde irgendwohin gehen, wo mich niemand findet ... Laßt mich in Frieden ... Man muß abhauen, irgendwohin abhauen«, das waren Tolstois letzte Worte, in der Nacht vom 6. zum 7. November 1910.

Abhauen aus dem Leben, *nicht mehr dasein*. Nichts anderes hat er im Leben gewollt, an nichts anderes hat er gedacht. Und aus dieser Fremdheit heraus hat er das Leben so klar gesehen, daß er es in seinen Büchern gleichsam nachschuf.

Können Schwestern, die dem Orden der »Trösterinnen vom Heiligen Herzen« angehören, für ihre Arbeit als Trösterinnen von der Institution, der sie zuteil wird, eine reguläre Bezahlung einschließlich der verschiedenen Ausgleichszahlungen fordern? Diese Frage wird seit einer Weile auf den verschiedenen Ebenen der italienischen Justizverwaltung hin und her geschoben: vom Amtsgericht zum Obersten Gericht, vom Obersten Gericht zum Kassationshof, vom Kassationshof zurück zum Obersten Gerichtshof. Aufgeworfen wurde sie von zwei Trösterinnen-Schwestern, die entschlossen sind, nur noch für Lohn plus Ausgleichszahlungen zu trösten.

Es ist eine verzwickte Frage. Selbst wenn man davon ausgeht, daß Trösten eine Arbeit wie jede andere ist, kann man doch nicht außer acht lassen, daß Trost nicht gleich Trost ist: Es gibt den einfachen und den schwierigen Trost, den normalen Trost und den Sondertrost, den allgemeinen und den fachmännischen Trost. Man wird also eine Tarifliste aufstellen müssen. An oberste Stelle wäre, obschon die Lepra fast verschwunden ist, der Kuß für den Leprakranken zu setzen; er ist mindestens so hoch zu bewerten wie jene komplizierten chirurgischen Eingriffe, deretwegen man nach Houston fährt. Und die weitaus weniger kostspielig sind als die Operationen mit ungewissem Ausgang, die in Italien vorgenommen werden.

In der ›Repubblica‹ vom Sonntag, dem 17. September, widmet Eugenio Scalfari meinem Buch über die ›Affäre Moro‹ das, was man früher einen Leitartikel genannt hat. Das Buch hat er noch nicht gelesen, denn es kommt erst in einem Monat heraus, doch er meint, es aufgrund meiner beiden, erst teilweise im ›Panorama‹ und im ›Espresso‹ erschienenen Interviews, schon jetzt beurteilen zu können.

Das mindeste, was ich dazu sagen kann, ist, daß er ein bißchen ungeduldig, ein bißchen voreilig war. Wäre er etwas geduldiger und etwas weniger voreilig gewesen, hätte er in dem Buch Besseres – das heißt von seiner Warte aus Schlimmeres – gefunden.

Auf der Grundlage der Auszüge aus meinen Interviews, die von den Presseagenturen verbreitet wurden, hat Scalfari in vier Punkten das zusammengefaßt, was er meine Schlußfolgerungen nennt. Die ersten beiden treffen nicht ganz daneben, aber den dritten und vierten Punkt kann er meiner Meinung nach weder aus dem, was ich in dem Pamphlet geschrieben habe, noch aus dem, was ich in den Interviews sagte, abgeleitet haben. Übrigens steht auf Seite zwei derselben Ausgabe der ›Repubblica‹ eine korrekte Zusammenfassung dieser Interviews, und aus der geht deutlich hervor, daß ich keineswegs behauptet habe, wie Scalfari in seinem Leitartikel behauptet, die Parteien und die Männer, die die Verhandlungen mit den Roten Brigaden ablehnten, seien »die wahren Verantwortlichen für den physischen Tod« Moros. Muß ich daraus schließen, daß Scalfari die ›Repubblica‹ nicht liest?

Was den vierten Punkt betrifft, so begreife ich nicht, warum Scalfari so apodiktisch darauf besteht, ich hätte gesagt, die Größe Moros »hat darin bestanden, daß er für diesen Staat nicht kämpfen wollte«. Das habe ich nicht gesagt, nicht gedacht. Und dabei kommt mir ein Verdacht: Indem er mir diesen Gedanken unterstellt, will Scalfari das Problem wieder auf jene Ebene bringen, auf der es letztes Jahr diskutiert worden ist, ob man den Staat, *diesen* Staat lieben müsse oder nicht, ob es einem Bürger, der die Gesetze einhält und seine Steuern zahlt, erlaubt sei, *diesen* Staat, so wie er ist, nicht zu lieben.

Mir ist klar, wie bequem es ist, das Problem wieder auf das Thema der existierenden oder fehlenden Liebe zum Staat einzuschränken. Tatsache ist jedoch, daß es nicht mehr darum geht. Es geht heute ganz einfach darum, ob man die Wahrheit liebt oder nicht. Scalfari weiß sehr wohl, daß dies die eigentliche Frage ist. Er weiß es so gut, daß er das Bedürfnis hat, auf eine Art ästhetischen Kanon zurückzugreifen, mit Hilfe dessen er das destabilisiert (ein heute mißbrauchtes Wort, doch hier trifft es den Nagel auf den Kopf), was in meiner Darstellung des Falles Moro an Wahrheit enthalten ist. Ausdrücke wie »das Geheimnis der Kunst«, »die Phantasie und das moralische Empfinden anregen«, mit denen er mich hier in einer Weise bedacht hat, die mir zu anderen Zeiten geschmeichelt hätte, haben mich in diesem Zusammenhang eingestandenermaßen in Unruhe und Sorge versetzt. Kurzum, ich hege den Verdacht, er wolle sagen, was ich über den Fall Moro geschrieben habe, solle weiter im Saft des »Geheimnisses der Kunst« schmoren, daß es mit der Wirklichkeit nichts zu tun hat. Ein höchst gefährlicher Kanon, würde ich sagen. Denn das wirkliche Geheimnis ist nicht das der Kunst, sondern das, wie und warum Moro gestorben ist.

Der Fall Moro flammt wieder auf und führt zu einer Spaltung zwischen den Italienern, ganz wie Moro selbst vorausgesehen hatte. Dabei genügte wenig, um diese Spaltung zwischen ehrlichen und vernünftigen Leuten zu verhindern. Es genügte der Wille zur Wahrheit.

Aber schon der Beginn – oder vielmehr Neubeginn – der Diskussion ging in die falsche Richtung. Die Veröffentlichung der bis vor wenigen Tagen in den Gerichtsakten verborgenen Briefe Moros wird nämlich als Provokation, als Attentat erachtet. Man forscht nach, wie und von wem die Geheimhaltungspflicht verletzt werden konnte, ohne zu bedenken, daß die Geheimhaltung bei Ermittlungsverfahren in einer Demokratie sinnwidrig und anachronistisch ist. In Ländern mit einer soliden Demokratie sind die Voruntersuchungen zu einem Strafprozeß öffentlich, wie wir auch aus den Kriminalromanen wissen. Bei diesen Untersuchungsverfahren werden die Ergebnisse der Autopsie, die ersten polizeilichen Untersuchungen sowie die Verdächtigungen oder Anschuldigungen, zu denen sie geführt haben, der Öffentlichkeit klar und ausführlich dargelegt. Es gibt keine Geheimpapiere, keine unzugänglichen Dokumente. Wir Italiener dagegen haben in den vier Monaten seit Moros Tod nur Vages und Widersprüchliches erfahren: und selbst das ist nur durch Indiskretionen durchgesickert. Indiskretionen, die unglaublicherweise strafbar sind wie Verbrechen.

Paolo Cesarini hat ein Buch über »Maccari und Umgebung« geschrieben. Es trägt den Titel ›Italiener, verjagt den Tyrannen‹, nach einem Slogan, den Maccari zur Zeit des Faschismus prägte. Und genau der Faschismus bestimmte auch Maccaris »Umgebung«. Der Faschismus von Farinacci, von Bottai und von Starace: drei Namen, die drei Spielarten, drei Denkweisen, ja sogar drei Generationen repräsentieren, die gleichzeitig nebeneinander existierten. Abwechselnd überwog einmal diese, einmal jene Linie, bis sich schließlich die von Starace durchsetzte (mit einer verspäteten, kurzen und tragischen Rückkehr zur Linie Farinaccis: *in articulo mortis*, in Salò). Aber alles in allem glaube ich, daß aus heutiger Sicht Bottais Richtung die katastrophalsten Auswirkungen hatte: sie hat jene Generation von Politikern und Intellektuellen, die heute – zumindest nominell – die Führungsschicht bilden, zum Konformismus, zur Heuchelei und zur Verschleierung abgerichtet. Aus eben diesem Kreis um Bottai und Ciano, der sich einen liberalen Anstrich gab, sind mehr oder weniger direkt jene Staatsvergötterer hervorgegangen, die sich in den letzten Monaten bemerkbar gemacht haben.

Das Buch erzählt also nicht nur auf liebenswürdige und witzige Weise – von Maccari, sondern liefert, auch im Sinne eines aufrichtigen Bekenntnisses, ein Bild des Faschismus aus erster Hand, das mehr und besser zum Nachdenken anregt als die Darstellungen der Berufshistoriker. Jedenfalls solange nicht irgendein Historiker über Maccaris ›Selvaggio‹ eine solche Arbeit schreibt wie Mack Smith über den ›Corriere della Sera‹.

Innerhalb einer Woche hat sich die Landschaft, über die täglich mein Blick schweift, verändert. Je nach Tageszeit und Lichteinfall scheint es entweder, als verwandle das Grün sich durch eine unsichtbare, langsame Verbrennung in Asche, oder als hingen in unmöglichen Neigungswinkeln Wasserflächen an den Hängen der Hügel. Diese Landschaft, die bis vor wenigen Tagen noch grün war, ist jetzt also abwechselnd grau oder von blendendem Glanz.

Die Erklärung für diese Verwandlung ist ökonomischer Natur. Die Weinberge, auf denen in dieser Gegend fast nur Tafeltrauben angebaut werden, sind mit großen, durchsichtigen Plastikfolien abgedeckt worden, damit die Trauben vor Regen geschützt bleiben und spät geerntet werden können. Je später die Lese, desto höher die Preise. Geschützt durch die Plastikfolie können die Trauben bis Weihnachten am Weinstock hängen.

Der Anblick dieser plastikverpackten Weinberge erfüllt mich mit Grauen, ruft Schreckensvisionen in mir wach, auch weil ich versucht habe, durch einen so abgedeckten Weinberg zu laufen.

Es herrscht dort eine solche Schwüle, daß man fast erstickt. Und schließlich hat man das Gefühl, einer Apokalypse nahe zu sein, bei der es nicht Feuer vom Himmel regnet, sondern durchsichtige Plastikfolien, die die ganze Welt einhüllen.

Alle scheinen bereit, unter dem neuen Papst Anzeichen eines *Wandels* der Kirche wahrzunehmen. Keiner aber stellt sich die Frage, ob eine Kirche sich überhaupt wandeln kann, ob ihr eigentliches Wesen nicht gerade in ihrer Unwandelbarkeit besteht: einer Unwandelbarkeit, die mit der einer Landschaft zu vergleichen ist, die von Flüssen durchzogen, manchmal grünend und manchmal kahl, schneebedeckt oder sonnendurchglüht unter einem strahlenden oder gewittrigen Himmel liegt, und doch immer dieselbe ist, erkennbar, unverändert und unveränderlich. Auch die katholische Kirche hat ihre Jahreszeiten erlebt, ist von Strömungen durchzogen worden, die schließlich in den anscheinend unversiegbaren Strömungen des Franziskaner- und des Dominikanertums zusammenflossen: Aber bis vor wenigen Jahren hat, wie ich glaube, niemand angenommen, sie könnte *sich wandeln.* Wenn man das heute annimmt, dann nicht, weil sie sich tatsächlich wandelt, sondern weil sie stirbt.

Was man über den Liberalismus sagte – »er lebt, weil er tot ist« – und einmal über den Marxismus sagen wird, das kann man heute vielleicht vom Christentum sagen. Und es wäre eine frohe Botschaft, eine Verwirklichung des Evangeliums im eigentlichsten Sinn, wenn man schließlich sagen könnte, daß das Christentum lebt, weil es in seinen Kirchen gestorben ist.

Zum Informativsten und Anregendsten, was man zur Zeit lesen kann, gehört das bei Vallecchi erschienene Buch von Alessandro Silj: ›Rote Brigaden – Staat. Schauspiel einer Auseinandersetzung unter der Regie der Tagespresse‹. Es wäre für mich auch eines der amüsantesten Bücher, wenn die Tragödie, die sich verzerrt darin spiegelt, uns nicht so unmittelbar beträfe. In zehn Jahren, oder für einen Ausländer auch heute schon, müßte die Lektüre dieses Buches ein unwiderstehliches Vergnügen sein.

Silj untersucht darin die Position fünf großer Tageszeitungen zum Fall Moro. Dabei entsteht ein phantastisches Bild, das sich aus einer Vielzahl von Details zusammensetzt, die man einzeln verfolgen und analysieren müßte. Das wichtigste jedoch, das am tiefsten beeindruckt und deprimiert, ist, daß die italienischen Zeitungen so gemacht werden, als sollten sie gar nicht gelesen werden, d.h. unter der Voraussetzung, in dem Vorurteil oder dem unbewußten Glauben, daß es den Leser (den urteils-, unterscheidungs- und kritikfähigen Leser) überhaupt nicht gibt. Der nicht existente Leser. Wie der inexistente Ritter bei Calvino. Ein Leser, der allmorgendlich die Zeitung in seiner leeren Leserrüstung verschwinden läßt.

Nachdem ich am 24. August das ›Pamphlet‹ über den Fall Moro abgeschlossen hatte, verbrachte ich die nächsten vier Tage damit, es fast mechanisch noch einmal durchzulesen, zu korrigieren und zu überarbeiten. Ohne daß ich es wollte, kreisten meine Gedanken um die Literatur: ruhelos, fieberhaft, gleichsam zweigeteilt, wie in einem Dialog. Auch heute nacht wieder, ganz gegen meine Gewohnheit. Vielleicht konnte ich vor lauter Müdigkeit keinen Schlaf finden (eine gebräuchliche, aber irrige Redewendung; denn wir suchen den Schlaf nicht, er überkommt uns, die wir am liebsten niemals schlafen würden, weil uns vor dem Gedanken graut, daß wir ein Drittel unseres Lebens verschlafen und dabei von höchst unpassenden Träumen heimgesucht werden).

Jedes Jahr hier auf dem Land ein Buch – ein kleines Buch – zu schreiben, bedeutet für mich Erholung und Vergnügen, ganz gleich über welches Thema, welchen Gegenstand ich schreibe. Schreiben als Erholung und Vergnügen, *die Freude, einen Text herzustellen* (und diese Freude ist für einen Autor der einzige Maßstab für die Freude, die er dem Leser und dem Kritiker bereiten wird – freilich nur dem Kritiker, dem es gelingt, Leser zu bleiben – *die Lust am Text*). Doch die Arbeit über Moro hat mich in eine Unruhe versetzt, die an Besessenheit grenzte. Und jetzt bin ich ihrer müde: aber ich kann es gar nicht erwarten, ein neues, anderes Buch in Angriff zu nehmen.

Wie auch immer: während meiner Schlaflosigkeit hatte ich in plötzlichen hellen Momenten das Gefühl, eine Antwort auf die Frage gefunden zu haben, was Literatur ist. Aber jetzt und hier vermag ich sie nicht zu wiederholen. Es ist wie damals in der Schule, wenn man aufgerufen wurde, einen Gesang von Dante aufzusagen, den man am Tag vorher auswendig gelernt hatte und man plötzlich wie vor einem gähnenden schwarzen Loch stand, das nicht nur die Erinnerung an diesen Gesang, sondern das Erinnerungsvermögen als solches zu verschlingen drohte.

Von diesen Überlegungen, dieser Antwort, fallen mir nur noch zwei Beispiele ein; zwei Beispiele, an denen ich, wenn ich mich recht entsinne, mein Konzept überprüft habe: und es könnte sein, daß sie auch außerhalb jenes Zusammenhangs, der sich inzwischen verflüchtigt hat, irgendeine Gültigkeit bewahrt haben. Es sind zwei Beispiele aus den Randbereichen der Literatur, aber vielleicht ist das sogar besser als wenn sie zur großen Literatur gehörten.

Das erste ist dem ›Tagebuch‹ von Giambattista Biffi entnommen, das Giampaolo Dossena vor zwei Jahren herausgegeben hat. (Ich habe es aber erst vor wenigen Tagen gelesen.) Die folgende Eintragung: »Am Samstag, dem 29. August 1778, dem Tag der Beisetzung meines Onkels Don Stefano Biffi im Familiengrab in San Lorenzo, stattete mir, warum oder weshalb weiß ich nicht, der sizilianische Fürst Spaccaforno, der sich in Cremona aufhielt, überraschend einen Besuch ab. Wir sprachen über Verschiedenes, hauptsächlich aber über Politik, Regierungen, Fürsteninteressen, den Geist verschiedener Völker, die Fehler ganzer Nationen und die Mißstände in der Gesetzgebung. Der Fürst sprach über alles sehr vernünftig und erwies sich als ein aufmerksamer Reisender; er blieb zwei Stunden und machte mir beim Abschied übertriebene Elogen über die Kenntnisse, die er bei mir vermutete.« Und hier erfolgt ein plötzlicher Bruch; die Eintragung wird in Englisch fortgesetzt. »This Lord was speaking so before the only woman...« Dossena übersetzt: »Das sagte dieser Herr allein vor der einzigen Frau... Ein Gefühl der Barmherzigkeit, der Zärtlichkeit, vielleicht der Liebe erwachte von neuem in ihrem Herzen. Nach ganzen zehn Jahren... Ich mußte in ihrer Gegenwart verweilen. Möge der allmächtige Gott, dessen schönstes Attribut die Barmherzigkeit ist, mit ihr und mir Erbarmen haben. Und... Aber ich verfalle in Träumereien...«

Beim ersten Lesen galt mein Augenmerk – als unverbesserlicher Heimatkundler sozusagen – dem Fürsten von Spaccaforno, der Marchese von Spaccaforno (heute Ispica), jedoch Fürst von Cassaro war. Und mit dem Titel kommt er, als Amtsrichter von Palermo zur Zeit der jakobinischen Verschwörung des Francesco Paolo Di Blasi, in meinem Roman ›Der Abbé als Fälscher‹ vor. Doch während ich gerade diese Tagebuchnotiz abschreibe, fällt mir das Datum ins Auge. Ich weiß nicht recht, ob es etwas bestätigt oder mich verwirrt, mir ist jedenfalls, als hätte ich in einem Zug ein Glas zu starken Weins hinuntergestürzt: 29. August 1978, ja, heute vor genau zweihundert Jahren hat der Patrizier Giambattista Biffi aus Cremona in seinem »Hausbuch« die Erinnerung an jenen Besuch und seinen nicht deutlich enthüllten, aber heftig bewegten Gemütszustand festgehalten.

Ein zweihundertster Jahrestag also. Der zweihundertste Jahrestag eines winzig kleinen Ereignisses, eines jener Ereignisse, die das allgegenwärtige und alles fressende Nichts fortwährend verschlingt. Aber siehe da, in einem Notizbuch festgehalten, zu Buchstaben geronnen, in die Literatur eingegangen, ist es vielfach gebrochen quer durch zwei stürmische, schreckensreiche Jahrhunderte hindurch bis zu mir gelangt; um nun meinen Kopf zu beschäftigen, Teil meines Gemütszustandes zu werden. Und zwar ganz unabhängig von der zufälligen Entdeckung dieses zweihundertsten Jahrestags. Das ist der springende Punkt, das Beispiel: Biffis ›Tagebuch‹ ist nichts von Bedeutung, dort aber, wo es (auf englisch) die kleinen Strudel offenbart, in denen sich gleichsam metaphysisch »the deceitful woman« materialisiert, diese Frau voller Trug, an die er anscheinend sein Leben lang gebunden war, lädt es sich mit einer so geheimnisvollen Wahrheit auf, daß es dem Leser eine *andere* Beziehung abverlangt, die ich eine Beziehung von Mensch zu Mensch nennen würde. Ähnlich, wie es einem mit Stendhal passiert. Ja, vielleicht würde das mit diesem unbedeutenden Tagebuch von Biffi gar nicht passieren, hätte es nicht zwischen ihm und uns Stendhal gegeben.

Und besonders stendhalisch – nach meinem Empfinden jedenfalls – ist diese Eintragung vom 29. August 1778: nicht nur wegen des Englischen, auf das auch Stendhal zurückgriff, um bestimmte Augenblicke festzuhalten, ohne sie preiszugeben. Sie ist insofern stendhalisch, als sie gleichsam eine *Lebensspur* ist: etwas Physisches, Ertastbares, wie eine Absonderung, eine Inkrustation. Ein Stück unbedeutender Literatur reicht plötzlich an die große Literatur heran; ein in wenigen, erregten, wirren Worten festgehaltener Augenblick weitet sich in der Zeit aus, über den Zeitraum eines Romans, den Zeitraum von zwei Jahrhunderten.

Ein zweites, vielleicht etwas banaleres Beispiel. Vor ungefähr einem Monat las ich das Buch eines der vielen Ausländer, die im 19. Jahrhundert Sizilien bereist haben: ›Un tour en Sicile, 1833‹ von Baron Conzalve de Nervo (über den ich nichts wußte und nichts weiß: hoffentlich werde ich aus Hélène Tuzets Buch über die Sizilienreisenden etwas über ihn erfahren). Unter anderem schildert er eine abenteuerliche Reise von Gela nach Niscemi, auf der ihm eine kleine Karawane begegnet: eine von zwei Mauleseln getragene Sänfte, die Diener zu Fuß, fünf Männer zu Pferd. »Durch das Fenster der Sänfte wechselte eine junge Dame einen überraschten Blick mit uns; drei Herren in goldbetreßten Umhängen und zwei Soldaten gaben der bezaubernden Herzogin von Francoforte (gemeint ist Francofonte) das Geleit, denn sie war es, die so mit ihrer Familie reiste.«

Nichts Außergewöhnliches: und doch wird durch diese Erscheinung, diesen überraschten Blick, den die fremden Reisenden und die bezaubernde Herzogin durch das Fenster der Sänfte wechseln, jener Moment verzaubert; und auch wir sind verzaubert. Wie alle Damen ihrer Zeit und ihres Standes – und nicht nur die bezaubernden – hat sich sicher auch die Herzogin von Francofonte porträtieren lassen, und in irgendeinem verfallenen Palast oder bei einem Trödler findet man vielleicht noch ein Ölbild oder eine Miniatur von ihr. Doch auf keinem ist sie so lebendig wie in diesen vier Zeilen des Barons de Nervo.

Was also ist Literatur? Vielleicht ein System »ewiger Themen« (ich entlehne diesen Ausdruck schamlos von Professor Whitehead), die unvermittelt, abwechselnd und immer anders im Licht der Wahrheit aufleuchten, erlöschen, wiederaufleuchten und neuerlich erlöschen, in endloser Folge: ein Sonnensystem sozusagen.

Wir sprechen über Politik. An einem bestimmten Punkt sagt mein Freund, der benachbarte Bauer: »Hier im Dorf gab es früher eine Familie von guten Maurermeistern. Ich brauchte einen Maurer und ging zu ihnen hin. Sie sagten mir: ›Wir können nicht kommen, wir haben zu viel zu tun; wir schikken dir Merulla‹ – das war ein Maurer, den ich kannte. Ich antwortete: ›Wozu müßt ihr Merulla zu mir schicken? Ich gehe selbst zu ihm und bitte ihn, er soll zu mir arbeiten kommen.‹« Er macht eine Pause, dann erklärt er die Parabel: »Ich habe immer die Kommunistische Partei gewählt; aber bei den letzten Wahlen am 13. Mai habe ich mir gesagt: Wozu soll ich mich von den Kommunisten zu den Christdemokraten schicken lassen? Ich gehe selbst hin.«

Auch wenn sich die Frau im Zusammenhang mit den vielen Neuerungen und Veränderungen, die sie sich zu Recht erobert, innerlich und äußerlich wandelt, wird sie doch nie erreichen, daß sich im Mann und für den Mann die Tatsache ändert, daß sie in der Liebe, auf dem Höhepunkt des Liebesakts, für ihn das Tor zum Nichts ist. Deshalb wird sie vom Mann immer erhoben oder erniedrigt, erhoben *und* erniedrigt werden – niemals wird er sie als »Gefährtin« ansehen und behandeln, dieses so oft mißbrauchte Wort ist niemals wahr gewesen. Wenn sie die endgültige Befreiung anstrebt, kann die Frau sich höchstens der Liebe des Mannes verweigern, was ein ganz kleiner Teil der Frauenbewegung offenbar vorhat. Verweigern müßte sie sich jedoch nicht nur dem Liebesakt (womit wir bei Aristophanes wären), sondern der Liebe: Sie müßte also erreichen, daß im Mann der Gedanke an die Liebe, und damit der Instinkt, erlischt. Möglich ist das, wir sind schon auf dem besten Weg dazu. Fragt sich nur, ob die Frau dadurch nicht letztlich sich selbst negieren oder, wie Virginia Woolfs ›Orlando‹, ein unvollendetes, nie vollendetes Gedicht bleiben wird.

›Der menschliche Faktor‹ von Graham Greene gelesen. Ich liebe diesen Schriftsteller, besonders seine Art, eine Geschichte zu »bringen«. (Diesen Ausdruck habe ich aus einer Anekdote, die mir Vann'Antò erzählte: Als er einmal unterwegs war, um Volksmärchen zu sammeln, sagte ihm eine alte Frau: »Auf die Geschichte kommt es nicht an, wichtig ist, wie man sie bringt«, das heißt, auf welche Weise man sie erzählt.) Aber dieses Buch ist von einer quälenden Undurchsichtigkeit, man hat das Gefühl, ein nebelverhangenes, von Dornengestrüpp überwuchertes Tal zu durchqueren. So graue, so erstickende Bücher kann, nein, dürfte man nicht schreiben.

In Giorgio Boccas eben erschienenem Buch ›Der italienische Terrorismus‹ heißt es auf Seite 63: »Sossis Entführung ruft eine Flut von Kommentaren hervor, in denen die Roten Brigaden und ihre politische Realität praktisch nicht vorkommen. Alle einigermaßen namhaften Journalisten, der Schreiber miteingeschlossen, wiederholen spiegelbildlich den Fehler der Roten Brigaden: So wie die Roten Brigaden die normale Logik der Außenwelt außer acht ließen, so geben sich die großen Informationsblätter nicht die geringste Mühe, die Logik dieser Terroristengruppe zu verstehen. Meine damaligen Überlegungen zum Beispiel entsprechen ganz und gar der normalen Logik der Reformpolitik: Wer Sossi vor der Volksabstimmung über die Ehescheidung entführt hat, wollte damit den Gemäßigten in die Hände arbeiten, die eine Strategie der steigenden Spannung verfolgen, und muß daher klarerweise aus den Reihen der Faschisten kommen. Der einzige, der mit der Intuition des Literaten die Wahrheit erkannt hat, ist Leonardo Sciascia...« Und hier zitiert er einen kurzen Artikel von mir, der seinerzeit im ›Espresso‹ erschien und den ich, wenn ich mich recht erinnere, als Entgegnung auf einen Artikel eben jenes Giorgio Bocca geschrieben hatte: »Nach der orthodoxen revolutionären Lehre war die Aktion der Roten Brigaden im Fall Sossi ohne Zweifel absolut korrekt, sowohl hinsichtlich des Zeitpunktes als auch ihrer Auswirkungen. Wenn eine revolutionäre Bewegung es nicht versteht, in die Ritzen einzudringen, die ihr die Gesellschaft, das Regime und der Staat anbieten, die sie bekämpft; wenn sie diese Ritzen nicht zu erweitern versteht, wenn es ihr nicht zu erreichen gelingt, daß die inneren

Widersprüche dieser Gesellschaft, dieses Regimes, dieses Staates sich verschärfen und zum Ausbruch kommen, dann gibt es eigentlich keinen Grund, sie als revolutionär zu bezeichnen. Und doch ist man in jenen Kreisen unseres Landes, die sich als revolutionär bezeichnen, auf alle möglichen Erklärungen für die Aktion der Roten Brigaden gekommen, nur nicht auf die naheliegendste: daß sie nämlich dazu dienen sollte, eine Revolution vorzubereiten und in Gang zu setzen. Im besten Fall hat man sie wohlwollend als extremistischen Infantilismus interpretiert, allerdings in einem Sinn, der sich wohl kaum mit Lenins Definition decken dürfte. Ist diese Weigerung, die Aktion der Roten Brigaden als revolutionär anzuerkennen, also nicht ein Anzeichen für die veränderten Beziehungen zwischen der revolutionären Arbeiterklasse, wie sie sich heute darstellt, und der staatlichen Macht? Kann man denn noch von Revolution sprechen, wenn selbst jene gesellschaftlichen Kräfte, von der sie ausgehen sollte, die revolutionäre Tat fürchten – und zwar nicht nur deshalb, weil sie einen überproportional heftigen konterrevolutionären Gegenschlag auslösen könnte, sondern weil eine solche Tat an sich, ihrem Wesen nach konterrevolutionär wäre? Gibt das nicht zu denken? Müssen unsere Überlegungen nicht hier ansetzen?«

Beim Wiederlesen wird mir heute klar, daß dieser kurze Beitrag – besonders im zweiten Teil, wo ich die Beziehung zwischen der Kommunistischen Partei Italiens und den Roten Brigaden allzu knapp umrissen habe – etwas dunkel erscheinen könnte, wenn man ihn nicht zusammen mit meinem drei Jahre vorher erschienenen Buch ›Kontext‹ und mit ›Todo modo‹ liest, das damals, 1974, gerade herauskam oder herausgekommen war. Sonnenklar ging daraus jedenfalls meine Meinung hervor, daß die Roten Brigaden rot waren – und nicht schwarz, wie das die sogenannten staatstragenden Parteien alle gern gehabt hätten. Und wenn ich aus Boccas Buch heute entnehme, daß ich der einzige war, der eine so offenkundige Wahrheit ausgesprochen hat, eine Wahrheit, die ich schon damals für offenkundig hielt, erfüllt mich das eher mit Schrecken als mit Genugtuung. Ist es möglich, daß in einem Land, wo täglich soviel bedrucktes Papier in Umlauf gesetzt wird, so viele Analysen gemacht werden und so viele Talente am Werk sind, in einem Land, wo jeder alles über alles und jeden zu wissen scheint, einem Land, das immer noch den Eindruck von Vitalität und Intelligenz zu erwecken versteht – ist es möglich, daß in einem solchen Land ich als einziger eine so simple Wahrheit entdeckt habe? Hamlet würde sagen: »Etwas ist faul im Staate Dänemark.« In der Republik Italien. Mehr als nur etwas. Daß ich als einziger intuitiv eine Wahrheit erkannt haben soll, die vor vier Jahren niemand sah und die heute alle erkennen, erfüllt mich nicht mit Stolz. Es nimmt mir eher den Mut. Es gibt mir das Gefühl, mich nicht als Seher durch die italienische Wirklichkeit zu bewegen, sondern als Gespenst.

Bocca schreibt: »mit der Intuition des Literaten«. Aber ich bin nicht der einzige Literat in Italien. Und außerdem: Was ist die Intuition eines Literaten? Vielleicht ist es die Fähigkeit, ohne vorherige Analyse zu einer Synthese zu gelangen, durch eine Zusammenschau von Gemütszuständen, Symbolen und Zeichen das zu erfassen und darzustellen, was Machiavelli »die greifbare Wahrheit der Dinge« nannte. Aber das allein genügt nicht. Will man diese Fähigkeit auf das gegenwärtige Geschehen, auf den groben Stoff der Alltagsgeschichte anwenden, so bedarf es dazu noch einer weiteren Voraussetzung: der Unabhängigkeit; man muß auf sich allein gestellt sein, frei von jeglicher Bindung an die herrschenden Mächte, immun gegen jede ökonomische, ideologische, kulturelle oder sogar sentimentale Erpressung. Das, was einst feierlich die Gleichgültigkeit allen irdischen Gütern gegenüber genannt wurde. Das ist eine sehr schwer zu erfüllende Bedingung, aber wir können uns ihr doch annähern; oder es wenigstens versuchen.

Diese Abschweifung, die nicht, wie es scheinen könnte, der Eitelkeit, sondern dem Schmerz entspringt, habe ich mir deshalb gestattet, weil ausgerechnet zu dem Zeitpunkt, als mir Bocca mit ehrlicher Selbstkritik die Intuition des Literaten zuerkannte, ein großer Teil der italienischen Presse Begriffe wie »Literat«, »Literatur«, »großer Schriftsteller«, »Künstler« im Hinblick auf mich im genau entgegengesetzten Sinn gebraucht hat: Kunst und Literatur als Grade der Entfernung von der Realität, von der Wahrheit; der Literat, der Künstler als »etwas Schwereloses, Immaterielles und Heiliges«; ich als Schriftsteller, als Künstler bin zwar fähig zu faszinieren, zu rühren, zu überzeugen – jedoch nur durch die Kunst, durch künstlerische Verfremdung, während »die greifbare Wahrheit der Dinge« etwas völlig anderes ist.

Das Ganze begann mit einer im ›Corriere della Sera‹ erschienenen Tagebuchnotiz von mir: einer Schilderung meines Gemütszustandes nach dem Abschluß des Pamphlets über den Fall Moro und – eben! – einigen Überlegungen zur Literatur (in der ich, und das ist mir erst nach Beendigung meiner Erzählung über das Verschwinden von Majorana so klar bewußt geworden, das vollkommenste Mittel sehe, um der Wahrheit Ausdruck zu verleihen). Das rief bei der Tagespresse und den Wochenblättern augenblicklich eine frenetische Neugier hervor, die ich nicht erwartet hatte und die mir unglaublich erschien. Von allen Seiten bat man mich um Erklärungen zu dem Buch und um Auszüge für den Vorabdruck. Ich gab Erklärungen ab, ich überließ dem ›Espresso‹ und dem ›Corriere della Sera‹ Auszüge aus dem Buch. Und noch bevor diese im Vorabdruck erschienen, veröffentlichte Eugenio Scalfari, der Herausgeber der ›Repubblica‹, einen Leitartikel, in dem er mir, dem Schriftsteller, in bewegten Worten sein Vertrauen aussprach: »Sciascia ist ein großer Schriftsteller. Ich bin überzeugt, sein Pamphlet wird uns ebenso faszinieren und bewegen, wie schon so viele seiner früheren Bücher...« Doch dieses große Vertrauen hinderte ihn nicht, einen ernsten Vorbehalt anzumelden: Ein Buch über den Fall Moro, geschrieben in der Absicht, die er mir unterstellte (wobei er sich teilweise auf meine Erklärungen stützte und teilweise frei erfand), hätte ich »ihm ersparen sollen«. Ihm und allen Italienern, die so dachten wie er. Da ich nun aber die schlechte Idee gehabt hatte, es zu schreiben, und jetzt unbedingt auch noch den Fehler begehen wollte, es zu veröffentlichen, nahm Scalfari eine Unterscheidung vor, die man, ein Distichon des römischen Dichters Cesare Pascarella parodierend, etwa so zusammenfassen kann: »Als Künstler achte ich ihn, als Menschen verprügle ich ihn.« Damit beging er eine kleine Unvorsichtigkeit, einen kleinen Fehler. Er hätte nämlich den Künstler und den Menschen zugleich verprügeln sollen. Er beging ihn in der Eile, aus Ungeduld; doch einen Monat später ergriff er die Gelegenheit, ihn in einem anderen Leitartikel der ›Repubblica‹ (einem der längsten, die er je geschrieben hat) wiedergutzumachen. »Ich gestehe«, sagte er am Ende dieses Artikels, »daß diesmal das Wunder der Kunst, das ich erwartet hatte, nicht eingetreten ist.« Nun hatte er das Buch endlich gelesen und war davon weder fasziniert noch bewegt. Das Wunder, auf das er wartete, wie die Verehrer des heiligen Januarius alljährlich auf die Verflüssigung seines Blutes warten, war nicht eingetreten. Wenn er weiterhin an Wunder glauben will, tut er also wohl besser daran, an das Wunder des heiligen Januarius zu glauben als an das Wunder der Kunst.

Ich erwähne Scalfari und seine Zeitung, weil mir ihr Verhalten meinem Buch gegenüber beispielhaft erscheint – beispielhaft im schlechtesten Sinn natürlich – und weil es Schule gemacht hat. ›La Repubblica‹ hat meinem Buch vier Artikel gewidmet: zwei bevor und zwei nachdem sie es gelesen hatte: drei davon hat der Herausgeber verfaßt, einen – die eigentliche Rezension – eine seiner Redakteurinnen; zwei befaßten sich mit den inhaltlichen Mängeln des Buches, zwei sprachen ihm zudem jeglichen formalen Wert ab. Da nach Erscheinen der ersten beiden Artikel Daten und Dokumente zum Vorschein gekommen waren, die die Richtigkeit meiner Überlegungen und Schlußfolgerungen, den Inhalt des Buches also, bestätigten, richteten sich die Angriffe nun gegen seine Form, auf das nicht eingetretene Wunder. Ein wahrhaft vorbildliches Verhalten, das sich viele andere zum Vorbild nahmen. Man sollte einmal eine umfassende Studie darüber anstellen: als anschauliches Beispiel dafür, wie ein freies Land – und zwar gerade jene Institutionen, die Instrumente der Freiheit sind oder sein sollten – sich einem Regime unterwirft und es in gewissem Sinn erst erschafft. Das war schon während der Ereignisse selbst festzustellen, zwischen dem 16. März und dem 9. Mai dieses Jahres, aber noch deutlicher ist es heute zu erkennen, wo die Emotion dem Nachdenken Platz gemacht hat und der beste Teil des italienischen Volkes fordert, daß endlich die Wahrheit ans Licht kommt.

Ich für meinen Teil glaube, daß ich mit einem Büchlein dazu beigetragen habe, die Wahrheit ans Licht zu bringen. Alles, was seit dem 24. August, an dem ich es abgeschlossen habe, bekanntgeworden ist, bestätigt mich darin. Ich bedaure nur, daß ich die als »Memorial« bezeichneten Texte noch nicht kannte, die von den Roten Brigaden zusammengestellten mündlichen und schriftlichen Äußerungen Moros während seiner Gefangenschaft im »Gefängnis des Volkes«. Es sind Sätze glänzender Wahrheit darunter, jener Wahrheit, zu der der tragisch frei gewordene Moro am Ende vorgestoßen war. »Es bereitet mir die größte Freude, daß ich euch verloren habe« – sagt er zu seinen Freunden aus jener ihm wohl schon sehr fern erschienenen Zeit – »und ich wünsche mir, es mögen euch alle mit derselben Freude verlieren, mit der ich euch verloren habe.« Worte, die uns aus der antiken und ewigen Tragödie der Macht zu erreichen scheinen.

Dieses Jahr müßte oder vielmehr muß ich für den ›Espresso‹ einige Theateraufführungen besuchen, um den Lesern meine Eindrücke darüber mitzuteilen: kurzum, ich soll »Theaterkritiken« schreiben, wenn auch nicht regelmäßig und nicht allzu oft. Bisher ist es mir immer gelungen, mich solchen Verpflichtungen zu entziehen, aber diesmal habe ich mich entschlossen, den Auftrag anzunehmen, um nach so vielen Jahren zu überprüfen, ob ich mir meine Liebe zum Theater, meine Theaterleidenschaft, bewahrt habe, und ob das heutige Theater objektive Gründe dafür bietet, daß ich sie bewahre und auffrische. Als erstes bin ich an den Ort zurückgekehrt, wo diese Leidenschaft entstanden und genährt worden ist, in das schon seit vielen Jahren geschlossene Theater meiner Heimatstadt. Ein Stadtrat ließ es mir freundlicherweise aufschließen und begleitete mich bei der Besichtigung. Im Licht einer einzigen Lampe, die von der Mitte der Decke herabhing, sah ich den Verfall dieses Gebäudes, das ich als so glanzvoll und verzaubernd in Erinnerung hatte. Ich hatte das Gefühl, mich nicht in einem Theater, sondern in einem der Verliese von Piranesi zu befinden. Der große Vorhang mit dem Bild der Sizilianischen Vesper – ein vor genau hundert Jahren entstandenes Werk von Tavella und Bellavia, zwei handwerklich hervorragenden einheimischen Malern – hängt nun zerschlissen und stockfleckig vom oberen Rand der Bühne ins Parkett herab; der rote Samt der Logen ist zerrissen; die Stuckverzierungen und Wandmalereien bröckeln ab; die Kulissen und Bühnenbilder sind feucht, verfault und mit Exkrementen bedeckt; die Theatermaschinerie ist kaputt; die Bühne schmutzig und nicht mehr begehbar. Ich wollte die Garderoben wiedersehen, deren Wände über und über mit Kritzeleien und Autogrammen von Schauspielern bedeckt gewesen waren, die hier aufgetreten waren, aber der Stadtrat hielt mich davon ab: Man laufe Gefahr, dort zu enden, wo früher bei der alljährlichen Aufführung des ›Adam‹ von D'Orioles der Judas Ischariot endete, wenn sich in der letzten Szene die Versenkung öffnete und die Hölle den Verdammten verschlang. Ich hätte diese Kritzeleien, diese Namenszüge gern entziffert. So aber mußte ich mich mit einer einzigen begnügen, die ich auf dem Bogen zwischen Parkett und Foyer entdeckte. Sie ist von Andrea Maggi und stammt aus dem Jahr, in dem er den von ihm übersetzten ›Cyrano‹ von Rostand auf die italienischen Bühnen brachte. Mit einem dicken Bleistift, vielleicht einem Kohlestift, hatte Maggi geschrieben: »Liebe Freunde in Racalmuto, ihr seid so liebenswürdig, daß man auch einen Schneesturm wie den heutigen in Kauf nimmt, um einen Abend mit euch zu verbringen.« Das war am 20. Januar 1905. Andrea Maggi, der im ›Cyrano‹ auf den Bühnen der großen italienischen Städte Triumphe feierte, war in einen kleinen sizilianischen Ort gekommen, wo es ein kleines, entzückendes Theater und so begeisterte Zuschauer gab, daß ein großer Schauspieler sie als Freunde betrachtete. Es war sicher nicht das erste Mal, daß er hierherkam; und er war auch nicht der einzige große italienische Schauspieler, der dieses freundliche und theaterbegeisterte Publikum von Racalmuto kennenlernte. Die Theatersaison war lang und glanzvoll in Racalmuto, seit im Jahr 1879 der Architekt Dionisio Sciascia (ich bin nicht mit ihm verwandt, meine Vorfahren sind nicht von solchem Rang) der Stadt nach fünfjährigen Bauarbeiten dieses kleine Meisterwerk übergeben hat. Nächstes Jahr wird man in einer total verfallenen Ruine sein hundertjähriges Bestehen feiern können.

In diesem Theater habe ich in meiner Kindheit und Jugend die schönsten Aufführungen gesehen: ›Hamlet‹ und ›So ist es, wie es Ihnen scheint‹, ›Der Barbier von Sevilla‹, ›La Traviata‹, ›Die lustige Witwe‹. Was für ein Theater – dessen Widerschein und Nachhall bis ins Alltagsleben reichte. Dort habe ich von einer Theaterkarriere geträumt: vom Schreiben für das Theater. Und vielleicht erfüllt sich dieser Traum jetzt in gewissem Sinne dadurch, daß ich für den ›Espresso‹ die eine oder andere Theaterkritik schreibe.

Sitzung des sizilianischen Regionalparlaments vom 12. Oktober 1978. Ein Abgeordneter sagt: »Es gibt, um es euphemistisch auszudrücken, eine Aufgabenteilung in der Regionalverwaltung, nach der öffentliche Arbeiten Sache der Republikaner sind, Tourismus, Gesundheit und Kooperation Sache der Sozialisten, Arbeitsfragen Sache der Sozialdemokraten beziehungsweise, schlimmer noch, ihrer Flügelorganisationen... Herr Präsident, ich sprach von der Sache der Republikaner, der Sozialdemokraten, der Sozialisten und wollte damit nur auf einen Aspekt dieser Frage hinweisen, wobei ich den Begriff ›Sache‹ *(cosa)* selbstverständlich im politischen Sinn verstand. Ich muß jedoch unterstreichen, daß ich ihn in manchen Fällen, hinsichtlich mancher Verwaltungsbereiche, im Sinne der ›cosa nostra‹ verstanden wissen will – ein Ausdruck, der im siziliano-amerikanischen Jargon bekanntlich eine ganz bestimmte Verbrecherorganisation bezeichnet.«

Abgesehen von der »Aufgabenteilung«, einem ziemlich unpassenden Ausdruck, ist die Anklage sonnenklar. In jedem anderen Parlament, in jedem anderen Land der Welt, in dem es ein Parlament gibt, wäre sie selbst aus dem Munde eines Abgeordneten der Opposition schon als schwerwiegend genug empfunden worden; aus dem Munde eines Vertreters der Mehrheit jedoch hätte sie helle Aufregung, wenn nicht sogar eine Regierungskrise ausgelöst. Nicht so in Palermo; es ist vielmehr, als hätte der Wind diese Worte in den Wind gesprochen, wie in Tschechows Erzählung ›Der Scherz‹.

Eine der ersten Sachen, die ich publiziert habe – ein vor mehr als einem Vierteljahrhundert erschienenes Bändchen, das ich nie wieder gelesen oder auch nur gesehen habe –, ist ein Aufsatz mit dem Titel ›Pirandello und der Pirandellismus‹. Ich glaube, er ist teilweise sehr naiv und unüberlegt, enthält aber zum Ausgleich eine ziemlich sorgfältige Untersuchung aller Belege über die Beziehung zwischen Pirandello und Adriano Tilgher, einschließlich einiger bis dahin unveröffentlichter Briefe Pirandellos, die Liliana Scalero mir großzügigerweise überlassen hatte. Das eigentliche Thema meiner Arbeit, meines Aufsatzes, war eben diese Beziehung zwischen dem Schriftsteller und seinem klügsten und strengsten Kritiker, die menschliche Beziehung zwischen Pirandello und Tilgher. Eine Beziehung, die beiderseits etwas Obsessives an sich hatte und die man *tout court* als pirandellohaft bezeichnen könnte. Das gleiche Thema habe ich zehn Jahre später, ich hoffe etwas präziser und in besserer Form, in dem Aufsatz ›Pirandello und Sizilien‹ nochmals aufgegriffen: daran zeigt sich, daß ich diese obsessive Beziehung jahrelang ähnlich obsessiv nachempfunden habe.

Diese ausführliche Beschäftigung mit der Beziehung zwischen Pirandello und Tilgher war meine Schutzimpfung gegen die Kritik. Pirandello fühlte sich durch Tilghers kritische Äußerungen manchmal geradezu eingekerkert, und das erklärt seine angestrengten Befreiungsversuche, die sich nicht auf den literarischen Bereich beschränkten, sondern auf eher unglückliche Weise auch im Leben eine Rolle spielten. Ja, man könnte sogar soweit gehen, in Pirandellos Faschismus die Antwort auf Tilghers Antifaschismus zu sehen. Tilgher wiederum fühlte sich von einem gewissen Zeitpunkt an nicht nur als der Vater von Pirandellos Ruhm, sondern als der eigentliche Schöpfer des pirandelloschen Pirandello. Dieser Erfahrung, die ich aus den öffentlichen und privaten Schriften eines Autors und eines Kritikers, aus ihren Antagonismen und ihren Polemiken gewonnen habe, verdanke ich, als gleichsam natürliche Reaktion darauf, meine heilsame Distanz zur Kritik. Damit will ich selbstverständlich nicht sagen, daß sie mich gleichgültig läßt oder gar, daß ich sie verachte. Ich stehe ihr nur distanziert gegenüber, so, als sprächen die Kritiker von Büchern, die nicht ich, sondern ein anderer geschrieben hat. Doch abgesehen von der Schutzimpfung hat diese Erfahrung auch meine – wenn man will, fast neurotische – Veranlagung verstärkt, mich von einem Buch völlig zu lösen, sobald es fertig ist. Davon zeugen auch die Druckfahnen meiner Bücher, bei deren Korrektur ich mich ausschließlich auf die Druckfehler beschränke (ganz zu schweigen von der Verspätung, mit der die Setzerei sie von mir zurückbekommt, weil ich mich jedesmal mühsam dazu überwinden muß, etwas nochmals zu lesen, das ich beim Schreiben schon durchlebt und überstanden habe, das nun nicht mehr mir gehört).

Diese Distanz hindert mich aber nicht, »meine« Kritiker zu erkennen – das heißt jene, die den tieferen Zugang zu den Ideen, den Gedanken, der Stimmung oder den Stimmungen haben, aus denen das Buch entstanden ist und sich entwikkelt hat; die seinen Gehalt, um es kurz zu sagen, mit dem Schreiben in Beziehung setzen, und auch mich selbst in Beziehung zu dem, der ich vorher war und der ich bin. Und unter »meinen« Kritikern ist eines Tages »mein« Kritiker aufgetaucht, der durch Beharrlichkeit und Intensität der »meine« geworden ist. Das Possessivpronomen ist jedoch austauschbar, da ja meine Werke, die ich, sobald sie abgeschlossen sind, als niemandes und aller Besitz betrachte, in gewissem Sinn sein Eigentum geworden sind. Und gerade dadurch, daß er sie als sein Eigentum betrachtet, als Elemente seines Diskurses, seiner »Erzählung«, gesteht er mir als Autor die größte Freiheit zu; und erweist mir als Mensch die größte Freundschaft. Dieser »mein« Kritiker ist der Franzose Claude Ambroise. Als wacher, scharfsinniger, genauer und profunder Kenner Siziliens und Italiens nimmt er seit vielen Jahren anhand meiner Schriften eine Vivisektion an mir vor. Aber mir ist, als hätte ich mich – schmerzlos und wie zum Spaß – verdoppelt. Ich trete an seinen Anatomietisch heran und schaue ihm zu. Manchmal empfinde ich, gleichsam hin- und hergerissen zwischen dem Mitgefühl mit dem Ich, das da seziert wird, und dem Ich, das zuschaut, einen kurzen stechenden Schmerz. Aber das geht vorüber.

Neujahrstag 1979. Beim Erwachen habe ich heute morgen einen Traum – gleichsam den letzten Satz dieses Traumes – vor mir gesehen. Wie auf einer Tafel, die sich jedoch schnell perspektivisch entfernte, las ich (merkwürdigerweise in den Buchstaben der Titelschrift von ›Le Monde‹): »1979, mein Todesjahr.« Der Satz stand auf italienisch da, aber beim Erwachen war mir bewußt, daß ich ihn im Traum laut auf spanisch gelesen hatte. Und im Wachzustand habe ich ihn auf spanisch wiederholt.

Keinerlei Besorgnis, keinerlei Bestürzung über diese Warnung. Meine Gedanken eilen vielmehr zu den Dingen, die ich tun möchte. Doch die Frage, die mich beschäftigt, ist folgende: Ich scheue mich immer, die Fremdsprachen, die ich beherrsche, zu sprechen, darum vermeide ich es. Wieso aber habe ich im Traum einen Satz, den ich auf italienisch vor Augen hatte, auf spanisch gelesen? Mir fällt eine sehr kluge, sehr literarische Erklärung dafür ein. Niedergeschrieben ergäbe sie einen schönen Text. Und gerade deshalb schreibe ich sie nicht nieder.

Paris, Rue Mazarine, Läden, die Drucke und alte Bücher verkaufen. Mitten in einem Schaufenster liegt ein Buch, das Paul Valérys Namen mit dem von Marschall Pétain verbindet: die Reden, die bei der Aufnahme des Marschalls in die Académie française gehalten wurden. Kardinal Mazarin, die

Académie, Pétain, Valéry. Ich setze meinen Spaziergang in Richtung Seine fort. L'Ancien Hôtel des Pompes, die alte Feuerwehrkaserne. Auf der Fassade ersteht vor meinem Auge das große Gemälde von Courbet, auf dem die Feuerwehrleute einen Brand löschen; ich habe es vor zwei Tagen in der Ausstellung im Grand Palais gesehen. Eine Steintafel erinnert daran, daß in diesem Gebäude am 21. Juni 1723 Mouriez du Périer gestorben ist, der in Frankreich die Feuerwehrpumpe einführte und die Berufsfeuerwehr gründete. Einige Schritte weiter erinnert eine andere Steintafel daran, daß im Nachbarhaus (das kein sehr ruhiger Ort gewesen sein dürfte, solange es von der Feuerwehr benützt wurde) Jean-François Champollion wohnte, der im September 1822 das System zur Entzifferung der ägyptischen Hieroglyphen entdeckte. Gegenüber, über die gesamte Länge der alten Feuerwehrkaserne und des Wohnhauses von Champollion gemalt, steht in schwarzer Farbe: »Dans une société qui détruit toutes aventures, la seule aventure c'est de la détruire!« [In einer Gesellschaft, die alle Abenteuer vernichtet, besteht das einzige Abenteuer darin, sie zu vernichten.] Dazu kleiner, ebenfalls schwarz, die Warnung: »Schleyer n'est pas le dernier!« [Schleyer ist nicht der letzte.] In anderer Schrift und anderer Farbe (blau) die Antwort: »Le dernier c'est toi!« [Der letzte bist du.]

Mir ist, als wäre ich auf diesen zweihundert Metern Straße einem Faden in das Labyrinth der Geschichte gefolgt.

»Schreiben Sie an einem Buch?« fragt mich der Bauer. Den ganzen Morgen hat er das Klappern der Schreibmaschine gehört; jetzt bin ich heruntergekommen, um einen Kaffee mit ihnen zu trinken. Sie sind zu zweit: der eine schweigsam, mit ironischem Blick, der andere gesprächig, sentenziös, orakelnd. Ohne meine Antwort abzuwarten, macht mir der Gesprächige diese Vorschrift: »Bei einem Buch kommt es nur aufs Ende an. Das Ende muß schrecklich sein. Und es muß ein König darin vorkommen.«

Wenn er lesen könnte, oder wenn es ihm jemand vorläse, würde er in dem Buch, an dem ich schreibe, diese Elemente vielleicht nicht wiedererkennen – auch wenn sie darin enthalten sind. Er erfindet sie einfach neu, die Tragödie, die Menschen wie er vor mehr als zweitausend Jahren von Aischylos und Sophokles verlangt haben und der sie, zwischen

Olivenbäumen, das Meer vor Augen, in den Amphitheatern lauschten.

Um 1963 ist in Italien ein ungeahntes Ereignis eingetreten, von dem vielleicht immer noch die wenigsten etwas ahnen: Die Geburt und der beginnende Aufstieg des Linksidioten, allerdings im Tarnkleid des intelligenten, problembewußten, haarspalterischen Diskurses. Man hatte geglaubt, daß nur die Rechte Idioten gebäre, deshalb ist dieses Ereignis nicht registriert worden. Demnächst werden wir uns vielleicht genötigt sehen, das Fest seiner wunderbaren Erscheinung zu feiern.

»Was sagen Sie zu dem Buch von Hermodore? – Daß es schlecht ist, antwortet Anthime. – Daß es schlecht ist? – Genau, und daß es überhaupt kein Buch ist, so daß es sich gar nicht lohnt, darüber zu sprechen... Haben Sie es denn gelesen? – Nein, antwortet Anthime.«

Dieser Dialog von La Bruyère beschreibt genau die Haltung eines Teils der italienischen Rezensenten zu meinem Buch über die ›Affäre Moro‹: nur daß sie darüber gesprochen haben.

Während der Arbeit an ›Todo modo‹ kam mir zum Abschluß eine Passage aus ›Les caves du Vatican‹ in Erinnerung, und seither lese ich mit einer gewissen Beharrlichkeit immer wieder Gide. Ich weiß nicht, wie viele Menschen heute Gide lesen: und für die jungen Leute ist er nur ein Name. Aber er ist der echteste und der größte Intellektuelle in der ersten Hälfte unseres Jahrhunderts in Europa. Sartre ist im Grund nur das Pendant zu ihm. Ein großes Pendant: in manchem besser, in manchem schlechter: sozusagen eine vereinfachte und zugleich komplizierte Ausgabe. Um nur ein Beispiel zu nennen: Die größte befreiende Geste, die in unserer Zeit gemacht wurde, nämlich Chruschtschows Enthüllungen über den Stalinismus, kann uns, ungeachtet allen Aufsehens, das sie erregte, und aller Folgen, die sie nach sich zog, trotzdem nur wie eine Randbemerkung zu Gide erscheinen. Aber ich will heute nicht über die »Gestalt« dieses Schriftstellers schreiben. Ich möchte vielmehr einen Gedanken von mir und für mich festhalten, der mir kam, als ich in den ›Feuillets‹ auf ein Zitat von Balzac stieß, der wiederum

Buffon zitiert: »Si, comme l'a dit Buffon, l'amour est dans le toucher...« »Die Liebe liegt in der Berührung«: Eine jener so schlagenden Wahrheiten, die sich nur dem Genie offenbaren. (Laut Buffon ist Genie »eine große Begabung zur Geduld«: zum Beispiel die Geduld, auf eine Offenbarung wie diese zu warten.) Und dabei kam mir folgender, von Borges' Philologie beeinflußter Gedanke: Buffon hält diese Erkenntnis fest, Balzac bestätigt sie hundert Jahre danach, Gide hundert Jahre nach Balzac; und ich entdecke ihre Wahrheit, sechsundsechzig Jahre, nachdem Gide sie in den ›Feuillets‹ festgehalten hat, aufs neue. Gide war damals dreiundvierzig Jahre alt. Ich habe sie mit sechsundfünfzig Jahren jetzt von ihm empfangen. Wie alt war Buffon, als ihm dieser Gedanke einfiel, und wie alt war Balzac, als er ihn in ›Les Paysans‹ zitierte? Schlußfrage: Ist dies eine Wahrheit, die sich – selbst wenn sie auch vorher schon gilt – einem Mann enthüllen kann, der das »climatérico lustro de la vida«, wie Gongora es nennt, noch nicht überschritten hat?

Gestern abend, während um mich herum eine öde Unterhaltung geführt wurde und ich, obwohl ich zuhörte, schmerzlichen Gedanken nachging, fühlte ich in meiner Brust plötzlich eine Art Flattern, eine Fluchtbewegung, so als hätte sich mein Herz einen Weg gebahnt und flöge in hohem Flug davon, weit fort. Eine »Absenz«, wie es in meinem alten Wörterbuch hieße, gemeinhin »Ohnmacht« genannt. Und tatsächlich war alles um mich her plötzlich abwesend, verschwunden, oder aber meine Sinneswahrnehmungen hatten sich verflüchtigt. Die Stimmen verwandelten sich in ein Summen und verstummten dann ganz, Menschen und Gegenstände schienen sich flach gegen eine opalisierende Wand zu drücken und sich in ihr aufzulösen. Aber einen Augenblick lang war alles klar und nichts mehr schmerzlich. Dann verspürte ich einen kleinen Stoß, und die Öffnung schloß sich wieder. Das Summen kehrte wieder, die Stimmen kehrten wieder. Die öden Gespräche kehrten wieder. Mich überkamen wieder die schmerzlichen Gedanken. (Beim Schreiben versuche ich, diesen Augenblick des Glücks noch einmal zu erleben und auszudehnen. Es gelingt mir nicht. Der Beweis dafür ist das absolut unangemessene Wort, auf das ich nicht hätte verfallen und hereinfallen dürfen: das Wort Glück.)

Gewöhnlich sehe ich Plakate nicht: Wenn ich durch die Straßen gehe, ziehen sie sich vor mir zurück wie in einen finsteren Tunnel. Auch dieses Plakat der Kommunistischen Partei hätte ich nicht gesehen, wenn ein Freund mich nicht darauf aufmerksam gemacht hätte: »Entscheide dich/kämpfe/regiere mit der KPI/werde Kommunist.« Die beiden Worte – kämpfen, regieren – sind zwar graphisch voneinander getrennt, doch streben sie offensichtlich danach, zu verschmelzen, sich zu vereinigen, gleichbedeutend zu werden. Wird daraus das Wort *kampfregieren* entstehen? Nach dem *Nichtmißtrauen* das Kampfregieren. Wir sind bei den Neoneurologismen angelangt.

Nach den Wahlen flammen – bei den Parteien, die keine Stimmen dazugewonnen oder welche verloren haben – die kollektiven Schuldbekenntnisse auf. »Wir haben Fehler gemacht.« Schon wieder Fehler gemacht. Seit Jahren machen sie eigentlich nichts als Fehler.

Doch da es sich im allgemeinen um Fehler handelt, die, um mit Manzoni zu sprechen, von denen, die sie begangen haben, selbst vorausgesehen werden konnten, gibt es keine andere Erklärung dafür als Passion oder Dummheit: Die Vernunft begeht Fehler, wenn sie etwas nicht erkennt. Passion oder Dummheit verstoßen gegen das klar Erkennbare.

Eine Uhr, die falsch geht, zeigt nie die richtige Zeit an. Eine stehengebliebene Uhr gibt zweimal am Tag die genaue Zeit an. So könnte man erklären, warum die linke Wählerschaft in Europa zur Mäßigung, zum Konservatismus und zur Reaktion zurückkehrt.

Amsterdam. Bei einem Gespräch im Italienischen Kulturinstitut erwähne ich das Plakat der Kommunistischen Partei mit der »kämpfe/regiere«-Parole. Ein italienischer Arbeiter, ein Kommunist, ergreift das Wort und nennt mich quasi einen Ignoranten: In Polen, sagt er, *kampfregiert* die Kommunistische Partei. Ob mir das denn nicht bekannt sei?

Ich war so bestürzt, ja buchstäblich verstört, daß ich, glaube ich, nicht fähig war, ihm eine wenigstens formal überzeugende Antwort zu geben.

In Fahnen lese ich Savinios Ibsen-Biographie. Stoße auf die Stelle: »Alles Gute verdanken wir dem Witz, alles Übel dem Ernst und denen, die keinen Spaß verstehen.« Dann zitiert er die Binsenweisheit, die Graf Mosca auf Seite 390 der ›Kartause von Parma‹ ausspricht: »Witz läßt sich mit Mord nicht vereinbaren.« Zum erstenmal, glaube ich, kann ich Savinio nicht zustimmen und, was noch schwerer wiegt, auch Stendhal nicht. Daß ich mit ihnen darin nicht übereinstimme, halte ich insofern für schwerwiegend, als mich ein kleiner Zweifel an ihrer Menschenkenntnis beschleicht, der Kenntnis des menschlichen Herzens, die ich bei Savinio bisher für sehr groß, und bei Stendhal für vollkommen und absolut gehalten hatte. Daß der Witz, der Kalauer, die spitze ironische Bemerkung mit dem Mord unvereinbar sind, mag für die Ausführenden gelten, nicht aber für die Auftraggeber. Im Gegenteil, ich glaube, so mancher Mordauftrag – besonders in Sizilien – wurde in Form eines Witzes erteilt.

Leonardo Sciascia im dtv

›Der Tag der Eule‹

In der Via Cavour liegt ein Toter. Mehr als ein Dutzend Menschen waren dabei, als er starb. Aber niemand will etwas gesehen haben, keiner will reden ... dtv 10731

›Tote auf Bestellung‹

Der Apotheker der sizilianischen Kleinstadt erhält einen anonymen Drohbrief. Bald darauf wird er, zusammen mit einem Freund, auf der Jagd erschossen. dtv 10800

›Tote Richter reden nicht‹

Als die Ermittlungen über die brutale Ermordung eines Staatsanwalts an einem toten Punkt angekommen sind, beschließt der Polizeiminister, Inspektor Rogas einzusetzen, den scharfsinnigsten Untersuchungsbeamten der sizilianischen Polizei. dtv 10892

›Sizilianische Verwandtschaft‹

Vier frühe Erzählungen des großen sizilianischen Autors, in denen er mit den Traditionen der Ausbeutung vom 19. Jahrhundert bis zum Faschismus und der Nachkriegszeit abrechnet. dtv 11082

Todo Modo
oder das Spiel um die Macht

Alljährlich treffen in einer Einsiedelei Topmanager von Industrie und Kirche auf Politiker und Bankiers, um unter dem Deckmantel geistiger Exerzitien Absprachen auszuhandeln. Da wird einer der Teilnehmer ermordet aufgefunden. dtv 11168

Candido
oder ein Traum in Sizilien

Candido wächst nach Kriegsende bei Palermo auf. Seine Erziehung wird in die Hände eines klugen Priesters gelegt, der ihm auf dem Weg der Wahrheitssuche weiterhilft. Dabei stoßen sie rasch auf Zweideutigkeiten und Widersprüche der italienischen Gesellschaft. dtv 11231

Schwarz auf schwarz

Notizen aus den Jahren 1969 bis 1979 zu Wirtschaft und Mafia, Kultur und Kirche, kleine philosophische Betrachtungen, kurze Essays sowie Gedanken zur Literatur. dtv 11328

1912 + 1

Die Ehefrau eines Hauptmanns der Bersaglieri hat im Schlafzimmer den Burschen ihres Mannes erschossen. Der Mordprozeß enthüllt pikante Details. dtv 11337

Marguerite Duras im dtv

Foto: Hélène Bamberger

Die Englische Geliebte

Den bestialischen Mord an der taubstummen Marie-Thérèse Bousquet kann sich in Viorne niemand erklären. Man findet Teile ihrer Leiche in Eisenbahnwaggons überall in Frankreich. Nur der Kopf bleibt verschollen. Die Kriminalpolizei besucht das örtliche Cafe, stellt Fragen, versucht dem Mörder auf die Spur zu kommen. Hauptleidtragende sind Claire und Pierre Lannes. Marie Thérèse war die Kusine von Claire und hat dem Ehepaar den Haushalt geführt. Obwohl noch kein Verdacht auf sie gefallen war, gesteht Claire überraschend den Mord. Ein Motiv scheint sie nicht zu haben, und sie scheint auch keine Reue zu empfinden ... dtv 10730

India Song

›India Song‹ ist eine Melodie aus der Zeit zwischen den Kriegen und die Geschichte einer Liebe, erlebt im Indien der dreißiger Jahre in einer übervölkerten Stadt am Ufer des Ganges. Im Mittelpunkt steht Anne-Marie Stretter, die schöne und elegante Frau des französischen Botschafters. dtv 10996

Zerstören, sagt sie

In einem abgeschiedenen Hotel, das umgeben ist von einem rätselhaften, undurchdringlichen Wald, erholt sich Elisabeth Alione von einer Fehlgeburt – und wird zum Objekt der Begierde. Die achtzehnjährige Alissa und ihre beiden Liebhaber, ein Pariser Professor und der Jude Stein, beobachten sie, verfolgen sie, wollen sie besitzen, vielleicht auch zerstören. Die Identitäten verschmelzen ... dtv 11063

Die grünen Augen

Kino ist für Marguerite Duras mehr als nur Kino. Wenn sie über Filme spricht oder schreibt, reflektiert sie das ganze heutige Leben: den Schrecken über die erste Atombombe, die Veränderungen der Welt durch das Fernsehen, die Revolte von '68, ihre eigenen Filme und Bücher, ihre Gefühle beim Schreiben und ihre Ansichten über Kollegen. dtv 11185

André Gide im dtv

Die Falschmünzer

Paris zu Beginn dieses Jahrhunderts. Eine Gruppe junger Gymnasiasten hat sich zu einem literarischen Zirkel zusammengeschlossen, um der großbürgerlichen Scheinwelt der Eltern entfliehen zu können. Die geistreiche Eleganz ihrer älteren schriftstellerischen Vorbilder erweist sich als verführerische Droge. Aber es geht nicht nur um intellektuelle Falschmünzerei. Einige Schüler werden bei der Verbreitung von Falschgeld ertappt... dtv 1749

Die Verliese des Vatikan

Gegen Ende des letzten Jahrhunderts kommt im Süden von Frankreich das Gerücht auf, Papst Leo XIII. sei von internationalen Verschwörern entführt worden und werde in Rom gefangengehalten, während zum Schaden der katholischen Christenheit ein Doppelgänger den Stuhl Petri besetzt habe. Ein Apotheker aus Pau macht sich als moderner »Kreuzritter« auf den Weg und wird im Schnellzug von Rom nach Neapel von einem jungen Abenteurer ermordet. Ein grotesk-satirischer Schelmen- und Kriminalroman. dtv 1750

Die Schule der Frauen
Erzählungen

Die Stellung der Frau in Ehe und Gesellschaft und der Kampf um die Freiheit ihrer Persönlichkeit stehen im Mittelpunkt dieser drei zusammenhängenden, nun schon klassischen psychologischen Erzählungen: Das Tagebuch einer jungen Frau, die am raffinierten Egoismus ihres Mannes zerbricht; sein Versuch einer Rechtfertigung; und die Stellungnahme der inzwischen erwachsenen Tochter zu den Ereignissen.
dtv 1751

Lars Gustafsson im dtv

Foto: Isolde Ohlbaum

Wollsachen

Nach einem gescheiterten Selbstmordversuch schreibt der Lehrer Lars Hedin seine eigene »Krankheitsgeschichte« über sein verpfuschtes Leben. Da verliebt er sich in die Freundin eines seiner Schüler. dtv 1273

Die Tennisspieler

Als tennisspielender Gastprofessor im sonnigen Texas stößt Gustafsson auf das Buch eines Anarchisten, das die bisherige Forschung in Frage stellt. Um der Sache auf den Grund zu kommen, bedient er sich heimlich des Zentralcomputers der Luftabwehr. dtv 10008

Erzählungen von glücklichen Menschen

Die Suche nach den Glücksmöglichkeiten des Menschen hat Gustafsson auf ganz neue, zuweilen labyrinthische, scheinbar abseitige und verschlungene Pfade geführt. dtv 10175

Die Stille der Welt vor Bach

»Den Übersetzern ist es gelungen, das Energetisch-Zupackende, Ausgreifende und den schnellen Gedankengang dieser Lyrik vorzüglich wiederzugeben.«
(Süddeutsche Zeitung) dtv 10299

Trauermusik

Im Frühjahr 1958 kreuzen sich die Wege dreier Menschen. Gustafsson verfolgt ihre Lebensgeschichten bis in die achtziger Jahre. dtv 10566

Der eigentliche Bericht über Herrn Arenander

In diesem frühen Roman geht es »nicht um die möglichst umfassende Lebensbeschreibung eines Individuums, sondern allenfalls um das Modell eines intellektuellen Portraits«. (Süddeutsche Zeitung) dtv 10863

Die dritte Rochade des Bernhard Foy

Ein junger amerikanischer Rabbiner, mit dem Zug unterwegs von Stockholm nach Paris, gelangt zufällig in den Besitz einer Mikrokassette für eine Mittelstreckenrakete . . . dtv 11155

dtv Crime Ladies

Amanda Cross:
Albertas Schatten

Kate Fransler, Literaturprofessorin und Amateurdetektivin, neugierig und intellektuell, scharfzüngig und durch nichts aufzuhalten, setzt sich auf die Spuren von Alberta Ashby, der auf mysteriöse Weise verschwundenen Nichte einer bekannten englischen Schriftstellerin.
dtv 11203

Li Ang:
Gattenmord

»Am ... ermordete die 20jährige Chen-Lin Shi in der Hafenstadt Lucheng ihren 40jährigen Ehemann mit dessen Schlachtermesser.« Diese kurze Zeitungsnotiz veranlaßte die Schriftstellerin Li Ang, die Hintergründe der Tat mit literarischen Mitteln zu untersuchen.
dtv 11213

Suzanne Prou:
Die Freunde des Monsieur Paul

Wer ist Monsieur Paul, zu dem sich der junge, etwas naive Buchhändler Pierre so unwiderstehlich hingezogen fühlt? Hat er wirklich mit dem ungeklärten Mord an Pierres Onkel zu tun? Ein Psycho-Thriller der klassischen französischen Schule.
dtv 11251

Amanda Cross:
Gefährliche Praxis

Als Kate Fransler von einer Studentin nach einem Psychoanalytiker gefragt wird, nennt sie ihren Ex-Liebhaber und jetzigen guten Freund Bauer. Eines Tages findet man die Studentin erstochen auf seiner Analysecouch ...
dtv 11243